JULIE GARWOOD

Geliebte Feindin

Aus dem Englischen übersetzt von
Ursula Walther

BASTEI
LÜBBE

BASTEI-LÜBBE-TASCHENBUCH
Band 11785

1. Auflage Januar 1992
2. Auflage Oktober 1992
3. Auflage Juli 1993
4. Auflage Dez. 1994

Deutsche Erstveröffentlichung
Titel der englischen Originalausgabe: THE GIFT

Printed in France
Einbandgestaltung: Adolf Bachmann
Titelabbildung: John Ennis/Agentur Schlück
Satz: Fotosatzstudio »Die Letter«, Hausen/Wied
Druck und Bindung: Brodard & Taupin, La Flèche
ISBN 3-404-11785-9

Prolog

England, 1802

Es war nur eine Frage der Zeit, bis sich die Hochzeitsgäste gegenseitig umbrachten.

Baron Oliver Lawrence hatte natürlich alle Vorsichtsmaßnahmen getroffen – schließlich hatte König George angeordnet, daß die Zeremonie in seinem Schloß stattfinden sollte. Lawrence spielte bis zur Ankunft des Herrschers von England die Rolle des Gastgebers, aber diese Pflicht lastete auf seinen Schultern. Der König persönlich hatte ihn mit dieser Aufgabe betraut, und Lawrence, der ihm stets loyal und treu ergeben war, hatte ohne zu zögern gehorcht. Beide Familien – sowohl die Winchesters als auch die rebellischen St. James – hatten sich heftig gegen diese Verbindung gewehrt, aber all ihre Proteste hatten den König nicht umstimmen können – seine Entscheidung stand fest. Baron Lawrence wußte um die Gründe für diesen Beschluß. Unglücklicherweise war Lawrence der einzige Mann in ganz England, der noch zu beiden Familien Kontakt hatte.

Inzwischen war der Baron auf diese Stellung überhaupt nicht mehr stolz; im Gegenteil, er war sogar davon überzeugt, daß er deswegen auf dieser schönen Erde noch viele Schwierigkeiten zu erwarten hatte. Der König glaubte zwar, daß sich die Hochzeitsgäste anständig benehmen würden, weil die Zeremonie auf neutralem Boden stattfand, aber Lawrence wußte es besser.

Die Männer, die ihn umgaben, waren in Mordlaune. Ein Wort im falschen Tonfall oder die geringste Unhöflichkeit konnten ein Blutbad zur Folge haben. Ein Blick in ihre Gesichter genügte, um zu erkennen, wie begierig sie darauf waren, sich gegenseitig den Garaus zu machen.

Der in ein weißes Meßgewand gekleidete Bischof saß auf einem hochlehnigen Stuhl zwischen den beiden verfeindeten Familien. Er sah weder nach links zu den Winchesters noch nach rechts, wo die kriegerischen St. James Aufstellung genommen hatten. Sein Blick war starr geradeaus gerichtet. Um die Zeit zu überbrücken, trommelte der sauertöpfische Kirchenmann mit den Fingerspitzen auf die hölzerne Armlehne seines Stuhls. Von Zeit zu Zeit ließ er ein abgrundtiefes Stöhnen, das den Baron an ein altersschwaches, krankes Pferd erinnerte, hören, ansonsten störte nichts die unheilvolle Stille in der großen Halle.

Lawrence schüttelte verzweifelt den Kopf. Er wußte, daß er vom Bischof keinerlei Hilfe erwarten konnte, wenn es wirklich Schwierigkeiten geben sollte. Braut und Bräutigam warteten ein Stockwerk höher in getrennten Zimmern auf die Ankunft des Königs – erst dann sollten sie in die Halle geführt oder geschleppt werden. Gott helfe den beiden, wenn in diesem Moment die Hölle losbrach!

Es war wirklich ein schrecklicher Tag. Lawrence mußte sogar seine eigenen Wachmänner zwischen den königlichen Garden an den Wänden der Halle postieren, um die aufgebrachten Gäste im Zaum zu halten. Eine solche Maßnahme war für eine Hochzeit ebenso ungewöhnlich wie die Tatsache, daß die Gäste so schwer bewaffnet waren, als wäre diese Zeremonie eine Schlacht. Die Winchesters trugen so viele Waffen bei sich, daß sie sich kaum noch bewegen konnten. Ihre Überheblichkeit war geradezu beleidigend, und es war äußerst fragwürdig, ob sie dem König die Treue halten würden. Trotzdem konnte Lawrence die Männer nicht in Bausch und Bogen verdammen. Im Grunde fiel es ihm in letzter Zeit auch oft schwer, dem Monarchen immer seine Ehrerbietung entgegenzubringen, da seine Entscheidungen oft ausgesprochen töricht waren.

Jedermann in England wußte, daß George den Verstand verloren hatte, auch wenn es niemand wagte, das laut auszusprechen, da man schlimme Strafen befürchten mußte. Die bevorstehende Hochzeit jedoch war Beweis genug, daß der Herrscher nicht mehr ganz bei sich war. Der König hatte Lawrence anvertraut, daß er entschlossen war, Einigkeit in seinem Reich herzustellen, und der Baron war entsetzt gewesen über diese kindische Hoffnung.

Aber trotz seiner Verrücktheit war George immer noch der König, und die Hochzeitsgäste sollten ihm, verdammt noch mal, zumindest ein wenig Respekt erweisen, dachte Lawrence. Ihr schändliches Verhalten konnte nicht geduldet werden. Warum streichelten zwei der älteren Winchester-Onkel die Griffe ihrer Schwerter so offensichtlich, als würden sie jeden Augenblick eine blutige Schlacht erwarten? Die St. James-Krieger registrierten die Geste und traten sofort einen Schritt vor. Die meisten der St. James hatten keine Schwerter bei sich, deshalb lächelten sie nur. Lawrence fand, daß diese Geste genug sagte.

Die Winchesters waren dem St. James-Clan sechs zu eins überlegen, dafür waren die St. James für ihre Skrupellosigkeit bekannt, und ihre üblen Taten waren schon zu Legenden geworden: Sie rissen einem Mann die Augen aus, nur weil er schielte; sie traten einem Gegner in den Schritt und genossen seine Schmerzensschreie; und Gott allein wußte, was sie ihren wahren Feinden antaten.

Geräusche, die vom Hof hereindrangen, erregten Lawrence' Aufmerksamkeit. Kurz darauf stürmte der persönliche Adjutant des Königs, ein mürrischer Mann namens Sir Roland Hugo, die Treppe herauf. Er trug eine Galauniform, und die grellrote Hose und der weiße Waffenrock ließen seine ohnehin massige Gestalt noch mächtiger erscheinen. Lawrence fand, daß Hugo wie ein feister Gockel aussah, aber da er mit ihm befreundet war, behielt Lawrence seine wenig schmeichelhafte Meinung für sich.

Die beiden Männer umarmten sich kurz, dann trat Hugo einen Schritt zurück und flüsterte: »Ich bin vorausgeritten. Der König wird in ein paar Minuten eintreffen.«

«Dem Himmel sei Dank«, erwiderte Lawrence mit unverhohlener Erleichterung und wischte sich mit seinem Taschentuch die Schweißperlen von der Stirn.

Hugo spähte über Lawrence' Schulter und schüttelte den Kopf. »Hier ist es still wie in einem Mausoleum«, raunte er. »Hast du die Gelegenheit nicht genutzt, um die Hochzeitsgäste zu amüsieren?«

Lawrence sah seinen Freund fassungslos an. »Amüsieren? Hugo, nur ein blutiges Menschenopfer könnte diesen Barbaren Vergnügen bereiten.«

»Offensichtlich hat dir dein Sinn für Humor geholfen, diese scheußliche Situation zu meistern.«

»Ich mache keine Witze«, versetzte der Baron, »und dir wird das Lachen auch noch vergehen, wenn du begreifst, wie explosiv die Stimmung ist. Die Winchesters sind nicht hergekommen, um Geschenke abzugeben – sie sind bewaffnet, als ob sie in den Krieg zögen.« Sein Freund schüttelte ungläubig den Kopf, aber Lawrence achtete nicht darauf und fuhr fort: »Ich wollte sie überreden, ihre Waffen abzulegen, aber ich hatte keinen Erfolg. Sie sind beileibe nicht in Festtagsstimmung.«

»Die königliche Eskorte wird sie in kürzester Zeit entwaffnen«, brummte Hugo und fügte nach einer Weile hinzu: »Ich will verdammt sein, wenn ich zulasse, daß unser König eine so feindselige Arena betritt. Dies ist eine Hochzeit und kein Schlachfeld.«

Hugo stellte unter Beweis, wie wirksam seine Drohungen sein konnten. Die Winchesters legten ihre Waffen in einer Ecke der Halle ab, nachdem der erboste Adjutant den Befehl dazu gegeben und die königliche Garde einen engen Kreis um die Gäste geschlossen hatte. Sogar die wenigen St. James, die bewaffnet gewesen waren, kamen seiner Aufforderung nach – aber erst als die Gardisten auf Hugos Befehl Pfeile in ihre Bogen gelegt und sich schußbereit aufgestellt hatten. Diese Geschichte würde mir kein Mensch glauben, wenn ich sie erzähle, dachte Lawrence und war dankbar, daß König George keine Ahnung hatte, wie mühsam es war, für seine Sicherheit zu sorgen.

Als der König von England die große Halle betrat, ließen die Gardisten ihre Bogen sinken, aber sie hielten ihre Pfeile bereit, um, wenn nötig, sofort losschlagen zu können.

Der Bischof erhob sich von seinem Stuhl, machte eine förmliche Verbeugung vor seinem König und bot ihm mit einer Geste seinen Platz an.

Zwei königliche Anwälte, die mit Akten und Dokumenten überladen waren, folgten George auf den Fersen. Lawrence wartete, bis sich der Monarch niedergelassen hatte, kniete dann vor ihm nieder und bekräftigte seinen Treueeid mit lauter, donnernder Stimme. Er hoffte, daß seine Worte die Gäste dazu bringen würden, dem König in ähnlicher Weise Respekt zu zollen.

Der König beugte sich vor und stützte seine großen Hände auf die Knie. »Wir, Euer vom Volk geschätzter König, sind sehr zufrieden mit Euch, Baron Lawrence. Wir sind doch der vom Volk geschätzte König und Herrscher über alle Untertanen, oder nicht?«

Lawrence war auf diese Frage vorbereitet. Der König hatte sich schon häufig so bezeichnet und hörte liebend gern eine Bestätigung von seinen Untertanen.

»Ja, Mylord, Ihr seid der vom Volk geschätzte König und Herrscher über alle Untertanen.«

»Das ist ein guter Junge«, flüsterte der König und berührte Lawrence' fast kahlen Schädel. Der Baron wurde rot vor Verlegenheit. Der König behandelte ihn wie einen unerfahrenen Knappen – schlimmer noch, der Baron fühlte sich wie ein unerfahrener Knappe.

»Erhebt Euch, Baron Lawrence, und helft mir, diese wichtige Angelegenheit zu beaufsichtigen«, befahl der König.

Lawrence tat sofort, was von ihm verlangt wurde, und als er George aus der Nähe betrachtete, mußte er an sich halten, um seine Überraschung nicht zu zeigen. In früheren Jahren hatte der König relativ gut ausgesehen, aber die Zeit war nicht gerade gnädig mit ihm umgegangen. Seine Wangen waren voller geworden, und tiefe Falten durchzogen sein Gesicht. Dicke Tränensäcke, die seine Erschöpfung zeigten, hingen unter seinen Augen. Die makellos weiße Perücke mit den Löckchen an den Seiten betonte noch seinen unnatürlich blassen Teint.

Der König lächelte seinen Vasallen in unschuldiger Erwartung an, und Lawrence erwiderte das Lächeln, obwohl er über den unbedarften Ausdruck der Güte und Aufrichtigkeit erstaunt war. Viele Jahre lang, bevor ihn die Krankheit verwirrt hatte, war George ein überaus fähiger Herrscher gewesen, und er hatte seine Untertanen behandelt wie ein wohlwollender Vater.

Der Baron stellte sich an die Seite des Königs und musterte die Männer, die er für Abtrünnige hielt, und seine Stimme durchschnitt die Stille, als er befahl:

»Auf die Knie!«

Sie gehorchten.

Hugo starrte Lawrence verblüfft an. Bis jetzt war ihm noch nicht aufgefallen, wie entschlossen sein Freund sein konnte.

Der König war hocherfreut über die allgemeine Ehrerbietung, die ihm entgegengebracht wurde. »Baron«, sagte er und strahlte Lawrence an. »Holt die Braut und den Bräutigam. Die Zeit ist schon ziemlich fortgeschritten, und wir haben noch viel zu erledigen.«

Als sich Lawrence verbeugte, wandte sich der König Sir Hugo zu. »Wo sind die Ladies? Ich sehe keine einzige Dame, die der Zeremonie bewohnt. Was hat das zu bedeuten, Sir Hugo?«

Hugo hatte keine Lust, dem König die Wahrheit zu sagen und ihm zu gestehen, daß die Männer ihre Frauen nicht mitgebracht hatten, weil sie einen Kampf und nicht eine Hochzeit erwarteten. In diesem Fall hätte Ehrlichkeit nur die Gefühle des Königs verletzt.

»Ja, hochgeschätzte Majestät«, antwortete Hugo rasch. »Ich habe auch schon bemerkt, daß keine Damen anwesend sind.«

»Aber weshalb?« hakte der König nach.

Hugo hatte für diesen Umstand keine Erklärung parat und wandte sich in seiner Verzweiflung an seinen Freund, der in diesem Augenblick die Halle wieder betrat. »Lawrence, kennst du den Grund dafür?«

Der Baron bemerkte den erschreckten Blick seines Freundes und sagte: »Die Reise hierher war sicher zu beschwerlich für ... die zarten Damen.« Er wäre fast an diesen Worten erstickt. Die Lüge war wirklich schändlich und allzu offensichtlich, denn jeder, der die Winchester-Ladies auch nur einmal gesehen hatte, wußte, daß sie ungefähr so zart waren wie Schakale. Aber König Georges Gedächtnis war offenbar nicht mehr das allerbeste. Sein kurzes Nicken zeigte an, daß diese Erklärung seine Bedenken zerstreut hatte.

Der Baron funkelte die Winchesters, die ihn zu dieser Unaufrichtigkeit gezwungen hatten, wütend an, bevor er weitere Vorbereitungen für die Zeremonie traf.

Der Bräutigam wurde aufgefordert, seinen Platz einzunehmen, und sofort bildete die Menge eine Gasse, um ihn durchzulassen. Der junge Marquis St. James stürmte in den Saal wie ein entschlossener Krieger, der sich einer feindlichen Horde stellen mußte. Er hatte kastanienbraunes Haar und klare grüne Augen. Sein Gesicht wirkte kantig und hager, und seine Nase war bei einem Kampf, den er zweifellos gewonnen hatte, gebrochen. Die kleine Unebenheit auf seinem Nasenrücken verlieh seiner Erscheinung etwas Verwegenes.

Nathan, wie ihn die engsten Familienmitglieder nannten, war einer der jüngsten Edelmänner im ganzen Königreich – er war kaum älter als vierzehn. Sein Vater, der mächtige Earl of Wakersfield, war in Regierungsangelegenheiten außer Landes und konnte deshalb seinem Sohn bei der Zeremonie nicht zur Seite stehen. Tatsächlich wußte der Earl überhaupt nicht, daß diese Hochzeit stattfand, und Lawrence befürchtete, daß er vor Wut außer sich sein würde, wenn er davon erfuhr. Der Earl war schon unter normalen Umständen ein unangenehmer Zeitgenosse, aber wenn man ihn herausforderte, konnte er rachsüchtig wie der Satan persönlich werden. Er war bekannt dafür, grausamer zu sein als die ganze übrige St. James-Sippe zusammen. Lawrence vermutete, daß ihn seine Verwandten gerade wegen dieser Eigenschaft in wichtigen Angelegenheiten um Rat fragten und als Anführer akzeptierten.

Obwohl er den Vater von Herzen verabscheute, mochte Lawrence den jungen Nathan, dem er schon des öfteren begegnet war. Der Junge wirkte besonnen und reif, obwohl er erst vierzehn Jahre alt war. Lawrence respektierte ihn, aber gleichzeitig tat er ihm auch ein wenig leid, denn er hatte ihn noch nie lachen sehen.

Die entfernteren Verwandten sprachen den jungen Marquis nie mit seinem Namen an – sie nannten ihn schlicht »Junge«, so als ob er erst seinen Wert unter Beweis stellen müßte. Er mußte erst einige Prüfungen bestehen, um als ganzer Mann zu gelten, aber niemand hegte auch nur den geringsten Zweifel, daß er sich bewähren würde. Man betrachtete ihn schon wegen seiner Körpergröße als potentiellen Anführer und hoffte, daß er sich zu einem entschlossenen Mann entwickeln würde, der den anderen Männern in der Sippe in nichts nachstand.

Der Marquis richtete seinen Blick direkt auf den König von England, als er die Halle durchquerte und vor ihm stehenblieb. Lawrence beobachtete den Jungen aufmerksam. Er wußte, daß die St. James den Marquis instruiert hatten, das Knie nicht vor dem König zu beugen, wenn man ihn nicht ausdrücklich dazu aufforderte.

Nathan jedoch ignorierte die Anweisungen, ließ sich auf die Knie nieder und beugte den Kopf, bevor er mit klarer Stimme den Treueeid leistete. Als der König ihn fragte, ob er der vom Volk geschätzte König und Herrscher über alle Untertanen sei, huschte ein Lächeln über das Gesicht des Jungen.

»Ja, Mylord, Ihr seid der geschätzte König des Volkes«, antwortete Nathan.

Der Baron empfand Bewunderung für den jungen Nathan, und George lächelte erfreut, während Nathans Verwandte finstere Mienen zur Schau stellten. Die Winchesters kicherten schadenfroh.

Plötzlich richtete sich Nathan in einer einzigen fließenden Bewegung auf und drehte sich um. Einen langen atemlosen Moment starrte er die Winchesters an. Sein eiskalter Blick schien die Unverschämtheiten der Männer im Keim zu ersticken, und der junge Marquis wandte sich dem König erst wieder zu, als alle Winchesters ihre Blicke gesenkt hatten. Trotz ihres Zorns murmelten die St. James anerkennend.

Der Junge schenkte seinen Verwandten keinerlei Aufmerksamkeit. Er stand mit gespreizten Beinen und auf dem Rücken verschränkten Händen da und blickte ins Leere. Seine Haltung drückte nichts als Langeweile aus.

Lawrence stellte sich direkt vor Nathan und nickte ihm zu, um ihn wissen zu lassen, wie sehr ihm sein Auftritt gefallen hatte.

Nathan antwortete ihm mit einer knappen Kopfbewegung, und Lawrence verbiß sich ein Lachen – das Selbstbewußtsein des Jungen war herzerfrischend. Er hatte sich gegen seine Verwandten aufgelehnt, ohne an die Konsequenzen zu denken, und der Situation entsprechend gehandelt. Lawrence fühlte sich wie ein stolzer Vater – eine seltsame Empfindung, da er weder verheiratet war noch Kinder hatte. Als er sich auf den Weg machte, um die Braut zu holen, fragte sich Lawrence, ob Nathan in der Lage war, seine gelangweilte Pose während der ganzen Zeremonie aufrechtzuerhalten.

Lawrence hörte das Weinen, das von einer barschen Männerstimme unterbrochen wurde, als er den ersten Stock erreichte. Er klopfte zweimal an die Tür, bevor ihm der Earl of Winchester, der Vater der Braut, öffnete. Das Gesicht des Earl war hochrot vor Zorn.

»Es wird aber auch Zeit«, bellte er.

»Der König hat sich verspätet«, erklärte der Baron.

Der Earl nickte kurz. »Kommt herein, Lawrence, und helft mir, dieses störrische kleine Ding die Treppe hinunterzuschaffen.«

Lawrence lächelte. »Ich glaube, daß viele Mädchen in diesem zarten Alter störrisch sind.«

»Davon habe ich noch nie etwas gehört«, brummte der Earl. »Offen gestanden bin ich zum ersten Mal in meinem Leben allein mit Sara. Ich bin nicht mal sicher, ob sie überhaupt weiß, wer ich bin. Ich habe ihr natürlich alles erklärt, aber wie Ihr seht, ist sie nicht in der Stimmung, jemandem zuzuhören. Ich hatte ja keine Ahnung, daß sie so schwierig ist.«

Lawrence konnte seine Überraschung über diese Bemerkung nicht verbergen. »Harold«, begann er und benutzte absichtlich die vertrauliche Anrede, »Ihr habt zwei andere Töchter, die älter als Sara sind. Ich kann gar nicht begreifen, daß Ihr ...«

»Ich habe nie etwas mit ihnen zu tun gehabt«, fiel ihm der Earl barsch ins Wort.

Dieses Eingeständnis erschütterte Lawrence. Er schüttelte den Kopf und folgte dem Earl in das Zimmer. Die Braut saß auf der Kante eines Sessels und starrte aus dem Fenster. Sobald sie den Neuankömmling sah, fing sie wieder an zu weinen. Sie war die bezauberndste Braut, die Lawrence je gesehen hatte. Eine Flut von goldenen Lokken, auf denen ein Krönchen aus Frühlingsblumen saß, umrahmte ihr engelsgleiches Gesicht. Die Sommersprossen auf ihrer Nase wirkten vorwitzig, obwohl ihre Wangen tränenüberströmt waren. Sie trug ein langes weißes Kleid mit Spitzenbordüren an Saum und Ärmeln und eine bestickte Schärpe, die zu Boden fiel, als das Mädchen aufstand.

Ihr Vater fluchte laut, und sie wiederholte den Fluch.

»Es ist Zeit, hinunterzugehen, Sara«, verkündete der Earl mürrisch.

»Nein.«

Der Earl schnappte wütend nach Luft. »Wenn du wieder zu Hause bist, werde ich dafür sorgen, daß dir dein Ungehorsam leid tut, junge Lady. Bei Gott, ich werde dich übers Knie legen. Du wirst es erleben.«

Der Baron bezweifelte ernsthaft, ob der Earl mit seinen Drohungen etwas erreichte. Sara blitzte ihren Vater rebellisch an, gähnte und setzte sich wieder auf ihren Platz.

»Harold, mit Wutausbrüchen kommt Ihr auch nicht weiter«, warf der Baron ein.

»Dann muß ich eben zur Tat schreiten«, brummte der Earl und trat mit hocherhobener Hand auf seine Tochter zu.

Lawrence stellte sich ihm in den Weg. »Ihr werdet sie nicht schlagen«, sagte er ärgerlich.

»Sie ist meine Tochter«, brüllte der Earl. »Ich werde sie, verdammt noch mal, zwingen, mir zu gehorchen.«

»Ihr seid Gast in meinem Haus, Harold«, erwiderte Lawrence, und als er merkte, daß er auch die Stimme erhoben hatte, fuhr er ruhiger fort: »Laßt mich mit ihr sprechen.«

Lawrence wandte sich Sara zu, die offensichtlich vom Zorn ihres Vaters gänzlich unbeeindruckt war. Sie gähnte erneut.

»Sara, die ganze Sache dauert nicht länger als ein paar Minuten, dann hast du alles überstanden«, sagte der Baron und kniete sich vor sie hin. Er schenkte ihr ein beschwichtigendes Lächeln und half ihr beim Aufstehen. Während er beruhigende Worte flüsterte, legte er die Schärpe um ihre Taille und schob Sara zur Tür. Das Mädchen gähnte wieder.

Die Braut war so müde, daß sie sich nicht wehrte, als der Baron sie weiterzog, aber als sie die Tür erreicht hatten, löste sie sich plötzlich aus seinem Griff und lief zurück zu ihrem Sessel. Dort riß sie eine uralte Decke an sich und ging, indem sie einen weiten Bogen um ihren Vater machte, wieder zu Lawrence. Sie drapierte die Decke, die auf dem Boden schleifte, um ihre Schultern und reichte dem Baron ihre Hand.

Ihr Vater versuchte, ihr die Decke wegzunehmen, und Sara fing laut zu schreien an. Der Earl fluchte.

»Großer Gott, Harold, laßt ihr doch dieses Ding«, seufzte Lawrence matt.

»Das werde ich nicht tun«, schrie der Earl. »Ich kann doch nicht zulassen, daß sie diesen Fetzen mitnimmt!«

»Sie kann die Decke doch behalten, bis wir die Halle erreicht haben.«

Schließlich gab der Earl widerstrebend nach. Er warf seiner Tochter noch einen zornigen Blick zu, nahm seine Position an der Spitze der kleinen Prozession ein und ging die Treppe hinunter.

Lawrence wünschte sich, Sara wäre seine Tochter. Als sie vertrauensvoll zu ihm aufsah und ihn anlächelte, hätte er sie am liebsten in die Arme genommen und getröstet. Ihre Aufstellung geriet in Unordnung, als sie den Eingang zur Halle erreichten und der Earl versuchte, seiner Tochter die Decke zu entwenden.

Nathan drehte sich um, als er den Tumult hörte, und seine Augen weiteten sich vor Staunen. Er konnte kaum fassen, was er sah. In dem sicheren Glauben, daß sein Vater gleich nach seiner Rückkehr die Ehe annullieren lassen würde, hatte der junge Marquis überhaupt kein Interesse an seiner zukünftigen Frau gezeigt, ja nicht einmal einen einzigen Gedanken an sie verschwendet. Deshalb war er jetzt, als er sie zum erstenmal sah, um so überraschter.

Seine Braut war eine kleine Range. Nathan hatte große Mühe, seine gelangweilte Pose beizubehalten. Der Earl schrie ebenso laut wie seine Tochter, die aber weitaus entschlossener wirkte. Sie hatte sich an die Beine ihres Vaters geklammert und war eifrig bemüht, auf sein Knie einzuschlagen.

Nathan lächelte, aber seine Verwandten waren weniger zurückhaltend. Ihr lautes Gelächter dröhnte in der Halle, während die Winchesters das Schauspiel mit Entsetzen verfolgten. Der Earl, ihr inoffizieller Anführer, hatte seine Tochter abgeschüttelt, und befand sich aber gleich darauf in einem Kampf um etwas, das wie eine alte Pferdedecke aussah – und er verlor die Schlacht.

Baron Lawrence riß der Geduldsfaden, er zog die holde Braut an sich und hob sie auf seine Arme, denn zerrte er dem Earl die Decke aus den Händen und marschierte auf Nathan zu. Ohne Umschweife schob er das Mädchen und die Decke in die Arme des Bräutigams.

Während sich Nathan klarzuwerden versuchte, was er von der Situation halten sollte, bemerkte Sara, daß ihr Vater auf sie zuhumpelte. Blitzschnell schlang sie die Arme um Nathans Hals und legte die Decke um ihn. Sie spähte über seine Schulter, um festzustellen, ob ihr Vater sie einzufangen versuchte. Nachdem sie sich Gewißheit verschafft hatte, daß sie in Sicherheit war, schenkte sie dem Fremden, der sie in den Armen hielt, ihre volle Aufmerksamkeit. Sie starrte ihn lange an.

Der Bräutigam stand stocksteif da. Er fühlte ihren Blick auf seinem Gesicht, wagte aber nicht, ihn zu erwidern. Er hatte keine Ahnung, was er tun würde, wenn sie sich entschließen sollte, auf ihn einzuschlagen. Nach kurzer Überlegung kam er zu dem Schluß, daß er jede Verlegenheit, in die sie ihn bringen mochte, ertragen mußte. Schließlich war er ein Mann und seine Braut noch ein Kind.

Nathan hielt seinen Blick auf den König gerichtet, bis Sara Nathans Wange berührte. Schließlich drehte er sich um und schaute sie an. Sie hatte die strahlendsten braunen Augen, die er je gesehen hatte. »Papa möchte mich verdreschen«, verkündete sie und zog eine Grimasse.

Nathan reagierte nicht auf die Bemerkung. Bald wurde Sara es müde, ihn anzusehen. Ihre Lider wurden schwer, und ihr Kopf sank auf seine Schulter. Er spürte, wie sie ihr Gesicht an seinen Hals preßte.

»Laß nicht zu, daß mein Papa mich verhaut«, flüsterte sie.

»Natürlich werde ich das nicht zulassen.«

Von einer Sekunde zur andern war er zu ihrem Beschützer geworden.

Sara, die müde von der langen Reise und den vielen Aufregungen war, schlief in den Armen ihres Bräutigams ein.

Erst als der königliche Anwalt den Ehevertrag vorlas, erfuhr Nathan Saras Alter.

Seine Braut war vier Jahre alt.

1

London, England, 1816

Es schien eine saubere, unkomplizierte Entführung zu werden. Merkwürdigerweise hätte diese Entführung sogar von den Behörden als vollkommen legales Unternehmen gehalten werden können, wenn man einmal von dem Einbruch und davon, daß sich jemand gewaltsamen Zugang zu einem fremden Haus verschaffte, absah. Aber diese Einzelheiten waren im Augenblick nicht von Belang. Nathaniel Clayton Hawthorn Baker, der dritte Marquis of St. James, war darauf vorbereitet, wenn nötig auch drastische Maßnahmen zu ergreifen, um zum Ziel zu gelangen. Wenn das Glück auf seiner Seite war, dann schlief sein Opfer – andernfalls kannte er eine wirksame Methode, jeden Protest im Keim zu ersticken.

So oder so, legal oder kriminell – er würde seine Frau mitnehmen. Nathan, wie der Marquis von seinen wenigen guten Bekannten genannt wurde, benahm sich bei diesem Unterfangen nicht gerade wie ein Gentleman, und glücklicherweise war er von Natur aus ohnehin nicht zartbesaitet.

Vor sechs Wochen erst war Nathan die volle Tragweite des Ehevertrages, den er vor vierzehn Jahren unterschrieben hatte, klargeworden. Er hatte seine Braut seit der Hochzeit nicht mehr gesehen, aber ihr Bild hatte sich seltsam tief in sein Gedächtnis gegraben. Er machte sich keine Illusionen über das junge Ding – schließlich waren ihm schon genügend Winchester-Frauen begegnet, so daß er wußte, daß sie nicht unbedingt als Schönheiten zu bezeichnen waren. Die meisten von ihnen hatten ein birnenförmige Figur und derbe

Knochen, außerdem weit ausladende Hüften und, wenn man den Geschichten, die man sich über sie erzählte, Glauben schenken konnte, einen schier unersättlichen Appetit.

Die Vorstellung, eine Frau an seiner Seite zu haben, war für Nathan ungefähr so verlockend wie die Aussicht auf ein mitternächtliches Wettschwimmen mit einer Horde von Haifischen. Trotzdem war er entschlossen, alle Unannehmlichkeiten zu ertragen. Vielleicht fand sich ja mit der Zeit eine Lösung für sein Problem, und möglicherweise gab es einen Weg für ihn, die Bedingungen des Vertrages zu erfüllen, ohne daß er Tag und Nacht mit seiner Frau verbringen mußte.

Die meiste Zeit seines Lebens war Nathan auf sich allein gestellt gewesen, und er hatte sich niemals auf die Ratschläge anderer verlassen. Es gab nur einen Menschen, dem er wirklich vertraute, und das war sein Freund Colin. Aber jetzt stand so viel auf dem Spiel, daß Nathan gezwungen war, seine Frau zu sich zu holen. Wenn er – so stand es in dem Vertrag – ein Jahr mit Sara zusammenlebte und einen Erben zeugte, erhielt er eine stattliche Geldsumme, und Nathan war wild entschlossen, dafür alle Unannehmlichkeiten, die ihm das Eheleben bescheren würde, auf sich zu nehmen. Mit dem Vermögen, das ihm die Krone auszahlen mußte, wenn er seine Pflicht erfüllt hatte, konnte er die Gesellschaft, die Colin und er im letzten Sommer gegründet hatten, sanieren. Die Emerald Shipping Company war das erste legale Geschäft, das die beiden Männer in Angriff nahmen, und sie hatten den Ehrgeiz, es zu einem Erfolg zu machen. Der Grund für diesen Ehrgeiz war simpel: Weder Colin noch Nathan hatten Lust, ihr Leben weiterhin am Rande der Gesellschaft zu verbringen. Sie waren nach einer Auseinandersetzung mit ihrem ehemaligen Vorgesetzten durch Zufall mit Freibeutern zusammengekommen und hatten einige Zeit mit ihnen die Weltmeere besegelt.

Aber vor kurzem waren sie zu der Überzeugung gelangt, daß das Risiko, das sie bei der Piraterie eingingen, zu groß war. Nathan hatte sich als der skrupellose Pirat, der sich Pagan nannte, einen Namen und zahllose Feinde gemacht. Auf seinen Kopf war eine derart hohe Belohnung ausgesetzt, daß selbst ein Heiliger der Versuchung, ihn auszuliefern, nicht hätte widerstehen können. Außerdem war es mit der Zeit immer schwieriger geworden, seine wahre Identität geheimzuhalten, und Colin hatte seinen Freund bekniet, das gefährliche Leben aufzugeben, bevor er gefangengenommen wurde. Schließlich hatte Nathan eingewilligt, seßhaft zu werden. Genau eine Woche nach ihrer Ankunft in London hatten sie die Emerald Shipping Company gegründet. Das Büro, das sich direkt am Hafen befand, war nur spärlich möbliert. Die zwei Schreibtische, vier Stühle und den Aktenschrank, dessen Holz von einem früheren Brand Blasen warf, hatte der vorherige Besitzer des Büros zurückgelassen. Wenn die beiden Freunde zu Geld kamen, wollten sie sich als erstes – neben Schiffen für ihre Flotte – neue Möbel kaufen.

Sowohl Colin als auch Nathan verstanden etwas vom Geschäft, sie hatten beide, ohne damals schon Kontakt miteinander gehabt zu haben, in Oxford ihren Abschluß gemacht. Erst als sie sich auf das tödliche Spiel des englischen Geheimdienstes eingelassen hatten, waren sie sich nähergekommen. Es dauerte eine Weile, bis Nathan, der während seiner gesamten Studienzeit keine Freundschaften gepflegt hatte, Vertrauen zu Colin faßte. Aber dann setzten sie gemeinsam ihr Leben aufs Spiel, um ihrem geliebten Vaterland zu dienen. Zu guter Letzt waren sie jedoch von ihrem unmittelbaren Vorgesetzten verraten worden. Colin war fassungslos, als er herausfand, wie übel man ihnen mitgespielt hatte, aber für Nathan war dieser Verrat keine

Überraschung. Er erwartete immer das Schlimmste von seinen Mitmenschen und war demzufolge nie enttäuscht, wenn ihm jemand Schaden zufügte. Er war ein Zyniker und ging selten einer Auseinandersetzung aus dem Weg.

Colins älterer Bruder Caine, der Earl of Cainewood, hatte vor etwa einem Jahr Nathans jüngere Schwester Jade geheiratet, und seither war die Freundschaft zwischen Nathan und Colin noch enger geworden. Beide wurden, da sie dem Adel angehörten, zu den wichtigsten gesellschaftlichen Ereignissen eingeladen. Colin sagte stets freudig zu, knüpfte bei diesen Gelegenheiten Kontakte und versuchte bei all den Vergnügungen, die er besuchte, Klienten für ihre Company anzuwerben. Nathan begleitete ihn nie, und Colin vermutete, daß sein Freund genau aus diesem Grund immer wieder eingeladen wurde. Nathan war bei der höheren Gesellschaft nicht unbedingt beliebt, aber das scherte ihn nicht – er hielt sich ohnehin lieber in den kleinen Tavernen am Hafen auf.

Die beiden Freunde erschienen auf den ersten Blick wirklich grundverschieden. Colin war, wie Nathan des öfteren bemerkte, wenn er Colin ärgern wollte, der hübschere der beiden Partner. Und in der Tat sah Colin bemerkenswert gut aus. Er hatte haselnußbraune Augen und ein gutgeschnittenes aristokratisches Gesicht. Sein dunkelbraunes Haar trug er seit seinen Piratentagen ebenso wie Nathan lang, aber das störte beileibe nicht den positiven Eindruck, den sein hübsches Gesicht auf die Damen der Gesellschaft machte. Die beiden Freunde waren fast gleich groß, aber Colin war schmaler gebaut – dafür konnte er, wenn es die Situation erforderte, mindestens genauso arrogant auftreten wie Nathan. Die Tatsache, daß Colin infolge eines Unfalls ein wenig hinkte, schien seine Anziehungskraft nur zu verstärken.

Im Vergleich zu Colin war Nathan von der Natur weniger begünstigt worden. Er glich eher einem finsteren Ritter aus vergangenen Tagen als einem Adonis. Er band sein langes kastanienbraunes Haar nie im Nacken zusammen, wie Colin es zu tun pflegte, sondern ließ es auf seine mächtigen, muskulösen Schultern fallen. In seinen lebhaften grünen Augen lag meistens ein so düsterer Ausdruck, daß die Frauen ihm ängstlich aus dem Weg gingen, wenn er sie ansah.

Für Außenseiter verkörperte Colin das Gute, während sie Nathan für einen Schurken hielten, aber in Wahrheit ähnelten sie sich in ihrem Wesen sehr. Beide waren, wenn es um ihre innersten Empfindungen ging, ziemlich verschlossen. Nathan bevorzugte die Einsamkeit und schützte sich durch sein mürrisches Auftreten vor Auseinandersetzungen und unangenehmen Erlebnissen, und Colin gab sich aus dem gleichen Grund oberflächlich.

Colins freundliches Lächeln war ebenso eine Maske wie Nathans düsterer Gesichtsausdruck. Der Verrat, den sie erlebt hatten, hatte sie beide gleichermaßen geprägt, und sie hatten den Glauben an die hübschen Märchen von der reinen Liebe oder vom glücklichen Leben verloren. Nur Gekken und Narren glaubten an solche Hirngespinste.

Als Nathan mit seinem üblichen finsteren Blick das Büro betrat, fand er Colin auf einem der hochlehnigen Stühle sitzend vor.

»Jimbo hat zwei Pferde besorgt, Colin«, verkündete Nathan. »Habt ihr beide noch etwas zu erledigen?«

»Du weißt genau, wofür wir die Pferde brauchen. Wir, das heißt du und ich, werden zum Anwesen der Winchesters reiten und einen Blick auf Lady Sara werfen. Heute nachmittag gibt die junge Lady eine Gartengesellschaft, und es herrscht sicher ein solcher Betrieb, daß uns niemand bemerkt, wenn wir uns bei den Bäumen auf dem Hügel aufhalten.«

Nathan sah aus dem Fenster. »Nein«, entgegnete er barsch.

»Jimbo hat ein Auge auf das Büro, während wir weg sind.«

»Colin, es ist nicht nötig, daß ich sie vor heute abend sehe.«

»Verdammt, du solltest sie dir wirklich vorher anschauen.«

»Warum?« fragte Nathan erstaunt.

Colin schüttelte den Kopf. »Damit du dich auf alles vorbereiten kannst.«

»Aber ich brauche keine weiteren Vorbereitungen«, wehrte Nathan ab. »Alles, was getan werden mußte, ist bereits erledigt. Ich weiß, welches Fenster zu ihrem Schlafzimmer gehört, und der Baum, der direkt davorsteht, hält mein Gewicht – das habe ich selbst ausprobiert. Außerdem bin ich sicher, daß mich niemand bei dieser Aktion beobachten kann, und das Schiff ist längst abfahrbereit.«

»Du hast also an alles gedacht, wie?«

Nathan nickte. »Natürlich.«

»So?« Colin grinste. »Und was ist, wenn sie nicht durch das Fenster paßt? Hast du diese Möglichkeit auch schon in Erwägung gezogen?«

Die Frage hatte genau die Wirkung, die Colin sich erhofft hatte. Nathan starrte ihn verwirrt an und schüttelte nach einer Weile den Kopf. »Es ist ein breites Fenster, Colin.«

»Vielleicht ist Sara noch breiter.«

Nathan war nicht anzusehen, ob ihn diese Möglichkeit abschreckte. »Wenn das der Fall sein sollte, dann werde ich sie die Treppe hinunterrollen«, erwiderte er gedehnt.

Colin lachte, als er sich die Szene vorstellte. »Bist du denn kein bißchen neugierig, wie sie aussieht?«

»Nein.«

»Aber ich bin neugierig«, gestand Colin. »Wenn ich euch schon bei euren Flitterwochen Gesellschaft leisten soll, ist es nur recht und billig, daß ich vorher erfahre, was auf mich zukommt.«

»Du weißt genau, daß diese Reise nichts mit Flitterwochen zu tun hat«, versetzte Nathan. »Hör auf, mir auf die Nerven zu gehen, Colin. Sara ist eine Winchester, verdammt noch mal, und der einzige Grund für dieses Unterfangen ist, sie von ihren Verwandten wegzuholen und die Klauseln des Ehevertrags zu erfüllen.«

»Ich frage mich wirklich, ob du diese Sache durchstehst«, sagte Colin. Sein breites Lächeln war einem ernsten, nachdenklichen Ausdruck gewichen. »Gütiger Himmel, Nathan, du mußt das Bett mit ihr teilen und einen Erben zeugen, wenn du jemals wieder nach England zurückkehren willst.«

Bevor Nathan etwas darauf erwidern konnte, fuhr Colin fort: »Du bist nicht verpflichtet, diese Last auf dich zu nehmen, das weißt du. Die Company kommt auch ohne das Geld, das dir der König in Aussicht gestellt hat, auf die Beine. Außerdem hat der König die Regierungsgeschäfte offiziell niedergelegt, und ich bin sicher, daß der Prinzregent nicht auf der Erfüllung des Vertrages besteht. Die Winchesters haben sich auch schon heftig darum bemüht, ihn für ungültig erklären zu lassen. Wenn du dich jetzt auch noch dagegen aussprichst, bleibt dem Prinzregenten gar nichts anderes übrig, als der Bitte nachzukommen.«

»Nein«, protestierte Nathan vehement. »Ich habe meine Unterschrift unter diesen Vertrag gesetzt, und ein St. James bricht niemals sein Wort.«

Colin schnaubte verächtlich. »Du machst wohl Witze? Gerade die St. James sind dafür bekannt, daß sie ständig ihr Wort brechen und je nach Laune eine Abmachung einhalten oder nicht.«

Nathan konnte dem beim besten Willen nicht widersprechen und gab widerstrebend zu: »Du hast recht. Aber trotzdem werde ich mich nicht drücken – genauso wenig wie du dich bereit erklärst, von deinem Bruder Geld anzunehmen. Es ist eine Ehrensache ... Ach, zur Hölle, darüber haben wir doch schon so oft gesprochen, und du kennst meine Einstellung.« Er lehnte sich an den Fensterrahmen und seufzte. »Du läßt mich nicht eher in Frieden, bis ich mit dir zu den Winchesters reite, stimmt's?«

»Du hast den Nagel auf den Kopf getroffen«, lautete Colins Antwort. »Du hast, wenn du mitkommst, immerhin die Gelegenheit, herauszufinden, mit wievielen Winchester-Onkeln du es zu tun hast, wenn heute abend etwas schiefgeht.«

Das war ein schlagendes Argument, das wußten beide. Trotzdem meinte Nathan: »Es wird nichts schiefgehen, und niemand kann mich aufhalten.«

Colin lachte wieder. »Ich kenne deine speziellen Talente sehr gut, mein Freund. Ich bete nur zu Gott, daß du dir den Weg nicht freikämpfen mußt.«

»Warum?«

»Ich würde mich ärgern, weil ich den Spaß versäumen müßte.«

»Du kannst ja mitkommen.«

»Leider nein«, sagte Colin. »Eine Hand wäscht die andere, das weißt du doch. Ich habe der Herzogin als Gegenleistung dafür, daß sie Saras Fest heute nachmittag möglich macht, versprochen, sie zum Liederabend ihrer Tochter zu begleiten. Der Himmel möge mich schützen, wenn sie auf dem Fest der Winchesters ist und mich entdeckt!«

»Sie ist ganz bestimmt nicht dort«, behauptete Nathan fest. »Dieser Winchester-Bastard hat sie sicher nicht eingeladen.«

»Sara gibt das Fest, und der Earl of Winchester würde es bestimmt nicht wagen, die Herzogin zu brüskieren. Schließlich hat sie diese Gesellschaft initiiert.«

»Warum hat sie das eigentlich getan?«

»Ich habe nicht die geringste Ahnung, Nathan«, erwiderte Colin. »Wir verschwenden hier nur unsere Zeit.«

»Verdammt«, fluchte Nathan und stieß sich vom Fensterrahmen ab. »Also gut, bringen wir's hinter uns.«

Colin war glücklich über seinen Sieg und stürmte aus dem Büro, bevor es sich sein Freund anders überlegen konnte.

Auf dem Weg durch die Stadt fragte er Nathan: »Hast du dir schon Gedanken darüber gemacht, woran wir Sara erkennen können?«

»Ich bin sicher, daß du dir selbst schon etwas ausgedacht hast«, lautete die trockene Antwort.

»Darauf kannst du dich verlassen«, bestätigte Colin fröhlich. »Meine Schwester Rebecca hat versprochen, sich den ganzen Nachmittag in Saras Nähe aufzuhalten, und wenn sie aus irgendeinem Grund verhindert sein sollte, mir zu zeigen, wer Sara ist, wende ich mich an meine anderen Schwestern ... Weißt du, alter Junge, du könntest wirklich etwas mehr Enthusiasmus zeigen.«

»Wozu? Das ganze Unternehmen ist ohnehin nur Zeitverschwendung.«

Colin war anderer Meinung, aber er behielt sie für sich. Beide schwiegen, bis sie die Anhöhe über dem Park der Winchesters erreicht hatten und ihre Pferde zügelten. Das Laub der drei Bäume schirmte sie vollkommen ab, dennoch hatten sie einen vorzüglichen Ausblick auf die Menschen, die sich im Park vergnügten.

»Zur Hölle, Colin, ich komme mir vor wie ein Schuljunge.«

Colin lachte und betrachtete die Menschenmenge, die sich auf einer Terrasse versammelte.

»Ich bleibe nur noch zehn Minuten, Colin.«

»Einverstanden«, beschwichtigte Colin seinen Freund, dessen Blick in diesem Moment besonders finster wirkte. »Möglicherweise kommt Sara ja doch noch freiwillig mit, Nathan, wenn du …«

»Willst du damit sagen, daß ich ihr noch einmal schreiben soll?« brauste Nathan auf. Er zog eine Augenbraue in die Höhe, um auszudrücken, wie absurd er diesen Vorschlag fand. »Du erinnerst dich doch sicher noch daran, was geschah, als ich das letztemal deinem Ratschlag folgte, oder?«

»Natürlich weiß ich das, aber die Dinge könnten sich inzwischen geändert haben, oder es könnte ein Mißverständnis gegeben haben. Saras Vater …«

»Ein Mißverständnis?« polterte Nathan. »Ich habe ihnen am Donnerstag geschrieben und mich bestimmt nicht mißverständlich ausgedrückt.«

»Natürlich«, erwiderte Colin. »Du hast ihnen mitgeteilt, daß du deine Braut am Montag abholen würdest.«

»Du glaubst doch nicht etwa, daß ich ihr mehr Zeit zum Packen hätte lassen müssen?«

Colin lächelte breit. »Natürlich, und das habe ich dir auch gesagt. Trotzdem muß ich gestehen, daß ich ziemlich erstaunt war, als sie davongelaufen ist. Sie war ziemlich schnell, nicht?«

»Ja, das war sie«, antwortete Nathan belustigt.

»Du hättest sie einholen können.«

»Warum? Meine Männer sind ihr gefolgt, und ich wußte, wo sie sich aufhielt. Ich hatte mich aber entschlossen, sie noch eine Weile allein zu lassen.«

»Du hast ihr eine Galgenfrist gegönnt, stimmt's?«

Nathan lachte. »Sie ist nur eine Frau, Colin, aber du hast recht – ich wollte ihr noch ein wenig Aufschub gewähren.«

»Es war mehr als das. Du wußtest genau, daß sie in Gefahr schweben würde, wenn du deinen Anspruch auf sie so ohne weiteres geltend machst. Das wolltest du nicht zulassen, und du hast sie dadurch, daß du sie in Ruhe gelassen hast, vor Schaden bewahrt. Das war deine Art, sie zu beschützen, oder steckt ein anderer Grund dahinter?«

»Warum fragst du, wenn du ohnehin schon alles weißt?«

»Gott helfe euch beiden, das nächste Jahr wird die Hölle – ihr habt die ganze Welt und besonders die Winchesters gegen euch.«

Nathan zuckte mit den Schultern. »Ich werde gut auf sie aufpassen.«

»Daran zweifle ich nicht.«

Nathan schüttelte den Kopf. »Dieses verrückte Mädchen hat doch tatsächlich eine Passage auf einem meiner Schiffe gebucht, um vor mir zu fliehen. Das ärgert mich noch immer.«

»Das verstehe ich nicht«, erwiderte Colin. »Sie konnte unmöglich wissen, daß du der Eigner des Schiffes bist. Du hast ja selbst darauf bestanden, daß niemand etwas von deiner Beteiligung an der Company erfährt, hast du das vergessen?«

»Wenn ich das nicht getan hätte, hätten wir überhaupt keine Klienten. Du weißt verdammt gut, daß der Name St. James in der feinen Gesellschaft nicht gerade einen guten Klang hat. Meine Familie scheint immer noch so rauhbeinig zu sein wie früher.« Sein Grinsen zeigte seinem Freund, daß er diesen Charakterzug nicht unbedingt verurteilte.

»Etwas kommt mir seltsam vor«, sagte Colin, um das Thema zu wechseln. »Deine Männer sind Lady Sara gefolgt, um sie im Auge zu behalten, aber du hast sie nie gefragt, wie sie aussieht.«

»Dich hat das bis jetzt auch nicht interessiert; du hättest

dich ja auch bei Leuten, die sie kennen, danach erkundigen können«, konterte Nathan.

Colin zuckte nur mit den Achseln und wandte seine Aufmerksamkeit wieder der Menschenmenge im Park zu. »Ich dachte, daß du keine Lust hast, nur wegen dieses Vertrages, so ein großes Opfer zu bringen. Nach allem, was Sara ...« Er brach mitten im Satz ab, als er seine Schwester und eine andere Frau, die knapp hinter ihr ging, auf sich zukommen sah. Sie blieben in einiger Entfernung stehen. »Da ist Becca«, sagte er. »Wenn diese dumme Gans doch nur einen Schritt beiseite gehen würde ...« Plötzlich schnappte Colin nach Luft. »Jesus ... kann das Lady Sara sein?«

Nathan gab keine Antwort. Wahrscheinlich hätte er ohnehin kein Wort herausgebracht, da er so sehr damit beschäftigt war, die Erscheinung, die dort auf dem Rasen stand, in sich aufzunehmen.

Dieses Mädchen war bezaubernd. Nathan schüttelte den Kopf. Nein, sagte er sich, das konnte nicht seine Braut sein. Diese junge Lady, die Rebecca so scheu anlächelte, war einfach zu schön, zu weiblich und zu schlank, um zum Winchester-Clan zu gehören.

In diesem Augenblick drang die Erinnerung an das unmögliche kleine Mädchen, das er vor vierzehn Jahren in den Armen gehalten hatte, wieder in sein Bewußtsein, und irgend etwas, was er selbst nicht benennen konnte, sagte ihm, daß diese Frau tatsächlich Lady Sara war.

Sie hatte nicht mehr dieselbe honigfarbene Lockenflut wie früher. Ihr Haar war jetzt ein wenig dunkler und schulterlang. Ihr Teint sah aus der Entfernung rein und klar aus, und Nathan fragte sich, ob sie immer noch Sommersprossen auf der Nase hatte. Sie war nicht besonders groß – etwa einen halben Kopf kleiner als Colins Schwester –, aber ihre Figur war wohlproportioniert.

»Sieh dir nur die ganzen Stutzer an«, bemerkte Colin. »Sie schwirren herum wie Haie, die ihre Beute einkreisen wollen. Offenbar ist deine Braut ihr Opfer, Nathan. Du liebe Güte, sie sollten einer verheirateten Frau nicht so unverhohlen nachstellen. Aber wenn ich's recht bedenke, dann kann man ihnen das nicht übelnehmen. Nathan, sie ist umwerfend.«

Nathan beobachtete die Männer, die eifrig Jagd auf seine Braut machten, mit Argusaugen und verspürte den Drang, jeden einzelnen von ihnen zu verprügeln. Wie konnten sie es wagen, sich für etwas zu interessieren, was ihm gehörte? Er schüttelte den Kopf über die merkwürdigen Empfindungen, die ihn in diesem Augenblick befielen.

»Dort kommt dein charmanter Schwiegervater«, verkündete Colin. »Mir ist noch nie aufgefallen, daß er solche Säbelbeine hat ... Schau nur, wie er sie beobachtet. Er scheint sie keinen Moment aus den Augen zu lassen.«

Nathan holte tief Luft. »Laß uns von hier verschwinden, Colin. Ich habe genug gesehen«, sagte er mit vollkommen ausdrucksloser Stimme.

Colin drehte sich zu ihm um. »Also?«

»Also was?«

»Verdammt, Nathan, sag mir, was du denkst!«

»Worüber?«

»Lady Sara«, beharrte Colin. »Was hältst du von ihr?«

»Willst du die Wahrheit hören?«

Colin nickte eifrig.

Ein Lächeln breitete sich über Nathans Gesicht aus. »Ich glaube, sie paßt durchs Fenster.«

2

Die Zeit verstrich unaufhaltsam.

Sara bereitete sich darauf vor, England zu verlassen, und vermutlich würde jedermann wieder argwöhnen, daß sie vor ihrem Bräutigam davonlief. Man hielt sie bestimmt für einen Feigling, dachte sie, und der Klatsch würde kein Ende nehmen. Trotzdem war sie fest entschlossen, ihre Pläne auszuführen – genaugenommen hatte sie gar keine andere Wahl. Sie hatte zweimal an den Marquis of St. James geschrieben und ihn um seinen Beistand gebeten, aber der Mann, mit dem sie vor dem Gesetz verheiratet war, hatte es nicht für nötig befunden, ihre Briefe zu beantworten. Danach hatte sie nicht mehr den Mut gehabt, sich noch einmal an ihn zu wenden, und für weitere Aktivitäten hatte sie keine Zeit mehr gehabt. Das Wohl und Wehe ihrer Tante Nora stand auf dem Spiel, und Sara war die einzige Person, die sie aus ihrer Zwangslage befreien konnte – oder wollte.

Wenn die Londoner Gesellschaft glaubte, daß sie nur dem Eheleben aus dem Weg gehen wollte, konnte sie auch nichts daran ändern. Schon bei ihrer letzten Reise hatte das Gerücht die Runde gemacht, daß sie auf der Flucht vor ihrem Bräutigam sei.

Als ihre Mutter sie vor einigen Monaten gebeten hatte, zu Nora zu reisen, hatte Sara sofort zugestimmt. Ihre Mutter hatte seit vier Monaten keine Nachricht mehr von ihrer Schwester Nora erhalten, und sie hatte Angst gehabt, daß ihr etwas passiert sein könnte. Saras Mutter war fast krank vor Sorge gewesen, und Sara war über ihren Zustand ebenso beunruhigt gewesen wie über die Tatsache, daß ihre Tante so lange nichts von sich hatte hören lassen. Irgend etwas mußte geschehen sein – es war einfach nicht Tante Noras Art, kein Lebenszeichen von sich zu geben.

Sara und ihre Mutter waren übereingekommen, den wahren Grund für Saras plötzliche Abreise geheimzuhalten. Sie hatten behauptet, daß Sara ihrer älteren Schwester Lillian, die mit ihrem Mann und einem kleinen Sohn in den Kolonien in Amerika lebte, einen Besuch abstatten wollte.

Ursprünglich hatte Sara ihrem Vater die Wahrheit anvertrauen wollen, aber dann hatte sie sich doch dagegen entschieden. Auch wenn er vernünftiger war als seine Verwandten, so war er doch durch und durch ein Winchester, und er verabscheute Tante Nora ebensosehr wie seine Brüder, auch wenn er es seiner Frau zuliebe nicht laut aussprach.

Die Winchesters hatten Nora ausgestoßen, weil sie durch ihre Heirat Schande über die Familie gebracht hatte, und obwohl die Eheschließung schon vor vielen Jahren stattgefunden hatte, konnten die Winchesters die Schmach, daß sie einen Mann gewählt hatte, der weit unter ihrem Stand war, nicht vergessen. Die Winchesters waren sehr rachsüchtig und handelten stets nach dem Motto »Auge um Auge«. Sie vergaben niemandem, der sie beleidigt oder in der Öffentlichkeit lächerlich gemacht hatte, und betrachteten jeden, der ihre Ehre kränkte, für immer als ihren Feind.

Sara wußte schon lange, daß ihre Tante in Ungnade gefallen war, da es Nora streng verboten war, sie in London zu besuchen. Aber sie hatte gehofft, daß ihre Onkel mit der Zeit etwas nachgiebiger werden würden. Zu ihrem Leidwesen war jedoch genau das Gegenteil der Fall. Sie hatten sogar Saras Mutter verboten, mit ihrer Schwester zu sprechen.

Sara hatte ihre Tante überreden können, sie nach London zu begleiten, und sie waren vor zwei Wochen im Hafen angekommen. Seither war Nora spurlos verschwunden.

Sara wurde fast verrückt vor Angst. Der Zeitpunkt, an dem sie ihren Plan in die Tat umsetzen mußte, rückte immer näher, und ihre Nerven waren zum Zerreißen gespannt. Bis jetzt hatte Sara ein wohlbehütetes Leben geführt, und es hatte immer jemanden gegeben, der sich um sie gekümmert hatte, aber bei diesem Unternehmen war sie ganz auf sich allein gestellt. Sie betete zu Gott, daß sie der Aufgabe gewachsen sein möge – schließlich stand Noras Leben auf dem Spiel.

Schreckensvisionen hatten die letzten zwei Wochen in einen Alptraum verwandelt. Jedesmal, wenn die Türglocke anschlug, war Sara darauf gefaßt gewesen, daß die Polizei die Nachricht überbrachte, daß Noras Leiche irgendwo gefunden worden war. Schließlich, als sie schon glaubte, die Anspannung nicht mehr ertragen zu können, hatte Nicholas, Saras treu ergebener Diener, bei seinen Nachforschungen Erfolg gehabt. Er hatte herausgefunden, daß die Winchester-Brüder Nora auf dem Dachboden in Onkel Henrys Stadthaus gefangenhielten, bis sie alle Vorkehrungen, die nötig waren, um Nora in ein Irrenhaus einweisen lassen zu können, getroffen hatten. Noras beträchtliches Vermögen wollten die Brüder unter sich aufteilen.

»Diese Blutsauger«, zischte Sara. Ihre Hand bebte, als sie den Riemen, der ihre Reisetasche hielt, festzog. Sie versuchte sich selbst einzureden, daß sie vor Wut und nicht aus Angst zitterte. Jedesmal wenn sie an die schrecklichen Dinge dachte, die ihre Tante durchmachen mußte, wurde sie zornig und verfluchte ihre Verwandtschaft.

Sie holte tief Luft, um sich zu beruhigen, trug die Tasche zum Fenster und warf sie hinaus.

»Das ist die letzte, Nicholas. Beeil dich, die Familie kommt bald zurück. Viel Glück, mein Freund«, rief sie.

Der Diener hob die Tasche auf und lief zu der wartenden Droschke. Sara schloß das Fenster, löschte die Kerze und legte sich angezogen ins Bett.

Meistens kamen ihre Eltern gegen Mitternacht von den Abendgesellschaften zurück. Als Sara Schritte auf dem Korridor hörte, drehte sich sich auf den Bauch und stellte sich schlafend. Nur eine Sekunde später vernahm sie das leise Quietschen ihrer Schlafzimmertür. Sie wußte, daß ihr Vater in der Tür stand, um sich zu vergewissern, daß seine Tochter dort war, wo sie sein sollte. Sara kam es so vor, als würde er sie eine Ewigkeit anschauen, aber dann wurde die Tür geschlossen.

Sara wartete noch eine halbe Stunde, bis sie sicher war, daß sich alle zur Ruhe begeben hatten, dann stand sie auf und sammelte ihre Sachen zusammen, die sie unter dem Bett verstaut hatte. Bei ihrem Vorhaben mußte sie möglichst unauffällig bleiben, und deshalb trug sie ein dunkelblaues Reisekleid. Es war am Hals ein wenig zu weit ausgeschnitten, aber Sara hatte keine Zeit gehabt, sich um dieses Problem zu kümmern. Ihr Mantel würde das Dekolleté ohnehin verdecken. Sie war zu nervös, um sich ordentlich zu frisieren, deshalb band sie ihr Haar im Nacken zusammen, damit es ihr wenigstens nicht ins Gesicht fiel.

Nachdem sie den Brief, den sie ihrer Mutter hinterlassen wollte, auf den Frisiertisch gelegt hatte, wickelte sie ihren Regenschirm, ihre weißen Handschuhe und ihr Retikül in den Mantel und warf das lose Bündel aus dem Fenster. Dann kletterte sie auf den Sims.

Der Ast, den sie erreichen wollte, war nur einen halben Meter von der Hauswand entfernt, aber gut anderthalb Meter unter dem Fenster. Sara sandte ein Stoßgebet zum Himmel, als sie an die Kante des Fensterbretts rutschte.

Dann stieß sie sich mit einem leisen Angstschrei, den sie nicht unterdrücken konnte, vom Sims ab.

Nathan traute seinen Augen nicht. Gerade als er auf den großen Baum klettern wollte, öffnete sich das Fenster, und einige Gegenstände, die offensichtlich einer Frau gehörten, segelten durch die Luft. Der Regenschirm traf ihn an der Schulter. Der Mond spendete genügend Licht, so daß Nathan sehen konnte, wie Sara aus dem Fenster kletterte. Bevor er ihr eine Warnung, daß sie sich den Hals brechen könnte, zurufen konnte, sprang sie, und Nathan machte einen Satz nach vorn, um sie aufzufangen.

Sara bekam jedoch einen dicken Ast zu fassen und klammerte sich fest. Wieder bat sie alle Heiligen um Beistand und wartete, bis sie nicht mehr so heftig hin und her schwang, dann setzte sie ihren gefährlichen Weg fort.

»Großer Gott«, flüsterte sie immer wieder, während sie den Baum hinunterkletterte. Ihr Kleid verfing sich in einem Zweig, der Saum blieb hängen, und der hochgeschlagene Rock nahm ihr die Sicht, aber glücklicherweise berührten ihre Füße nur eine Sekunde später festen Boden. Sara ordnete ihre Kleidung und seufzte erleichtert. »Das wäre geschafft. Eigentlich war es gar nicht so schlimm.«

Guter Gott, dachte sie einen Augenblick später, jetzt belüge ich mich schon selbst. Sie bückte sich, um ihre Sachen zusammenzusuchen, und verschwendete wertvolle Minuten, indem sie ihre weißen Handschuhe überstreifte, den Staub aus ihren Kleidern klopfte und den Mantel anzog. Schließlich klemmte sie den Schirm unter den Arm und ging zur Vorderseite des Hauses.

Plötzlich hörte sie ein Geräusch hinter sich und blieb abrupt stehen. Als sie herumwirbelte, konnte sie aber nichts anderes als Bäume und Schatten entdecken. Offensichtlich hatte ihr ihre Phantasie einen Streich gespielt – vielleicht hatte sie ja auch nur ihr eigenes Herzklopfen gehört, dachte sie.

»Wo bleibt Nicholas?« murmelte sie halblaut und sah sich um. Der Diener sollte im Schatten des Nachbarhauses auf sie warten, und er hatte versprochen, sie zum Haus ihres Onkels Henry zu begleiten. Irgend etwas mußte ihn zurückgehalten haben.

Sara wartete volle zehn Minuten, aber zu guter Letzt mußte sie einsehen, daß Nicholas nicht mehr kommen würde. Sie wagte nicht, sich länger in der Nähe des Hauses aufzuhalten; das Risiko, entdeckt zu werden, war zu groß. Seit sie vor zwei Wochen nach London zurückgekehrt war, sah ihr Vater in regelmäßigen Abständen nach ihr – auch nachts. Die Hölle würde losbrechen, wenn er merkte, daß sie nicht in ihrem Zimmer war. Sara schauderte bei dem Gedanken daran, was ihr blühte, wenn man sie hier vorfand.

Ihr Herz hämmerte wild, als sie sich plötzlich bewußt wurde, daß sie vollkommen allein war und auf eigene Faust handeln mußte. Trotzig straffte sie die Schultern und machte sich entschlossen auf den Weg. Das Stadthaus ihres Onkels befand sich nur drei Straßenzüge weit entfernt, und sie brauchte bestimmt nicht allzu lange, um dorthin zu gelangen. Es war mitten in der Nacht, und die Straßen waren sicherlich menschenleer. Sara hoffte inständig, daß auch die Schurken und Bösewichte nachts schliefen – wenn nicht, dann hatte sie ja immer noch ihren Regenschirm, den sich als Waffe benutzen konnte … Sie wäre sogar bis ans Ende der Welt gelaufen, wenn sie dadurch ihre Tante vor einer weiteren Nacht unter dem Dach ihres gewalttätigen Onkels hätte bewahren können.

Sara legte das erste Stück des Weges im Laufschritt zurück, bis sie Seitenstechen bekam und gezwungen war, langsamer zu gehen. Sie atmete auf, als sie merkte, daß sich niemand auf der Straße aufhielt.

Nathan blieb ihr auf den Fersen. Er wollte zuerst erfahren, was seine Braut vorhatte, ehe er sie fing, über seine Schulter warf und zum Hafen schleppte. Er argwöhnte, daß sie wieder vor ihm auf der Flucht war, und der Gedanke irritierte ihn. Als ihm einfiel, daß sie unmöglich wissen konnte, daß er geplant hatte, sie heute zu entführen, schalt er sich selbst einen Narren.

Wohin ging sie, und was hatte sie vor? Diese Fragen beschäftigten ihn unablässig, während er ihr folgte.

Sie hatte wirklich Mut. Nathan hatte ihren leisen Angstschrei gehört, als sie vom Fenstersims gesprungen war, und er hatte auch gehört, daß sie bei der Kletterpartie gebetet hatte. Ihre ängstliche Stimme hatte ihm ein Lächeln entlockt, und als er einen Blick auf ihre wohlgeformten blassen Beine geworfen hatte, während sie in ziemlich undamenhafter Pose auf dem Boden gelandet war, hätte er beinahe laut gelacht.

Glücklicherweise hatte sie seine Anwesenheit bis jetzt noch nicht bemerkt, aber sie achtete auch gar nicht auf ihre Umgebung. Nathan war erstaunt über ihr Gottvertrauen. Sie schaute nicht ein einziges Mal zurück, sonst hätte sie ihn sicherlich entdeckt. Sie wurde nicht einmal vorsichtiger, als sie um eine Ecke bog und durch eine düstere Allee auf einen Platz zuging.

Natürlich blieb sie nicht unbemerkt. Zwei kräftige Männer mit Schwertern krochen wie Schlangen aus der Finsternis und schlichen ihr nach. Nathan war mit einem Satz hinter ihnen und wartete, bis sie sich zu ihm umgedreht hatten, bevor er beide am Kragen packte und ihre Köpfe zusammenschlug. Nathan zerrte die beiden Schurken unter einen Baum, ohne Sara dabei aus den Augen zu lassen. Saras anmutiger Gang gehörte wirklich verboten, dachte er. Der Schwung ihrer Hüften war bezaubernd ... Gerade in dem Moment, in dem Nathan diesen Gedanken hatte, gewahrte er eine Bewegung im Schatten, und er stürzte sich auf den Angreifer. Sara bog um eine Ecke, als Nathans Faust den Kiefer des Mannes traf.

Nathan mußte noch ein weiteres Mal eingreifen, um sie vor Schaden zu bewahren, bevor sie ihr Ziel erreichte. Er nahm an, daß sie Henry Winchester einen Besuch abstatten wollte, als sie vor dem Eingang seines Hauses stehenblieb und lange zu den dunklen Fenstern hinaufstarrte.

Von all ihren Verwandten war Henry mit Abstand der schändlichste, und Nathan konnte sich beim besten Willen nicht vorstellen, was Sara zu nachtschlafender Zeit im Haus dieses elenden Bastards zu suchen hatte. Daß Sara keinen Anstandsbesuch vorhatte, wurde Nathan klar, als er sah, wie verstohlen sie um das Haus schlich. Er folgte ihr und postierte sich am Seitentor, um mögliche Eindringlinge aufhalten zu können. Er verschränkte die Arme vor der Brust und nahm eine bequeme Haltung ein, während er beobachtete, wie sie sich einen Weg durchs Gebüsch bahnte und durch ein Fenster ins Haus zu kommen versuchte.

Das war der lächerlichste Einbruch, den Nathan sich vorstellen konnte. Sie hantierte ganze zehn Minuten an dem Fenster herum, um es hochzuschieben, und als sie sich auf den Sims schwang, verhedderte sich ihr Kleid im Gestrüpp und zerriß. Nathan hörte, daß sie leise jammerte, und während sie den Schaden begutachtete, glitt die Fensterscheibe wieder herunter.

Wenn sie Nadel und Faden zur Hand gehabt hätte, dann hätte sie sich bestimmt neben einen Strauch gehockt und den Riß geflickt, mutmaßte Nathan.

Nach einer Weile wandte sie sich wieder ihrer eigentlichen Aufgabe zu. Glücklicherweise war sie so schlau gewesen, ihren Regenschirm ins Fenster zu klemmen, so daß es nicht ganz zugefallen war. Sie wickelte die Bänder ihres Retiküls fester um ihr Handgelenk und machte einen Sprung, um den Fenstersims zu erreichen. Sie brauchte drei Anläufe, bis sie es geschafft hatte. Sie geriet vollkommen außer Atem, als sie sich abmühte, sich durch das Fenster zu zwängen, wobei sie alles andere als graziös wirkte. Als Nathan den lauten Knall hörte, vermutete er, daß sie entweder mit dem Kopf zuerst oder auf ihrem Hintern gelandet war. Er wartete nur eine Minute, bis er lautlos durch das Fenster glitt.

Seine Augen gewöhnten sich rasch an die Dunkelheit, aber Sara schien damit offenbar mehr Schwierigkeiten zu haben. Nathan zuckte zusammen, als er das Geräusch von zerbrechendem Glas und gleich darauf einen äußerst undamenhaften Fluch vernahm.

Gütiger Himmel, mußte sie so einen Krawall machen? Nathan kam gerade rechtzeitig in die Halle, um zu beobachten, daß Sara die Treppe hinauflief. Das verrückte Frauenzimmer murmelte die ganze Zeit vor sich hin.

Ein großer, zaundürrer Mann, den Nathan für einen der Diener hielt, zog seine Aufmerksamkeit auf sich. Der Mann sah in seinem knielangen weißen Nachthemd wie eine Witzfigur aus. In der einen Hand hielt er einen geschnitzten hölzernen Kerzenleuchter, in der anderen einen großen Brotkanten. Der Diener hob den Kerzenleuchter über seinen Kopf und schoß auf die Treppe zu, um Sara zu folgen. Nathan bekam ihn am Kragen zu fassen und nahm ihm den Kerzenhalter aus der Hand, damit er nicht auf den Boden polterte, wenn er den Mann ins Reich der Träume schickte. Er zerrte den bewußtlosen Diener in eine Nische, die sich neben der Treppe befand und lauschte auf den Lärm, der aus einem der oberen Stockwerke kam.

Sara war offenkundig als Dieb gänzlich ungeeignet. Nathan hörte Türenknallen. Grundgütiger Himmel – mit diesem Radau konnte sie Tote aufwecken ... Was, zum Teufel, suchte sie überhaupt?

Ein schriller Schrei zerriß die Luft. Nathan seufzte matt und machte sich auf den Weg, um diese ungeschickte Frau einmal mehr vor Schaden zu bewahren. Auf dem Treppenabsatz hielt er inne. Sie war nicht allein. Nathan huschte zurück in die Nische und wartete. Einen Augenblick später erkannte er, weshalb sie mitten in der Nacht solche Anstrengungen unternommen hatte, um in dieses Haus zu gelangen. Sara hatte den Arm um die gebeugten Schultern einer Frau gelegt und half ihr, die Treppe hinunterzugehen. Er konnte das Gesicht der Frau nicht sehen, aber an ihrem langsamen, zögernden Gang erkannte er, daß sie entweder sehr schwach war oder große Schmerzen hatte.

»Bitte, weine nicht, Nora«, flüsterte Sara. »Alles wird gut, dafür werde ich schon sorgen.«

Als sie die Halle erreichten, zog Sara ihren Mantel aus und legte ihn um die Schultern der anderen Frau. Dann beugte sich sich vor und küßte sie auf die Stirn.

»Ich wußte, daß du kommen würdest, Sara. Daran habe ich keinen Augenblick gezweifelt. Ich habe in meinem Herzen gespürt, daß du eine Möglichkeit findest, mir zu helfen.«

Nora schluchzte und wischte sich mit dem Handrücken über die Augen. Nathan bemerkte die blauen Flecken an ihren Handgelenken – er wußte, was solche Male verursachte; die Frau war offensichtlich gefesselt gewesen.

Sara ordnete die Frisur der älteren Frau. »Ich lasse dich nie im Stich, liebe Tante Nora. Ich würde niemals zulassen, daß dir ein Leid geschieht«, sagte sie und fügte im heiteren Ton hinzu: »So, jetzt ist dein Haar wieder hübsch.«

Nora ergriff Saras Hand. »Was wäre mit mir geschehen, wenn du nicht gekommen wärst, Kind?«

»Darüber brauchst du dir jetzt keine Sorgen mehr zu machen«, erwiderte Sara sanft. Sie merkte, daß ihre Tante Gefahr lief, die Fassung zu verlieren, und sie selbst fühlte sich auch elend. Als sie die Blutergüsse in Noras Gesicht und an ihren Armen ansah, hätte sie am liebsten geweint.

»Du bist nur nach England gekommen, weil ich dich darum gebeten habe«, erinnerte Sara ihre Tante. »Ich habe gehofft, daß das Wiedersehen mit deiner Schwester ein freudiges Ereignis wird, aber ich habe mich gründlich geirrt. Daß das alles passiert ist, ist nur meine Schuld, Nora. Ab jetzt lasse ich dich nie mehr allein, bis du in Sicherheit bist.«

»Du bist ein so liebes Kind.«

Saras Hand zitterte, als sie versuchte den Riegel an der Haustür zurückzuschieben.

»Wie hast du mich überhaupt gefunden?« fragte Nora, die ein paar Schritte hinter ihr stand.

»Das spielt doch jetzt keine Rolle«, sagte Sara, der es gelungen war, den Riegel beiseite zu schieben, und öffnete die Tür. »Wir haben jede Zeit der Welt, um über alles zu sprechen, wenn wir auf dem Schiff sind, aber jetzt sollten wir uns beeilen, von hier wegzukommen. Ich habe Passagen auf einem Schiff gebucht, das dich heimbringen wird.«

»Oh, ich kann London nicht sofort verlassen.«

Sara drehte sich um und musterte ihre Tante prüfend. »Was willst du damit sagen? Alles ist vorbereitet, Nora. Ich habe die Schiffstickets mit meinem letzten Geld bezahlt. Bitte, mach jetzt keine Schwierigkeiten. Wir müssen noch heute nacht abreisen, es ist zu gefährlich für dich, noch einen Augenblick länger in London zu bleiben.«

»Henry hat mir meinen Ehering weggenommen«, erklärte Nora und schüttelte den Kopf so heftig, daß der silberne Haarknoten, den Sara festgesteckt hatte, auf eine Seite rutschte. »Ich werde England nicht ohne meinen Ring verlassen. Mein Johnny, Gott hab' ihn selig, hat mir das Versprechen abgenommen, daß ich ihn niemals ablege. Ich kann nicht ohne diesen Ring nach Hause fahren, Sara, er ist zu wertvoll für mich.«

»Ja, wir müssen ihn finden«, sagte Sara schnell, als sich die Augen ihrer Tante mit Tränen füllten. Sie fürchtete ernsthaft, daß Nora einen Nervenzusammenbruch erleiden würde. »Kannst du dir vorstellen, wo Onkel Henry ihn versteckt haben könnte?«

»Das ist ja das Schreckliche!« sagte Nora mit schriller Stimme. Sie lehnte sich an das Geländer der Treppe und preßte die Hände auf ihre schmerzende Brust. »Henry hat den Ring gar nicht versteckt, er trägt ihn an seinem kleinen Finger wie eine Trophäe. Wenn wir wüßten, wo er sich heute nacht betrinkt, könnten wir den Ring vielleicht zurückholen.«

Sara nickte, aber ihr Magen drehte sich fast um bei dem Gedanken an das, was sie tun mußte. »Nicholas ist ihm am Abend gefolgt, er hat mir gesagt, wo sich Henry aufhält ... Nora, bist du in der Lage, ein paar Schritte bis zur nächsten Kreuzung zu gehen? Ich habe nicht gewagt, die Droschke direkt vor das Haus zu bestellen, weil ich befürchtete, daß Onkel Henry heute früher nach Hause kommen könnte.«

»Natürlich kann ich gehen«, erwiderte Nora und bewegte sich mit steifen Schritten auf die Tür zu. »Gütiger Himmel«, flüsterte sie, »wenn mich deine Mutter jetzt sehen könnte, würde sie sich in Grund und Boden schämen. Mitten in der Nacht gehe ich im Nachthemd und einem geliehenen Mantel auf der Straße spazieren!«

Sara lächelte. »Wir werden ihr einfach nichts davon erzählen.« Als sie das verzerrte Gesicht ihrer Tante sah, erschrak sie. »Du hast schreckliche Schmerzen, nicht wahr?«

»Unsinn«, gab Nora zurück. »Ich fühle mich schon sehr viel besser. Komm jetzt«, setzte sie in strengerem Ton hinzu. »Wir sollten hier nicht herumtrödeln.« Sie hielt sich an dem Eisengeländer fest und ging die Außentreppe hinunter. »Es braucht mehr als einen Winchester, um mich unterzukriegen.«

Sara wollte die Tür hinter sich zuziehen, überlegte es sich aber anders und sagte: »Ich glaube, ich lasse die Tür lieber weit offen. Vielleicht kommt da jemand vorbei, der sich mit Onkel Henrys Habseligkeiten bedienen möchte. Aber wahrscheinlich geht meine Hoffnung nicht in Erfüllung. Ich bin auf dem ganzen Weg hierher nicht einem einzigen Menschen begegnet, der so aussah, als ob er Böses im Schilde führen würde.«

»Großer Gott, Sara, heißt das, daß du zu Fuß hierhergekommen bist?« fragte Tante Nora entsetzt.

»Ja, das bin ich«, antwortete sie mit einer Spur Stolz in der Stimme. »Aber es ist alles gutgegangen, ich mußte kein einziges Mal meinen Regenschirm benutzen, um einen Bösewicht abzuwehren ... Himmel, ich habe meinen Schirm auf dem Fenstersims liegenlassen.«

»Laß ihn dort«, befahl Nora, als Sara Anstalten machte, ins Haus zurückzulaufen. »Wir sollten unser Schicksal nicht über Gebühr herausfordern. Gib mir deinen Arm, Liebes. Ich stütze mich ein wenig auf dich, bis wir die Kutsche erreichen. Bist du wirklich zu Fuß gegangen, Sara?«

Sara lachte. »Um die Wahrheit zu sagen, ich bin die meiste Zeit gerannt. Ich habe mich gefürchtet, aber es ist ja nichts passiert. Ich denke, daß all das Gerede über die unsicheren Straßen von London übertrieben ist.«

Die beiden Damen verschwanden in der Finsternis, nur

Saras Lachen war noch zu hören. Die Kutsche erwartete sie an der nächsten Straßenecke. Sara half ihrer Tante gerade in das Gefährt, als sich ein finsterer Geselle näherte. Nathan verhinderte ein Unheil, indem er sich dem Mann in den Weg stellte. Als der Gauner die kräftige Gestalt sah, machte er auf dem Absatz kehrt und verschwand im Schatten.

Nathan glaubte, daß ihn die ältere Lady entdeckt hatte. Sie sah gerade in dem Augenblick über die Schulter, in dem er ins Mondlicht trat, aber er vermutete, daß ihre Augen altersschwach waren, denn sie drehte sich um, ohne die geringste Reaktion zu zeigen.

Sara war zu beschäftigt, mit dem Kutscher über den Fahrpreis zu streiten, um zu bemerken, was um sie herum geschah. Nach längerem Feilschen nahm sie neben ihrer Tante auf dem Sitz Platz. Als sich die Droschke in Bewegung setzte, schwang sich Nathan auf das hintere Trittbrett. Das Gefährt ruckte ein wenig wegen des zusätzlichen Gewichts, bevor es Geschwindigkeit zulegte.

Sara machte Nathan die Entführung wirklich leicht. Er hatte gehört, wie sie ihrer Tante erzählt hatte, daß sie London mit dem Schiff verlassen wollten, also nahm er an, daß sie jetzt zum Hafen fuhren. Aber plötzlich hielt die Kutsche in einer Seitenstraße vor einer der verrufensten Spelunken der Stadt.

Sie will diesen verdammten Ehering holen, dachte Nathan grimmig. Er sprang vom Trittbrett und trat hinter der Droschke ins Licht, um sich den Männern, die vor der Kneipe herumlungerten, zu zeigen. Er baute sich breitbeinig vor ihnen auf, legte die Hand auf den Griff der zusammengerollten Peitsche, die in seinem Gürtel steckte, und musterte das Grüppchen mit finsterem Blick.

Als die Männer ihn gewahrten, zogen sich drei von ihnen

in den Schankraum zurück. Die anderen vier lehnten sich an die Mauer und richteten ihre Blicke auf den Boden vor sich.

Der Kutscher sprang vom Bock und ging zum Fenster der Droschke, um weitere Instruktionen entgegenzunehmen. Dann eilte er in die Taverne und kehrte nach knapp einer Minute zurück. Bevor er seinen Platz auf dem Kutschbock wieder einnahm, brummte er, daß er für all den Ärger, den er überstanden hätte, eine dicke Belohnung verdient habe.

Kurze Zeit später öffnete sich die Tür der Taverne erneut. Ein Mann mit mürrischer Miene und einem riesigen Bauch kaum heraus. Seine vom vielen Tragen fadenscheinigen Kleider waren zerknittert und schmutzig. Er strich seine fettigen Haarsträhnen aus der Stirn, bevor er beflissen ans Fenster der Kutsche eilte.

»Mein Herr, Henry Winchester, ist zu betrunken, um zu Euch zu kommen«, verkündete er. »Wir halten uns in diesem Teil der Stadt auf, um uns ungestört unseren Vergnügungen hinzugeben, Mylady. Ich stehe Euch an seiner Stelle zu Diensten. Euer Kutscher hat gesagt, daß Ihr ein Bedürfnis habt. Ich glaube, ich bin genau der richtige Mann, der Eure Bedürfnisse stillen kann.«

Der widerwärtige Mann kratzte sich in der Leistengegend, während er gespannt die Antwort auf sein Angebot erwartete. Ein ekelhafter Gestank von Bier und Schweiß drang in das Innere der Kutsche, und Sara hielt sich ihr parfümiertes Taschentuch vor die Nase. Sie wandte sich ihrer Tante zu und flüsterte: »Kennst du diesen Mann?«

»Nur zu gut«, erwiderte Nora. »Sein Name ist Clifford Duggan, und er ist der Handlanger deines Onkels. Er hat ihm geholfen, mich in sein Haus zu bringen.«

»Hat er dich geschlagen?«

»Ja, Liebes ... mehrere Male.«

Der Diener, über den sie sich unterhielten, konnte nicht sehen, wer in der Kutsche saß, und er beugte sich ein wenig vor, um seine Beute besser in Augenschein nehmen zu können.

Nathan rückte näher an ihn heran, um ihn, wenn er sich Freiheiten seiner Braut gegenüber herausnahm, zurückreißen zu können. Er hielt mitten in der Bewegung inne, als eine weißbehandschuhte Faust aus dem geöffneten Fenster flog und direkt auf der Knollennase des fetten Mannes landete.

Clifford war gänzlich unvorbereitet auf diesen Angriff. Er heulte auf, wich zurück und stolperte über seine eigenen Füße. Mit einem dumpfen Schlag fiel er auf die Knie. Sara war über ihren Erfolg selbst erstaunt. Sie riß die Droschkentür so vehement auf, daß sie gegen den ohnehin schon geschlagenen Mann prallte. Nach dieser neuerlichen Attacke machte er einen Purzelbaum und landete auf seinem Hinterteil.

Die vier Männer grölten bei dem Spektakel, das ihnen geboten wurde. Sara achtete gar nicht auf sie, kletterte aus der Kutsche und reichte ihrer Tante die Handschuhe und das Retikül durchs Fenster, bevor sie dem Burschen auf dem Boden ihre Aufmerksamkeit erneut widmete.

Sie war viel zu wütend, um Angst zu empfinden, und baute sich vor ihrem Feind wie ein Racheengel auf. Ihre Stimme bebte vor Zorn, als sie sagte: »Wenn Ihr jemals wieder eine Lady mißhandelt, Clifford Duggan, dann werde ich bei Gott dafür sorgen, daß Ihr einen langsamen qualvollen Tod erleidet.«

»Ich habe niemals einer Lady etwas zuleide getan«, protestierte Clifford und bereitete sich darauf vor, sich auf Sara zu stürzen. Plötzlich stutzte er. »Woher kennt Ihr meinen Namen?«

In diesem Moment lehnte sich Nora aus dem Fenster. »Ihr seid ein schändlicher Lügner, Clifford«, kreischte sie. »Ihr werdet für all Eure Sünden in der Hölle schmoren.«

Cliffords Augen wurden groß vor Staunen. »Wie seid Ihr aus ...?«

Sara schnitt ihm mit einem Fußtritt das Wort ab. Das war zuviel für Duggan. Er musterte sie mit einem unverschämten Gesichtsausdruck und spottete: »Ihr glaubt doch nicht, daß Ihr mich mit Euren schwachen Schlägen außer Gefecht setzen könnt!« Und als er einen Blick auf die vier feixenden Zuschauer warf, mußte er zugeben, daß sein Stolz wesentlich mehr verletzt war als sein Körper. Das höhnische Gelächter, das ihm in den Ohren dröhnte, tat ein übriges. »Der einzige Grund, warum ich mich nicht wehre, ist der, daß mein Herr sich bestimmt zuerst mit Euch beschäftigen möchte, bevor er Euch mir überläßt.«

»Offenbar habt Ihr keine Ahnung, in welchen Schwierigkeiten Ihr Euch befindet, Clifford«, versetzte Sara. »Sobald mein Mann von diesem Vorfall erfährt, wird es Euch schlecht ergehen. Der Marquis of St. James wird von jedermann gefürchtet – sogar von so niederträchtigten Gestalten wie Euch, Clifford. Wenn ich ihm erzähle, wie abscheulich Ihr Euch benommen habt, wird er geeignete Maßnahmen ergreifen. Das geht ganz rasch –« sie schnippte mit dem Finger, um ihre Behauptung zu unterstreichen. »Oh, diese Ankündigung scheint sie ja wirklich zu beeindrukken«, fügte sie hinzu, als sie bemerkte, daß seine Miene von Angst und Schrecken gezeichnet war. Er hatte seine Versuche, wieder auf die Füße zu kommen, aufgegeben und rutschte auf seinem Hosenboden ein Stück zurück.

Sara war außerordentlich zufrieden mit sich. Die Wirkung, die sie mit ihrem Bluff erzielt hatte, hätte nicht stärker sein können. Was sie nicht gewahrte, war, daß Clifford seinen Blick starr auf den Riesen, der drei Meter hinter ihr stand, gerichtet hatte. Sie war sich sicher, daß allein die Erwähnung des Namens St. James ihn in Panik versetzt hatte. »Ein Mann, der eine Lady schlägt, ist ein Feigling, und mein Mann macht mit einem Feigling so kurzen Prozeß wie mit einer lästigen Fliege«, behauptete sie. »Wenn Ihr daran zweifelt, dann solltet Ihr bedenken, daß er durch und durch ein St. James ist.«

»Sara, Liebes«, schaltete sich Nora ein. »Würdest du mich in diese Taverne begleiten?«

Sara ließ Clifford nicht aus den Augen, als sie antwortete: »Nein, Nora, du bist für einen solchen Besuch nicht passend gekleidet. Ich bin gleich zurück.«

»Beeil dich«, bemerkte Nora, »sonst holst du dir noch eine Erkältung.«

Nora lehnte immer noch aus dem Fenster und hatte ungehinderte Sicht auf Nathan. Er erwiderte den Blick aus ihren kugelrunden Augen mit einem knappen Nicken, bevor er sich wieder seiner Braut zuwandte.

Nora war nicht entgangen, auf welche Weise der imposante Mann die Meute in Schach hielt. Seine bloße Körpergröße machte schon ungeheuren Eindruck, und ihr genügte nur ein Blick, um zu erkennen, daß er dafür verantwortlich war, daß Sara noch nicht in den Fängen der düsteren Gestalten war. Nora überlegte einen kurzen Moment, ob sie Sara auf den Mann aufmerksam machen sollte, entschied sich aber dagegen. Sara hatte im Augenblick andere Sorgen, und Nora konnte ihr, wenn sie ihre Mission beendet hatte, immer noch von ihm erzählen.

Nathan beobachtete seine Braut – sie steckte wirklich voller Überraschungen, und er hatte Schwierigkeiten, sich damit abzufinden. Er wußte, wie feige und hinterlistig die Winchesters waren, und hatte schon oft erlebt, daß sie ihre schmutzigen Machenschaften nur im Schutz der Dunkelheit abwickelten. Aber Sara benahm sich ganz und gar nicht wie eine Winchester. Sie hatte Mut bewiesen, um die alte Lady aus ihrer bedrohlichen Lage zu befreien. Und, großer Gott, sie war mehr als ungestüm, wenn sie jemand in Wut brachte. Nathan hätte sich kein bißchen gewundert, wenn sie eine Pistole hervorgekramt und ihrem Gegner eine Kugel in den Kopf gejagt hätte. Zornig genug dafür war sie.

Sara umkreiste Clifford einmal und bedachte ihn mit einem strengen Blick, bevor sie in die Taverne stürmte.

Kaum war sie außer Reichweite, ging Nathan zu Clifford und packte ihn im Nacken. Dann hob er ihn hoch und schleuderte ihn gegen die Steinmauer. Die vier Zuschauer flohen in alle Richtungen. Clifford prallte dumpf gegen die Mauer und blieb bewußtlos auf dem Boden liegen.

»Guter Mann«, rief Nora, »ich denke, es ist besser, wenn sie in den Schankraum gehen. Sara könnte Ihre Hilfe unter Umständen nötig haben.«

Nathan warf einen finsteren Blick auf die Frau, die es gewagt hatte, ihm einen Befehl zu erteilen, als in der Taverne Pfiffe und donnerndes Gelächter laut wurden. Er brummte frustriert und ging auf die Tür zu.

Sara entdeckte ihren Onkel, der, über einen Alekrug gebeugt, an einem runden Tisch in der Mitte der Schänke schlief, bahnte sich einen Weg durch die angetrunkenen Männer und baute sich vor ihm auf. Sie mußte sich eine plausible Geschichte einfallen lassen, um ihm Tante Noras Ehering abzuluchsen. Plötzlich sah sie den Silberring an seiner Hand blitzen und vergaß alle möglichen Erklärungen. Bevor sie sich genau überlegt hatte, wie sie vorgehen sollte, ergriff sie den vollen Alekrug, der auf dem Tisch stand und leerte ihn über seinem kahlen Schädel aus.

Er war viel zu betrunken, um sofort zu reagieren. Er stieß einen donnernden Schrei aus, der von einem lauten Rülpser unterbrochen wurde und kam torkelnd auf die Füße. Sara hatte ihm den Ring vom Finger gezogen, noch ehe sein Verstand so klar war, daß er sie bemerkte.

Er brauchte eine ganze Weile, bis er seinen Blick auf sie konzentrieren konnte. Sara steckte den Ring an ihren Finger und wartete.

»Mein Gott ... Sara? Was hast du hier zu suchen? Stimmt etwas nicht?« lallte er aufgebracht, was ihn so viel Anstrengung kostete, daß er erschöpft auf seinen Stuhl zurückplumpste. Er starrte sie ein paar Sekunden aus blutunterlaufenen Augen an. Als er den Kopf senkte, fiel sein Blick auf den leeren Alekrug. »Wo ist mein Bier?« brüllte er den Wirt an.

Sara war von ihrem Onkel angewidert. Obwohl sie vermutete, daß er sich kein einziges Wort von dem merken würde, was sie ihm zu sagen hatte, beschloß sie, ihn wissen zu lassen, daß sie ihn für einen schändlichen Halunken hielt. »Du willst wissen, ob etwas nicht stimmt?« fragte sie spöttisch. »Du bist ein grausamer Schurke, Onkel Henry. Wenn mein Vater erfährt, was ihr, du und deine anderen Brüder, Tante Nora angetan habt, wird er sicherlich die Polizei benachrichtigen und euch an den Galgen bringen.«

»Was sagst du da?« fragte Henry und rieb sich die Stirn, um sich besser auf das Gespräch konzentrieren zu können. »Nora? Du belästigst mich wegen diesem nichtsnutzigen Weib?« Bevor Sara etwas auf diese unverschämte Bemerkunge erwidern konnte, polterte er los: »Dein Vater wußte von Anfang an von unserem Plan. Nora ist zu alt, um allein ihre Angelegenheiten regeln zu können. Wir wissen, was das Beste für sie ist ... Du brauchst es gar nicht zu versuchen, Mädchen, ich erzähle dir auf keinen Fall, wo sie ist.«

»Ihr wißt, was das Beste für sie ist?« wiederholte Sara schrill. »Ihr wollt nur ihr Vermögen an euch bringen, das ist der einzige Grund. Alle Welt weiß von deinen Spielschulden, Onkel, und du hast eine bequeme Möglichkeit gefunden, sie zu begleichen. Um an das Geld zu kommen, hast du beschlossen, Nora in ein Irrenhaus zu sperren.«

Henrys düsterer Blick wanderte zwischen dem leeren Bierkrug und seiner Nichte hin und her, und mit einemmal dämmerte ihm vage, daß sie das Bier über seinen Kopf geschüttet hatte. Er betastete seinen Kragen, um sich zu vergewissern, und als er spürte, daß er feucht war, geriet er außer sich: »Wir werden sie beseite schaffen und du wirst uns nicht daran hindern«, brüllte er. »Jetzt verschwinde von hier, bevor ich dich übers Knie lege.«

Ein Kichern ertönte hinter ihr, und Sara wirbelte herum. »Trinkt Euer Bier, Sir, und haltet Euch aus dieser Angelegenheit heraus«, fauchte sie, dann wandte sie sich wieder ihrem Onkel zu und sagte: »Du erzählst Lügen über meinen Vater, er würde niemals einem so schändlichen Plan zustimmen. Und was die Prügel betrifft, die du mir androhst – wenn du Hand an mich legst, wirst du es mit meinem Mann zu tun bekommen. Wenn ich ihm davon erzähle, wird er rasen vor Zorn.« Sie nickte, um ihre Worte zu bekräftigen.

Sara hoffte, daß die Anspielung auf die Entschlossenheit ihres Mannes dieselbe Wirkung auf ihren Onkel wie auf Clifford haben würde.

Ihre Hoffnung erfüllte sich nicht. Henry war überhaupt nicht beeindruckt und schnaubte verächtlich. »Du bist genauso verrückt wie Nora, wenn du glaubst, daß ein St. James jemals Anstalten machen würde, dich zu verteidigen. Ich könnte dich windelweich schlagen, und niemand würde davon Notiz nehmen, am allerwenigsten dein Ehemann.«

Sara blieb standhaft und beschloß, ihrem Onkel das Versprechen abzunehmen, daß er und seine Brüder Nora in Ruhe lassen würden. Sie befürchtete, daß sie Nora überall aufstöbern und nach England zurückschaffen könnten. Ihr Vermögen war immerhin so groß, daß sich die Mühe lohnen würde.

Sie war so wütend auf ihren Onkel, daß sie gar nicht registrierte, daß einige bedrohliche Gestalten langsam auf sie zukamen. Nathan hingegen bemerkte es. Einer der Burschen, den er für den Anführer der Bande hielt, leckte sich die Lippen in freudiger Erwartung auf das Vergnügen, das ihm dieses Mädchen bereiten würde.

Sara erkannte plötzlich die Sinnlosigkeit ihres Plans und sagte: »Eigentlich wollte ich dich bitten, mir dein Wort zu geben, daß du Tante Nora nichts zuleide tust, Onkel Henry. Aber jetzt weiß ich, daß es verrückt wäre, anzunehmen, daß ein solcher Bastard wie du sein Wort halten würde. Ich verschwende hier nur meine Zeit.«

Ihr Onkel holte aus, um ihr eine Ohrfeige zu versetzen. Sara hatte keine Mühe, ihm auszuweichen. Sie ging rückwärts, bis sie an etwas Massives stieß. Sie drehte sich um und sah sich plötzlich von lauter übel aussehenden Männern umringt. Diese Kerle brauchen dringend ein Bad, schoß es ihr durch den Kopf.

Alle waren so fasziniert von der wunderschönen Lady, daß Nathan gänzlich unbemerkt blieb, und ihre Lüsternheit machte sie unvorsichtig. Es dauerte nicht lange, bis sie diesen Fehler bereuten. Nathan lehnte sich an die geschlossene Tür und wartete auf die erste Provokation.

Ab diesem Zeitpunkt geschah alles sehr schnell. Als der erste Halunke Saras Arm festhielt, stieß Nathan einen zornigen Schrei aus. Der Laut war tief und ohrenbetäubend ... und wirksam. Alle, die sich in der Schänke befanden, erstarrten – alle, bis auf Sara. Sie machte einen Satz zur Seite und wirbelte herum, um die Quelle des Lärms auszumachen.

Sie hätte laut geschrien, wenn ihre Kehle nicht plötzlich wie zugeschnürt gewesen wäre. Ihr stockte der Atem, und ihre Knie wurden weich, als sie den riesigen Mann, der vor der Tür stand, ansah. Sara mußte sich an einem Tisch festhalten, um nicht umzufallen. Ihr Herz hämmerte wie wild, und sie war sicher, im nächsten Augenblick vor Angst zu sterben.

Grundgütiger Himmel, was war das? Nein, nicht was, korrigierte sie sich selbst – wer. Sie glaubte, dem Wahnsinn nahe zu sein. Er war ein Mann – ja, ein Mann –, aber der größte, der gefährlichste, der ... o Gott, er starrte sie an.

Er krümmte den Zeigefinger und machte ihr ein Zeichen.

Sie schüttelte den Kopf.

Er nickte.

Der Raum begann sich zu drehen ... Sie mußte nur ihren Verstand beisammenhalten. Sara betrachtete den Riesen und suchte verzweifelt nach etwas an ihm, was nicht so erschreckend war. In diesem Moment spürte sie, daß jemand ihren Arm umklammerte. Ohne den Blick von dem Hünen zu wenden, wischte sie die Hand beiseite. Dieser Riese brauchte als einziger kein Bad, das war immerhin etwas. Sein braunes Haar, das fast den gleichen Farbton hatte wie seine sonnengebräunte Haut, schien auch sauber zu sein. Großer Gott, dachte sie, seine Arme und seine Schulter waren so ... muskulös – ebenso wie seine Schenkel, die sich unter seinen enganliegenden Breeches abzeichneten. Es waren saubere Breeches – Verbrecher trugen nur zerknitterte, stinkende Kleider, oder nicht? Also, dachte sie mit all der Logik, zu der sie in diesem Augenblick fähig war, also konnte er kein Verbrecher sein. Diese Schlußfolgerung bewirkte, daß sie sich besser fühlte, und sie war endlich in der Lage, tief durchzuatmen. Gut, er ist kein Verbrecher, aber er ist bestimmt ein Kreuzritter oder ein Wikinger – schon allein wegen des langen Haars, dachte sie, als sie ihre eingehende Betrachtung beendet hatte. Ja, er war ganz sicher ein Barbar, der sich in ihre Zeit verirrt hatte.

Ich muß übergeschnappt sein, überlegte sie. Der grünäugige Kreuzritter winkte sie schon wieder zu sich. Sie drehte sich um, nur um sich zu vergewissern, daß er niemand anderen meinte. Da war niemand.

Er meinte sie. Ihr Magen flatterte. Sie blinzelte, aber er verschwand nicht; dann schüttelte sie den Kopf, um diese teuflische Vision aus ihrem Geist zu vertreiben.

Er krümmte erneut seinen Finger. »Komm her.«

Seine tiefe Stimme klang arrogant. Gütiger Himmel, sie bewegte sich doch tatsächlich auf ihn zu! In diesem Augenblick brach die Hölle los. Eine Peitsche zischte durch die Luft, die Narren, die versuchten, Sara zurückzuhalten, schrien gellend auf; der Lärm dröhnte in Saras Ohren, aber sie drehte sich nicht um, um das Ausmaß der Zerstörung zu betrachten. Ihr Blick war starr auf den Mann gerichtet, der systematisch die ganze Spelunke verwüstete.

Alles sah so einfach aus. Eine leichte Bewegung seines Handgelenks, die ihm nicht die geringste Mühe zu machen schien, hinterließ verheerende Spuren.

Sara gewahrte, daß sein Blick immer eindringlicher wurde, je näher sie ihm kam.

Der finstere Ritter war offenkundig in ausgesprochen schlechter Stimmung. Sie beschloß, sich seinen Wünschen zu fügen, bis sie ihre Fassung wiedergewonnen hatte. Dann wollte sie aus der Tür rennen, in die Kutsche springen und in Richtung Hafen preschen. Das war ein guter

Plan, lobte sie sich selbst; das Problem war nur, daß der Wikinger die Tür blockierte. Sie fühlte eine Hand auf ihrer Schulter, und bevor sie reagieren konnte, hörte sie das Zischen der Peitsche. Plötzlich flog Sara förmlich auf den Riesen zu, fest entschlossen, ihn zu erreichen, bevor ihr das Herz stehenblieb. Sie schwankte, als sie direkt vor ihm stand, legte den Kopf zurück und sah in diese irritierend grünen Augen, bis er seinen Blick auf ihr Gesicht senkte. Instinktiv streckte sie die Hand aus und berührte seinen Arm, nur um festzustellen, ob er aus Fleisch und Blut oder ein Produkt ihrer Phantasie war.

Er war aus Fleisch und Blut. Seine Haut fühlte sich wie Stahl an, wie warmer Stahl.

Es war verrückt, aber je länger sie ihn betrachtete, desto sicherer fühlte sie sich. Sie lächelte erleichtert. Nathan hob eine Augenbraue, und sie flüsterte: »Ich weiß, daß du kein Schurke bist, Wikinger.«

Plötzlich fühlte sich Sara schwerelos, sie schwebte durch einen dunklen Tunnel, an dessen Ende der bronzefarbene Wikinger im grellen Sonnenlicht stand.

Nathan fing sie auf, bevor sie auf dem Boden aufschlug. Seine Braut war ohnmächtig, und er legte sie über die Schulter. Er ließ seinen Blick über den Schankraum schweifen, um sicherzugehen, daß er ganze Arbeit geleistet hatte. Überall Menschenleiber, aber trotzdem hatte Nathan das Gefühl, daß er noch etwas erledigen mußte. Der Drang, dem Winchester-Bastard, der unter einem Tisch kauerte, einen Denkzettel zu verpassen, überwältigte ihn. Er hörte, daß der Mann schluchzte. Nathan stieß den Tisch beiseite, um sein Opfer betrachten zu können.

»Weißt du, wer ich bin, Winchester?«

Henry rollte sich zusammen und schüttelte den Kopf,

wobei seine schwabbelige Wange immer wieder gegen die Fußbodendielen klatschte.

»Sieh mich an, Bastard.« Seine Stimme klang wie Donnergrollen.

Henry hob den Kopf.

»Ich bin der Marquis of St. James. Wenn du jemals auch nur in die Nähe meiner Frau oder in die der alten Lady kommst, werde ich dich töten. Hast du mich verstanden?«

»Ihr seid ... der ...?« Die Galle, die in Henry hochstieg, machte ihm das Sprechen unmöglich. Er würgte. Nathan versetzte ihm einen Tritt mit der Stiefelspitze, drehte sich um und marschierte aus der Schänke.

Der Wirt kroch aus seinem Versteck hinter der Theke und betrachtete das Chaos. Heute würde er wohl kaum noch ein Bier verkaufen, seine Gäste waren sicher nicht mehr in der Lage, einen Drink zu sich zu nehmen. Sie bedeckten den hölzernen Fußboden wie weggeworfene Erdnußschalen. Diesen Anblick würde er seiner Lebtag nicht vergessen, und das wollte er auch gar nicht. Er mußte sich jedes Detail einprägen, um seinen Freunden beim nächsten Zusammentreffen davon erzählen zu können. Er wußte schon, was die Pointe seiner Geschichte sein würde: Der hochnäsige Winchester heulte wie ein kleines Kind. Das sorgte bestimmt für einen Lacherfolg. Ein Würgegeräusch riß den Wirt aus seinen Träumereien, er sah sich um und entdeckte, daß sich der großmächtige Winchester auf den Boden erbrach.

Der Wutschrei des Wirts wurde von Noras Kreischen übertönt. Als sie sah, daß ihre Nichte über der Schulter des Fremden lag, preßte sie die Hände auf ihren vor Angst bebenden Busen.

»Ist Sara verletzt?« schrie sie erschrocken und befürchtete schon das Schlimmste.

Nathan schüttelte den Kopf. Als er die Droschkentür öffnete, lächelte er die alte Frau breit an. »Sie ist ohnmächtig.«

Nora war so erleichtert über diese Nachricht, daß sie nicht einmal Anstoß daran nahm, daß der Mann den Zustand ihrer Nichte amüsant fand. Sie rutschte zur Seite, um für Sara Platz zu machen. Trotzdem lud Nathan seine Braut auf dem gegenüberliegenden Sitz ab. Nora betrachtete ihre Nichte genauer, um sich zu vergewissern, daß sie noch atmete, dann wandte sie sich wieder ihrem Retter zu. Sie beobachtete, wie er die Peitsche zusammenrollte und in seinen Hosenbund steckte. Nora hatte nicht erwartet, daß er sich auch in die Kutsche begeben würde, und als er es tat, drückte sie sich in eine Ecke. »Sara kann neben mir sitzen«, schlug sie vor.

Er antwortete nicht, sondern ließ sich auf dem Sitz gegenüber nieder und hob Sara auf seinen Schoß. Nora war erstaunt, wie vorsichtig und sanft er Sara berührte. Er legte seine Hand sacht auf Saras Wange, als er ihren Kopf an seine Schulter bettete. Sara stöhnte leise.

Nora hatte keine Ahnung, was sie von dem Mann halten sollte. Die Kutsche war in voller Fahrt, als sie beschloß, eine Unterhaltung mit ihm zu beginnen.

»Junger Mann, mein Name ist Nora Bettleman. Diese kleine Lady, die Ihr gerade gerettet habt, ist meine Nichte Sara Winchester.«

»Nein«, erwiderte er barsch. »Ihr Name ist Lady Sara St. James.«

Nach dieser nachdrücklichen Richtigstellung richtete er seinen Blick auf das Fenster, und das bot Nora die Gelegenheit, ihn gründlich zu betrachten. Er hatte ein schönes, strenges Profil. »Warum habt Ihr uns geholfen?« fragte sie. »Es würde mich wundern, wenn Ihr von der Winchester-Familie dazu beauftragt worden wärt«, fügte sie mit einem leichten Nicken hinzu. »Wurdet Ihr vielleicht von den St. James angeheuert?«

Er schwieg, und Nora seufzte und widmete Sara ihre Aufmerksamkeit. Sie wünschte, ihre Nichte würde sich ein bißchen beeilen und rasch zu sich kommen, um Klarheit in die Angelegenheit zu bringen.

»Ich hänge sehr an dem Kind, das Ihr in den Armen haltet, Sir. Ich könnte den Gedanken, daß ihr etwas Schlimmes zustoßen könnte, nicht ertragen.«

»Sie ist kein Kind«, widersprach er.

Nora lächelte. »Nein, aber ich betrachte sie noch als Kind«, sagte sie. »Sara ist so unschuldig und voller Vertrauen. Sie gerät ganz nach ihrer Mutter.«

»Ihr seid keine Winchester, oder?«

Nora lächelte erfreut, weil er mit ihr sprach. »Nein«, sagte sie. »Ich bin Saras Tante mütterlicherseits. Mein Mädchenname ist Turner.« Sie warf wieder einen Blick auf Sara. »Ich glaube, daß sie in ihrem ganzen Leben noch nicht ohnmächtig war. Die letzten zwei Wochen müssen sie arg mitgenommen haben. Sie hat dunkle Schatten unter den Augen, offensichtlich hatte sie nicht genügend Schlaf. Die Sorge um mich, wißt Ihr«, setzte sie mit einem leisen Stöhnen hinzu. »Trotzdem, sie muß etwas Schreckliches gesehen haben, daß sie das Bewußtsein verloren hat. Was glaubt ihr ...?

Sie brach ab, als sie sein Lächeln sah. Dieser Mann war wirklich äußerst seltsam, er schien über die verrücktesten Dinge lachen zu können. »Sie hat mich gesehen«, erklärte er schließlich.

Sara bewegte sich. Sie fühlte sich benommen und durcheinander, aber wundervoll warm. Sie rieb ihre Nase an der warmen Haut, sog den sauberen männlichen Duft ein und seufzte zufrieden.

»Ich glaube, sie kommt zu sich«, flüsterte Nora. »Gott sei Dank.«

Sara richtete den Blick auf ihre Tante. »Zu sich kommen?« fragte sie und gähnte wenig damenhaft.

»Du warst ohnmächtig, Liebes.«

»Das kann nicht sein«, hauchte Sara entsetzt. »Ich bin noch nie in Ohnmacht gefallen. Ich ...« Sie hielt in ihrer Erklärung inne, als sie gewahr wurde, daß sie auf jemandes Schoß saß. Nicht auf irgendeinem Schoß – auf seinem Schoß. Plötzlich kam die Erinnerung zurück.

Nora tätschelte ihre Hand. »Es ist schon in Ordnung, Sara. Dieser nette Gentleman hat dich vor Schaden bewahrt.«

»Ist das der Mann mit der Peitsche?« raunte sie und betete gleichzeitig, daß sie sich irrte.

Nora nickte. »Ja, Liebes, es ist der mit der Peitsche. Du mußt ihm danken, Sara, aber falle, um Himmels willen, nicht wieder in Ohnmacht. Ich habe mein Riechsalz nicht bei mir.«

Sara neigte den Kopf. »Ich werde nicht ohnmächtig«, versprach sie. Um nicht Gefahr zu laufen, dieses Versprechen zu brechen, nahm sie sich vor, ihn lieber nicht anzusehen. Sie versuchte vorsichtig von seinem Schoß zu rutschen, aber in dem Moment, in dem sie sich auch nur einen Zentimeter bewegte, festigte sich der Griff um ihre Taille.

Sie beugte sich ein wenig vor und flüsterte Nora ins Ohr: »Wer ist er?«

Nora hob die Schultern. »Er hat es mir nicht gesagt. Vielleicht verrät er uns seinen Namen, wenn du dich bei ihm bedankst.«

Sara war sich bewußt, wie unhöflich es war, sich über den Mann zu unterhalten, als ob er gar nicht anwesend wäre. Sie raffte ihren ganzen Mut zusammen und drehte langsam den Kopf, um ihm ins Gesicht zu schauen. Vorsichtshalber richtete sie ihren Blick auf sein Kinn, als sie sagte: »Danke, Sir, daß Ihr mich in der Taverne vor den Schurken beschützt habt. Ich stehe für immer in Eurer Schuld.«

Er legte den Daumen unter ihr Kinn und zwang sie, ihm in die Augen zu sehen. Sein Blick war unergründlich. »Du schuldest mir mehr als Dank, Sara.«

Ihre Augen weiteten sich vor Schreck. »Ihr wißt, wer ich bin?«

»Ich habe es ihm gesagt, Liebes«, schaltete sich Nora ein.

»Ich habe kein Geld mehr«, gestand Sara. »Ich habe alles, was ich noch hatte, für die Schiffspassage ausgegeben. Bringt Ihr uns zum Hafen?«

Er nickte.

»Ich habe eine goldene Kette, Sir. Würdet Ihr die als Bezahlung akzeptieren?«

»Nein.«

Die barsche Antwort irritierte sie, und sie warf ihm einen mißbilligenden Blick zu. »Aber ich habe sonst nichts, was ich Euch anbieten könnte.«

Die Kutsche hielt, und Nathan öffnete die Tür. Er bewegte sich unglaublich schnell für seine Größe. Er sprang aus der Droschke und half Nora auszusteigen, bevor Sara noch ihr Kleid glattziehen konnte. Er hatte sie geradezu auf den Sitz geschleudert, als die Kutsche zum Stillstand gekommen war.

Plötzlich schlangen sich seine Arme um ihre Taille, und Sara hatte kaum Zeit, ihr Retikül und die Handschuhe an sich zu nehmen, bevor er sie wie einen Mehlsack aus dem Gefährt zerrte. Er wagte es sogar, den Arm um ihre Schultern zu legen und sie an seine Seite zu ziehen.

Sara war empört, daß er sich solche Freiheiten herausnahm und protestierte: »Sir, ich bin eine verheiratete Frau. Würdet Ihr Euren Arm wegnehmen? So etwas schickt sich wirklich nicht.«

Offensichtlich beeindruckte ihn das überhaupt nicht, und er hielt den Blick, ohne mit der Wimper zu zucken, auf sie gerichtet. Sara wollte gerade zu einer neuen Tirade ansetzen, als er schrill durch die Zähne pfiff. Bis zu diesem Moment war der vom Mond beschienene Platz menschenleer gewesen, aber schon im nächsten Augenblick war Sara von Männern umringt.

Die Mitglieder von Nathans Crew starrten Sara an, als ob sie noch nie in ihrem Leben eine hübsche Frau zu Gesicht bekommen hätten. Nathan beobachtete seine Braut, um herauszufinden, wie sie auf diese unverhohlene Bewunderung reagierte, aber sie schenkte den Männern gar keine Beachtung und sah ihn unverwandt an. Nathan verzog die Lippen zu einem Lächeln. Er drückte sie kurz an sich, um sie zu beschwichtigen, und wandte dann der alten Frau seine Aufmerksamkeit zu.

»Habt Ihr Gepäck?«

»Sara, haben wir Gepäck?« gab Nora die Frage weiter.

Sara versuchte ihren Beschützer von sich zu schieben und fauchte: »Ich habe Euch bereits gesagt, daß ich verheiratet bin, also bitte nehmt Eure Hände von mir.«

Er rührte sich nicht von der Stelle, und Sara gab ihre Versuche, sich von ihm zu befreien, auf. »Ja, Nora. Ich habe einige von Mutters Sachen für dich zusammengepackt. Ich bin sicher, daß sie nichts dagegen hat. Nicholas hat die Koffer im Kontor des Hafenmeisters deponiert. Sollen wir sie holen?«

Sie unternahm erneut einen Versuch, sich von dem Riesen zu entfernen, aber sein Griff wurde nur noch fester.

Nathan entdeckte Jimbo in der Menge und winkte ihn zu

sich. Der große, dunkelhäutige Mann trat vor und blieb direkt vor Sara stehen. Ihre Augen wurden kugelrund, als sie wieder so einem Hünen gegenüberstand. Sie musterte ihn eine volle Minute und kam zu dem Schluß, daß er ein relativ gutaussehender Mann wäre, wenn er nicht diese albernen goldenen Ohrringe tragen würde.

Er mußte ihren kritischen Blick gespürt haben, denn er verschränkte die Arme vor der Brust und funkelte sie an.

Sie funkelte zurück.

Plötzlich tanzten kleine Lichter in seinen mitternachtsschwarzen Augen, und er lächelte breit. Sara wußte beim besten Willen nicht, was sie von seinem merkwürdigen Benehmen halten sollte.

»Zwei Männer sollen sich um das Gepäck kümmern, Jimbo«, ordnete Nathan an. »Wir laufen mit der *Seahawk* bei Tagesanbruch aus.«

Sara traf die Erkenntnis, daß der Wikinger sich in ihre Pläne mit einschloß, wie ein Blitzschlag.

»Meine Tante und ich sind jetzt in Sicherheit«, brachte sie hervor. »Diese Männer sind wirklich sehr ... freundlich, Sir, aber wir haben schon zuviel Eurer wertvollen Zeit in Anspruch genommen.«

Nathan achtete gar nicht auf sie, sondern gab einem anderen Mann ein Zeichen. Als ein muskelbepackter älterer Mann vortrat, deutete Nathan mit dem Kinn auf Nora. »Kümmere dich um die alte Frau, Matthew.«

Nora schnappte nach Luft, und Sara glaubte, daß sie so erbost war, weil sie getrennt werden sollten, aber bevor sie selbst Einwände dagegen erheben konnte, straffte Nora ihre Schultern und ging auf den Riesen zu.

»Ich bin keine alte Frau, Sir, und ich verwahre mich strikt gegen solche Beleidigungen. Ich bin einundfünfzig Jahre alt und fühle mich noch sehr lebendig.«

Nathan hob die Augenbrauen, aber er behielt sein Lächeln bei. Ein kräftiger Windstoß würde diese alte Dame umwerfen, aber ihr Tonfall hätte einem Feldwebel zur Ehre gereicht.

»Ihr solltet Euch bei meiner Tante entschuldigen«, empfahl Sara, aber sie ließ ihm gar keine Zeit, ihren Rat zu befolgen. Sie wandte sich ihrer Tante zu und beschwichtigte sie: »Ich bin sicher, daß er deine Gefühle nicht verletzen wollte, Nora. Er ist nur ein wenig ungehobelt.«

Nathan schüttelte den Kopf. Diese Unterhaltung war wirklich lächerlich.

»Matthew, setz dich in Bewegung«, befahl er knapp.

»Und wo bringt Ihr mich hin?« fragte Nora den Mann, der neben ihr wartete. Statt einer Antwort hob Matthew Nora auf seine Arme.

»Laßt mich sofort los, Grobian!«

»Ist ja gut, meine Liebe«, erwiderte Matthew. »Ihr scheint nicht gerade kräftig zu sein. Ihr wiegt ja kaum mehr als eine Feder.

Nora wehrte sich gegen ihn, aber seine nächsten Worte besänftigten sie auf der Stelle. »Wie kommt Ihr zu diesen Blutergüssen? Nennt mir den Namen des Schuftes, der Euch das angetan hat, und ich werde ihm mit Freuden die Kehle durchschneiden.«

Nora strahlte ihn an. Sie schätzte, daß er etwa im gleichen Alter wie sie selbst war, und er schien ein netter Mann zu sein. Seit Jahren hatte sie nichts mehr in Verlegenheit gebracht, aber jetzt spürte sie, wie ihr die Hitze in die Wangen stieg, und sie war sicher, daß sie feuerrot wurde. »Danke, Sir«, stammelte sie und nestelte an ihrem Haarknoten herum. »Euer Angebot ist sehr freundlich.«

Sara war verblüfft über das Betragen ihrer Tante. Warum nur klimperte sie derart mit den Wimpern, als wäre sie ein junges Mädchen, das auf seinem ersten Ball mit einem Mann flirtet? Sie sah dem ungleichen Paar nach, bis es außer Sicht war, und merkte erst dann, daß sie plötzlich mit ihrem Beschützer allein war.

»Wird meiner Tante auch nichts geschehen?« wollte sie wissen.

Er brummte.

»Heißt dieses Brummen ja oder nein?« fragte sie.

»Ja.« Er stöhnte, als sie ihm einen Rippenstoß versetzte.

»Bitte, laßt mich los.«

Er kam ihrer Bitte sofort nach, und Sara war so überrascht, daß sie fast das Gleichgewicht verlor. Vielleicht, schoß es ihr plötzlich durch den Kopf, konnte sie mehr bei ihm erreichen, wenn sie sich seinen Anordnungen fügte. Es war sicherlich einen Versuch wert.

»Bin ich bei Euch in Sicherheit?« flötete sie einschmeichelnd.

Saras Versuch, freundlich zu ihm zu sein, erzielte nicht die gewünschte Wirkung – im Gegenteil, er schien nur noch grimmiger zu werden. »Ja, Sara, solange ich in deiner Nähe bin, wird dir nichts passieren«, entgegnete er mürrisch.

»Aber ich möchte nicht in Eurer Nähe in Sicherheit sein«, kreischte sie und merkte im selben Augenblick, in dem sie die Worte ausgesprochen hatte, wie töricht diese Aussage war. Hastig versuchte sie ihm genauer zu erklären, was sie meinte. »Natürlich möchte ich immer in Sicherheit sein – das möchte wohl jeder, sogar ein Verbrecher ...« Sie hielt inne, als er sie angrinste. »Ich möchte nur ohne Euch in Sicherheit sein«, gestand sie matt. »Ihr wollt doch nicht mit Nora und mir auf dieses Schiff gehen, oder? ... Weshalb starrt Ihr mich so an?«

Er beantwortete ihre erste Frage und ignorierte die zweite. »Doch, ich werde mit dir segeln.«

»Aber warum nur?«

»Weil ich es möchte«, erwiderte er gedehnt. Er beschloß, sie noch ein wenig im Ungewissen zu lassen und ihr erst später zu erklären, wer er war.

Sara wurde puterrot, und Nathan fragte sich, ob sie verlegen oder zornig war.

Seine Braut hatte immer noch die vorwitzigen Sommersprossen auf der Nase, und er fand sie entzückend. Sie erinnerten ihn an die kleine Göre, die er in seinen Armen gehalten hatte. Jetzt war sie kein kleines Mädchen mehr, aber sie war immer noch so ungestüm.

Sie klopfte mit einem Finger gegen seine Brust, um seine Aufmerksamkeit wieder auf sich zu ziehen. »Ich bitte um Vergebung, Sir, aber Ihr könnt Nora und mich nicht begleiten«, stellte sie fest. »Das wäre für Euch viel zu gefährlich. Ihr werdet bestimmt ein anderes Schiff finden.«

Diese seltsame Eröffnung erstaunte ihn. »Oh? Und warum wäre es zu gefährlich für mich?«

»Mein Ehemann würde es bestimmt nicht sehr schätzen, wenn ich in Begleitung eines Mannes reise. Habt Ihr schon von dem Marquis of St. James gehört? Oh, natürlich, alle Welt kennt ihn. Er ist mein Mann, und er würde Euch zur Hölle schicken, Wikinger ... Warum lacht Ihr?«

»Warum nennst du mich Wikinger?«

»Weil Ihr so ausseht.«

»Soll ich dich Furie nennen?«

»Warum?«

»Weil du dich wie eine aufführst.«

Sara hätte am liebsten vor Verzweiflung geschrien. »Wer seid Ihr überhaupt, und was wollt Ihr von mir?«

»Du schuldest mit etwas, Sara.«

»Großer Gott, wollt Ihr eine Gegenleistung für Eure Hilfe?«

Sein langsames Nicken brachte sie in Rage. Er schien sich prächtig zu amüsieren. In dieser Sekunde wurde Sara klar, daß dieser Mann nicht bei Verstand war. Er war ein Verrückter, und je früher sie von diesem Barbaren wegkam, desto besser. Aber um das zu erreichen, mußte sie so tun, als würde sie sich in ihr Schicksal fügen.

»Es ist wahr«, stimmte sie ihm zu. »Ich schulde Euch etwas. Also laßt mich bitte Eure Forderungen wissen, dann werde ich mich bemühen, meine Schuld zu begleichen.«

Er trat einen Schritt vor, um sie auffangen zu können, falls seine Antwort ihr das Bewußtsein rauben sollte. »Mein Name ist Nathan, Sara.«

»Und?« fragte sie erstaunt.

Offenbar war sie schwer von Begriff. Er seufzte müde und sagte: »Und, Lady St. James, Ihr schuldet mir eine Hochzeitsnacht.«

3

Sie fiel nicht in Ohnmacht – sie begann gellend zu schreien. Nathan versuchte gar nicht erst, sie zum Schweigen zu bringen, und als er den Lärm nicht mehr ertragen konnte, zerrte er sie einfach in das Büro der Emerald Shipping Company und ließ sie in der Obhut ihrer Tante zurück. Als er die Tür hinter sich schloß, brach er in Gelächter aus. Ihre Reaktion auf seine Eröffnung erheiterte ihn grenzenlos. Lady Sara war wirklich leicht durchschaubar, und er zweifelte daran, daß er sich jemals fragen mußte, was in ihr vorging. Er war in seinem Leben schon so viel Falschheit und Tücke begegnet, daß er ihre Geradlinigkeit herzerfrischend fand. Laut, fügte er hinzu, aber herzerfrischend.

Nachdem er die Angelegenheiten, die vor seiner Abreise noch erledigt werden mußten, geregelt hatte, gesellte er sich zu seiner Mannschaft, die schon an Bord war. Jimbo und Matthew erwarteten ihn an Deck mit finsteren Mienen. Nathan hatte sie damit beauftragt, die beiden Damen in die Kajüten zu bringen.

»Hat sie endlich aufgehört zu kreischen?« fragte Nathan.

»Erst als ich ihr angedroht habe, ihren Mund mit einem Knebel zuzustopfen«, entgegnete Jimbo. Der riesige Mann runzelte die Stirn und fügte hinzu: »Daraufhin hat sie auf mich eingeschlagen.«

»Ich vermute, daß sich ihre Angst inzwischen gelegt hat«, meinte er ungerührt.

»Ich glaube nicht, daß sie Angst hatte«, warf Matthew ein und grinste von einem Ohr zum andern. »Hast du nicht bemerkt, daß ihre Augen Funken gesprüht haben, als du sie ins Büro geschleppt hast? Auf mich hat sie eher den Eindruck gemacht, als ob sie vor Zorn rasen würde.«

Jimbo nickte widerstrebend. »Als du dich davongemacht hast, hat sich die Situation noch zugespitzt. Nicht einmal ihre sanftmütige Tante konnte sie beruhigen. Als sie endlich ihren hysterischen Ausbruch überwunden zu haben schien, fragte sie, ob sie nicht jemand zwicken könnte, damit sie aus dem Alptraum aufwacht.«

Matthew grinste. »Der gute Felix hat das wörtlich genommen, aber er war ja noch nie besonders helle.«

»Felix hat sie angefaßt?« fragte Nathan mehr fassungslos als ärgerlich.

»Nein, natürlich nicht«, versicherte Jimbo schnell. »Er hat nur versucht, sie zu zwicken, das ist alles. Er wollte ihr einen Gefallen tun, du weißt ja, wie hilfsbereit der Junge immer ist. Aber deine kleine Braut hat sich augenblicklich in eine Wildkatze verwandelt, als er in ihre Nähe kam. Ich wette, daß Felix in Zukunft sehr vorsichtig sein wird, wenn sie ihn um etwas bittet.«

Nathan schüttelte verdrossen den Kopf und wollte sich ohne ein weiteres Wort davonmachen, als Matthew meinte: »Vielleicht fühlt sich Sara besser, wenn sie in der Kajüte ihrer Tante untergebracht wird.«

»Nein.«

Nathan bemerkte erst, als die beiden Männer lachten, wie schroff sein Tonfall gewesen war, und setzte freundlicher hinzu: »Sie bleibt in meiner Kajüte.«

Matthew rieb sich das Kinn. »Also gut, Junge, aber das könnte Probleme geben. Sie hat keine Ahnung, daß es deine Kajüte ist.«

Nathan zeigte sich nicht allzu bekümmert über diese Feststellung. Er runzelte aus einem anderen Grund die Stirn – der alte Seemann hatte ihn »Junge« genannt. Beide, Jimbo und Matthew, benutzten diesen Namen nur, wenn sie allein mit ihm waren. Offensichtlich waren sie der Meinung, daß er die Bezeichnung »Captain« nicht verdient hatte. Er hatte die Männer angeheuert, als er das Schiff übernommen hatte, und sie waren in kürzester Zeit unentbehrlich für ihn geworden. Sie wußten alles über die Seefahrt und kannten jeden Piratentrick. Er hatte viel von ihnen gelernt, und sie behaupteten, daß sie auf ihn aufpassen müßten – Gott allein wußte, wie oft er das schon gehört hatte. Aber er mußte zugeben, daß sie schon unzählige Male ihr Leben riskiert hatten, um das seine zu retten. Ihre unbedingte Treue überwog bei weitem ihre schlechte Angewohnheit, ihn »Junge« zu nennen.

Nathan musterte ihre erwartungsvollen Mienen und sagte: »Sie wird noch früh genug erfahren, in wessen Kajüte sie ist.«

»Die Tante ist in einer jämmerlichen Verfassung«, erzählte Matthew. »Ich wette, daß ein paar ihrer Rippen gebrochen sind.«

»Dieses Werk können nur die Winchesters vollbracht haben, stimmt's?« fragte Jimbo.

Nathan nickte.

»Welcher Bruder von dieser Höllenbrut war das?« wollte Matthew wissen.

»Offensichtlich steckt Henry hinter der ganzen Sache, aber es würde mich nicht wundern, wenn die anderen davon gewußt hätten«, erklärte Nathan.

»Hast du vor, Nora nach Hause zu bringen?«

»Ich habe keine Ahnung, was, zur Hölle, wir sonst mit dieser Frau tun sollten«, erwiderte Nathan. »Ist sie kräftig genug, die Reise zu überstehen, oder müssen wir mit einem Begräbnis auf offener See rechnen?«

»Sie wird schon wieder«, prophezeite Matthew. »Sie ist eine zähe Person, und wenn ich sie gut versorge, ist sie bald wieder auf den Beinen.« Er stieß Jimbo in die Seite und fügte hinzu: »Jetzt kann ich für zwei hilflose Kreaturen das Kindermädchen spielen.«

Nathan war sich im klaren, daß er ihn reizen wollte, und ließ die beiden stehen.

»He, Junge, er meint dich!« rief Jimbo ihm nach.

Nathan hob die Hand in einer unanständigen Geste und verschwand unter Deck. Rauhes Gelächter folgte ihm.

Die nächsten Stunden gab es an Bord der *Seahawk* jede Menge zu tun. Die Fracht mußte geladen und gesichert, die acht Kanonen gereinigt und befestigt werden. Zu guter Letzt wurden die Segel gesetzt und der Anker gelichtet.

Nathan blieb auf seinem Posten, bis sein Magen rebellierte. Jimbo übernahm das Kommando über die zweiundvierzig Seemänner, damit Nathan unter Deck gehen konnte.

Die ersten Tage auf See litt Nathan immer an der Seekrankheit, aber er hatte gelernt, sich mit diesem lästigen Übel abzufinden. Er war sicher, daß niemand außer Jimbo und Matthew von seinen Schwierigkeiten wußte, aber das erleichterte ihm die Sache auch nicht.

Aus Erfahrung wußte er, daß es nur noch ein oder zwei Stunden dauern würde, bis er vollkomen außer Gefecht gesetzt war. Deshalb beschloß er, jetzt gleich nach seiner Braut zu sehen. Wenn er Glück hatte, dann schlief sie, und er konnte die unerfreuliche Konfrontation auf einen späteren Zeitpunkt verschieben. Gütiger Himmel, sie mußte doch vollkommen erschöpft sein! Sie hatte seit mehr als vierundzwanzig Stunden nicht geschlafen, und das Spektakel, das sie aufgeführt hatte, nachdem er sich als ihr Ehemann vorgestellt hatte, hatte sie mit Sicherheit die letzten Kräfte gekostet. –Wenn sie nicht schlief, wollte er die Auseinandersetzung so rasch wie möglich hinter sich bringen. Je schneller sie sich mit den Gegebenheiten abfand, desto früher konnte er sie mit seinen Zukunftsplänen, die sie mit einschlossen, vertraut machen.

Nathan befürchtete, daß sie wieder einen hysterischen Anfall erleiden könnte und versuchte sich innerlich gegen die Tränen und Schimpftiraden zu wappnen, ehe er die Tür öffnete.

Sara schlief nicht. Sobald Nathan die Kajüte betrat, sprang sie vom Bett und baute sich vor ihm auf. Es war deutlich zu erkennen, daß sie ihre Angst oder besser ihren Zorn noch nicht überwunden hatte.

Die Luft in der Kajüte war feucht und schwül. Nathan schloß die Tür und durchquerte den großen quadratischen Raum, um die Luke zu öffnen. Frische Seeluft und Sonnenschein flutete in die Kajüte. Nathans Magen reagierte heftig darauf. Er atmete tief durch und ging zurück zur Tür.

Immerhin bestand die Möglichkeit, daß seine Braut davonlaufen wollte, und da Nathan nicht in der Verfassung war, ihr nachzujagen, versperrte er den einzigen Fluchtweg mit seiner breiten Gestalt.

Sara fixierte ihn eine lange Zeit. Sie spürte, daß sie am ganzen Körper bebte, und war sich bewußt, daß es nur eine Frage der Zeit war, bis ihr Zorn die Oberhand gewann. Trotzdem beschloß sie, ihm nicht zu zeigen, was sie empfand – koste es, was es wolle. In Gegenwart dieses Barbaren Gefühle zu offenbaren wäre ein armseliger Beginn für diese Reise gewesen.

Nathan hatte die Arme vor der Brust verschränkt und stellte eine unbeteiligte Miene zur Schau, und Sara hegte den Verdacht, daß er im nächsten Moment einschlafen würde – so gelangweilt wirkte er. Sein durchdringender Blick brachte sie fast zum Wahnsinn, und sie zwang sich, die Lider nicht zu senken. Sie war fest entschlossen, aufrecht vor ihm stehen zu bleiben, und wenn jemand dieses Blickduell gewann, dann war sie es.

Nathan war sich im klaren, daß seine Braut verzweifelt bemüht war, ihre Angst vor ihm zu verbergen, aber das mißlang ihr kläglich. Ihr Blick war trübe, und sie zitterte am ganzen Leib. Großer Gott, hoffentlich brach sie jetzt nicht wieder in Hysterie aus! Er hatte schon genug damit zu tun, seine Übelkeit, die mit jeder Bewegung des Schiffes schlimmer wurde, zu unterdrücken. Er konzentrierte sich auf ihre Erscheinung. Sara ist wunderschön, dachte er, obwohl er in diesem Moment, in dem die Sonnenstrahlen ihr braunes Haar vergoldeten, auch bemerkte, daß eine Spur der Winchester-Ähnlichkeit zu sehen war.

Sie trug immer noch das entsetzliche dunkelblaue Kleid, das für seinen Geschmack viel zu weit ausgeschnitten war. Er nahm sich vor, mit ihr darüber zu sprechen, wenn sie ihre Angst ein wenig überwunden hatte, aber er änderte sofort seinen Beschluß, als er sah, daß ihre Miene plötzlich finster wurde.

Er stand zwar im Schatten der Tür, aber die lange gezackte Narbe, die über seinen Arm lief und sich weiß von seiner bronzefarbenen Haut abhob, war nicht zu übersehen. Sara betrachtete sie eingehend, und während sie überlegte, wann und wo er wohl verletzt worden war, stöhnte sie leise.

Er trug unanständig enganliegende rehbraune Breeches. Ihr war es ein Rätsel, wie er in diesem hautengen Ding überhaupt Luft holen konnte. Sein weißes Hemd war bis zur Taille offen, und die Ärmel hatte er bis zum Ellenbogen hochgekrempelt. Seine lässige Erscheinung und seine Gleichgültigkeit irritierten sie fast noch mehr als sein finsterer Blick. Sie beschloß, ihn auf jeden Fall darauf hinzuweisen, daß sein Aufzug in jeder Hinsicht unschicklich war. Sie mußte ihm klarmachen, was von einem verheirateten Mann erwartet wurde.

»Du bist angezogen wie eine Kneipendirne«, brummte er plötzlich.

Es brauchte eine volle Minute, bis Sara diese Bemerkung begriff. Zuerst war sie zu verblüfft, um zu reagieren, dann schnappte sie nach Luft.

Nathan verbiß sich das Lachen. Sara sah nicht so aus, als ob sie im nächsten Moment in Tränen ausbrechen würde, viel wahrscheinlicher war, daß sie ihm an die Kehle ging. Das war ein hübscher Anfang. »Dieses Dekolleté ist obszön, meine Liebe.«

Ihre Hände zuckten instinktiv in die Höhe und bedeckten den Ausschnitt. Ihr Herz hämmerte wild in ihrer Brust, und sie wurde feuerrot. »Es war das einzige Kleid, das dunkel genug war, um mich in den nächtlichen Straßen zu verbergen ...«, setzte sie zu einer Erklärung an, hielt aber sofort inne, als sie merkte, daß sie sich vor diesem Barbaren rechtfertigte.

»Verbergen?« fragte Nathan gedehnt. »Sara, dieses Kleid verbirgt gar nichts. In Zukunft wirst du keine so offenherzigen Kleidungsstücke tragen. Der einzige Mensch, der deinen Körper betrachten darf, bin ich, hast du das verstanden?«

Oh, sie verstand nur allzu gut. Dieser Kerl war gewöhnlich und ordinär, und wie leicht er den Spieß umdrehte ... Sara schüttelte den Kopf; auf keinen Fall konnte sie dulden, daß er ihr Vorschriften machte und sie in eine verletzliche Position drängte.

»Und Ihr seht aus wie ein Barbar«, sprudelte sie los. »Euer Haar ist verboten lang, und Eure Kleidung ist die eines ... Schurken. Ihr solltet bedenken, daß dieses Schiff vornehme Passagiere befördert und daß es äußerst unangemessen ist, wie ein Seeräuber auszusehen.« Sie nickte zur Bekräftigung und setzte hinzu: »Außerdem ist Euer finsterer Blick abgrundtief häßlich.«

Dieses alberne Geplänkel ging Nathan auf die Nerven, und er hatte es plötzlich eilig, die entscheidenden Dinge zur Sprache zu bringen.

»Sara«, begann er, »du solltest dich mit der Situation abfinden und damit aufhören.«

»Womit soll ich aufhören?«

Er seufzte müde, und sie hatte Mühe, ihr Temperament im Zaum zu halten. Die Anstrengung, einen Wutausbrch zu unterdrücken, trieb ihr die Tränen in die Augen. Er würde sehr viel erklären müssen, bevor sie sich mit der Situation abfinden konnte, und er würde besser bald damit anfangen, bevor sie zu der Überzeugung kam, daß sein Sündenregister zu groß sei, um vergeben zu werden.

»Mit dem Heulen und den Tiraden«, erwiderte Nathan

mit einem Achselzucken. »Offensichtlich jage ich dir Angst ein, und du siehst aus, als würdest du in einer Sekunde in Tränen ausbrechen. Ich weiß, daß du dir wünschst, ich würde dich nach Hause bringen, und ich habe beschlossen, dir die Demütigung zu ersparen, mich darum zu bitten, indem ich dir klipp und klar sage, daß mich nichts, was du sagst oder tust, dazu bringen könnte, dir diesen Wunsch zu erfüllen. Du bleibst bei mir, ich bin dein Ehemann, Sara, und daran solltest du dich so schnell wie möglich gewöhnen.«

»Würde es Euch etwas ausmachen, wenn ich weinen würde?« fragte sie mit gepreßter Stimme.

»Nicht im geringsten«, behauptete er, obwohl es eine Lüge war – in Wahrheit störte ihn ihre Bestürzung sogar sehr, auch wenn er das niemals zugeben würde. Alle Frauen wußten instinktiv, daß Männer gegen Tränen machtlos waren und nutzten diese Schwäche skrupellos aus. Sie weinten immer, wenn sie etwas erreichen wollten.

Sara holte tief Luft. Sie wagte nicht, noch ein Wort zu sagen, bevor sie die Fassung zurückgewonnen hatte. Hatte er tatsächlich geglaubt, sie würde ihn um etwas bitten? Bei Gott, er war der abscheulichste Mann, der ihr jemals begegnet war, und er schüchterte sie ein. Er schien nicht einen Funken Mitgefühl zu besitzen.

Sie taxierte ihn ausgiebig, während sie versuchte, all ihren Mut zusammenzuraffen, um ihm die vielen Fragen zu stellen, die sie schon so lange quälten. Sie bezweifelte zwar, daß er ihr die Wahrheit sagen würde, aber sie wollte aus seinem eigenen Mund hören, was er zu seiner Verteidigung vorzubringen hatte.

Sie sah wirklich aus, als ob sie gleich losheulen würde. Zur Hölle, Nathan hoffte nur, daß sie nicht wieder die Besinnung verlor. Er hatte wenig Geduld mit dem schwachen Geschlecht, und er nahm sich vor, Saras Furcht ein wenig zu dämpfen, um weitere Ausbrüche zu vermeiden. Insgeheim empfand er sogar Mitleid mit ihr. Natürlich konnte sie sich mit dieser Ehe nicht so ohne weiteres abfinden, schließlich war er ein St. James, und sie war als eine Winchester aufgewachsen. Sicherlich hatte man ihr von klein auf beigebracht, ihn zu hassen ... Das arme Kind war ein Opfer der Politik und nur ein Bauer auf dem Schachbrett eines verrückten Königs gewesen, der zwei verfeindete Familien durch eine Kinderehe hatte versöhnen wollen.

Aber er konnte das, was in der Vergangenheit vorgefallen war, nicht ungeschehen machen. Er hatte den Ehevertrag unterschrieben, und er fühlte sich daran gebunden.

»Du solltest begreifen, daß ich diese Ehe nicht auflösen werde«, verkündete er mit harter Stimme. »Jetzt nicht und auch nicht in Zukunft.«

Nach dieser Eröffnung war ein Nervenzusammenbruch unvermeidlich, und Nathan wartete ohne erkennbare Gemütsregung auf das, was kommen mußte.

»Was hat Euch so lange aufgehalten?« flüsterte sie so leise, daß er nicht einmal sicher sein konnte, ob er sie richtig verstanden hatte.

»Was hast du gesagt?«

»Warum habt Ihr so lange gewartet?« fragte sie bei weitem strenger.

»Womit?«

Er sah sie verständnislos an, und sie setzte nach einem tiefen Seufzer von neuem an: »Weshalb seid Ihr nicht schon früher gekommen?« Ihre Stimme zitterte, und Sara verkrampfte die Hände ineinander.

Er war so überrascht, daß er nicht sofort antworten konnte. Er hätte nie im Traum daran gedacht, daß ihr Stolz eine solche Frage zuließ.

»Habt ihr überhaupt eine Ahnung, wie lange ich auf Euch gewartet habe?« fuhr sie mit zitternder Stimme fort.

Nathans Augen weiteten sich vor Erstaunen – sie hatte doch tatsächlich den Mut, ihn zurechtzuweisen! Er starrte sie in einer Weise an, daß sie schon fürchtete, er hätte den Verstand verloren. Er schüttelte langsam den Kopf, und diese Geste raubte ihr vollends die Fassung.

»Nein?« rief sie. »War ich so unbedeutend für Euch, daß Ihr es nie der Mühe wert befunden habt, Euch um mich zu kümmern?«

Nathan war sprachlos, und obwohl er wußte, daß er auf keinen Fall dulden konnte, daß sie die Stimme gegen ihn erhob, fiel ihm keine passende Antwort ein. Schließlich murmelte er: »Willst du damit sagen, daß du wütend auf mich bist, weil ich dich nicht früher zu mir geholt habe?«

Sara griff nach dem erstbesten Gegenstand, der sich in ihrer Nähe befand. »Wütend?« fauchte sie erbost. »Wie kommt Ihr darauf, daß ich wütend sein könnte?«

Nathan wich dem – glücklicherweise leeren – Nachttopf, der an seinem Kopf vorbeizischte, ebenso aus wie den beiden Kerzenleuchtern, die ihm folgten.

»Oh, ich weiß nicht, aber auf mich machst du den Eindruck, als ob du ziemlich aufgebracht wärst«, erklärte er seelenruhig.

»Als ob ich ...« Sie war so außer sich, daß sie kein Wort mehr herausbrachte. Nathan grinste unverschämt, als er den Satz an ihrer Stelle ergänzte: »... aufgebracht wäre.«

»Habt Ihr eine Pistole?«

»Ja.«

»Könntet Ihr sie mir borgen?«

Er verbiß sich mühsam das Lachen. »Wozu brauchst du eine Pistole, Sara?«

»Ich möchte Euch erschießen, Nathan.«

Jetzt konnte er nicht mehr an sich halten und lachte lauthals. Sara haßte ihn mehr denn je und hätte am liebsten vor Zorn und Enttäuschung geweint. Vielleicht hatten ihre Verwandten doch recht gehabt, und er verachtete sie tatsächlich so sehr, wie ihre Eltern immer behauptet hatten.

Sie gab sich geschlagen und ließ sich erschöpft auf dem Bett nieder. »Bitte verlaßt meine Kajüte. Wenn Ihr meine Vergebung erbitten wollt, könnt Ihr morgen gern vorsprechen. Im Moment bin ich einfach zu müde, um mir Eure Erklärungen anzuhören.«

Er traute seinen Ohren nicht – sie hatte die Stirn, ihn herumzukommandieren ... »Sara, du wirst dich umstellen müssen: In unserer Ehe bestimme ich, was getan wird, und du hast zu gehorchen«, stellte er unnötig schroff klar.

Er mußte von Anfang an deutlich machen, wer der Herr im Hause war, auch wenn er damit ihre Angst von neuem schürte. Sie rang hilflos die Hände, und Nathan fühlte sich ein wenig schuldig, weil er so rüde Methoden angewandt hatte. Trotzdem war die Angelegenheit so wichtig, daß er sich weder von ihrer abgrundtief traurigen Miene noch von ihren Tränen erweichen lassen durfte.

Sara preßte die Hände immer wieder zusammen und stellte sich vor, sie würde ihrem sturköpfigen Mann den Kragen umdrehen – diese Vision hellte ihre Stimmung ein wenig auf.

Nathan holte sie unsanft in die Wirklichkeit zurück, als er donnernd fragte: »Hast du gehört, was ich gesagt habe, Braut?«

Himmel, wie sie es verabscheute, »Braut« genannt zu werden! »Ja, ich habe es gehört, aber mir ist nicht klar, was Ihr damit meint«, antwortete sie mit tränenerstickter Stimme.

Nathan kam sich mit einemmal wie ein Scheusal vor,

trotzdem gab er nicht klein bei. »Willst du mich etwa auf den Arm nehmen?«

»Nein, mir leuchtet nur nicht ein, warum Ihr das Sagen haben sollt. Mir scheint in einer richtigen Ehe geht es anders zu.«

»Oh, und wie stellst du dir eine richtige Ehe vor?«

Offenbar war er wirklich an ihrer Meinung interessiert. Sara faßte sich ein Herz und erwiderte: »Ich habe es immer als meine Pflicht angesehen, meinem Ehemann meine Wünsche mitzuteilen ...«

»Und?« ermunterte er sie, fortzufahren.

»Und Eure Pflicht ist es, meine Wünsche zu erfüllen.«

Seiner Miene war deutlich anzusehen, daß ihm diese Auffassung von einer Ehe nicht gefiel, und in Sara regte sich erneut der Unmut. »Ihr habt gelobt, mich zu ehren und zu achten, Nathan.«

»Ich soll etwas gelobt haben?« polterte er. »Ich habe nichts dergleichen versprochen, verdammt noch mal.«

Mit dieser Lüge kam er bei ihr nicht weiter. Sie sprang auf die Füße und schrie zurück: »Oh, natürlich habt Ihr das versprochen. Ich habe den Ehevertrag sehr genau durchgelesen. Euch wurde Landbesitz und Geld versprochen, wenn Ihr mich in Ehren haltet und für mein Wohlbefinden sorgt. Ihr habt geschworen, ein guter Ehemann und ein treusorgender Vater zu sein, Wikinger, und außerdem habt Ihr gelobt, mich zu lieben und zu ehren.«

Fast wäre er wieder in Gelächter ausgebrochen, ihr Gespräch hatte wirklich eine absurde Wendung genommen.

»Du willst tatsächlich, daß ich dich liebe und ehre?«

»Natürlich möchte ich das«, entgegnete sie und verschränkte die Arme vor der Brust. »Ihr habt es versprochen, Nathan, und bei Gott, Ihr werdet Euer Versprechen halten.«

Sie nahm wieder auf dem Bett Platz und verbrachte einige Zeit damit, die Falten in ihrem Kleid zu glätten. Die Röte auf ihren Wangen verriet ihre Verlegenheit.

»Und was wirst du tun, während ich dich liebe und ehre?« wollte Nathan wissen. »Wie lauten deine Versprechen, Braut?«

»Ich habe überhaupt nichts versprochen. Ich war erst vier Jahre alt und habe den Vertrag nicht unterschrieben, aber Ihr habt es getan.«

Er schloß die Augen und zählte bis zehn. »Dann glaubst du also, daß die Unterschrift deines Vaters nichts gilt und daß die Gelöbnisse, die er in deinem Namen abgelegt hat, nicht bindend sind?«

»Das habe ich nicht gesagt«, hauchte sie und seufzte abgrundtief. »Selbstverständlich werde ich sie einhalten.«

»Und wie lauten sie?« hakte er nach.

Sie nahm sich viel Zeit für ihre Antwort und blitzte ihn erbost an. »Ich muß Euch ehren und lieben«, murmelte sie schließlich.

Aber das genügte ihm bei weitem noch nicht. »Und?«

»Und was?« fragte sie mit geheuchelter Unwissenheit zurück.

In diesem Augenblick war ihm klar, daß seine Braut vorhatte, ihn in den Wahnsinn zu treiben. »Ich habe den Vertrag auch genau durchgelesen«, schnappte er. »Du solltest meine Geduld nicht auf die Probe stellen.«

»Also gut«, entgegnete sie matt. »Ich muß Euch gehorchen. Seid Ihr nun zufrieden?«

»Ja«, gab er zurück. »Und jetzt stehen wir genau dort, wo wir am Anfang waren. Ich habe dir gesagt, daß ich bestimme, was getan wird und daß ich von dir Gehorsam erwarte. Wage nur nicht, mich noch einmal zu fragen, weshalb.«

»Ich werde versuchen, Euren Anordnungen Folge zu leisten, wenn sie mir vernünftig erscheinen.«

Jetzt platzte ihm der Kragen. »Verdammt noch mal, mir ist vollkommen gleichgültig, was du für vernünftig hältst oder nicht! Du wirst tun, was ich sage, zum Teufel.«

Dieser Ausbruch schien sie nicht im mindesten zu beeindrucken, und ihre Stimme klang ungewöhnlich sanft, als sie tadelte: »Ihr solltet wirklich nicht in Gegenwart einer Dame fluchen, Nathan. Das ist vulgär, und immerhin seid Ihr ein Marquis.«

Sein Blick war so eisig, daß sich Sara mehr als nur unbehaglich fühlte. »Ihr haßt mich, nicht wahr?« flüsterte sie.

»Nein.«

Sie glaubte ihm nicht. Gütiger Himmel, ihr Dekolleté machte ihn noch schwächer als die Seekrankheit, und er wurde grau im Gesicht.

»O ja, Ihr haßt mich, Ihr könnt mich nicht hinters Licht führen. Ich bin eine Winchester, und Ihr verabscheut alle Winchesters.«

»Aber dich verabscheue ich nicht.«

»Ihr braucht mich nicht anzuschreien. Ich versuche nur, unsere Unterhaltung etwas freundlicher zu gestalten, und das mindeste, was Ihr tun könnt, ist, Euer Temperament zu zügeln.« Sie gab ihm keine Gelegenheit zu einer heftigen Erwiderung. »Ich bin sehr erschöpft, Nathan, und würde mich gern ein wenig ausruhen.«

Er entschloß sich, sie allein zu lassen, und öffnete die Tür. Bevor er ging, drehte er sich noch einmal um.

»Sara?«

»Ja?«

»Du hattest nie wirklich Angst vor mir, stimmt's?« Als ihm diese Erkenntis dämmerte, breitete sich Erstaunen auf seinem Gesicht aus.

Sie schüttelte den Kopf. »Nein.«

Er drehte sich zur Seite, um sein Lächeln vor ihr zu verbergen.

»Nathan?«

»Was ist?«

»Ich habe mich nur ein wenig gefürchtet, als ich Euch das erste Mal sah«, gestand sie. »Fühlt Ihr Euch jetzt besser?«

Als Antwort schloß er die Tür.

In der gleichen Sekunde fing Sara bitterlich zu weinen an. All die Jahre, in denen sie von ihrem wundervollen Ritter in der goldenen Rüstung, der eines Tages seine Braut heimholen würde, geträumt hatte, waren vergeudete Zeit gewesen. Sie hatte sich ihren Bräutigam immer so nett, verständnisvoll und feinfühlig vorgestellt und sich eingebildet, er würde ihr alle Liebe der Welt entgegenbringen.

Ihre Träume hatten sie zum Narren gehalten. Ihr Ritter war ein finsterer Geselle und kein Held in goldener Rüstung, und er hatte hinreichend bewiesen, daß er so verständnisvoll und feinfühlig wie ein Ziegenbock war.

Sie weinte sich in grenzenlosem Selbstmitleid in den Schlaf.

Nathan sah etwa eine Stunde später noch einmal nach ihr. Sie war auf dem Bett eingeschlafen, ohne sich erst auszuziehen. Sie lag auf dem Bauch und hatte die Arme weit ausgebreitet.

Seltsamerweise empfand er Zufriedenheit bei diesem Anblick. Plötzlich bemerkte er, daß sie noch immer Noras Ehering am Finger trug. Es war verrückt, aber er störte sich daran, deshalb zog er ihn vorsichtig ab und verstaute ihn in seiner Tasche. Danach machte er sich daran, Sara auszuziehen. Er öffnete die lange Reihe kleiner Knöpfe, die sich am Rücken ihres Kleides befanden und streifte es ihr ebenso ab wie ihre Schuhe und Strümpfe. Er stellte sich ziemlich ungeschickt an, und ihre Unterröcke überforderten ihn beinahe. Die Knoten in den Bändern waren so fest, daß er sie nicht lösen konnte, deshalb nahm er sein Messer zu Hilfe und schnitt die Bänder durch. Er setzte sein Werk fort, bis seine Braut nur noch im seidenen Hemd vor ihm lag. Der weiße dünne Stoff umschmiegte ihre weiblichen Formen, und ein zarter Spitzenbesatz faßte das Dekolleté ein.

Nathan konnte dem Drang nicht widerstehen, ihr mit der Hand über den Rücken zu streichen. Sie seufzte leise im Schlaf und drehte sich um.

Nathan hätte im nachhinein nicht sagen können, wie lange er neben dem Bett gestanden und sie betrachtet hatte. Sie sah so unschuldig, so vertrauensselig und so verdammt verletzlich aus, während sie schlief. Ihre dichten schwarzen Wimpern bildeten einen reizvollen Kontrast zu ihrer cremeweißen Haut. Ihr Körper war perfekt, und ihre vollen Brüste, die nur unzureichend von dem hauchdünnen Hemd bedeckt waren, weckten sein Begehren.

Als er gewahr wurde, wie heftig er auf sie reagierte, verließ er die Kajüte. Was, in Gottes Namen, war mit ihm geschehen? Wie konnte er nur zu einer so verlockenden Person Distanz wahren?

Nathan vergaß die Fragen, als ihn eine neue Welle der Seekrankheit überrollte. Er wartete, bis sein Magen die schreckliche Attacke überstanden hatte, dann holte er eine Decke und deckte Sara zu. Seine Hand berührte ihr Gesicht, und er konnte ein Lächeln nicht verhindern, als sie instinktiv ihre Wange an seiner Hand rieb. Diese unbewußte Geste erinnerte ihn an ein kleines Kätzchen. Sara bewegte sich ein wenig, und ihre Lippen strichen über seine Haut. Nathan zog seine Hand abrupt zurück und verließ den Raum, um nach Saras Tante zu sehen. Nora schien friedlich zu schlafen. Sie war zwar blaß und atmete schwer, aber sie hatte offensichtlich keine Schmerzen, da ihr Gesichtsausdruck fast heiter wirkte. Nathan erinnerte sich an den Ring in seiner Tasche und trat an ihr Bett. Er hob Noras Hand und steckte ihr den Ring an den Finger.

Nora öffnete die Augen und lächelte ihn an. »Danke, lieber Junge. Für mich wird jetzt alles ein wenig leichter, weil ich den Ring von meinem Johnny zurückhabe.«

Nathan quittierte ihre Dankbarkeit mit einem kurzen Nicken und wandte sich wieder der Tür zu.

»Ihr glaubt, daß ich eine sentimentale Närrin bin, habe ich recht?« rief sie ihm nach.

Ein Lächeln huschte über sein Gesicht. »Ja.«

Sie kicherte über seine unverblümte Offenheit und fragte: »Habt Ihr mit Sara gesprochen?«

»Ja, das habe ich getan.«

»Geht es ihr gut?« wollte Nora wissen. Sie wünschte, er würde sich zu ihr drehen, damit sie seinen Gesichtsausdruck sehen könnte.

»Sie schläft«, gab Nathan zurück und öffnete die Tür.

»Wartet«, rief Nora. »Bitte geht noch nicht.«

Als er das Zittern in ihrer Stimme hörte, wandte er sich ihr zu.

»Ich fürchte mich so sehr«, flüsterte Nora.

Nathan schloß die Tür und trat näher an das Bett. Wie so oft verschränkte er die Arme vor der Brust und wirkte ziemlich entspannt, wenn man von seinem Stirnrunzeln absah.

»Ihr habt keinen Grund, Euch zu fürchten«, sagte er mit sanfter Stimme. »Ihr seid jetzt in Sicherheit.«

Sie schüttelte den Kopf. »Ihr habt mich mißverstanden. Ich habe keine Angst um mich, lieber Junge. Ich mache mir

Sorgen um Euch und Sara. Seid Ihr Euch im klaren, worauf Ihr Euch eingelassen habt? Vermutlich könnt Ihr Euch nicht vorstellen, wozu diese Männer fähig sind. Nicht einmal ich kenne die Abgründe, in die ihre Habgier sie treibt. Sie werden Euch verfolgen.«

Nathan hob die Schultern. »Ich bin bereit. Die Winchesters stellen für mich keine Bedrohung dar.«

»Aber, lieber Junge, sie ...«

»Nora«, unterbrach er sie, »Ihr müßt mir glauben, wenn ich Euch sage, daß ich mit jeder Herausforderung fertig werde.«

»Sie werden versuchen, Sara zurückzuholen«, sagte Nora. »Und wenn sie sie haben, werden sie die Kleine quälen.«

»Ich beschütze alles, was mir gehört«, erklärte er mit Emphase.

Seine Selbstsicherheit beruhigte sie ein wenig, und sie nickte. »Ich glaube Euch, aber was haltet Ihr von den Winchester-Frauen?«

»Meint Ihr alle oder eine spezielle?«

»Natürlich meine ich Sara.«

»Sie ist keine Winchester mehr, sondern eine St. James. Ihr unterschätzt meine Fähigkeiten, wenn Ihr um ihre Sicherheit bangt. Ich passe stets auf meinen Besitz auf.«

»Besitz?« wiederholte sie. »Ich habe schon lang nicht mehr gehört, daß jemand seine Frau als Besitz ansieht.«

»Ihr habt viele Jahre außerhalb von England verbracht, Nora, und in all den Jahren hat sich nichts geändert. Ein Mann betrachtet seine Frau immer noch als Besitz.«

»Meine Sara ist sehr weichherzig«, sagte Nora, ohne weiter auf das Thema einzugehen. »Die letzten Jahre waren für sie sehr schwer, und sie wurde wegen ihrer Heirat als Außenseiterin betrachtet. Sie durfte nie die Dinge tun, mit denen sich junge Ladies normalerweise beschäftigen. Alles hat sich immer nur um ihre Schwester Belinda gedreht.« Nora machte eine Pause, um zu Atem zu kommen. Dann fuhr sie fort: »Sara verteidigt ihre Eltern und ihre Schwester bis aufs Messer. Ich werde mein Leben lang nicht verstehen, warum sie auch nur einen Gedanken an sie verschwendet. Ihr solltet Euch vor Saras Schwester in acht nehmen, sie steht ihrem Onkel in nichts nach, wenn es um Gemeinheiten geht. Sie sind wirklich aus dem gleichen Holz geschnitzt.«

»Ihr macht Euch zu viele Gedanken, Nora.«

»Ich möchte nur, daß Ihr versteht ... Sara ...«, sie keuchte, und es war offensichtlich, daß sie das Sprechen anstrengte. »Sara ist eine Träumerin«, fuhr sie fort. »Seht Euch ihre Malereien an, dann werdet Ihr verstehen, was ich meine. Ihr Kopf schwebt die meiste Zeit in den Wolken, und sie sieht nur Gutes in den Menschen. Sie möchte nicht glauben, daß ihr Vater ebenso verwerflich ist wie seine Brüder, und ich fürchte, daran ist ihre Mutter schuld. Sie hat ihre Tochter all die Jahre belogen, um die üblen Machenschaften der Winchester-Sippe zu entschuldigen und zu vertuschen.«

Nathan schwieg.

»Lieber Junge ...«, begann Nora erneut, aber sie hielt sofort inne, als sie seine finstere Miene sah.

»Madam«, sagte er rasch. »Ich möchte eine Abmachung mit Euch treffen. Ich werde Euch nicht mehr als alte Frau bezeichnen, wenn Ihr Euch abgewöhnt, mich ›lieber Junge‹ zu nennen. Seid Ihr damit einverstanden?«

Nora lächelte und warf dem hünenhaften Mann, der den ganzen Raum auszufüllen schien, einen schrägen Blick zu. »Ich muß zugeben, daß die Anrede ziemlich unpassend und töricht ist«, kicherte sie. »Darf ich Euch Nathan nennen?«

»Natürlich. Aber ich möchte Euch noch einmal versichern, daß Eure Sorgen um Sara unbegründet sind. Ich werde es nicht zulassen, daß ihr jemand wehtut, und ich selbst werde sie gut behandeln. Mit der Zeit wird sie erkennen, daß sie ein glücklicheres Leben führt als vorher.«

Er legte die Hände auf den Rücken wie ein General und durchmaß den Raum, der für seine riesige Gestalt viel zu klein zu sein schien.

»Die Tatsache, daß Ihr sie gestern abend vor diesen Halsabschneidern bewahrt habt, spricht für sich«, sagte Nora. »Ich bin sicher, daß Ihr gut auf sie aufpaßt. Ich hoffe nur, daß Ihr auch mit ihren zarten Gefühlen umgehen könnt, Nathan. Sara ist sehr scheu und verschlossen. Es ist sehr schwer, ihre wahren Gefühle zu erkennen.«

Nathans Augenbrauen schnellten hoch. »Seid Ihr sicher, daß wir über ein und dieselbe Person sprechen, Madam?«

Noras breites Lächeln sprach Bände. Sie strich eine Haarsträhne zurück, bevor sie gestand: »Ich habe Eure Unterhaltung mitangehört. Im allgemeinen ist es nicht meine Art, andere zu belauschen, aber Ihr müßt zugeben, daß es ziemlich laut zuging. Hauptsächlich Saras Kommentare waren nicht zu überhören, aber ich habe nicht sehr viel mehr mitbekommen, als hier und da einen Satz. Sagt mir, Nathan, werdet Ihr es tun?«

»Was meint Ihr?«

»Werdet Ihr sie lieben und ehren?«

»Gerade diesen Teil der Unterhaltung konntet Ihr also nicht überhören, wie?« Er konnte nicht verhindern, daß ein Lächeln über sein Gesicht huschte, als er sich daran erinnerte, wie energisch seine Braut ihn auf seine Pflichten hingewiesen hatte.

»Ich bin sicher, daß die gesamte Mannschaft Saras Bemerkungen mitbekommen hat«, erklärte Nora. »Ich muß wohl ein ernstes Wohl über ihr unziemliches Verhalten mit ihr reden. Ich habe nie zuvor gehört, daß sie die Stimme erhoben hat, aber ich denke, ich kann sie nicht dafür tadeln. Ihr habt viel Zeit gebraucht, um sie zu Euch zu holen. Sie läßt Euch für Eure ... Achtlosigkeit büßen. Ihr müßt mir glauben, daß es ganz und gar nicht ihre Art ist, so außer sich zu geraten.«

Nathan schüttelte den Kopf und machte sich daran, die Kajüte zu verlassen. Bevor er die Tür hinter sich zuziehen konnte, rief Nora ihm nach: »Ihr schuldet mir noch eine Antwort. Werdet Ihr sie lieben und achten?«

»Habe ich eine andere Wahl, Madam?«

Er schloß die Tür, ohne auf eine Erwiderung zu warten.

Sara wurde kurze Zeit später von einem schrecklichen Lärm geweckt. Jemand würgte. Das Geräusch verursachte ihr selbst Übelkeit, und sie setzte sich mit einem Ruck auf. Ihr erster Gedanke galt Nora. Bestimmt war sie seekrank.

Sara warf die Decke beiseite und eilte zur Tür. Sie war noch so schlaftrunken, daß sie erst, als sie über einen ihrer Unterröcke stolperte, merkte, daß sie nur spärlich bekleidet war.

Eine von Nathans Dienerinnen hatte ihr vermutlich geholfen. Sara sah, daß ihr Schrankkoffer an einer Wand stand. Sie hatte so fest geschlafen, daß sie nicht einmal gehört hatte, wie er hereingebracht worden war. Sie wurde rot, als sie sich bewußt wurde, daß ein Mann in der Kajüte gewesen sein mußte, während sie im Bett gelegen hatte. Sie hoffte, daß eine Dienerin sie mit einer Decke abgeschirmt hatte, bevor der Mann hereingekommen war.

Sie hörte ein Geräusch auf dem Flur und öffnete die Tür. Nathan schlich gerade an ihr vorbei, als sie durch den Türspalt spähte. Er beachtete sie gar nicht und ging in die angrenzende Kajüte. Sara störte sich nicht an seiner Rüpelhaftigkeit, und sie machte sich auch keine Sorgen mehr um ihre Tante, als sie Nathans Gesicht sah. Der gefürchtete Wikinger war grün wie die See.

Konnte das möglich sein? fragte sie sich. Plagte den unbesiegbaren und ungehobelten Marquis die Seekrankheit?

Sara hätte lauthals gelacht, wenn sie nicht so müde gewesen wäre. Sie kroch wieder ins Bett und schlief sofort ein. Sie stand am Abend nur kurz auf, um mit Nora das Dinner einzunehmen. Danach ging sie wieder zu Bett und schlief tief und fest.

Nachts kühlte die Luft in der Kajüte stark ab, und Sara erwachte zähneklappernd. Sie versuchte, die Bettdecke um ihre Schultern zu ziehen, aber irgend etwas hielt sie fest. Sara riß die Augen auf und fand den Grund für das lästige Übel. Die Decke hatte sich in Nathans langen, nackten Beinen verfangen.

Er schlief neben ihr.

Sara blieb fast das Herz stehen, und sie öffnete den Mund, um zu schreien, aber in diesem Augenblick preßte Nathan seine große Hand auf ihr Gesicht.

»Wage nicht, auch nur einen Ton von dir zu geben«, knurrte er.

Sie schob seine Hand weg. »Macht, daß Ihr aus meinem Bett kommt«, zischte sie wütend.

Er seufzte resigniert, bevor er zu einer Antwort ansetzte. »Sara, zufällig befindest du dich in meinem Bett, und wenn hier irgend jemand geht, dann bist du es.«

Seine Stimme klang trotz seiner Unverschämtheit ziemlich schläfrig, und Sara vermutete, daß sie nicht um ihre Unschuld bangen mußte. Er schien so erschöpft zu sein, daß er bestimmt nichts anderes als Schlafen im Sinn hatte.

»Gut«, sagte sie. »Ich werde in Noras Kajüte schlafen.«

»Nein, das wirst du nicht tun«, erwiderte er. »Auf keinen Fall wirst du diese Kajüte verlassen. Aber du kannst dich, wenn du unbedingt willst, auf den Boden legen, Braut. Und laß endlich die förmliche Anrede, wir sind verheiratet.«

»Also gut«, erwiderte sie gehorsam, um gleich darauf erbost zu fragen: »Warum nennst du mich unentwegt ›Braut‹? Wenn du schon nicht meinen Namen benutzen willst, solltest du mich wenigstens mit Gattin oder Frau anreden.«

»Aber du bist noch nicht richtig *meine* Frau.«

Jetzt verstand sie gar nichts mehr. »Du hast doch gerade selbst gesagt, daß wir verheiratet sind, also bin ich deine Frau, oder nicht?«

»Nicht, bevor ich mit dir geschlafen habe.«

Eine lange Minute verstrich, bis Sara die Sprache wiederfand. Dann sagte sie entschlossen: »Du darfst mich weiterhin ›Braut‹ nennen.«

»Dazu brauche ich deine Erlaubnis wirklich nicht«, grollte er. Sara zitterte vor Kälte, und er streckte die Arme aus, um sie an sich zu ziehen. Aber sie wehrte sich und stieß ihn beiseite.

»Mein Gott, ich kann nicht glauben, daß ausgerechnet mir das passiert«, wimmerte sie. »Und vermutlich denkst du auch noch, daß du freundlich und verständnisvoll bist.«

»Was bringt dich auf die Idee, daß ich es nicht bin?« wollte er wissen.

»Du bist nackt«, sprudelte sie hervor.

»Und das heißt, daß ich …«

Am liebsten hätte sie ihn geschlagen. Sie hatte zwar das Gesicht abgewandt, aber sie hörte nur allzu deutlich das Lachen in seiner Stimme. »Du beleidigst mich damit«, erklärte sie. »Und das mit voller Absicht.«

Jetzt riß ihm der Geduldsfaden. »Ich habe nicht die Absicht, dich in irgendeiner Form zu beleidigen«, fauchte er. »Ich schlafe immer nackt, Braut, Dir wird das sogar gefallen, wenn …«

»Großer Gott«, ächzte sie und beschloß, dieser peinlichen Diskussion ein Ende zu bereiten. Sie rutschte zum Fußende des Bettes – das war die einzige Möglichkeit für sie, zu entkommen, denn rechts von ihr war die Wand und links blockierte Nathans muskulöse Gestalt den Weg. Nathan warf ihr eine Decke zu, und Sara haschte danach und wickelte sie um ihren Körper.

Sie hatte keine Ahnung, wie lange sie dagestanden und seinen Rücken wütend angeblitzt hatte. Sein tiefer regelmäßiger Atem ließ sie vermuten, daß er eingeschlafen war.

Sie fror erbärmlich, und ihr dünnes Hemd schützte sie nur wenig gegen die Kälte. Sie fühlte sich miserabel, als sie sich auf dem Boden niederließ, die bloßen Füße unter die Decke zog und sich ausstreckte. Der Boden fühlte sich an, als ob er mit einer Eisschicht bedeckt wäre.

»Alle verheirateten Paare haben getrennte Schlafzimmer«, murmelte sie. »In meinem ganzen Leben bin ich noch nie so schändlich behandelt worden. Wenn das deine Art ist, mich zu achten, dann brichst du mit Sicherheit jetzt schon dein Gelübde, Nathan.«

Er verstand jedes Wort dieser geflüsterten Anklage und verzog den Mund zu einem Lächeln. »Du lernst schnell, Braut.«

Sie hatte keine Ahnung, wovon er überhaupt sprach. »Und wie kommst du ausgerechnet jetzt darauf?«

»Du hast rasch verstanden, wo dein Platz ist«, brummte er. »Mein Hund hat wesentlich länger dazu gebraucht.«

Ein schriller Schrei zerriß die Luft. »Dein Hund?« Sie

sprang mit einem Satz auf die Füße und boxte Nathan in die Seite. »Rutsch zur Seite, Ehemann.«

»Steig über mich, Sara«, befahl er. »Ich schlafe immer außen.«

»Warum?« fragte sie, bevor sie sich zurückhalten konnte.

»Das ist sicherer. Wenn jemand in diese Kajüte einbricht, muß er erst mich überwinden, um dir Schaden zufügen zu können. Und jetzt leg dich endlich hin.«

Sie schwieg eine Weile, dann stieß sie ihn wieder an und fragte: »Haben in diesem Bett schon andere Frauen geschlafen?«

»Nein.«

Sie konnte selbst kaum fassen, daß ihr diese Antwort sehr gefiel und ihr Ärger verflog, als sie sich klar wurde, daß ihr Mann tatsächlich um ihre Sicherheit besorgt war. Er war zwar ein Scheusal, aber er würde sie beschützen. Sie legte sich hin und preßte sich an die Wand. Nach einer Weile fror sie so sehr, daß das Bett wackelte, weil sie zitterte wie Espenlaub. Nathan verlor endgültig die Geduld und zog sie grob in seine Arme. Sara fühlte sich bedeutend wohler, als sie seine Körperwärme spürte – und seine nackte Haut. Er legte ein Bein auf die ihren und schlang die Arme um ihren Oberkörper.

Sie protestierte nicht, und selbst wenn sie es gewollt hätte, wäre es ihr nicht gelungen. Nathan hielt ihr mit einer Hand den Mund zu. Sie rückte ein wenig näher an ihn heran, schob ihren Kopf unter sein Kinn und schloß die Augen.

Sobald Nathan seine Hand von ihrem Mund nahm, flüsterte sie: »Wenn jemand auf dem Boden schläft, dann du.«

Ein kehliges Knurren war seine einzige Antwort, und Sara lächelte. Jetzt ging es ihr wesentlich besser. Sie gähnte

und schmiegte sich enger an ihren Mann, um die Kälte vollkommen aus ihrem Körper zu vertreiben.
Sie schlief warm und geborgen ein ... und sie empfand das Gefühl, ein wenig geachtet zu werden.

Ein verheißungsvoller Anfang.

4

Sara wachte erfrischt am nächsten Morgen auf, und sie fühlte sich so wohl, daß sie es mit dem Rest der Welt hätte aufnehmen können – um genauer zu sein, sie hatte sich so weit erholt, daß sie sich einer erneuten Konfrontation mit ihrem Wikinger-Ehemann gewachsen fühlte.

In der vergangenen Nacht war ihr ein wunderbarer Einfall gekommen, und sie war sicher, daß sich Nathan mit ihrem Plan einverstanden erklären würde, wenn sie genau darlegte, worum es ihr ging. Oh, vermutlich würde er erst murren und ein wenig schimpfen, aber wenn er begriff, wie wichtig ihr die Angelegenheit war, mußte er einfach nachgeben.

Es gab mehrere Punkte, über die sie sprechen mußten, aber Sara hatte beschlossen, mit der Sache, die ihr am meisten am Herzen lag, zu beginnen.

Sie wollte, daß er in anständiger Form um sie warb und daß sie sich bei einer hübschen feierlichen Zeremonie erneut das Jawort gaben. Sie nahm sich fest vor, ihr Temperament im Zaum zu halten, auch wenn er sich bei diesem Gespräch ausfallend benehmen sollte, und sie wollte, egal wie überheblich er war, ihre Argumente in einem sanften Tonfall vorbringen.

Großer Gott, sie fürchtete sich vor dem, was ihr bevorstand. Nathan war ein äußerst schwieriger Gesprächspartner, und wenn er mißgelaunt war, war es sogar eine Qual, sich im selben Raum mit ihm aufzuhalten. Diese Erkenntnisse machten sie mutlos. Was sollte geschehen, wenn er gar nicht mit ihr verheiratet sein wollte?

Unsinn, ermunterte sie sich selbst. Selbstverständlich möchte er mit mir verheiratet sein.

Sie selbst hatte, seit sie denken konnte, Nathan als ihren Ehemann betrachtet, so daß sie sich im Leben nicht vorstellen konnte, ein anderer würde seine Stelle einnehmen. Sie war mit dem Bewußtsein, zu ihm zu gehören, aufgewachsen, und da sie so anpassungsfähig und gutgläubig war, war es ihr nie in den Sinn gekommen, mit ihrem Schicksal zu hadern.

Aber was war mit Nathan? Er schien nicht zu der Sorte von Männern zu gehören, die an etwas anderem als an Auseinandersetzungen und Kämpfen interessiert waren.

Sie spürte, daß sie bei dem Zustand, der augenblicklich zwischen ihnen herrschte, zugrunde gehen würde, wenn sie nicht mit ihm darüber sprach.

Sie verwandte äußerste Sorgfalt auf ihre Morgentoilette und entschied sich, ihr zartrosafarbenes Kleid anzuziehen, dessen Ausschnitt nicht annähernd so tief war wie der, den Nathan so ungalant beanstandet hatte. Sie hoffte, daß ihn das gleich von vornherein in eine bessere Stimmung versetzte.

Die Kajüte, die sie bewohnte, gefiel ihr – sie war wesentlich größer als die von Nora, aber nur spärlich möbliert. Ein gedrehtes Metallgitter stand in einer Ecke, und Sara vermutete, daß es ursprünglich als Kamingitter benutzt worden war. Auf der gegenüberliegenden Seite befand sich ein weißer Wandschirm, hinter dem Kleiderhaken in der Wand befestigt waren. Gleich daneben stand ein Waschtisch mit einer Porzellanschüssel und einer großen Kanne.

Gegenüber vom Bett hatte man ihren Schrankkoffer aufgestellt, und den Mittelpunkt des Raumes bildete ein niedriger Tisch mit zwei Sesseln. Ein großer Mahagonischreibtisch beherrschte die eine Wand. Ja, die Möblierung war nicht üppig, dachte sie, aber für die nächsten ein oder zwei Monate würde es genügen. Wie lange die Reise zu der Insel, auf der ihre Tante wohnte, dauern würde, hing natürlich ganz vom Wetter ab.

Sara nahm Nathans Kleidungsstücke von den Haken hinter dem Wandschirm und legte sie, nachdem sie sie zusammengefaltet hatte, in ihren Schrankkoffer. Dann hängte sie ihre Kleider auf und räumte die Papiere und Karten vom Schreibtisch, um Platz für ihren Skizzenblock und die Zeichenkohle zu schaffen.

Sie bürstete ihr Haar und band es im Nacken mit einer rosafarbenen Schleife zusammen. Als sie damit fertig war, nahm sie ihren zartrosa Sonnenschirm aus dem Koffer und machte sich auf die Suche nach Nora. Sie hoffte, daß sich ihre Tante so weit erholt hatte, um einen kleinen Spaziergang auf Deck zu unternehmen. Das würde Sara die Gelegenheit geben, mit ihrer Tante über ihre Pläne zu sprechen, bevor sie sie Nathan unterbreitete.

Nora schlief noch, und Sara hatte nicht das Herz, sie zu wecken.

Als sie die Kajüte ihrer Tante verließ, fiel ihr auf, daß der Korridor zu einem großen düsteren Raum führte. Das Sonnenlicht, das durch die Luke fiel und von den eisernen Stufen gefiltert wurde, zeichnete kleine Muster auf den Holzboden. Der Raum war bis auf die schmiedeeisernen Haken, die von der Decke hingen, vollkommen leer. Sara fragte sich, wozu in Gottes Namen, dieses finstere Verlies dienen konnte, als sie bemerkte, daß einer der Seemänner die Treppe herunterschlurfte.

Der Mann blieb abrupt stehen, als er sie sah, und Sara erkannte in ihm den dunkelhäutigen Riesen, der ihr schon im Hafen begegnet war. Sie erinnerte sich an ihren heftigen Zornausbruch und beschloß, diese Begegnung lieber nicht zu erwähnen.

»Guten Tag, Sir«, grüßte sie mit einem kleinen Knicks. »Mein Name ist Lady Sara Winchester.«

Sein Kopfschütteln versetzte Sara in Erstaunen.

»Ihr seid Lady St. James«, verbesserte er sie.

Sie war zum überrascht über seine Dreistigkeit, um ihn zu tadeln, deshalb sagte sie nur: »Ja, ich heiße jetzt St. James, besten Dank, daß Ihr mich daran erinnert habt.«

Der Hüne zog die Schultern hoch. Die goldenen Ohrringe, die von seinem Ohrläppchen baumelten, schüchterten sie ebenso ein wie sein argwöhnischer Blick. Vermutlich war es der Seemann nicht gewöhnt, Konversation mit einer jungen Lady von vornehmer Herkunft zu treiben. »Ich freue mich, Eure Bekanntschaft zu machen«, sagte sie.

Sie erwartete, daß er ihr seinen Namen nennen würde, aber er starrte sie nur. Nach einiger Zeit erwiderte er: »Wir sind uns vorgestern schon begegnet, Lady St. James. Ihr habt auf mich eingeschlagen, erinnert Ihr Euch?«

Und wie sie sich erinnerte. Sie warf ihm einen mißbilligenden Blick zu, weil er das peinliche Ereignis zur Sprache gebracht hatte, und nickte zögernd. »Ja, Sir, jetzt, da sie es erwähnen, fällt es mir wieder ein. Ich muß für mein Benehmen um Vergebung bitten, die einzige Entschuldigung, die ich vorbringen kann, ist, daß ich ziemlich durcheinander war. Wie lautet Euer Name?«

»Jimbo.«

Sie fand den Namen reichlich merkwürdig, ließ sich aber nichts anmerken, und streckte ihre Hände aus, um seine Rechte zu umschließen. Als er ihre weiche Haut auf seiner schwieligen Hand spürte, zuckte er unmerklich zusammen. Saras Sonnenschirm polterte zu Boden, aber Jimbo war viel zu verwirrt, um ihn aufzuheben, und Sara war zu beschäftigt, seine Freundschaft zu gewinnen, um sich selbst darum zu kümmern.

»Vergebt Ihr mir, daß ich Euch geschlagen habe, Sir?«

Jimbo war vollkommen sprachlos. Die Frau, die ihm vor zwei Nächten die Hölle heiß gemacht hatte, konnte nicht dieselbe Person sein, die jetzt so freundlich mit ihm sprach! Guter Gott, wie reizend sie aussah – sie hatte die hübschesten braunen Augen, die er je gesehen hatte.

Sein Verstand setzte fast aus, als sie ihm einen verwirrenden Blick zuwarf, und er murmelte: »Ist es für Euch so wichtig, daß ich Euch vergebe?«

Sara drückte kaum merklich seine Hand, bevor sie sie losließ. »O ja, Mister Jimbo, es ist sogar außerordentlich wichtig. Ich habe mich entsetzlich benommen.«

Er verdrehte die Augen zum Himmel. »Wir wollen die Angelegenheit rasch vergessen. Ihr habt keinen nennenswerten Schaden angerichtet«, brummte er unsicher – er kam sich vor wie ein Junge, der noch grün hinter den Ohren ist.

Seine finstere Miene verflog, als Sara lächelte. »Ich danke Euch, Sir, Ihr habt ein gutes Herz.«

Jimbo warf seinen Kopf in den Nacken und brach in Gelächter aus. Als er sich einigermaßen beruhigt hatte, sagte er: »Das solltet Ihr dem Captain erzählen, er wird sehr erstaunt sein über dieses große Lob.«

Ihr gefiel die Idee. »Natürlich werde ich ihm davon erzählen«, versprach sie.

Da der Seemann so glänzender Laune zu sein schien, konnte sie ihm vielleicht einige Fragen stellen. »Sir? Habt Ihr die Dienerinnen heute morgen schon gesehen? Ich würde sie gern bitten, in meiner Kajüte das Bett zu machen und sich um meine Kleider zu kümmern.«

»Wir haben keine Dienerinnen an Bord«, entgegnete Jimbo. »Die einzigen Frauen, die uns auf dieser Reise begleiten, seid Ihr und Eure Tante.«

»Oh, wer hat dann ...?« Sie hielt mitten im Satz inne. Wenn es keine weiblichen Bediensteten gab, wer hatte sie dann ausgezogen? Die Antwort war ein Schock. Nathan.

Jimbo beobachtete, wie eine zarte Röte ihre Wangen überzog und fragte sich, woran sie wohl dachte.

»Ich habe noch eine Frage an Euch, Sir, wenn Ihr gestattet.«

»Was?« erwiderte er schroff.

»Wofür wird dieser Raum genutzt? Zuerst dachte ich, der Korridor würde bis hierher reichen, aber ich habe, als ich an Bord kam, wohl übersehen ...«

Sie brach ab, als Jimbo auf eine zusammengefaltete Trennwand stieg und sie mit Riemen an den Haken in der Decke befestigte. »Das ist eigentlich die Offiziersmesse«, erklärte er.

Sara sah sich erstaunt um und entdeckte eine Treppe, die nach unten führte.

»Wohin gelangt man über diese Treppe?«

»Wir lagern dort unten den Wein und das Trinkwasser«, antwortete Jimbo. »Noch tiefer befindet sich ein weiterer Stauraum, in dem sich die Munition befindet.«

»Munition?« wiederholte sie. »Wozu brauchen wir Munition?«

Jimbo grinste. »Ihr habt die Kanonen offenbar nicht bemerkt, als Ihr auf das Schiff gekommen seid.«

Sie schüttelte den Kopf. »Ich war ein wenig aufgeregt an diesem Tag, Sir, und ich habe kaum auf meine Umgebung geachtet.«

Ein wenig aufgeregt? Das war die Untertreibung des Jahres – sie war eine rasende Furie gewesen.

»Wir haben acht Kanonen an Bord wie die meisten Schiffe, aber unsere sind jederzeit schußbereit. Dieses Schiff ist eine kleinere Version von einer Fregatte, und das Pulver wird im untersten Stauraum gelagert, weil dort die Explosionsgefahr im Falle eines Angriffs am geringsten ist.«

»Aber, Mister Jimbo, wir haben keinen Krieg. Warum transportiert der Captain so viele Waffen? Wofür braucht er sie?«

Jimbo zuckte mit den Achseln, und plötzlich wurden Saras Augen kugelrund vor Schreck.

»Pagan.« Der Name des gefürchteten Piraten platzte förmlich aus ihr heraus. Sie nickte. »Natürlich! Es ist sehr umsichtig von unserem Captain, daß er Vorsichtsmaßnahmen gegen diesen Schurken trifft, der die Meere unsicher macht. Er wird uns gegen alle Piraten verteidigen, nicht wahr?«

Es kostete Jimbo einige Mühe, seine Belustigung nicht zu zeigen. »Ihr habt schon von Pagan gehört?«

»Alle Welt hat von diesem Verbrecher gehört«, rief sie aufgeregt.

»Verbrecher?« wiederholte Jimbo. »Also mögt Ihr Pagan nicht?«

Das war die seltsamste Frage, die ihr jemals jemand gestellt hatte, und seine Augen blitzten so vergnügt, daß sie völlig verwirrt war. Sie sprachen über den abscheulichsten Piraten der Welt, und erzählten sich nicht die neuesten Witze, die in London die Runde machten. Weshalb erheiterte ihn das Gespräch so?

»Selbstverständlich verabscheue ich diesen Mann. Er ist ein skrupelloser Halunke, Sir, und auf seinen Kopf ist eine enorme Prämie ausgesetzt. Offensichtlich habt Ihr eine ausgesprochen romantische Ader, wenn Ihr all die törichten Geschichten über Pagans gute Taten glaubt.«

Ein durchdringender Pfiff unterbrach Saras Zurechtweisung. »Was bedeutet dieser Ton?« fragte sie. »Ich habe ihn schon heute morgen gehört.«

»Der Bootsmann pfeift, wenn die Wache wechselt«, erklärte er. »Ihr werdet diesen Pfiff alle vier Stunden hören – Tag und Nacht.«

»Mister Jimbo?« rief sie, als er sich zum Gehen umdrehte.

»Lady Sara, Ihr solltet mich nicht mit Mister anreden«, brummte er, »Jimbo genügt.«

»Dann müßt Ihr mich Sara nennen – ohne Lady«, erwiderte sie. »Wir sind jetzt Freunde, oder nicht? Darf ich Euch eine letzte Frage stellen?«

Er sah sie über seine Schulter an. »Ja.«

»Ich glaube, herausgefunden zu haben, daß Ihr in den Diensten meines Mannes steht, ist das richtig?«

»Ja.«

»Habt Ihr eine Ahnung, wo sich mein Mann aufhalten könnte?«

»Vorhin war er am Heck vorm Spint«, murmelte er.

Sie sah ihn empört an und schüttelte den Kopf, und er wiederholte: » Er war am Spint.«

»Jimbo, Ihr habt bestimmt recht, er spinnt«, begann sie und machte eine Pause, um ihren Sonnenschirm aufzuheben und den riesigen Mann zu umrunden. »Aber Ihr seid ausgesprochen unloyal, wenn Ihr diese Tatsache laut aussprecht. Ich bin Nathans Frau, und ich kann es nicht dulden, daß Ihr abfällige Bemerkungen über ihn fallenlaßt. Ich bitte Euch, in Zukunft mehr Respekt zu zeigen.«

Matthew kam gerade rechtzeitig die Treppe herunter, um zu verstehen, daß Sara seinem Freund eine Lektion über respektvolles Verhalten erteilte. Lady Sara lächelte ihn an, als sie an ihm vorbeiging.

»Worum ging es eigentlich?« fragte Matthew seinen Freund. »Ich dachte, ich hätte etwas gehört von ...«

Jimbos Blick brachte ihn zum Schweigen. »Du wirst es im Leben nicht glauben, aber ich habe gerade versprochen, nie mehr zu sagen, daß Nathan spinnt.«

Matthew schüttelte den Kopf. »Sie ist reichlich merkwürdig, findest du nicht, Jimbo? Es ist mir ein Rätsel, daß ein so unbedarftes Mädchen in einer der bösartigsten Familien Englands aufwachsen konnte.«

»Sara ist ganz anders als Jade«, meinte Jimbo. Er sprach von Nathans jüngerer Schwester. »Während all der Reisen, die sie mit uns unternommen hat, habe ich sie nicht einmal weinen sehen.«

»Nein, sie hat nie geweint«, bestätigte Matthew mit einem gewissen Stolz. »Aber Sara ... ich habe noch nie eine so tobsüchtige Frau erlebt wie sie ...«

»Sie hat gebrüllt wie am Spieß«, bekräftigte Jimbo. »Jade hat nie gebrüllt.«

»Nie.« Matthew nickte heftig.

Plötzlich überzog ein breites Grinsen Jimbos Gesicht. »Die beiden sind grundverschieden, aber eines haben sie gemeinsam.«

»Und was sollte das sein?«

»Sie sind beide verdammt hübsch.«

Matthew nickte wieder.

Ein gellender Schrei ließ sie zusammenzucken, und beide wußten, daß nur Sara solche Töne von sich geben konnte.

»Sie ist verflucht anstrengend«, knurrte Matthew.

»Und verflucht laut«, ergänzte Jimbo. »Was sie jetzt wohl wieder in Panik versetzt hat?«

Merkwürdigerweise beeilten sich beide Männer, an Deck zu kommen, um nachzusehen, was geschehen sein könnte.

Sara hatte Nathan gefunden. Er stand mit entblößtem Oberkörper am Ruder und hatte ihr den Rücken zugewandt.

Sie sah die unzähligen Narben auf seinem Rücken und erschrak so sehr, daß sie unwillkürlich einen Schrei ausstieß.

»Wer hat dir das angetan?«

Nathan wirbelte kampfbereit herum. Er brauchte nur eine Sekunde, um festzustellen, daß keine Menschenseele, die Sara etwas antun könnte, in der Nähe war.

»Was zum Teufel, ist los?« brüllte er, während er versuchte, seinen Herzschlag zu beruhigen. »Ich dachte schon, jemand hätte ...« Er unterbrach sich, um tief Luft zu holen und fragte: »Hast du dir weh getan?«

Sie schüttelte stumm den Kopf.

»Schrei niemals mehr in so einer Weise«, bat er sie mit wesentlich weicherer Stimme. »Wenn du meine Aufmerksamkeit erregen willst, dann sag einfach meinen Namen.«

Saras Sonnenschirm fiel aufs Deck, als sie auf ihn zuging. Sie war noch so benommen von dem, was sie gesehen hatte, daß sie gar nicht bemerkte, daß sie ihn verloren hatte. Sie blieb so dicht vor Nathan stehen, daß er die Tränen in ihren Augen glitzern sah.

»Was ist geschehen?« fragte er. »Hat dich irgend etwas erschreckt?« Verdammt, er hatte keine Geduld für solche Spielchen, dachte er grimmig.

»Es ist dein Rücken, Nathan«, flüsterte sie. »Er ist über und über mit Narben bedeckt.«

Er schüttelte fassungslos den Kopf. Kein Mensch hatte es bis jetzt gewagt, ihn darauf anzusprechen. Alle, die seinen Rücken gesehen hatten, waren so klug gewesen, keine Notiz von den Narben zu nehmen.

»Ich danke dir, daß du mich darauf aufmerksam machst«, zischte er. »Ich hätte nie davon erfahren, wenn du nicht ...«

Zur Hölle, sie fing an zu heulen. Sein beißender Spott war offensichtlich zuviel für sie gewesen. »Schau, Sara«, murmelte er erbittert. »Der Anblick meines Rückens beleidigt dich, deshalb solltest du rasch wieder unter Deck gehen.«

»Der Anblick beleidigt mich keineswegs«, widersprach sie. »Warum sagst du nur so törichte Dinge?«

Nathan machte Jimbo ein Zeichen, damit er das Ruder übernahm und verschränkte die Hände auf dem Rücken. Er mußte eisern an sich halten, um sie nicht heftig zu schütteln. Vielleicht hätte das ihren Verstand ein wenig aufgerüttelt. »Also gut, warum hast du dann geschrien?«

Seine Stimme war so scharf wie der Wind, aber trotzdem glaubte Sara, einen gefühlvollen Unterton herauszuhören.

»Ich war entsetzlich wütend, als ich die Narben entdeckt habe, Nathan. Hattest du einen Unfall?«

»Nein.«

»Dann hat dich jemand gefoltert?« Sie gab ihm keine Zeit zu einer Antwort und fuhr hitzig fort: »Welches Ungeheuer hat dir solche Schmerzen zugefügt? Mein Gott, wieviel mußt du erduldet haben!«

»Um Gottes willen, Sara, das ist doch schon viele Jahre her.«

»Das war er – Pagan, oder?« hauchte sie.

»Was?« fragte er verständnislos.

Als Sara seine verwirrte Miene sah, ahnte sie, daß ihre Vermutung zutraf.

»Pagan hat dir das angetan«, behauptete sie fest.

Jimbo erlitt einen Hustenanfall, und Nathan drehte sich drohend um, um ihn zum Schweigen zu bringen. »Was, in Gottes Namen, bringt dich auf diese Idee?« fragte er Sara.

»Weil er grausam genug wäre.«

»Oh?« machte er. »Und woher willst du das wissen?«

Sie zuckte mit den Achseln. »Ich habe gehört, daß er zu solchen Dingen fähig ist.«

»Es war nicht Pagan.«

»Bist du sicher, Nathan? Kein Mensch weiß, wie dieser Schurke aussieht. Vielleicht hast du ihn nur nicht erkannt.«

»Ich weiß genau, wem ich das zu verdanken habe«, entgegnete er mit unverhohlener Verbitterung.

»Wirst du es mir verraten?«

»Warum?«

»Damit ich ihn hassen kann.«

Sein Ärger verflog augenblicklich – ihre Loyalität versetzte ihn in Erstaunen.

»Nein, ich erzähle dir nicht, wer es war.«

»Aber es war nicht Pagan?« versicherte sie sich noch einmal.

Diese Frau konnte einen Mann dazu bringen, sich im Alkohol zu ersäufen, dachte Nathan resigniert. »Nein«, wiederholte er laut.

»Nathan, du brauchst nicht wütend zu werden«, gab sie gekränkt zurück.

Er drehte sich um und ließ sie stehen. Jimbo machte ihm am Ruder Platz, und Sara wartete, bis er gegangen war. Als nur noch sie und ihr Mann auf dem Deck waren, näherte sie sich ihm.

Er fühlte, daß sie mit ihren Fingerspitzen über seine Schulter strich, und er erstarrte. Die federleichte, vorsichtige Berührung war unglaublich angenehm – und aufreizend. Er konnte weder sie noch die seltsamen Gefühle, die sie in ihm weckte, ignorieren.

»Ich hätte dich niemals so heftig geboxt wie letzte Nacht, wenn ich davon gewußt hätte«, flüsterte sie. »Aber es war so dunkel, daß ich ...«

»Um Himmels willen, Sara, es tut schon längst nicht mehr weh – es ist Jahre her.«

Sein barscher Ton erschreckte sie, und sie ließ ihre Hand sinken. Als sie sich neben ihn stellte, berührte ihr Arm den seinen. Sie sah ihm fest ins Gesicht und wartete darauf, daß er ihren Blick erwiderte. Seine Miene war steinern, und in diesem Augenblick sah er mehr denn je wie ein Wikinger oder wie ein muskelgestählter Krieger aus. Auf seiner Brust kräuselten sich unzählige Locken, die V-förmig am Bund seiner Breeches zusammenliefen. Sie wagte nicht, ihren Blick tiefer wandern zu lassen, da sie fürchtete, er könnte sie für schamlos halten. Als sie den Kopf hob, merkte sie, daß er sie beobachtet hatte, und die Röte schoß ihr ins Gesicht.

»Nathan?«

»Was?« fragte er.

Hatte er schon immer diesen resignierten Tonfall gehabt, wenn er mit ihr gesprochen hatte? Sara zwang sich, ihn freundlich um Verzeihung zu bitten.

»Es tut mir leid, daß ich deine Gefühle verletzt habe.«

Er befand, daß er ihr auf diese Bemerkung keine Antwort schuldig war und schwieg.

»Ist der Captain eigentlich damit einverstanden?« fragte sie nach einer Weile.

»Womit?«

»Daß du dieses Boot steuerst.«

Sein Lächeln erwärmte ihr Herz. »Das ist kein Boot, Sara. Du darfst die *Seahawk* niemals ein Boot nennen, sie ist ein Schiff oder eine kleine Fregatte. Wir Captains sind sehr empfindlich, wenn es um unsere Schiffe geht.«

»Wir Captains?«

Er nickte.

»O Nathan, das wußte ich ja gar nicht«, rief sie aus. »Dann sind wir also reich?«

»Nein.«

»Aber warum nicht?« fragte sie aufgebracht.

Nathan berichtete ihr von der Gründung der Company und erzählte, warum er selbst nur als stiller Teilhaber fungierte und daß er hoffte, in zehn bis zwölf Monaten genügend Geld zu haben, um die Company zu sanieren.

»Wie kannst du so sicher sein, daß wir in einem Jahr so viel Geld haben?«

»Der Vertrag, den ich unterschrieben habe ...«, begann er.

»Du hast also einen Vertrag geschlossen, der dir ausreichende Fahrten sichert.«

»Nein.«

Sie stöhnte dramatisch. »Könntest du mir das bitte näher erklären.«

Er ignorierte ihre Bitte, und sie versetzte ihm einen Rippenstoß. Großer Gott, es war wirklich entsetzlich mühsam, irgend etwas aus ihm herauszukriegen! »Wenn du so überzeugt bist, daß du Erfolg haben wirst, wäre ich sehr froh, wenn ich dir helfen könnte.«

Sein rauhes Lachen kränkte sie, trotzdem bekräftigte sie noch einmal: »Ich könnte dir bei den Büchern helfen, ich kann sehr gut rechnen ... Nein?« fragte sie, als er den Kopf schüttelte. »Aber ich würde so gern etwas für dich tun.«

Er musterte sie eingehend. Gott, sie sah heute wirklich bezaubernd aus, dachte er, während er beobachtete, wie sie ihre widerspenstigen Locken zu bändigen versuchte.

Der heftige Wind machte dieses Unterfangen nahezu unmöglich. Ihre Wangen waren ein wenig gerötet, und ihr Mund, der eine magnetische Anziehungskraft auf seine Blicke auszuüben schien, schimmerte rosig.

Ein plötzlicher Impuls bestimmte seine Handlungen, und bevor er sich zurückhalten konnte, legte er den Arm um ihre Schulter und zog sie an seine Brust. Die andere Hand schob er unter die Locken in ihrem Nacken. Er umschloß eine seidenweiche Strähne mit seiner großen Faust und zog Saras Kopf so weit nach hinten, daß sie ihm ihr Gesicht zuwenden mußte. Er versicherte sich selbst, daß er nur seinen Seelenfrieden bewahren würde, wenn er sie jetzt küßte, und war sich gleichzeitig bewußt, daß sie ein weiteres Höllenspektakel aufführen würde, wenn er ihr eröffnete, was es mit dem Vertrag auf sich hatte.

»Jeder von uns trägt auf seine Weise zum Erfolg der Company bei«, erklärte er, während sein Mund dem ihren immer näher kam. »Meine Pflicht ist es, dafür zu sorgen, daß du schwanger wirst, und deine Pflicht ist es, mir einen Sohn zu schenken.«

Sein Mund senkte sich genau in dem Moment auf ihre Lippen, in dem sie empört nach Luft schnappte.

Zunächst war Sara so perplex, daß es ihr unmöglich war, irgend etwas zu unternehmen. Sein Mund war so hart und heiß und außerdem so unglaublich fordernd. Er erfüllte sie mit seiner Wärme, seinem Geschmack und seinem wundervollen männlichen Duft.

Nathan wünschte sich, daß sie seine Liebkosung erwiderte, und sie enttäuschte ihn nicht. Als sich seine Zunge zwischen ihre Zähne schob, um die ihre zu umkreisen, wurden ihre Knie so weich, daß sie die Arme um seinen Nacken schlang und sich an ihm festhielt, während sie sich gleichzeitig in seiner Umarmung wand.

Sie merkte nicht einmal, daß sie seinen Kuß erwiderte und daß das leise Wimmern, das sie hörte, von ihr selbst verursacht wurde.

Erst als Nathan spürte, daß sie sich nicht mehr gegen ihn wehrte, wurde er zärtlicher. Lieber Gott, sie war so weich, und er fühlte ihre innere Hitze. Er wünschte sich verzweifelt, ihr näher zu kommen und noch näher ... Seine Hand glitt über ihren Rücken und umschloß ihr Hinterteil. Dann hob er sie hoch, bis er ihr Becken an das seine pressen konnte.

Seine Lippen strichen immer und immer wieder über ihren Mund, und er verspürte den nahezu unbezähmbaren Drang, sie zu nehmen. Nathan war sich im klaren, daß er nahe daran war, sich zu vergessen.

Die Pfiffe und das Gelächter drangen allmählich in sein Bewußtsein. Offenbar genoß seine Crew das Schauspiel, das er bot; deshalb versuchte er, sich von Sara zu lösen.

Sie gab ihn nicht frei, sie grub ihre Hände in sein Haar und zog ihn fester an sich, damit er sie erneut küssen konnte. Er quittierte ihre stumme Aufforderung mit einem Brummen, bevor er die sinnliche Liebkosung genoß. Als ihre süße Zunge sich an seiner rieb, kam er zur Besinnung und zwang sich, sich zurückzuziehen.

Beide waren außer Atem, als sie sich voneinander lösten, und Sara verlor das Gleichgewicht. Sie sank schwer gegen die hölzerne Reling und preßte eine Hand auf ihren bebenden Busen, während sie leise stöhnte.

Sobald ihr Captain seine Braut losgelassen hatte, kehrten die Seemänner zu ihren Aufgaben zurück. Nathan sah ihnen mit finsteren Blicken nach, bevor er sich Sara wieder zuwandte. Ihr versonnener Gesichtsausdruck erfreute ihn, und am liebsten hätte er sie von neuem geküßt.

Er war erschüttert über seine mangelnde Beherrschung

und entschied, daß er seiner Braut genügend Zeit gewidmet hatte. Er drehte sich zum Ruder um und bemerkte entsetzt, daß seine Hand zitterte, als sie das Holz berührte. Offensichtlich hatte ihn der Kuß mehr durcheinander gebracht, als er zuvor vermutet hätte.

Sara brauchte bedeutend länger, um ihre Fassung zurückzugewinnen. Sie bebte am ganzen Körper. Sie hatte ja keine Ahnung gehabt, daß ein Kuß so ... vollkommen sein konnte!

Ihm hatte diese Zärtlichkeit bestimmt überhaupt nichts bedeutet, dachte sie, als sie seine erschreckend gelangweilte Miene gewahrte.

Sie fühlte sich den Tränen nahe und verstand nicht einmal, was sie so traurig machte. Dann erinnerte sie sich an seine unanständige Bemerkung über ihre Pflichten. »Ich bin keine Zuchtstute«, flüsterte sie. »Und ich bin nicht im mindesten an deinen Zärtlichkeiten interessiert – sie gefallen mir nicht einmal«.

Nathan warf einen Blick über die Schulter und erwiderte langsam: »Du kannst mich nicht täuschen. Die Art, wie du mich geküßt hast ...«

»Ich glaube, ich finde Küsse abscheulich.«

»Lügnerin.«

Das war eine Beleidigung, ja, aber so, wie er dieses Wort ausgesprochen hatte, klang es wie eine Liebkosung.

Das alles machte überhaupt keinen Sinn. Sehnte sie sich jetzt schon so verzweifelt danach, daß dieser Wikinger sie freundlich behandelte, daß sie sogar seine Beleidigungen als Schmeicheleien empfand? Sara fühlte, wie die Hitze in ihre Wangen stieg. Sie starrte auf ihre Schuhspitzen und faltete die Hände schützend vor ihrer Brust. »Du kannst mich nicht mehr küssen«, verkündete sie und wünschte, ihre Stimme würde entschlossener und weniger atemlos klingen.

»Ich kann nicht?«

Seine Belustigung war zu offensichtlich. »Nein, du kannst nicht«, beharrte sie. »Ich habe beschlossen, daß du mir zuerst, wie es sich gehört, den Hof machen mußt, Nathan, und nach einer angemessenen Zeit werden wir uns in einer feierlichen Zeremonie von einem echten Priester trauen lassen. Vielleicht erlaube ich dir dann, mich noch einmal zu küssen.«

Sie hatte ihn während ihres kleinen Vortrags keines Blikkes gewürdigt, aber jetzt musterte sie ihn eingehend und versuchte, seine Miene zu deuten. Unglücklicherweise verriet ihr sein Ausdruck gar nichts. Sie blitzte ihn zornig an. »Ich denke, daß unsere Ehe von den Behörden angefochten werden könnte, wenn wir sie nicht vor Gott und der Kirche besiegeln.«

Schließlich konnte sie doch an seinem Gesicht erkennen, wie er über ihren Vorschlag dachte, und sie wünschte, er hätte sie im Zweifel gelassen. Himmel, sein Blick war so versengend wie die Mittagssonne, die auf sie niederbrannte. Aber seine Augen ... die Farbe war so leuchtend und betörend. Wenn er ihr direkt in die Augen sah, vergaß sie zu atmen ... Plötzlich regte sich ein seltsamer Gedanke in ihrem Kopf: Ihr Wikinger war ein gutaussehender Mann.

Warum nur war ihr das vorher nicht aufgefallen? Grundgütiger Himmel, fing sie etwa an, Gefallen an ihm zu finden?

Nathan riß sie aus ihren Gedanken, als er sagte: »Denkst du, daß es eine Möglichkeit für uns gibt, den Vertrag zu brechen?«

»Nein.«

»Gut«, erwiderte er und setzte hinzu: »Wie ich dir schon einmal gesagt habe, ist es nicht meine Absicht, den Vertrag zu lösen.«

Sie fand seinen überheblichen Ton abstoßend. »Das habe ich schon gewußt, bevor du es mir eröffnet hast.«

»Woher?«

Sie schüttelte den Kopf, aber Nathan verhinderte die Bewegung, indem er seine Hand in ihr Haar grub und eine Locke festhielt.

»Rühr mich nicht an, Nathan. Ich bekomme Kopfschmerzen, wenn du so an meinen Haaren zerrst.«

Er lockerte seinen Griff und massierte vorsichtig ihren Nacken. Seine Berührung war so sanft, so ... Sara gelang es nur mit Mühe, einen Seufzer zu unterdrücken.

»Natürlich weißt du, wie wichtig der Grundbesitz und das Vermögen für mich ist, Sara«, stellte er fest. »Und deshalb bist du auf den Gedanken gekommen, daß ich unseren Ehevertrag auf Biegen und Brechen einhalten möchte.«

»Nein.«

Nathan konnte sich selbst nicht erklären, was seine Neugier geweckt hatte, aber er war gespannt auf ihre Begründung. Diese Frau hatte wirklich die verrücktesten Ideen, und er war wild entschlossen, herauszufinden, wie ihr Verstand funktionierte.

»Also, woher wußtest du, daß ich die Ehe mit dir aufrechterhalten möchte?«

»Was solltest du für einen Grund haben, es nicht zu wollen?« hauchte sie und fügte entschlossener hinzu: »Nathan, ich habe alles, was sich ein Mann von einer Frau nur wünschen kann.« Als sie die Lachpünktchen in seinen Augen bemerkte, versuchte sie, so überheblich zu klingen wie er, wenn er mit ihr sprach. »Daran besteht kein Zweifel.«

»Und kannst du mir auch genau darlegen, was dich so sicher macht?«

»Natürlich«, entgegnete sie. »Erstens bin ich hübsch genug. Ich bin nicht vollkommen«, setzte sie rasch hinzu. »Ich bin mir natürlich bewußt, daß ich keine perfekte Schönheit bin, Nathan, aber das ist auch nicht so bedeutend.«

»Du meinst, daß du ... keine perfekte Schönheit bist?« fragte er verblüfft.

Sie funkelte ihn wütend an – mußte er sich ausgerechnet jetzt über sie lustig machen? »Selbstverständlich nicht. Und wenn du mich deshalb verspottest, dann bist du noch ungehobelter, als ich angenommen habe. Ich bin nicht häßlich, Nathan – daß ich braunes Haar und braune Augen habe, heißt noch lange nicht, daß ich ... reizlos bin.«

Ein feines Lächeln umspielte seine Mundwinkel. »Sara, hast du denn nie bemerkt, wie dir die Männer nachsehen, wenn du vorbeigehst?«

Sie wünschte, sie könnte ihm eine Ohrfeige versetzen. »Wenn du damit andeuten willst, daß ich nicht attraktiv bin, gut, Sir«, murmelte sie.

»Was ist daran gut?« hakte er nach, als er den Eindruck hatte, daß sie nicht mehr weiter wußte.

»Du bist auch nicht gerade ein Adonis, teuerster Gatte.«

Er schüttelte den Kopf. Seine Frau war alles andere als eitel, und diese Tatsache gefiel ihm ungeheuer. »Du hast recht«, meinte er. »Ich habe schon hübschere Frauen gesehen, aber, wie du schon sagtest, ist das nicht so bedeutend.«

»Falls du glaubst, daß du mich mit so ungezogenen Bemerkungen dazu bringst, daß ich mich minderwertig fühle, dann hast du dich getäuscht«, fauchte sie. »Ich bin wirklich genau das, was sich ein Mann wünscht. Wagst du etwa, mich auszulachen? Ich weiß sehr gut, was ich sage. Ich bin dazu erzogen worden, eine gute Ehefrau zu sein, genau wie du dazu erzogen wurdest, ein fürsorgender Ehemann zu sein. Das ist alles, was zählt«, endete sie matt.

Ihr verletzlicher Ausdruck weckte wieder seine Neugier. Diese Frau sagte die ungeheuerlichsten Dinge. »Sara, was hat man dir denn beigebracht, damit du zu einer guten Ehefrau wirst?«

»Ich kann einen Haushalt mit links führen, und es spielt keine Rolle, wieviele Bedienstete ich zu beaufsichtigen habe«, begann sie. »Ich kann hübsche Stickereien anfertigen, ohne mir dabei in die Finger zu stechen, eine Abendeinladung für zweihundert Personen planen und jede andere Pflicht erfüllen, die ein großer Besitz einer Frau abverlangt.«

Sie war überzeugt, daß ihn diese Liste beeindruckte, zumindest sie selbst war ziemlich beeindruckt über ihre eigenen Ausführungen. Das meiste davon war ihrer Phantasie entsprungen – sie hatte nicht die geringste Ahnung, welche Arbeiten zum Beispiel auf einem großen Landbesitz anfielen. Aber Nathan konnte ja von ihrer Unfähigkeit nichts wissen, oder? Und außerdem hieß es ja noch lange nicht, daß sie nichts zuwege brachte, nur weil sie bis jetzt noch nicht mit solchen Aufgaben betraut worden war. Sie war sicher, daß sie alles meistern konnte, wenn sie sich nur anstrengte. »Also?« fragte sie, als er keinen Kommentar gab. »Was denkst du über meine Fertigkeiten?«

»Ich könnte genausogut jemanden einstellen, der mir den Haushalt führt«, erwiderte er. »Ich bin nicht verheiratet, nur damit ich ein bequemes Leben führen kann.«

Ihre Miene war so komisch, daß er laut zu lachen anfing, und Sara gab sich alle Mühe, sich die Kränkung nicht allzu sehr zu Herzen zu nehmen.

»Aber ich kann auch eine intelligente Unterhaltung mit deinen Gästen führen und bin sicher, daß mich kein Thema überfordert. Ich bin sehr belesen.«

Seine Heiterkeit verflog. Offensichtlich war sie der Meinung, daß er sie nur als Zierde betrachtete, die dem Namen ihres Mannes Ehre machte, und mit einemmal wurde ihm klar, daß er so schäbig war wie der Rest der St. James-Familie. Er war wirklich ein Dickschädel.

»Du kannst niemanden einstellen, der eine so vornehme Erziehung genossen hat«, fuhr Sara kleinlaut fort.

»Ist das alles?« wollte er wissen. »Oder gibt es noch etwas, was man dir beigebracht hat.«

Sie war am Boden zerstört. Gab es denn gar nichts, was auf diesen ungehobelten Kerl Eindruck machte?

»Was meinst du?«

»Zum Beispiel, wie eine Frau ihrem Mann im Bett Freude bereitet.«

Sie wurde knallrot. »Natürlich nicht«, stammelte sie. »Du meinst, jemand hätte mich darin unterrichten sollen ...« Plötzlich stampfte sie auf seinen Fuß. »Wie kannst du es wagen, auch nur anzunehmen, man hätte mir solche ... Dinge ...«

Ihr fehlten die Worte. Sein Blick brachte sie vollends durcheinander, und sie war sich nicht sicher, ob sie in Tränen ausbrechen oder ihn umbringen sollte.

»Aber diese Pflichten könnte ja eine Geliebte übernehmen«, sagte er, um sie noch mehr zu reizen. Guter Gott, es machte wirklich Spaß, sie auf die Palme zu bringen. Sie reagierte so offen und war nicht in der Lage, ihre Gefühle zu verstecken. Natürlich wußte er, daß er dieses Spiel nicht zu weit treiben durfte, aber es amüsierte zu sehr, als daß er es jetzt hätte beenden können.

»Du wirst keine Geliebte haben!« fauchte sie und trat ihm erneut auf den Fuß. »Es ist ganz egal, wie hübsch sie ist oder wie ... talentiert ... Ich dulde das auf keinen Fall.« Sie gab ihm keine Möglichkeit, etwas zu erwidern und fügte hinzu: »Und du wirst dir in Zukunft auch nicht mehr die Freiheit herausnehmen, in meinem Bett zu schlafen, Nathan. Möglicherweise gestatte ich es dir, wenn du mir eine Zeitlang den Hof gemacht hast und wir von einem Priester getraut worden sind.«

Er schwieg und zuckte nur mit den Achseln.

Wie hatte sie jemals denken können, daß er auch nur im geringsten anziehend war? Himmel, sie wünschte, sie hätte genügend Kraft, ihm einen gewaltigen Tritt in den Hintern zu versetzen, statt dessen sagte sie jedoch relativ ruhig: »Wir sprechen über sehr ernste Dinge, Nathan, und wenn du noch einmal so unbeteiligt mit den Schultern zuckst, dann schreie ich.«

Er hielt es für besser, sie nicht darauf aufmerksam zu machen, daß sie schon seit geraumer Zeit schrie, dafür wies er sie mit sanfter Stimme zurecht: »Du ereiferst dich, meine Liebe. Ich betrachte diese Unterhaltung nicht unbedingt als ernste Diskussion.«

Sie nahm einen tiefen Atemzug und setzte zu einem letzten Versuch an: »Nathan, ich bitte dich, versuch meine Gefühle zu verstehen. Ich bin der Meinung, daß es sehr unschicklich wäre, wenn wir die Nächte in einem Raum verbringen.« Es war ihr zu peinlich, dieses Thema weiterzufolgen, deshalb fragte sie: »Wirst du mich heiraten oder nicht?«

»Das habe ich schon getan.«

Ihr Zorn kannte fast keine Grenzen mehr, und um einen Ausbruch zu vermeiden, heftete sie ihren starren Blick auf seine Brust, bis sie sich ein wenig beruhigt hatte.

Nach langem Schweigen murmelte sie: »Mein Anliegen dürfte nicht allzu schwer zu verstehen sein – nicht einmal für einen St. James. Ich möchte, daß um mich in anständiger Form geworben wird, und es ist einfach nicht schicklich, daß du mich anrührst, bevor wir Gottes Segen für unsere Ehe bekommen haben. Hörst du überhaupt, was ich sage?«

»Jedes Wort ist laut und deutlich zu hören, Miss«, ertönte eine Stimme hinter ihr. Sara wirbelte herum und sah sich zehn grinsenden Männern gegenüber, die das Gespräch offenbar mit Interesse verfolgt hatten.

»Ja, und ich wette, er hat auch jedes Wort verstanden«, warf ein anderer Mann ein. »Ihr wollt nicht, daß Euch der Captain anfaßt, bevor er Euch noch einmal geheiratet hat. Hab' ich recht, Headley?«

Der Angesprochene, ein kahlköpfiger Mann mit breiten Schultern, nickte. »Genau das habe ich auch gehört.«

Sara schämte sich entsetzlich. Hatte sie wirklich so laut geschrien, daß die ganze Mannschaft aufmerksam geworden ist? Sie wandte sich wieder Nathan zu. »Mußt du mich unbedingt in eine solche Verlegenheit bringen?«

»Oh, dazu brauchst du meine Unterstützung weiß Gott nicht, Braut. Geh jetzt in die Kajüte«, befahl er, »und zieh dieses Kleid aus.«

Diese Aufforderung versetzte sie in Alarmbereitschaft. »Warum? Gefällt es dir nicht?«

»Zieh dich ganz aus, Sara, ich komme in ein paar Minuten nach.«

Ihr Herzschlag setzte aus, als ihr die volle Bedeutung seines Befehls aufgegangen war, und sie war so außer sich, daß sie nicht einmal mehr versuchte, einen Protest vorzubringen. Ohne ein weiteres Wort drehte sie sich um und ließ ihn stehen.

Als sie an Jimbo vorbeikam, flüsterte sie: »Ihr hattet recht, Mister Jimbo, Nathan spinnt.«

Der Seemann konnte keine Antwort geben, da Sara ihren Weg, ohne innezuhalten, fortsetzte.

Sie ging gemessenen Schrittes bis zur Offiziersmesse, aber dann raffte sie die Röcke und rannte, als ob der Teufel hinter ihr her wäre, zur Kajüte ihrer Tante.

Trotz seiner gebeugten Haltung und seines Alters konnte Matthew sehr schnell sein, wenn es die Situation erforderte. Er stand in Noras Kajüte, als Sara die Tür aufriß, und machte einen Satz zur Seite.

»Lady Sara, ich hoffe, daß Ihr Nora jetzt nicht stört«, sagte er hinter ihr.

Sie zuckte heftig zusammen. »Ihr habt mich zu Tode erschreckt«, begann sie. »Ihr solltet anderen Menschen nicht auf diese Weise auflauern, Sir. Wie heißt Ihr?«

»Matthew.«

»Ich freue mich, Euch kennenzulernen«, entgegnete sie. »Ich möchte nur nach meiner Tante sehen.«

»Ich fühle mich für das Wohl Eurer Tante verantwortlich«, erklärte Matthew. »Sie ist nicht in der Lage, heute Besuch zu empfangen. Sie ist völlig erschöpft.«

Sara empfand plötzlich Schuldgefühle – sie war in der Absicht gekommen, Nora ihr Herz auszuschütten und sie um Hilfe zu bitten, aber sie hatte nicht einmal daran gedacht, daß ihre Sorgen im Vergleich zu Noras Zustand unwichtig waren. »Nora ist doch nicht schwerkrank, oder?« fragte sie ängstlich. »Ich habe die Blutergüsse gesehen, aber ich dachte nicht ...«

»Sie wird schnell wieder auf die Beine kommen«, erklärte Matthew, der über ihre offensichtliche Fürsorge sehr erfreut war. »Sie braucht nur sehr viel Ruhe und darf sich nicht bewegen. Ihre Rippen sind gebrochen ...«

»Großer Gott, das habe ich nicht gewußt.«

»Ist ja gut, fangt nur nicht an zu weinen«, beruhigte Matthew sie, weil ihm ihre Augen verdächtig trüb erschienen. Er war vollkommen hilflos, wenn eine Frau in seiner Gegenwart in Tränen ausbrach, und schon allein die Vorstellung, daß er die Frau des Captains trösten müßte, bereitete ihm Übelkeit. »So schlimm ist es nun auch wieder nicht. Wir haben ihren Brustkorb bandagiert, und jetzt muß sie sich gründlich ausruhen, das ist alles. Ich möchte nur nicht, daß sie sich über irgend etwas aufregt.« Bei dieser letzten Bemerkung warf er Sara einen vielsagenden Blick zu.

Sara erkannte sofort, daß er genau wußte, weshalb sie hergekommen war und ließ den Kopf hängen, als sie sagte: »Ich wollte Nora um Rat fragen, aber ich werde sie natürlich nicht stören, und auf keinen Fall möchte ich sie aufregen. Würdet Ihr meiner Tante, wenn sie aufwacht, bitte ausrichten, daß ich sie besuche, sobald sie nach mir ruft?«

Matthew nickte. Sara streckte die Hand aus. »Danke, daß Ihr Euch um Nora kümmert. Sie ist eine so gutherzige Frau, und sie hat sehr viel durchgemacht, Mister Matthew, und das alles meinetwegen.«

Wieder füllten sich ihre Augen mit Tränen, und Matthew versicherte schnell: »Nein, Ihr habt Eure Tante doch nicht so zugerichtet. Ihr könntet niemals jemandem die Rippen brechen. Ich habe gehört, daß Euer Vater und seine Brüder dafür verantwortlich sind.«

»Mein Onkel Henry hat sie so schändlich behandelt, aber dennoch trage ich die Schuld. Ich hätte Nora niemals bitten dürfen, nach England zu kommen.«

Sie beendete ihre Erklärungen und zauberte ein Lächeln auf Matthews Gesicht, indem sie seine Hand kurz drückte und ihm mit einem vollendeten Knicks versicherte, daß sie sehr erfreut sei, daß er zur Mannschaft ihres Mannes gehöre.

Matthew rieb sich die Stirn, als sie die Kajüte verließ, und dachte daran, wie verrückt sich alles entwickelte. Sara war ihm entsetzlich auf die Nerven gegangen, als sie sich so hysterisch aufgeführt hatte, und jetzt gefiel sie ihm so gut, daß er ein Lächeln nicht unterdrücken konnte.

Sara war in Gedanken noch immer bei ihrer Tante, als sie die Tür zu ihrer eigenen Kajüte öffnete. Aber in dem Moment, in dem ihr Blick auf das große Bett fiel, quälte sie Nathans unverschämte Ankündigung von neuem.

Sie konnte es sich nicht leisten, auch nur eine Minute zu verlieren. Sie schloß und verriegelte die Tür, dann schob sie unter größten Anstrengungen ihren schweren Schrankkoffer davor. Sie nahm sich vor, die Barriere mit dem Tisch zu verstärken, aber er ließ sich nicht von der Stelle bewegen, wie sehr sie auch daran zerrte und schob. Nach einer Weile fiel ihr auf, daß er am Boden festgeschraubt war. Sie wandte sich dem Schreibtisch zu, aber auch er war an den Bohlen befestigt. Glücklicherweise waren wenigstens die Sessel lose, so daß Sara sie vor den Schrankkoffer zerren konnte. Sie verschwendete wertvolle Zeit damit, eines der schweren Möbelstücke hochzuhieven und auf dem Koffer zu plazieren. Dann trat sie einen Schritt zurück, um ihr Werk zu begutachten und rieb sich die Kehrseite, um den stechenden Schmerz zu vertreiben. Sie wußte, daß ihr Problem durch die Blockade nicht auf Dauer gelöst war, aber sie war zufrieden mit sich. Dieses Hochgefühl hielt jedoch nicht lange an. Nach kürzester Zeit wurde sie sich klar, daß sie sich ausgesprochen kindisch benahm, aber, dachte sie, Nathan verhielt sich auch nicht viel vernünftiger. Wenn er für logische Argumente nicht zugänglich war, warum sollte sie sich dann überhaupt noch Mühe geben? Wenn der Wikinger eine Nacht Zeit hatte, um über alles nachzudenken, könnte er vielleicht wieder zu Verstand kommen und einsehen, wie wichtig ihr Anliegen für sie war. Und falls dieser starrköpfige Maulesel seine Meinung nicht änderte, würde sie eben in der Kajüte bleiben, und wenn sie dabei verhungerte.

»Ich hatte gleich den Verdacht, daß es besser ist, den anderen Weg zu benützen.«

Sara wirbelte herum und stand Nathan, der am Schreibtisch lehnte und sie angrinste, gegenüber.

Er kam ihrer Frage zuvor und deutete auf die Falltür in der Decke. »Dieser Weg ist bedeutend kürzer, wenn man von Deck kommt«, erklärte er in einem leisen Flüstern.

Sara sank gegen den Schrankkoffer und starrte Nathan unverwandt an. Großer Gott, was hatte er jetzt vor?

Seine Braut schien die Sprache verloren zu haben, und Nathan beschloß, ihr ein wenig Zeit zu geben, bevor er sie erneut in Bedrängnis brachte. Sie war aschfahl geworden, und es stand zu befürchten, daß diesmal eine Ohnmacht unvermeidlich war.

»Wie ich sehe, hast du den Raum anders eingerichtet«, stellte Nathan mit so freundlicher Stimme fest, daß sie am liebsten geschrien hätte.

»Ja«, brachte sie mühsam hervor. »Es gefällt mir so besser.«

Er schüttelte den Kopf. »Aber es ist ziemlich unpraktisch.«

»Unpraktisch?«

»Vielleicht hast du es ja noch nicht bemerkt, aber der große Koffer steht direkt vor der Tür, und der Sessel wirkt ein wenig deplaziert, oder glaubst du, daß einer von uns gern dort oben sitzen würde?«

Das war doch wirklich zu lächerlich; sie beide wußten haargenau, warum sie die Tür verstellt hatte, aber um ihren Stolz zu retten, spielte Sara mit.

»Ja, tatsächlich, du hast recht«, rief sie. »Die Möbel blockieren die Tür, das fällt mir jetzt erst auf. Danke, daß du mich darauf aufmerksam machst.« Sie holte nicht einmal Luft, bevor sie fragte: »Warum ist dieser Tisch am Boden befestigt?«

»Du hast versucht, diesen Tisch zu verrutschen?«

Sie beachtete seine Belustigung gar nicht. »Ich hatte den Eindruck, daß er sich vor dem Koffer besonders hübsch ausnehmen würde ... und der Schreibtisch auch. Aber ich konnte beide nicht von der Stelle bewegen.«

Er trat einen Schritt auf sie zu, und sie wich im selben Augenblick zur Seite. »Die Möbel sind am Boden befestigt, damit sie bei hohem Seegang nicht hin und her rutschen.«

Sara fühlte sich wie versteinert, als sie ihn ansah. Sein langes Haar fiel auf seine breiten Schultern, und seine kraftvollen Bewegungen, bei denen man das Spiel seiner Muskeln beobachten konnte, glichen denen eines Panthers. Am liebsten wäre sie davongerannt, als sie daran dachte, was er ihr vor kurzem angedroht hatte. Der Kuß hatte ihr gefallen, ja ... aber das war auch schon alles, was sie zulassen konnte.

Ein Blick in sein Gesicht genügte ihr, um zu erkennen, daß er sich damit nicht mehr zufriedengeben würde. Seine plötzlichen Attacken brachten sie noch um den Verstand, und sie versuchte wenigstens, ihn mit einem strengen Blick zurückzuhalten.

Er lächelte sie an.

Sara machte einen großen Bogen um Nathan und bezog am Kopfende des Bettes Position. Nathan blieb stehen, als er erkannte, daß ihre Augen ihn ängstlich musterten, und seufzte.

Einen kurzen Augenblick hoffte sie, er könnte es sich noch einmal anders überlegen, aber dann umfaßte er ihre Schultern und drehte sie zu sich.

Er hob ihr Kinn an und zwang sie, ihn anzusehen, bevor er mit sanfter Stimme sagte: »Sara, ich weiß, daß das alles sehr schwer für dich ist, und wenn wir mehr Zeit hätten, könnten wir warten, bis du mich ein wenig besser kennengelernt hast. Ich würde lügen, wenn ich behaupten würde, daß ich dir dann, wie du es dir wünschst, den Hof machen würde – für solche Dinge bin ich gänzlich ungeeignet, und mir fehlt auch die Geduld. Aber ich möchte auf keinen Fall, daß du dich vor mir fürchtest.« Er machte eine Pause und lächelte. »Trotzdem ändert das nichts an den Tatsachen – es ist egal, ob du Angst hast oder nicht.«

»Dann ...«

»Wir haben keine Zeit«, unterbrach er sie. »Wenn du vor Monaten nicht vor mir geflohen wärst, könntest du jetzt schon meinen Sohn unter dem Herzen tragen.«

Ihre Augen wurden riesengroß vor Staunen, und Nathan vermutete, daß sie über seine Art, die Dinge beim Namen zu nennen, entsetzt war. Sie war ja noch so unschuldig und hatte keinerlei Erfahrungen in sexuellen Angelegenheiten. Und – großer Gott – genau das gefiel ihm.

»Ich bin nicht vor dir geflohen«, sprudelte sie hervor. »Worüber redest du überhaupt?«

Jetzt war es an ihm, Überraschung zu zeigen. »Du solltest mich, zum Teufel, nicht anlügen«, knurrte er und drückte ihre Schulter, um seine Worte zu unterstreichen. »So etwas werde ich nicht dulden. Ich verlange, daß Du ehrlich zu mir bist.«

Sie funkelte ihn wütend an. »Ich lüge nicht«, gab sie zurück, »ich habe nie vor dir die Flucht ergriffen, Wikinger, niemals.«

Sie sah ihn so offen an, daß er nicht an ihren Worten zweifeln konnte.

»Sara, ich habe deinen Eltern in einem Brief mitgeteilt,

daß ich dich zu mir holen möchte, und den Brief an einem Donnerstag überstellen lassen. Ich habe genau angegeben, wann ich dich am folgenden Montag abholen wollte, aber du hast England am Sonntagmorgen verlassen, um zu deiner Tante zu fahren. Ich habe nur zwei und zwei zusammengezählt.«

»Ich habe nie etwas davon erfahren«, erwiderte sie. »Meine Eltern haben deinen Brief niemals erhalten. Kein Mensch hat auch nur ein Wort darüber gesagt, und in dieser Zeit ging alles ein wenig drunter und drüber. Meine Mutter war krank vor Sorge um Tante Nora, weil sie schon so lange nicht geschrieben hatte. Als sie mir vorschlug, zu Nora zu reisen, um herauszufinden, was geschehen ist, habe ich natürlich sofort eingewilligt.«

»Kannst du dich erinnern, wann genau deine Mutter dir anvertraut hat, daß sie sich um Nora sorgt?« fragte er spöttisch.

Sein Zynismus störte sie; sie wußte genau, was er dachte und runzelte die Stirn. »Ein paar Tage vor meiner Abreise. Aber sie hätte vermutlich nie mit mir darüber gesprochen, wenn ich sie nicht zufällig weinen gehört hätte, und sie hat sich sehr dagegen gesträubt, mir diese Bürde aufzulasten. Ich war diejenige, die darauf bestanden hat, zu der Insel zu segeln, auf der Tante Nora wohnt.« Ein Gedanke schoß ihr durch den Kopf. »Woher weißt du überhaupt, wohin ich gefahren bin? Wir haben allen erzählt, daß ich meine Schwester in den Kolonien besuche.«

Er brachte es nicht über sich, ihr zu gestehen, daß er ein paar Männer auf sie angesetzt hatte und daß sie mit einem seiner Schiffe gefahren war. »Warum habt ihr nicht erzählt, was du wirklich vorhattest?«

»Weil Nora von der Familie geächtet wird«, erklärte Sara. »Nachdem sie geheiratet hatte, verschwand sie aus England, weil ihr Mann der Familie nicht standesgemäß erschien. Ich habe geglaubt, über diese Sache wäre längst Gras gewachsen, aber ich habe mich getäuscht.«

Nathan brachte die Sprache noch einmal auf Noras Korrespondenz mit ihrer Schwester. »Du wußtest also nicht genau, ob Nora tatsächlich nicht geschrieben hat, und von meinem Brief hatte deine Mutter keine Ahnung?«

»Mutter würde mich nie hintergehen, und ich erlaube dir nicht, auch nur anzunehmen, daß sie in irgendwelche Intrigen verwickelt ist. Mein Vater oder meine Schwester könnten deine Nachricht abgefangen haben, um dich auf die Folter zu spannen, aber meine Mutter hätte niemals ihre Zustimmung zu einem solchen Komplott gegeben.«

Nathan fand es sehr ehrenhaft, daß sie ihre Mutter so verteidigte – ehrenhaft, aber ein wenig naiv –, und er hatte nicht den Mut, sie dazu zu zwingen, der Wahrheit ins Auge zu sehen. Immerhin hatte sie den Verdacht, daß ihr Vater die Hände im Spiel gehabt hatte, und das war schon verdammt viel wert ... Sie war also nicht seinetwegen aus England verschwunden – dieser Gedanke zauberte ein kleines Lächeln auf seine Lippen.

Sara musterte ihren Mann geistesabwesend, während sie überlegte, wie sie ihn davon überzeugen konnte, daß ihre Mutter nichts mit irgendwelchen üblen Ränken zu tun hatte. Und plötzlich traf sie die Erkenntnis wie ein Blitzschlag. Er hatte sie gar nicht vergessen!

Ihr Lächeln war bezaubernd, obwohl Nathan nicht die geringste Ahnung hatte, was ihre düstere Stimmung so rasch aufgehellt hatte. Sie warf sich an seine Brust, schlang die Arme um seine Taille und drückte ihn an sich. Er brummte – von all ihren Verrücktheiten brachte ihn diese Geste am meisten aus dem Gleichgewicht, aber er mochte es, daß sie ihm ihre Gefühle auf diese Art zeigte – er genoß es sogar sehr.

Sara seufzte leise und löste sich von ihrem Mann.

»Was soll das?« fragte er und verzog das Gesicht, weil seine Stimme einen so schroffen Unterton gehabt hatte.

Sie schenkte dem überhaupt keine Beachtung. Sie strich ihr Haar zurück und flüsterte: »Du hattest mich gar nicht vergessen. Im Grunde habe ich es immer gewußt. Es konnte nur ein Mißverständnis gewesen sein, weil ich ...«

Als sie stockte, vollendete er für sie den Satz: »... weil du wußtest, daß ich mit dir verheiratet sein möchte?«

Sie nickte, und er lachte laut.

Sara warf ihm einen unergründlichen Blick zu, bevor sie sagte: »Nathan, als ich Nora nicht finden konnte, habe ich mehrere Nachrichten, in denen ich dich um deine Hilfe bat, in dein Haus bringen lassen, aber du hast nicht mit einer Silbe geantwortet. Deshalb habe ich mich gefragt ...«

»Aber Sara, ich habe überhaupt kein Haus.«

»Natürlich besitzt du ein Stadthaus«, erboste sie sich. »Ich bin vor einiger Zeit daran vorbeigeritten und habe es mit eigenen Augen gesehen ... warum schüttelst du den Kopf?«

»Mein Stadthaus ist im letzten Jahr bis auf die Grundmauern abgebrannt.«

»Davon hat mir kein Mensch etwas erzählt.«

Er hob die Schultern.

»Dann hätte ich wohl besser meine Briefe zu deinem Landsitz schicken sollen«, murmelte sie und sah ihn entgeistert an, als er erneut den Kopf von einer Seite zur andern bewegte.

»Mein Haus auf dem Land ist auch einem Brand zum Opfer gefallen«, erklärte er.

»Wann?«

»Ungefähr einen Monat, nachdem das Haus in der Stadt in Flammen aufging.«

Sie sah ihn bestürzt an. »Du scheinst vom Pech verfolgt zu sein, Nathan.«

Pech hatte mit diesen Ereignissen wenig zu tun, aber diesen Gedanken sprach er nicht laut aus. Die Brände waren von seinen Feinden gelegt worden. Sie hatten seine Häuser nach belastenden Papieren durchsucht, die Nathan während seiner Geheimdienstarbeit gesammelt hatte, und zu guter Letzt hatten sie alles angezündet. Nathan hatte bis jetzt noch keine Zeit finden können, sich um den Wiederaufbau seines Besitzes zu kümmern.

»Du hast mir geschrieben, weil du um meine Hilfe bei der Suche nach deiner Tante bitten wolltest?«

Sie nickte. »Ich wußte nicht, an wen ich mich sonst hätte wenden können.«

Sie machte eine Pause, bevor sie unvermittelt sagte: »Ich fürchte, daß dein Onkel Dunnford St. James hinter der Gaunerei steckt.«

»Hinter was für einer Gaunerei?« fragte er verständnislos.

»Er könnte doch die Nachricht, die du mir geschickt hast, abgefangen haben.«

»Ich dachte, dein Vater hätte seine Hand im Spiel gehabt«, entgegnete er äußerst erstaunt.

»Was bringt dich auf diese absurde Idee?«

»Na ja, Attila, der Hunnenkönig ist schon einige Jahre tot, und dein Vater ist der einzige lebende Mann, der es mit ihm an Gemeinheit aufnehmen kann. Er könnte dieses hinterlistige Komplott durchaus ausgeheckt haben.«

»Ich möchte solche Verleumdungen über meinen Vater nie wieder hören. Außerdem bin ich ziemlich sicher, daß Dunnford für diese Intrige verantwortlich ist.«

»Oh, und hat er auch deine Tante so übel zugerichtet?«

In dem Moment, in dem er die Tränen in ihren Augen glitzern sah, bedauerte er seine Frage. Sie richtete ihren Blick auf seine Brust, um sich für eine Antwort zu sammeln. »Nein«, flüsterte sie schließlich. »Das ist das Werk meines Onkels Henry, den du in der Spelunke gesehen hast. So, und jetzt kennst du die Wahrheit über mich«, schloß sie niedergeschlagen.

Nathan hob ihr Kinn mit einer Fingerspitze an und strich mit dem Daumen über ihre seidenweiche Haut. »Welche Wahrheit?«

»Ich stamme aus einer verrufenen Familie.«

Sie hoffte so sehr, daß er ihr widersprechen würde, und sehnte sich nach einem kleinen guten Wort.

»Ja, das tust du.«

Dieser Mann hatte auch nicht einen Funken Mitgefühl im Leibe, dachte sie erbittert und sagte leise: »Deine Verwandtschaft ist auch nicht besser.« Sie stieß seine Hand von ihrem Kinn. »Wir sollten wirklich keine Kinder bekommen.«

»Warum nicht?«

»Sie könnten nach meinem Onkel Henry geraten, oder, noch schlimmer, nach deiner Familie. Du kannst nicht leugnen, daß die St. James gemein aussehen und mehr als nur hartherzig sind. Sie sind richtige Schurken«, fügte sie mit einem Nicken hinzu. »Jeder einzelne von ihnen.«

Er konnte dem natürlich nicht zustimmen, und er beschloß, ihr sofort seine Meinung dazu zu sagen. »Trotz ihres rauhen Benehmens sind sie Ehrenmänner. Sie sind streng, wenn man sie verärgert, aber sie sind ehrlich und direkt.«

»O ja, sie sind ziemlich direkt«, erwiderte sie.

»Was hat diese Bemerkung zu bedeuten?« fragte er scharf.

Sara war sich im klaren, daß sie ihn wieder erzürnen würde, aber sie kümmerte sich nicht um seine Gemütsverfassung und entgegnete bissig: »Dein Onkel Dunnford war sehr direkt, als er seinen eigenen Bruder erschossen hat, oder würdest du das anders beurteilen?«

»Du hast davon gehört?« fragte er und verbiß sich ein Lachen über Saras mißbilligende Miene.

»Jeder in ganz London hat davon gehört. Der Zwischenfall hat am hellichten Vormittag auf den Stufen zu seinem Stadthaus stattgefunden, und es gab eine Menge Augenzeugen.«

»Dunnford hatte seine Gründe«, erwiderte er.

»Seinen Bruder zu erschießen?«

Er nickte.

»Und was waren das für Gründe?«

»Sein Bruder hat ihn aufgeweckt.«

Sein Mund verzog sich amüsiert, und in diesem Augenblick fiel ihr wieder auf, daß er ausgesprochen gut aussah. Ehe sie sich's versah, lächelte sie auch.

»Dunnford hat seinen Bruder gar nicht umgebracht«, erklärte Nathan. »Er hat nur dafür gesorgt, daß er ein paar Wochen Schwierigkeiten mit dem Sitzen hatte. Wenn du ihm begegnest, kannst du ...«

»Ich bin ihm schon einmal begegnet«, unterbrach ihn Sara und sah zur Seite. Der Blick, mit dem er sie bedachte, machte sie seltsam atemlos, und ein merkwürdiges Gefühl breitete sich in ihrem Innern aus. »Ich habe auch seine Frau getroffen«, setzte sie leise hinzu.

Als sie sich ihm wieder zuwandte, stockte ihm fast der Atem. Dieses schelmische Glitzern in ihren Augen brachte ihn fast um den Verstand. Sie benahm sich ganz und gar nicht so, als ob sie sich noch vor ihm fürchten würde, und er sann auf eine Möglichkeit, die Sprache wieder auf das zu bringen, was seiner Meinung nach das Wichtigste war – er mußte sie dazu bringen, mit ihm zu schlafen.

Er strich mit versonnener Miene über ihre Schultern, und Sara war überzeugt, daß er nicht einmal merkte, was er tat, da sein Blick so trübe geworden war. Vielleicht dachte er über seine Verwandten nach.

Sie wünschte, er würde den stechenden Schmerz in ihrem Rücken wegstreichen, und da er so gedankenverloren wirkte, wagte sie, seine Hand zu nehmen und sie auf ihr Rückgrat zu legen. »Massiere mich hier, Nathan. Mein Rücken schmerzt so, seitdem ich die Möbel durch die Kajüte geschoben habe.«

Er erhob keine Einwände gegen ihre Aufforderung und tat, worum sie ihn gebeten hatte. Er war nicht besonders behutsam, bis sie ihn bat, sie etwas weniger kräftig zu drükken. Nach einiger Zeit legte sie auch seine andere Hand auf ihr Kreuz, lehnte sich leicht gegen ihn und schloß die Augen. Sie fühlte sich, als ob sie ihm Himmel wäre.

»Besser?« fragte er, als er nach einigen Minuten ihre leisen Seufzer vernahm.

»Ja, viel besser«, sagte sie leise.

Er hörte trotzdem nicht auf, sie zu massieren, und sie hätte das auch gar nicht gewollt. »Wann hast du Dunnford kennengelernt?« fragte er, während er sein Kinn auf ihren Scheitel plazierte und ihren süßen Duft einsog.

»Ich habe ihn bei einem Gartenfest getroffen«, antwortete sie. »Beide – dein Onkel und deine Tante – waren da. Es war eine angsteinflößende Begegnung, die ich mein Leben lang nicht vergessen werde.«

Er gluckste. »Dunnford sieht aus wie ein Barbar«, lachte er und zog Sara ein wenig näher zu sich. Sie wehrte sich nicht dagegen. »Er ist so groß und so breit wie ein Stier, und ich kann mir vorstellen, daß er einem Angst einjagt.«

»Genau wie seine Frau«, warf Sara lachend ein. »Ich konnte keinen großen Unterschied zwischen ihnen feststellen.«

Er gab ihr einen Klaps auf ihr Hinterteil für diese spitze Bemerkung. »Dunnford erkennt man an seinem Schnurrbart«, sagte er.

»Den hat sie auch.«

Er versetzte ihr wieder einen Stups. »Die St.-James-Frauen sind aber längst nicht so fett wie die Winchesters.«

»Die Winchester-Ladies sind nicht fett«, widersprach sie, »sie sind nur ein wenig ... kräftig.«

Es war höchste Zeit, die Dinge rasch klarzustellen, dachte Sara plötzlich, als sie sich an sein Vorhaben erinnerte. Sie atmete tief durch und sagte: »Nathan?«

»Ja?«

»Ich ziehe meine Kleider nicht aus.«

Diese Ankündigung weckte seine volle Aufmerksamkeit. »Du willst dich nicht ausziehen?«

Sie trat einen Schritt zurück, um sein Gesicht sehen zu können. Sein kleines Lächeln machte ihr Mut, ihm ihre Regeln, nach denen sie vorgehen wollte, darzulegen. »Nein. Wenn wir diese Dinge schon tun müssen, dann möchte ich wenigstens meine Kleider anbehalten. Entweder so oder gar nicht, Nathan.«

Sie biß sich auf die Unterlippe und wartete auf seine Reaktion, und Nathan befürchtete schon, daß sie sich wieder ängstigte. Das ärgerte ihn. »Um Himmels willen, Sara, ich werde dir nicht weh tun.«

»O doch, das wirst du«, flüsterte sie.

»Woher willst du das wissen?«

»Mutter sagt, daß es immer weh tut.« Saras Wangen wurden scharlachrot.

»Es ist nicht immer schmerzhaft«, stieß er hervor. »Das erste Mal ist vielleicht ein wenig ... unangenehm.«

»Du widersprichst dir selbst!« rief sie aus.

»Nein, es ist wirklich nicht schlimm, obwohl ...«

»Ich bin sicher, daß es mir zuwider ist«, schnitt sie ihm das Wort ab. »Dafür solltest du Verständnis haben. Wie lange dauert diese Sache? Minuten, Stunden?« wollte sie wissen. »Ich möchte auf alles gefaßt sein.«

Er umklammerte ihre Arme mit eisernem Griff und sah sie bestürzt an. Sara nutzte ihren Vorteil und fuhr fort: »Ich möchte dich außerdem um einen winzigen Gefallen bitten. Könntest du mit dieser Sache bis zum Abend warten? Ich hätte gern noch ein paar Stunden Zeit, um mich mit meinem Schicksal abzufinden.«

Mit ihrem Schicksal abfinden? Nathan hätte sie am liebsten erwürgt. Diese verrückte Person benahm sich, als ob er sie zum Schafott führen wollte. Er funkelte sie zornig an, aber er gab nach. »Gut, wir warten bis zum Abend, aber das ist der einzige Punkt, in dem ich mich deinen Wünschen füge, Sara.« Sie stellte sich auf die Zehenspitzen und hauchte ihm einen Kuß auf die Lippen. Als sie zurücktrat, wirkte sie verdammt selbstzufrieden.

»Was zur Hölle sollte das sein?«

»Ein Kuß.«

»Nein, Sara«, knurrte er. »Das ist ein Kuß.«

Er riß sie an sich und preßte seinen Mund auf den ihren. Er war alles andere als zärtlich, und wenn Sara die Wahrheit hätte offenbaren sollen, dann hätte sie eingestehen müssen, daß ihr das nicht das geringste ausmachte. Sie schmiegte sich an ihn und ließ ihn gewähren. Nach all den Streitereien, dachte sie, hatte sie einen Sieg davongetragen, und dafür konnte sie ihm auch einen gönnen.

Das war ihr letzter Gedanke – der Kuß raubte ihr alle Sinne, und ihre Knie gaben nach. Sie klammerte sich an ihren Mann und wimmerte leise vor Entzücken, als seine Zunge ihren Mund erkundete.

Er umschloß mit seinen großen Händen ihr Hinterteil und hob sie hoch. Sara rieb instinktiv ihre Hüften an seiner Härte, und dann bewegten sie sich in einem gemeinsamen sanften Rhythmus.

Eine Welle der Leidenschaft überrollte sie, und Nathan gab seine Versuche, Sara bezähmen zu wollen, auf. Guter Gott, sie war umwerfend! Sie vergrub ihre Hände in seinen Haaren und drückte ihn noch fester an sich. Er zog sich ein wenig zurück und hielt sie fest, aber ihr Mund suchte erneut den seinen.

Ein nie gekanntes Glücksgefühl durchströmte ihn. Verdammt, er wollte sie auf der Stelle nehmen ...

Er legte Sara abrupt aufs Bett und drehte sich um, um die Kajüte zu verlassen. Zuerst mußte er jedoch den Sessel und den verdammten Koffer beiseite räumen, um zur Tür zu gelangen.

Sara kam allmählich wieder zu Sinnen, als er die Tür freimachte. »In Zukunft, Nathan«, begann sie und verzog das Gesicht, weil sie selbst hörte, wie ihre Stimme zitterte, »in Zukunft würde ich es sehr begrüßen, wenn du nicht mehr durch den Schornstein in unser Zimmer kommst. Ich verspreche dir, daß ich die Tür nicht mehr verbarrikadieren werde«, fügte sie hinzu, als sie seinen ungläubigen Blick bemerkte.

»Durch was soll ich nicht mehr kommen?« wollte er wissen und war sicher, daß er sich verhört hatte.

»Durch den Schornstein«, wiederholte sie. »Du hast im übrigen meine Frage immer noch nicht beantwortet. Dauert diese Sache nun Minuten oder Stunden?«

Plötzlich hatte er kein Interesse mehr daran, dieser törichten Person zu erklären, daß die Luke kein Schornstein war. »Woher zum Teufel soll ich wissen, wie lange es dauert?« brummte er.

»Heißt das, daß du es noch nie gemacht hast?«

Nathan schloß die Augen. Dieses Gespräch geriet völlig außer Kontrolle.

»Also, hast du es schon getan?« beharrte Sara.

»Ja«, bekannte er widerwillig. »Aber ich habe noch nie auf die Zeit geachtet.« Er zog die Tür auf und bedachte Sara mit einem Lächeln.

Sie war hocherfreut über diesen raschen Stimmungsumschwung.

»Sara«, sagte er heiser. »Du wirst es bestimmt nicht scheußlich finden.«

Mit diesem Versprechen schloß er die Tür hinter sich.

5

Sara bekam Nathan für den Rest des Tages nicht mehr zu Gesicht. Sie beschäftigte sich damit, in der Kajüte Ordnung zu schaffen und ihre restlichen Sachen aufzuräumen. Da sie keine Zofe hatte, machte sie das Bett selbst und staubte die Möbel ab. Sie borgte sich sogar einen Besen aus, um den Boden zu fegen. Als alles zu ihrer Zufriedenheit erledigt war, erinnerte sie sich an den Sonnenschirm, den sie auf dem Deck liegengelassen hatte. Sie ging hinauf, aber sie fand ihn nirgendwo.

Als die Sonne im Meer versank, waren ihre Nerven zum Zerreißen gespannt. So sehr sie sich auch das Gehirn zermarterte, ihr fiel nichts ein, was ihr einen Aufschub hätte gewähren können. Sie schämte sich ein wenig wegen ihrer Feigheit, und sie war sich bewußt, daß das Ereignis früher oder später stattfinden mußte und daß ihre Angst wahrscheinlich nur noch größer würde, je länger sie die Sache hinauszögerte. Aber das half ihr im Moment um keinen Deut weiter.

Als jemand an die Tür klopfte, hätte sie beinahe einen Schrei ausgestoßen. Aber sie gewann schnell die Fassung zurück, als ihr einfiel, daß Nathan sicher nicht anklopfen würde. Er hatte das Recht, hier aus und ein zu gehen, wie es ihm beliebte; es war seine Kajüte.

Sara stand auf und öffnete die Tür. Matthew stand vor ihr, und sie knickste artig, bevor sie ihn einlud einzutreten. Er beantwortete die Aufforderung mit einem Kopfschütteln. »Eure Tante erwartet Euren Besuch«, verkündete er. »Ich lasse die Badewanne herbringen, während Ihr Euch in Noras Kajüte aufhaltet. Der Captain meint, daß Ihr vielleicht gern baden würdet, und hat uns befohlen, Wasser heiß zu machen. Ihr werdet während der Reise nicht oft in den Genuß eines heißen Bades kommen. Ihr solltet es genießen.«

»Das war sehr aufmerksam von Nathan«, entgegnete Sara.

»Es wird ihn freuen, daß Ihr so denkt«, meinte Matthew, nur um überhaupt etwas zu sagen. Er kam sich in Saras Gegenwart tolpatschig vor und empfand eine lächerliche Scheu, weil sie ihn behandelte, als ob er mit Nathan auf einer Stufe stünde. Zur Hölle, er war noch nie einer Frau begegnet, die einen Knicks vor ihm machte, und ihr bezauberndes Lächeln brachte ihn um den Rest seines Verstandes. Guter Gott, ihre hübsche Larve verhexte ihn noch genauso wie den Ochsen Jimbo.

Als sie vor Noras Tür angekommen waren, löste er sich allmählich aus seiner Erstarrung und brummte: »Überfordert sie nicht allzu sehr, Lady Sara.«

Sie nickte und wartete, daß Matthew die Tür für sie öffnete. Zunächst begriff er nicht, was sie von ihm wollte, als sie ihm ein Zeichen machte, aber dann riß er seltsam beflissen die Tür weit auf. Sara dankte ihm und betrat die Kajüte, während sich Matthew zurückzog.

»Matthew schien äußerst verwirrt zu sein«, stellte Nora fest.

»Das habe ich gar nicht bemerkt«, gab Sara zu und lächelte ihre Tante an, während sie zu ihrem Bett eilte, um ihr einen Kuß auf die Wange zu drücken. Nora saß aufrecht, und jemand hatte ihr unzählige Kissen in den Rükken gestopft.

»Aber ich habe durchaus bemerkt, wie besorgt er um dich ist und wie du dich in seiner Gegenwart benimmst«, erklärte Sara. Sie schob einen Sessel neben das Bett, nahm Platz und strich die Falten in ihrem Kleid glatt. »Ich glaube, du hast einen sehr entschlossenen Beschützer.«

»Er ist ein gutaussehender Mann, nicht wahr? Und er hat ein gutes Herz. Im Wesen ähnelt er meinem Johnny sehr, obwohl er ganz anders aussieht.«

Saras Lächeln wurde breiter. »Du bist ein bißchen verliebt in Matthew, stimmt's?«

»Unsinn, Kind, ich bin viel zu alt, um mich zu verlieben.«

Sara ließ das Thema lieber fallen und fragte besorgt: »Geht es dir heute ein wenig besser, Nora?«

»Ja, Liebes. Und wie fühlst du dich?«

»Sehr gut, danke.«

Nora schüttelte den Kopf. »Du siehst aber alles andere als gut aus«, erklärte sie. »Sara, du sitzt auf der Sesselkante, als ob du bei der kleinsten Kleinigkeit die Flucht ergreifen wolltest. Kümmert sich Nathan ausreichend um dich?«

Sara nickte langsam. »Ich war so in Sorge, Tante Nora,

als ich hörte, wie schwer du verletzt bist, aber jetzt sehe ich, daß deine Genesung Fortschritte macht.«

»Wechsle nicht das Thema«, wies Nora sie zurecht. »Ich möchte mit dir über Nathan sprechen.«

»Aber ich möchte nicht über ihn sprechen.«

»Du wirst müssen.« Ihr heiterer Tonfall nahm der Bemerkung die Spitze. »Wie kommt ihr miteinander zurecht?«

Sara hob die Schultern und ließ sie langsam wieder sinken. »So gut, wie es zu erwarten war.«

Nora lächelte. »Hat er dich geküßt?«

»Nora, du solltest mir wirklich nicht so peinliche Fragen stellen.«

»Antworte mir! Hat er es getan?«

Sara senkte den Blick, bevor sie antwortete. »Ja, er hat mich geküßt.«

»Gut.«

»Wenn du meinst.«

»Sara, ich weiß ganz genau, daß Nathan nicht so ist, wie du ihn dir immer vorgestellt hast, aber wenn du erst hinter seine grimmige Fassade sehen kannst, dann wirst du merken, daß er ein guter Mann ist.«

Sara war bemüht, das Gespräch nicht allzu ernst werden zu lassen. »Oh«, neckte sie ihre Tante. »Und woher weißt du so genau, wie ich ihn mir vorgestellt habe?«

»Selbst in deinen wildesten Träumen hättest du dir unmöglich ausmalen können, daß dein Mann so aussieht wie Nathan. Auf den ersten Blick ist er ein wenig ... überwältigend, findest du nicht?«

»Ich weiß nicht«, flüsterte Sara.

»Natürlich weißt du das«, widersprach Nora. »Du bist in Ohnmacht gefallen, als du ihn das erste Mal zu Gesicht bekommen hast.«

»Ich war erschöpft, Nora«, verteidigte sie sich, und

plötzlich brach es aus ihr heraus: »Nora, er möchte mit mir schlafen.«

Nora schien über diese Eröffnung nicht besonders erstaunt zu sein, und Sara fürchtete schon, daß sie ihre Tante in Verlegenheit gebracht haben könnte. Aber sie brauchte so dringend ihren Rat.

»Das beweist, daß er normal veranlagt ist«, erwiderte Nora trocken. »Hast du Angst, Sara?«

»Ein wenig. Ich weiß, daß es meine Pflicht ist, aber ich kenne ihn doch überhaupt nicht, und er hat nie um mich geworben.«

»Was bereitet dir solche Sorgen?«

Sara zuckte mit den Achseln.

»Glaubst du, daß er dir weh tut?«

Sara schüttelte den Kopf. »Das ist ja das Eigentümliche. Nathan sieht so grimmig aus, wenn er mich böse anfunkelt – das tut er übrigens die meiste Zeit –, aber ich spüre trotzdem, daß er mich nie verletzen würde. Und er sagt, daß er mir keine Angst einjagen möchte.«

»Gut.«

»Aber er will nicht warten, bis ich mich an den Gedanken, daß ich mein Bett mit ihm teilen muß, gewöhnt habe«, fuhr Sara fort.

Um Noras Mundwinkel spielte ein Lächeln. »Ich würde nicht sagen, daß er nicht warten will – er kann es wahrscheinlich gar nicht. Du bist seine Frau, und ich habe genau beobachtet, wie er dich am ersten Abend angesehen hat, Sara. Er begehrt dich.«

Sara lief feuerrot an. »Was geschieht, wenn ich ihn enttäusche?«

»Ich glaube nicht, daß du ihn enttäuschst«, versicherte Nora. »Er wird schon selbst dafür sorgen, daß du es nicht tust.«

»Wir müssen innerhalb eines Jahres ein Kind bekommen, wenn wir die Bedingungen des Vertrages erfüllen und die Vergünstigungen, die uns der König versprochen hat, haben wollen, und da Nathan warten mußte, weil ich nicht in England war, als er mich zu sich nehmen wollte … wußtest du, daß er angenommen hat, ich wäre vor ihm davongelaufen?« fragte Sara, und als sie das Stirnrunzeln ihrer Tante bemerkte, fügte sie erschrocken hinzu: »Bist du denn nicht froh, daß Nathan schon vorher versucht hat, mich zu holen?«

»Natürlich. Ich denke nur, daß dich deine Eltern einmal mehr betrogen haben.«

»Nora, du kannst doch nicht annehmen …«

»Sara«, schnitt Nora ihr das Wort ab. »Ich habe nie aufgehört, deiner Mutter zu schreiben, das solltest du wissen. Ich gestehe ihr ja zu, daß vielleicht ein oder zwei meiner Briefe verlorengegangen sein könnten, aber niemals sind alle sechs nicht angekommen. Nein, Liebes, sie hat dich angelogen, um dich aus England fortzuschaffen.«

»Mutter würde bei so etwas nie mitmachen!«

»Selbstverständlich würde sie«, erwiderte Nora traurig. »Meine arme Schwester hat Angst vor ihrem Mann. Schon immer hat sie ihn gefürchtet, und sie wird es auch in Zukunft tun. Wir beide wissen es, Sara, und es ist zwecklos, daß wir uns etwas vormachen. Hör auf zu träumen, Kind. Wenn Winston deiner Mutter aufträgt, jemanden zu täuschen, dann tut sie es. Aber wir wollten jetzt nicht über deine Eltern reden«, fügte Nora rasch hinzu, bevor Sara erneut Einwände erheben konnte. »Ich möchte dir eine Frage stellen.«

»Welche Frage?«

»Möchtest du mit Nathan verheiratet sein?«

»Es spielt doch gar keine Rolle, was ich möchte.«

»Möchtest du, oder möchtest du nicht?«

»Ich habe niemals auch nur daran gedacht, daß ich zu einem anderen gehören könnte«, entgegnete Sara zögernd. »Ich weiß nur nicht genau, was ich empfinde, Nora. Ich verabscheue die Vorstellung, daß er eine andere Frau haben könnte, aber das habe ich erst gemerkt, als er eine Anspielung auf eine mögliche Geliebte gemacht hat. Ich habe so heftig reagiert, daß ich mich selbst nicht mehr verstanden habe. Es ist alles so verwirrend.«

»Die Liebe macht einen immer konfus, Kind.«

»Ich rede doch nicht von Liebe«, protestierte Sara. »Das Schlimmste ist nur, daß ich von Kindesbeinen an dazu erzogen wurde, ihn als meinen Ehemann anzusehen.«

Nora schnaubte unfein. »Du bist dazu erzogen worden, ihn zu hassen. Sie wollten aus dir genau so eine kleine Bestie machen wie aus Belinda, aber sie hatten keinen Erfolg, wie? Du haßt Nathan ganz und gar nicht?«

»Nein, ich hasse überhaupt niemanden.«

»All die Jahre hast du ihn in deinem Herzen bewahrt und ihn im stillen verteidigt, Sara, genauso wie du deine Mutter immer verteidigt hast, wenn du konntest. Du hast dir zwar die ganzen Verleumdungen über Nathan angehört, aber sie haben deine Einstellung zu ihm nicht ändern können.«

»Sie waren überzeugt, daß ich ihn verabscheue«, gestand Nora. »Ich habe immer so getan, als wäre ich einer Meinung mit ihnen, damit sie mich in Ruhe lassen. Onkel Henry war der Schlimmste, aber jetzt kennt er die Wahrheit. Als ich ihm in dieser Spelunke gegenüberstand und deinen Ehering an seinem kleinen Finger sah, war ich so wütend. Ich habe ihm damit gedroht, daß ihm Nathan seine Sünden vergelten würde, und außerdem habe ich so getan, als würden Nathan und ich schon seit langem im besten Einvernehmen sein.«

»Das war vielleicht nicht einmal eine echte Lüge«, sagte Nora. »Ich glaube, daß Nathan sogar Rache üben würde, wenn jemand Hand an *mich* legt. Und weißt du auch, warum er das tun würde?«

»Weil er dich für eine liebe und aufrichtige Frau hält«, mutmaßte Sara.

Nora verdrehte die Augen. »Nein, Liebes, ich bezweifle, daß er dergleichen überhaupt bemerken würde. Er gibt nur acht auf mich, weil er weiß, wie sehr du an mir hängst. Nathan gehört zu der Sorte von Männern, die alle Menschen, die zu ihnen gehören, beschützen.«

»Aber, Nora ...«

»Ich möchte dir nur klarmachen, daß er alles tun würde, um dich vor Schaden zu bewahren.«

»Du bist eine Träumerin, Nora.«

Das Gespräch wurde jäh unterbrochen, als Matthew die Kajüte betrat. Er schenkte Nora ein breites Lächeln und wedelte mit der Hand. »Ihr solltet Euch jetzt ausruhen«, sagte er.

Sara gab ihrer Tante einen Gutenachtkuß und ging zu ihrer Kajüte, in der schon die Badewanne bereit stand. Sie räkelte sich in der Wanne, bis das Wasser kalt wurde, dann zog sie ihr weißes Nachhemd und den dazu passenden Morgenrock an und setzte sich aufs Bett, um sich das Haar zu bürsten. So fand Nathan sie vor, als er in die Kajüte kam.

Zwei jüngere Männer folgten ihm; sie nickten Sara zu, bevor sie die Badewanne hochhoben und wegbrachten. Sara hielt sich schamhaft den Morgenrock zu, bis sie den Raum verlassen hatten und fuhr dann fort, sich mit ihrem Haar zu beschäftigen.

Nathan schloß die Tür und verriegelte sie. Er sprach kein einziges Wort, und das war auch nicht nötig. Ein Blick in sein Gesicht sagte Sara alles, was sie wissen mußte. Dieser Mann war wild entschlossen und bestimmt nicht mehr bereit, ihr irgendwelche Vergünstigungen zuzugestehen. Als sie begriff, daß ihr nun kein Aufschub mehr gewährt würde, überfiel sie ein unkontrollierbares Zittern.

Nathan hatte offensichtlich auch gebadet, sein Haar war noch naß und klebte an seinem Nacken. Sara starrte seinen bloßen Oberkörper an, während sie weiterhin die Bürste durch ihre Locken zog und angestrengt nachdachte, worüber sie in Gottes Namen sprechen könnte, um die Spannung in ihrem Innern ein wenig zu lösen.

Nathan hielt den Blick auf sie geheftet, während er einen Sessel zurechtrückte und Platz nahm, um sich langsam die Stiefel und Strümpfe auszuziehen. Als er aufstand, um die Hose aufzuknöpfen, schloß Sara die Augen.

Er lächelte über ihre Verlegenheit, die ihn jedoch keineswegs davon abhielt, das zu tun, was er sich vorgenommen hatte. Er streifte die restlichen Kleidungsstücke ab und warf sie auf den Sessel.

»Sara?«

Sie hielt die Augen fest geschlossen, als sie antwortete: »Ja, Nathan?«

»Zieh dich aus«, sagte er so sanft, wie es ihm möglich war, um ihr die Angst ein wenig zu nehmen. Für ihn bestand kein Zweifel daran, daß sie sich ängstigte. Sie zerrte die Haarbürste so vehement durch ihre Strähnen, als ob sie es darauf anlegen würde, höllische Kopfschmerzen zu bekommen, und wenn sie nicht damit aufhörte, so fürchtete er, würde sie sich noch selbst einen Schlag versetzen, der sie bewußtlos zu Boden schickte.

Sein weicher Tonfall besänftigte sie ganz und gar nicht. »Über dieses Thema haben wir schon ausführlich diskutiert, Nathan«, sagte sie, während die Bürste gegen ihre

Schläfe prallte. »Ich habe dir gesagt, daß ich meine Kleider anbehalte.«

Sie versuchte, ihre Stimme hart und entschlossen klingen zu lassen – der Erfolg war kläglich, und sie erschrak selbst über das Beben in ihrem heiseren Flüstern.

»Also gut«, seufzte Nathan.

Seine Zustimmung beruhigte sie ein wenig, und sie hörte auf, ihr Haar zu traktieren. Sie war nicht in der Lage, ihn anzusehen, als sie aufstand und einen weiten Bogen um ihn machte, um den Raum zu durchqueren. Nachdem sie die Bürste weggelegt hatte, holte sie tief Luft und drehte sich um. Sie hatte sich fest vorgenommen, ihm nicht zu zeigen, daß seine Nacktheit sie in Verlegenheit brachte. Sie war eine Frau, rief sie sich ins Gedächtnis, und kein unschuldiges dummes Ding.

Das Problem war nur, daß sie tatsächlich so unschuldig war, wie man nur sein konnte. Sie hatte in ihrem ganzen Leben noch nie einen nackten Mann zu Gesicht bekommen. Grundgütiger Himmel, machte er sie nervös! Ich bin jetzt eine Ehefrau und kein Kind mehr, machte sie sich erneut Mut, und es gibt absolut keinen Grund, befangen zu sein. Sie riskierte einen kurzen Blick auf ihren Mann, und alle Vorsätze, die Sache gelassen hinzunehmen, zerrannen im Nu. Nathan hantierte an der Luke in der Decke herum, um sie zu schließen, und hatte sich halb von ihr abgewendet, aber sie konnte genug von seiner Anatomie erkennen, um das Atmen zu vergessen.

Dieser Mann bestand überhaupt nur aus bronzefarbenen Muskeln und Stahl. In diesem Moment erkannte sie, daß sein Hinterteil so sonnengebräunt war wie der Rest seines Körpers, und sie überlegte, wie er das wohl zuwege gebracht haben könnte. Sie hätte ihn natürlich nie danach gefragt, obwohl es sie wirklich interessierte. Vielleicht, wenn sie zwanzig oder dreißig Jahre verheiratet waren, konnte sie es wagen, dieses Thema anzuschneiden. Und möglicherweise war sie dann sogar in der Lage, darüber zu lachen, daß sie vor dieser Nacht so viel Pein durchlitten hatte.

Im Augenblick allerdings war ihr gar nicht zum Lachen zumute. Sie beobachtete, wie Nathan eine Kerze anzündete und das weiche Licht seine Haut vergoldete. Sie war erleichtert, daß er ihr den Rücken zukehrte.

Würde er ihr die Gelegenheit geben, sich an diese enorme Größe zu gewöhnen? Wie sollte das überhaupt funktionieren? fragte sie sich erschrocken. Der Mann war ja so groß wie ein Baum!

Sara stöhnte leise, als sie sich klarwurde, wie kindisch sie sich verhielt, und sie nahm sich wieder vor, ihm auf keinen Fall zu zeigen, wie verängstigt sie war. Sie wandte ihr Gesicht ab, so daß er nicht sehen konnte, wie ihr die Hitze in die Wangen stieg, und fragte: »Gehen wir jetzt zu Bett?«

Sie war sehr zufrieden mit sich, weil sie diese Frage in einem ausgesprochen weltgewandten Tonfall gestellt hatte.

Nathan war ganz anderer Meinung. Er fand, daß ihre Stimme klang, als ob sie ein Pfund Nägel verschluckt hätte, so verzweifelt schien sie bemüht, ihre Angst zu überwinden. Die Frage allerdings war, wie sie das bewerkstelligen wollte. Er stöhnte und drehte sich zu ihr, um sie in die Arme zu nehmen. Sie war kurz davor, die Flucht zu ergreifen, aber er bekam ihre Schulter zu fassen und hielt sie fest.

Als sie ihn ansah, lächelte er. Sara war wie versteinert und starrte ihm, ohne mit der Wimper zu zucken, in die Augen. Nathan war sicher, daß sie ihren Blick nicht einmal dann gesenkt hätte, wenn eine Schlange über ihre Füße gekrochen wäre.

»Bist du so aufgeregt, weil ich nackt bin?« fragte er, entschlossen, das Problem direkt anzupacken.

»Was bringt dich auf diesen Gedanken?«

Seine Hand wanderte zu ihrem Hals, und er fühlte, wie ihr Puls unter seinen Fingerspitzen flatterte. »Du magst es doch, wenn ich dich küsse, Sara?«

»Ja«, gestand Sara ein. »Das gefällt mir.«

Sie bemerkte seinen selbstgefälligen Blick und fügte, um ihn gleich von vornherein zu warnen, hinzu: »Aber ich bin sicher, daß ich die anderen Dinge widerwärtig finde.«

Ihm schien ihre Offenheit gar nichts auszumachen. Er neigte den Kopf und drückte ihr einen Kuß auf die Stirn und dann auf die Nasenspitze. Seine Lippen strichen nur einen flüchtigen Augenblick über die ihren.

»Ich finde alles schön«, murmelte er mit rauher Stimme.

Auf dieses Eingeständnis hatte sie keine passende Erwiderung parat, deshalb hielt sie den Mund – im wahrsten Sinne des Wortes. Sie preßte ihre Lippen fester zusammen, als sein Mund sie bedeckte.

Sie war so leidenschaftlich wie eine Statue, aber das schreckte Nathan keineswegs ab. Er seufzte und verstärkte langsam den Griff an ihrem Nacken. Als sie den Schmerz kaum mehr ertragen konnte, öffnete sie den Mund, um ihn zurechtzuweisen, aber sie vergaß ihr Vorhaben im Nu, als seine Zunge die ihre berührte.

Das Eis in ihrem Innern begann zu schmelzen, und Nathan lockerte den Griff. Sein Daumen kreiste träge über die Haut an ihrem Hals. Nathan hatte alle Mühe, sich zurückzuhalten, als Sara näher zu ihm rückte und die Arme um seinen Hals legte.

Ihre leisen Seufzer des Entzückens mischten sich mit seinem begehrlichen Stöhnen, und Nathan setzte seine behutsame Attacke fort. Der Kuß dauerte lang und war alles andere als unschuldig. Sein Mund glitt immer wieder hungrig über ihre Lippen, und seine Zunge schürte eine seltsame Glut in ihr.

Der Kuß schien endlos lange zu dauern, und Sara, die unerfahren in solchen Dingen und deshalb hilflos war, gab ihre Scheu ebenso rasch auf wie ihren Widerstand. Nathan gelang es mit Mühe, sein eigenes Begehren zu bezähmen, aber als ihre Finger durch sein noch feuchtes Haar fuhren und er die federleichte Berührung in seinem Nacken spürte, drohte ihn das Feuer, das in ihm tobte, zu ersticken.

Er vergaß alle Behutsamkeit – er hatte ihre Schranken durchbrochen, und das machte ihn ungeduldig. Sara protestierte mit einem leisen Stöhnen, als er ihre Hände umfaßte und sich aus ihrer Umarmung löste, obwohl sein Mund nicht aufhörte, sie zu liebkosen – aber das war nicht genug. Sie wollte ihm so nahe wie möglich sein und von seiner Wärme eingehüllt werden. Er hielt ihre Hände jedoch mit seiner Linken fest und bewegte seine Rechte über ihren Morgenmantel. Sie verstand überhaupt nicht, was er von ihr wollte, aber sie war nicht mehr in der Lage, auch nur einen Gedanken auf dieses Problem zu verschwenden – sein Mund und die wundervollen Dinge, die er tat, beschäftigten sie viel zu sehr, und diese seltsamen Gefühle, die sie zu überwältigen drohten, blockierten ihr Denkvermögen.

»Jetzt kannst du die Arme wieder um mich legen«, flüsterte Nathan, nachdem er den Kuß beendet hatte. Er betrachtete lächelnd ihr Gesicht. Du lieber Himmel, sie war so ohne Falschheit, und ihre verzückte Miene verbarg nichts von ihrer Leidenschaft und ihrer Verwirrung. Nathan war nie einer Frau begegnet, die so offen und hingebungsvoll war.

Er erschrak ein wenig, als ihm bewußt wurde, wie verzweifelt er sich wünschte, ihr Freude zu bereiten, und gleichzeitig vermittelte ihm ihr offenkundiges Vertrauen das Gefühl, daß er die ganze Welt erobern könnte.

Aber zunächst einmal mußte er sie erobern. »Hab keine

Angst«, raunte er mit tiefer heiserer Stimme und strich mit dem Handrücken über ihre Wange. Ein Lächeln huschte über seine Lippen, als sie ihr Gesicht instinktiv so drehte, daß er mit der Liebkosung fortfahren konnte.

»Ich versuche ja, keine Angst zu haben«, flüsterte sie zurück. »Alles ist ein bißchen leichter, seit ich weiß, daß du auf meine Gefühle Rücksicht nimmst.«

»Wann bist du denn zu dieser Auffassung gelangt?« fragte er und wunderte sich, daß ihre Augen plötzlich aufblitzten. Irgend etwas schien sie zu erheitern.

»Seit du mir erlaubt hast, die Kleider anzubehalten.«

Nathan seufzte ausgiebig, dann entschied er, daß jetzt nicht der richtige Zeitpunkt war, um ihr zu offenbaren, daß sie seit einigen Minuten nackt war. Das würde sie ohnehin früh genug herausfinden.

»Ich bin nicht sehr geduldig, Sara, besonders nicht, wenn ich etwas so sehr will wie dich.«

Er legte den Arm um ihre Taille und zog sie an sich. Haut berührte Haut, und Saras Augen wurden kugelrund, aber bevor sie sich darüber klarwerden konnte, ob sie das Gefühl mochte oder nicht, nahm sein Mund ihre Lippen in Besitz.

Seine Küsse waren wirklich atemberaubend, und Sara machte es ihm leicht. Ihre Zunge spielte mit der seinen, und Nathan ächzte. Sie vermutete, daß dieser Laut Wohlbehagen bekundete, und wurde mutiger.

Der Kuß war wild und leidenschaftlich, und als Nathan hörte, daß Sara leise wimmerte, wußte er, daß er sein Ziel erreichen würde. Guter Gott, dieses leise Stöhnen, das ihm zeigte, daß sie für ihn bereit war, bereitete ihm fast körperliche Schmerzen, und seine Ungeduld war kaum mehr zu zügeln.

Sie klammerte sich an seine Schultern, und ihr seidenweicher Busen strich sanft über seine Brust. Er hob sie hoch, drückte ihr Becken an seine Männlichkeit und erstickte ihr Keuchen mit einem weiteren langen Kuß.

Sara schwanden alle Sinne – die Empfindungen, die sie wie eine Sturmflut überschwemmten, waren so überwältigend, daß sie alle Bedenken vergaß. Natürlich wußte sie, daß er sie ausgezogen hatte, und eigentlich hätte sie ihn tadeln müssen, weil er sein Versprechen gebrochen und ihre Schwäche ausgenutzt hatte. Aber das alles war jetzt unwichtig.

Sara hatte keine Ahnung, wie sie zum Bett gekommen war, und Nathan riß die Überdecke zur Seite und küßte sie immer weiter, während er sie behutsam auf die Laken legte. Er ließ ihr keine Zeit, ihre Blößen zu bedecken und legte sich auf sie. Seine angenehme Wärme hüllte sie von Kopf bis Fuß ein ...

Es war zuviel – zu früh. Sara fühlte sich wie in einer Falle, und ihr wurde bewußt, daß sie ihm auf Gedeih und Verderb ausgeliefert war. Sie wünschte sich verzweifelt, daß sich ihre Angst verflüchtigen würde und daß sie ihn nicht enttäuschte.

Der Nebel der Leidenschaft, der sie bis jetzt eingehüllt hatte, lichtete sich im nächsten Augenblick. Sie wollte es nicht tun.

Aber sie mochte seine Küsse – lieber Himmel, sie hatte schreckliche Angst.

Sie preßte die Lippen zusammen, um den Schrei, der sich in ihrer Kehle bildete, zurückzuhalten.

Seine Knie schoben sich zwischen ihre Knie, um sie ein wenig zu spreizen, aber diese Vertraulichkeit wollte sie ihm auf gar keinen Fall gestatten. Sie wand sich und stemmte ihre Hände gegen seine Schultern, und sofort gab er seine Versuche auf, stützte sich auf die Ellbogen und knabberte sanft an ihrem Hals. Oh, das mochte sie. Sein Atem strich warm und leicht über ihr Ohr, und sie bebte. Leise flüsterte er, daß sie ihm grenzenlose Freude bereite und wie sehr er sie begehrte. Er gestand ihr, daß ihn ihre Schönheit überwältigte, und als er endete, war er sicher, daß sie sich nicht mehr wehren würde.

Er irrte sich. Sobald er von neuem versuchte, ihre Schenkel ein wenig zu öffnen, wurde sie stocksteif. Er knirschte mit den Zähnen vor Enttäuschung.

Ihre zarte Haut, die er an der seinen spürte, brachte ihn an den Rand des Wahnsinns, und er hatte die größte Mühe, seine Beherrschung nicht zu verlieren. Aber sie war noch nicht bereit. Jedesmal, wenn er die Hand ausstreckte, um ihre Brust zu berühren, wurde sie starr, und allmählich verwandelte sich sein Begehren in eine Qual.

Es konnte nur noch ein paar Minuten dauern, bis er die Kontrolle über sich verlor, und er wollte ihr keine Schmerzen bereiten. Er wünschte sich verzweifelt, in sie dringen zu können, aber sie mußte ihn bereitwillig aufnehmen.

Sara war alles andere als bereitwillig. Sie stemmte ihre Hände gegen seine Brust in dem Bemühen, ihn von sich zu stoßen.

Widerwillig beschloß er, ihr ein wenig Ruhe zu gönnen, und rollte sich auf die Seite. Er mußte ein bißchen Abstand zwischen sie und sich bringen, um nicht vollkommen die Beherrschung zu verlieren und gewaltsam in sie zu dringen.

In einigen Minuten hatte er bestimmt wieder Gewalt über seine Empfindungen, dachte er. Und wenn sich sein Herzschlag beruhigt hatte, wenn das Atmen nicht mehr so weh tat und sich der stechende Schmerz in seinen Lenden gelegt hatte, dann würde er einen neuen Versuch wagen.

Einem Mädchen die Unschuld zu rauben war eine verdammt harte Arbeit, dachte er, und da er keinerlei Erfahrung hatte, wie man eine Frau umwarb oder wie man mit einer Jungfrau umging, fühlte er sich einfach überfordert.

Wenn er als alter Mann an diese qualvolle Nacht zurückdenken würde, könnte er vielleicht darüber lachen, aber im Moment war er beileibe nicht in heiterer Stimmung. Am liebsten hätte er seine Braut gepackt und geschüttelt, bis ihr Verstand normal funktionierte, während er sich zur gleichen Zeit wünschte, daß sie sich nicht vor ihm fürchtete.

Sara zitterte am ganzen Leib. Sobald Nathan von ihr abgerückt war, hatte sie sich befreit gefühlt, und jetzt sehnte sie sich auf einmal wieder nach seinen Küssen.

Als sie Nathans Miene gewahrte, erschrak sie zu Tode. Er sah aus, als ob er Lust hätte, sie anzubrüllen. Sie atmete tief durch und drehte sich so, daß sie ihn direkt ansehen konnte. »Nathan?«

Er antwortete nicht. Er hatte die Augen geschlossen und preßte die Kiefer fest zusammen.

»Du bist mir doch nicht böse?«

»Nein.«

Sie glaubte ihm nicht, trotzdem streckte sie die Hand aus, um seine Brust zu berühren.

Er zuckte zurück, als ob ihre Finger glühende Eisen wären. »Möchtest du es nicht mehr tun?« fragte sie. »Begehrst du mich nicht mehr?«

Sie nicht mehr begehren? Am liebsten hätte er ihre Hand gepackt und ihr gezeigt, wie sehr er sie begehrte. Aber er tat es nicht, das hätte ihr bestimmt Todesängste eingejagt.

»Sara, laß mir eine Minute Zeit«, bat er mit abgehackter Stimme. »Ich fürchte ...« Er beendete seine Erklärung nicht, weil er ihr hätte sagen müssen, daß er sie nicht berühren konnte, ohne sie sofort zu nehmen. Diese Eröffnung hätte sie nur noch mehr in Alarmbereitschaft versetzt, deshalb schwieg er lieber.

»Du brauchst dich nicht zu fürchten«, wisperte sie.

Er konnte nicht glauben, was er da hörte. Er öffnete die Augen. Sie konnte doch nicht im Ernst annehmen ... der mitleidige Glanz in ihren Augen sagte ihm, daß sie tatsächlich meinte, er hätte Angst.

»Um Gottes willen, Sara, ich habe keine Angst.«

Ihre Fingerspitzen wanderten leicht über seine Brust, und er hielt ihre Hand fest, bevor sie seinen Bauch erreichte. »Hör auf damit«, befahl er.

»Du hast doch Erfahrung mit Frauen, oder nicht?«

Seine Antwort war ein Grunzen.

Sie lächelte. »Du magst es doch, wenn ich dich küsse, Nathan?«

Großer Gott, diese Frage hatte er ihr vor kaum einer Viertelstunde gestellt, als er ihr die Angst nehmen wollte! Er hätte Tränen gelacht, wenn die Qual in diesem Augenblick auch nur ein wenig erträglicher gewesen wäre. Diese Frau behandelte ihn so, als ob er die Jungfrau wäre ...

Gerade, als er beginnen wollte, ihr den Kopf zurechtzusetzen, rutschte sie ein wenig näher zu ihm. »Magst du es?« beharrte sie.

»Ja, natürlich.«

»Dann küß mich, bitte.«

»Sara, küssen ist nicht das einzige, was ich tun möchte. Ich möchte dich berühren ... überall.«

Er erwartete, daß sie sich wieder von ihm zurückzog. Zum Teufel, er wünschte, er könnte Geduld für diese Tortur aufbringen. Seine Nerven lagen bloß, und er konnte an nichts anderes denken als daran, wie sie sich anfühlen würde, wenn er sie in Besitz nahm.

Er schloß die Augen und brummte.

Plötzlich fühlte er, wie sie seine Hand nahm und auf ihren Busen legte.

Er rührte sich nicht von der Stelle, und auch sie blieb reglos liegen. Sie sahen sich lange in die Augen, und Nathan war neugierig, was sie als nächstes tun würde, während sie darauf wartete, daß er sein Werk vollendete.

Es dauerte nicht lange, bis Sara unruhig wurde. Er strich ganz leicht über ihre Brust, und diese Berührung zauberte flatternde Schmetterlinge in ihren Bauch und machte sie mutiger. Sie streichelte mit ihren Zehen seine Beine und beugte sich langsam vor.

»Ich hasse es, wie in einer Falle gefangen zu sein«, flüsterte sie zwischen ihren federleichten Küssen. »Aber jetzt fühle ich mich frei, Nathan. Bitte, hör jetzt nicht auf. Für mich ist das alles zu neu – wirklich.«

Er liebkoste ihre Wange. »Ich habe nicht vor, aufzuhören«, raunte er und fügte mit einem kleinen Lachen hinzu: »Wirklich«.

Sie stöhnte und küßte ihn so, wie sie sich wünschte, von ihm geküßt zu werden. Nathan erwiderte ihren Kuß mit wilder Leidenschaft und hielt nicht einmal inne, als sie auf den Rücken rollte und ihn über sich ziehen wollte. Nathan widerstand ihrer Forderung und drückte einen Kuß in das Tal zwischen ihren Brüsten. Seine Lippen umspielten zuerst die eine, dann die andere Brustspitze, bis sie hart wurden, und seine Zunge attackierte sie mit wilden Liebkosungen. Als Sara dem süßen Ansturm nicht länger standhalten konnte, griff sie in sein Haar und zog ihn fester an sich.

Sie fühlte sich, als ob glühende Lava durch ihre Adern fließen würde, als er ihre Brustspitze in den Mund nahm und sanft daran saugte. Sie wölbte sich ihm in dem Verlangen nach mehr entgegen.

Ein heißer Knoten bildete sich in ihrer Magengrube, und sie murmelte: »Nathan, bitte.« Sie wußte nicht einmal, worum sie ihn bitten wollte, sie wußte nur, daß er diese wundervollen Gefühle in ihr hervorrief.

Er wandte sich der anderen Brust zu, während er seine Hand zwischen ihre Schenkel gleiten ließ. Sie drängte sich noch näher an ihn und keuchte.

Nathan stützte sich auf einen Ellenbogen, um ihre Miene zu ergründen, aber sie versteckte ihr Gesicht unter seiner Achsel.

»Ich mag es, wie du reagierst«, flüsterte er. »Hast du es gern, wenn ich dich berühre?«

Er kannte die Antwort schon. Er konnte fühlen, wie bereit sie war. Er rieb ihre geheimste Stelle, bis sie feucht wurde, dann drang er vorsichtig mit einem Finger ein.

Sie strich über seinen Rücken und grub ihre Fingernägel in sein Gesäß. »Nathan«, flüsterte sie. »Mach das nicht. Es tut weh. O Gott, nein, hör bitte nicht auf.«

Nathan verstand kaum, was sie sagte, weil er vor Sehnsucht nach ihr fast verging.

Er erstickte ihren halbherzigen Protest und ihre Widersprüche mit einem Kuß und glitt über sie. Sie unternahm keinen Versuch mehr, ihre Beine zusammenzupressen – im Gegenteil, sie drängte sich ihm entgegen und genoß es, seine Härte an ihren Schenkeln zu spüren.

Nathan wickelte eine ihrer Haarsträhnen um seine Hand, um ihren Kopf für einen weiteren Kuß ruhig zu halten. Guter Gott, er wurde noch verrückt, wenn sie nicht aufhörte, ihr Becken an seiner Härte zu reiben. Er konnte nicht mehr behutsam vorgehen, und sie wollte das auch gar nicht. Ihre Nägel gruben sich immer tiefer in sein Fleisch, und sie stieß kleine Seufzer des Entzückens aus, und er kannte nichts, was ihm mehr Freude bereitet hätte.

Er drang langsam in sie ein und hielt inne, als er die dünne Barriere spürte, und hob den Kopf, um ihr in die Augen sehen zu können.

»Leg deine Beine um meine Hüften«, bat er mit rauher Stimme.

Als sie gehorchte, brummte er zufrieden und zögerte erneut, weiter vorzudringen.

»Sieh mich an, Sara.«

Sie öffnete die Augen und hielt seinem Blick stand.

»Du gehörst jetzt zu mir – für immer.«

Ihre Augen waren trüb vor Erregung, und sie hob die Hände, um sie auf seine Wangen zu legen.

»Ich habe immer zu dir gehört, Nathan. Immer.«

Sein Mund senkte sich auf den ihren, während er mit einer raschen Bewegung in sie stieß. Er wollte ihr den Schmerz, den sie empfinden mußte, so leicht wie möglich machen.

»Pst, Liebes«, flüsterte er, als sie einen Schrei ausstoßen wollte. Ihre enge Hitze umschloß ihn, und er murmelte: »Gütiger Himmel, das ist wundervoll.«

»Nein, es ist überhaupt nicht wundervoll«, rief sie und versuchte, sich zu winden, um die Qual zu lindern, aber er hielt ihre Schenkel fest und machte jede Bewegung unmöglich.

»Gleich fühlt es sich besser an«, sagte er atemlos. Sein Kopf lag auf ihrer Schulter, und er knabberte an ihrer Haut und liebkoste sie mit der Zunge. Diese zarte Berührung ließ sie alle Pein vergessen.

»Stoß mich nicht von dir, Sara. Jetzt höre ich nicht auf. Ich kann es nicht mehr«, sagte er mit harscher Stimme.

Seine Zunge spielte mit ihrem Ohrläppchen. Sie rührte sich nicht mehr und wimmerte leise vor Entzücken.

»Der Schmerz hält nicht lange an«, raunte er. »Ich verspreche es dir.«

Sie traute seiner Zärtlichkeit mehr als seinen Versprechungen, trotzdem hoffte sie, daß er recht hatte. Es tat noch immer weh, aber nach einer Minute ließ das Brennen nach. Als er sich bewegte, brandete der Schmerz sofort wieder hoch.

»Wenn du stillhältst, tut es nicht so weh«, erklärte sie leise.

Er brummte ungehalten.

»Ist alles in Ordnung, Nathan?«

»Ja«, log er, um sie zu beschwichtigen. Sie war so ahnungslos, daß sie nicht wissen konnte, wie verzweifelt er sich danach sehnte, sich zu bewegen. »Ich halte ganz still.«

Ihre Hände fuhren durch sein Haar und strichen über seinen Nacken. Die Hitze, die sein Inneres verbrannte, war unerträglich, und er litt Höllenqualen, weil er sich zurückhalten mußte. Sie konnte nicht aufhören, seine Haut zu streicheln. »Nathan, küß mich.«

Er zog sich ein wenig zurück, um ihre Lippen mit den seinen zu bedecken und stieß langsam wieder vor.

»Du hast dich bewegt!« schrie sie.

Statt einer Erklärung küßte er sie. Als er wieder versuchte, zurückzugleiten, bohrte sie ihre Fingernägel tief in seine harten Schenkel, um ihn festzuhalten. Er ignorierte ihren Protest und schürte die Hitze in ihr. Seine Hand glitt zwischen ihre verschlungenen Körper, und sein Daumen rieb ihre empfindlichste Stelle, bis sie in einer Flutwelle der Leidenschaft ertrank.

Ihr Kopf fiel auf die Kissen, während ihre Hände von ihm abließen. Sie drängte ihm ihre Hüften entgegen und begann instinktiv, sich im gleichen Rhythmus wie er zu bewegen.

Nathan beantwortete ihr Begehren mit kräftigen Stößen, und sie verloren sich in einem uralten Ritual.

Beide strebten dem Höhepunkt entgegen, und Nathan konnte einen Schrei nicht unterdrücken, als er sich in sie ergoß.

Sein Kopf sank auf ihre Schulter, und er fühlte, daß Sara kurz vor der Erfüllung stand. Er stieß immer wieder zu, bis er spürte, daß ihre Muskeln unkontrollierbar zuckten.

Sie schrie ... seinen Namen.

Seine Ohren dröhnten, und er sank über ihr zusammen und unterdrückte mit seinem Gewicht ihr Zittern.

Sie blieben lange reglos liegen. Nathan war zu befriedigt, um sich zu rühren, und Sara war zu erschöpft.

Guter Gott, sie hatte sich ihm wirklich ohne Bedenken hingegeben, und es hatte ihr so sehr gefallen, daß sie nicht einmal gemerkt hatte, wie sie die Kontrolle über sich verloren hatte. Es war umwerfend gewesen. Warum in Gottes Namen hatte ihr nie jemand erzählt, wie wundervoll die Liebe sein konnte?

Nathans Herz schlug im gleichen Rhythmus wie das ihre, und sie seufzte glücklich. Jetzt war sie unwiderruflich seine Frau.

»Du kannst mich jetzt nicht mehr Braut nennen«, flüsterte sie an seinem Nacken und berührte seine Haut mit der Zungenspitze. Er schmeckte salzig und männlich – und wunderbar.

»Bin ich dir zu schwer?« fragte er schläfrig.

Als sie ihm gestand, daß er tatsächlich zu schwer war, rollte er sofort auf den Rücken.

Sie war ganz und gar nicht erfreut, daß er so weit von ihr weg war. Sie wünschte sich, daß er sie in seinen Armen hielt und ihr sagte, was für eine wundervolle Frau sie war. Außerdem wollte sie wieder seine Küsse spüren.

Ihre Wünsche blieben unerfüllt. Nathan schloß die Augen, und nach kurzer Zeit sah er aus, als ob er in tiefen Schlaf versunken wäre.

Sie hatte keine Ahnung, welchen erbitterten Kampf Nathan genau in diesem Augenblick in seinem Innern ausfocht. Er versuchte verzweifelt zu verstehen, was mit ihm geschehen war. Nie zuvor hatte er so vollkommen die Kontrolle über sich verloren. Sie mußte ihn verhext haben. Er war so durcheinander und fühlte sich so verdammt verletzlich, daß er glaubte, durch die Hölle zu gehen.

Sara drehte sich zur Seite. »Nathan?« wisperte sie leise.

»Was ist?«

»Küß mich noch einmal.«

»Schlaf jetzt.«

»Dann gib mir bitte einen Gutenachtkuß.«

»Nein.«

»Warum nicht?«

»Ich möchte dich nicht noch einmal küssen, weil du zu zart und verwundbar bist«, erklärte er und starrte unverwandt an die Decke.

Sie setzte sich auf und spürte ein unbekanntes Unbehagen zwischen ihren Schenkeln. Er hatte recht, offenbar war sie wirklich sehr verwundbar. Aber das war ihr im Moment vollkommen gleichgültig. Das einzige, was sie wollte, war ein Kuß.

»Du selbst hast mich so verwundbar gemacht«, eröffnete sie ihm und stieß seine Schulter an. »Darf ich dich daran erinnern, daß ich dich ausdrücklich gebeten habe, dich nicht zu bewegen.«

»Du hast dich zuerst bewegt, Sara. Das wirst du bestimmt noch wissen«, grollte er.

Eine intensive Röte überzog ihre Wangen, aber sie faßte sich dennoch ein Herz. Er hatte seine Behauptung nicht allzu überzeugend ausgesprochen. Sie schmiegte sich an ihn und wünschte, er würde den Arm um sie legen. »Nathan, ist es nicht wichtiger, nachher genauso zärtlich zu sein wie während der ... Sache?«

Worüber sprach sie überhaupt? »Schlaf jetzt«, forderte er sie zum zweitenmal auf. Er zog die Decke über sie beide und schloß wieder die Augen.

Sara legte den Arm auf seinen Oberkörper. Sie war müde und enttäuscht, und genau das sagte sie ihm auch.

Nathan lachte. »Sara, ich weiß, daß du gekommen bist.«

»Das meine ich doch gar nicht«, flüsterte sie und wartete darauf, daß er sie um eine Erklärung bat. Als er eisern schwieg, setzte sie von neuem an:

»Nathan?«

»Zur Hölle, was ist jetzt wieder?«

»Bitte sprich nicht in diesem Ton mit mir.«

»Sara ...«, begann er warnend.

Aber sie fiel ihm ins Wort. »Wenn du mit anderen Frauen zusammen warst ... was hast du dann ... danach gemacht?«

Worauf, in Gottes Namen, wollte sie hinaus? »Ich bin gegangen«, erwiderte er knapp.

»Läßt du mich auch allein?«

»Sara, dies ist mein Bett, und jetzt schlaf.«

Jetzt riß ihr der Geduldsfaden. »Nicht bevor ich dir genau erklärt habe, was sich gehört«, entgegnete sie heftig. »Wenn ein Mann ... diese Sache zu Ende gebracht hat, dann muß er seiner Frau sagen, wie wundervoll sie ist – und außerdem hält er sie in seinen Armen, bis sie eingeschlafen ist – und länger.«

Er konnte ein Lächeln nicht unterdrücken. Sie erzählte die verrücktesten Dinge und klang dabei wie ein Feldwebel. »Diese Sache nennt man Sich-Lieben, Sara, und woher willst du so genau wissen, was sich gehört? Kannst du dich noch erinnern, daß du vor kaum einer Stunde noch vollkommen unschuldig warst?«

»Ich weiß es eben einfach«, versetzte sie.

»Sara?«

»Ja?«

»Schrei mich nie wieder an.«

Er warf ihr einen Blick zu. Zum Teufel, sie sah aus, als ob sie gleich weinen würde, und er war ganz und gar nicht in der Verfassung, Tränen zu sehen. Gott, sie war so empfindsam ... und wunderschön. Ihr Mund schimmerte verlockend rosig und war von seinen Küssen ein wenig geschwollen.

Er streckte die Hände nach ihr aus und zog sie in seine Arme. Nachdem er ihren Kopf auf seine Schulter gebettet und ihr einen Kuß auf den Scheitel gedrückt hatte, murmelte er: »Du bist eine wundervolle Frau. Und jetzt schlaf.«

Das hatte nun wirklich nicht so geklungen, als ob er es ehrlich gemeint hätte, aber darüber machte sie sich im Moment keine Gedanken. Er hielt sie fest und strich ihr über den Rücken. Sie war stolz auf ihren kleinen Erfolg, schmiegte sich an ihn und schloß die Augen.

Sie hatte den Kopf unter sein Kinn geschoben und schien endlich eingeschlafen zu sein. Jedesmal wenn Nathan die Erinnerung an das Liebeserlebnis mit ihr quälte, dachte er schnell an etwas anderes. Er war nicht bereit, seine Gefühle die Oberhand gewinnen zu lassen, und außerdem war er zu selbstbeherrscht, als daß er einer Frau erlaubt hätte, ihm zu nahe zu kommen.

Kurz bevor er einschlief, hörte er, wie sie seinen Namen flüsterte. Er drückte sie ein wenig, um ihr klarzumachen, daß sie schweigen sollte, aber sie wiederholte seinen Namen.

»Ja?« fragte er und gähnte absichtlich laut.

»Weißt du, wie man dieses Sich-Festhalten und Aneinander-Schmiegen nennt?«

Sie würde ihn bestimmt nicht in Ruhe lassen, bis sie ihm dargelegt hatte, woran sie dachte. Er drückte sie noch einmal und gab nach. »Nein, Sara. Wie nennt man es denn?«

»Sich-Ehren.«

Er ächzte, und sie verzog die Lippen zu einem Lächeln.

»Es ist ein guter Anfang, findest du nicht?«

Sein Schnarchen war die einzige Antwort. Sara machte es nichts aus, daß er mitten in ihrer glühenden Eröffnung eingeschlafen war. Sie würde ihm morgen alles noch einmal ganz genau erklären.

Sie dachte sich hundert Möglichkeiten aus, wie sie Nathan klarmachen konnte, was für ein Glück er hatte, weil sie seine Frau war. Sie paßte perfekt zu ihm, obwohl er sich dessen noch nicht bewußt war. Mit Geduld und Verständnis würde sie es schon schaffen, daß er merkte, wie sehr er sie liebte, daran zweifelte sie nicht.

Sie war seine Frau, seine Liebe, und ihre Ehe war in jeder Beziehung erfüllt. Sie waren durch einen heiligen Bund zusammengekommen, und Sara war entschlossen, ihre Ehegelübde einzuhalten.

Sara schlief in Nathans Armen ein. Der nächste Tag war ihr erster Tag als Nathans Frau, und es würde ein himmlischer Tag werden.

6

Es war ein höllischer Tag.

Nathan verließ gerade die Kajüte, als sie aufwachte. Er öffnete die Klappe zum Schornstein, und Sonnenschein und frische Luft fluteten ins Zimmer. Es war sehr viel wärmer als am Tag zuvor. Nachdem Sara sich gewaschen und ein königsblaues Kleid mit weißen Leinenbordüren angezogen hatte, machte sie sich auf die Suche nach ihrem Mann. Sie wollte ihn fragen, wo die frische Bettwäsche aufbewahrt wurde, weil sie die Laken wechseln wollte. Außerdem sehnte sie sich nach einem Kuß.

Sara hatte gerade das Deck erreicht, als sie den Schrei eines Mannes vernahm. Sie eilte weiter, um herauszufinden, was den Tumult verursacht hatte, und stolperte beinahe über einen Mann, der ausgestreckt auf den Planken lag. Der ältere Matrose war offensichtlich gefallen und hatte das Bewußtsein verloren.

Der rosafarbene Sonnenschirm, den Sara am Tag zuvor vergeblich gesucht hatte, klemmte zwischen seinen Füßen. Jimbo kniete sich neben ihn und tätschelte sein Gesicht, um ihn wieder zu sich zu bringen.

In der nächsten Sekunde versammelte sich eine Menschenmenge um den niedergestreckten Mann, und jeder konnte mit einer Methode aufwarten, wie Jimbo ihn wieder auf die Beine bringen könnte.

»Was, zur Hölle, ist passiert?«

Nathans donnernde Stimme ertönte hinter Sara, aber sie drehte sich nicht um, als sie ihm antwortete: »Ich glaube, er ist über irgend etwas gestolpert.«

»Das war nicht irgend etwas, Mylady«, berichtigte ein Matrose und deutete auf die Planken. »Das war Euer Sonnenschirm.«

Sara fühlte sich gezwungen, die Verantwortung auf sich zu nehmen. »Ja, es war mein Sonnenschirm«, bestätigte sie. »Dieser Unfall ist nur durch meine Schuld geschehen. Wird er wieder zu sich kommen, Jimbo? Ich bedaure dieses Unglück wirklich sehr. Ich ...«

Jimbo sah sie mitleidig an. »Ihr solltet Euch nicht allzu viele Sorgen um ihn machen, Lady Sara, und die Männer wissen, daß es ein Unfall war.«

Sara warf einen Blick auf die Seemänner. Die meisten nickten und lächelten. »Ihr braucht Euch nicht zu ängstigen, Mylady. Iwan wird in kürzester Zeit wieder ganz der Alte sein.«

Ein Mann mit einem orangenen Vollbart nickte. »Grämt euch nicht, er ist nur auf den Hinterkopf gefallen.«

»Murray«, rief Jimbo. »Hol einen Eimer Wasser, das bringt ihn zu sich.«

»Ob Iwan wohl in der Lage ist, für unser Abendessen zu sorgen?« fragte ein Mann, den die anderen Chester nannten, und funkelte Sara finster an.

Sie funkelte zurück, weil sie seinen offensichtlichen Egoismus nur mißbilligen konnte. »Ist Euch Euer Magen wichtiger als die Gesundheit Eures Freundes?« fragte sie und ließ ihm keine Zeit für eine Antwort. Sie fiel neben dem Verletzten auf die Knie und rüttelte an seiner Schulter. Der Mann rührte sich nicht, und sein Mund stand weit offen.

»Mein Gott, Jimbo, habe ich ihn umgebracht?« flüsterte sie.

»Natürlich nicht«, beschwichtigte Jimbo. »Ihr könnt doch sehen, daß er noch atmet, Sara. Er wird, wenn er aufwacht, nur einen hübschen Brummschädel haben, das ist alles.«

Nathan zog Sara auf die Füße und zerrte sie von der Menge weg. Sie wollte den Verletzten nicht verlassen. »Ich bin für den Vorfall verantwortlich«, sagte sie und ließ Iwan nicht aus den Augen, aber trotzdem bemerkte sie das Nikken der anderen. Die Hitze schoß ihr in die Wangen. »Es war ein Unfall«, rief sie.

Niemand widersprach ihr, und das tröstete sie ein wenig. »Ich muß mich um Iwan kümmern. Sobald er zu sich kommt, werde ich ihm sagen, wie leid mir das alles tut.«

»Er wird kaum in der Stimmung sein, dir zuzuhören«, gab Nathan zu bedenken.

»Ja«, stimmte Lester zu. »Iwan der Schreckliche gehört nicht zu den Leuten, die so schnell vergeben und vergessen. Er ist ein richtiger Griesgram, stimmt's, Walt?«

Ein schlanker Mann mit dunkelbraunen Augen bekräftigte: »Er ist mehr als das, Lester. Er kann sogar tobsüchtig werden.«

»Ist Iwan der einzige Koch an Bord?« wollte Sara wissen.

Nathan nickte.

»Warum nennt man ihn Iwan den Schrecklichen, ist er wirklich so jähzornig, wie die Männer sagen?«

Nathan gönnte ihr kaum einen Blick, als er sagte: »Sie mögen sein Essen nicht.« Er gab einem seiner Männer ein Zeichen, dem Koch den Eimer Wasser über den Kopf zu schütten. Iwan kam spuckend und prustend zu sich.

Nathan nickte und ging.

Sara konnte nicht fassen, daß er sie ohne ein Wort stehen ließ, und war gekränkt. Sie drehte sich zu Iwan um und wartete, während sie die Hände ineinander verkrampfte, auf die Gelegenheit, ihn um Vergebung zu bitten. Im stillen schwor sie sich, gleich danach Nathan aufzusuchen und ihm eine weitere Lektion im guten Benehmen zu erteilen.

Sobald sich Iwan aufrichtete, kniete sich Sara neben ihn. »Ich flehe Euch an, verzeiht mir, Sir, daß ich dieses Unglück verursacht habe. Ihr seid über meinen Sonnenschirm gestolpert, aber ich bin sicher, wenn Ihr aufgepaßt hättet, wohin Ihr Eure Füße setzt, dann hättet Ihr ihn bemerkt. Trotzdem bitte ich Euch um Vergebung.«

Iwan massierte seinen Schädel und betrachtete eingehend die hübsche Frau, die einen Teil der Schuld daran, daß er sich beinahe den Hals gebrochen hätte, auf ihn abwälzen wollte. Ihre bekümmerte Miene und die Tatsache, daß sie die Frau des Captains war, erstickte jede mögliche scharfe Erwiderung, die ihm unter anderen Umständen eingefallen wäre, im Keim.

»Es war ja nicht so schlimm«, murmelte er statt dessen. »Und Ihr habt es bestimmt nicht mit Absicht getan.«

Sein leichter schottischer Akzent gefiel Sara, sie fand seinen Tonfall sehr melodisch. »Natürlich nicht, Sir. Seid Ihr kräftig genug, aufzustehen? Ich helfe Euch.«

Sein argwöhnischer Gesichtsausdruck machte Sara eindeutig klar, daß er ihre Unterstützung nicht in Anspruch nehmen wollte. Jimbo zerrte den Koch auf die Beine, aber sobald er den Schotten losließ, begann er zu schwanken. Sara kniete noch immer neben ihm und griff in dem Augenblick nach ihrem Sonnenschirm, in dem ein anderer Matrose herbeistürzte, um Iwan zu stützen. Der arme Iwan befand sich plötzlich in einem wilden Kampf mit verschiedenen Kräften. Sein Oberkörper wurde von seinem Freund zur Seite gezogen, während der Sonnenschirm ihm gleichzeitig die Beine wegriß. Iwan mußte seine Niederlage eingestehen, als er mit dem Hinterteil zuerst auf den Planken aufschlug.

»Haut ab, alle miteinander«, brüllte er. Seine Stimme klang ganz und gar nicht mehr melodiös. »Heute abend gibt es keine Suppe, Männer. Ich hab' mir fast den Schädel gespalten und jetzt auch noch den Arsch aufgeschlagen. Verflucht will ich sein, wenn ich nicht auf der Stelle ins Bett gehe.«

»Halt deine Zunge im Zaum, Iwan«, befahl Jimbo.

»Ja«, schrie ein Matrose. »Schließlich ist eine Lady anwesend.«

Jimbo hob Saras Sonnenschirm auf und reichte ihn ihr. Er drehte sich um, um die Szene zu verlassen, aber die nächsten Worte ließen ihn mitten im Schritt innehalten.

»Ich werde die Suppe für die Männer kochen.«

»Nein, das werdet Ihr nicht tun«, widersprach Jimbo mit einer barschen Stimme, die keinen Protest zuließ. »Ihr seid die Frau des Captains, und Ihr werdet auf keinen Fall solche niedrigen Arbeiten verrichten.«

Da sie eine Auseinandersetzung mit Jimbo in Gegenwart der anderen Männer scheute, schwieg sie, bis er gegangen war.

»Ich bereite eine gute Suppe für alle zu«, verkündete Sara noch einmal. »Iwan, würdet Ihr Euch besser fühlen, wenn Ihr Euch für den Rest des Tages ausruhen könntet? Das ist das mindeste, was ich für Euch tun kann, um Euch für den Unfall zu entschädigen.«

Iwans Laune schien sich bei dieser Aussicht ein wenig aufzuhellen. »Habt Ihr überhaupt schon einmal eine Suppe gekocht?« wollte er wissen. Er war sich selbst noch nicht ganz im klaren, ob er lachen oder sie mit einem düsteren Blick bedenken sollte.

Da sie alle so erwartungsvoll anstarrten, beschloß Sara, zu einer Lüge Zuflucht zu nehnmen. Es konnte doch nicht so schwer sein, eine Suppe zustande zu bringen. »Oh, natürlich, schon oft«, prahlte sie. »Ich habe unserem Koch häufig geholfen, ganze Menüs zuzubereiten.«

»Warum beschäftigt sich eine so feine Lady wie Ihr mit solchen Arbeiten?« fragte Chester.

»Ich habe mich oft ... gelangweilt, und ich habe mir damit die Zeit vertrieben«, erwiderte sie.

Die Männer machten den Eindruck, als ob sie ihrer Lüge Glauben schenken würden, und Sara wandte sich zufrieden ab.

»Seid Ihr in der Lage, mich in Eure Küche zu begleiten, Iwan? Ich würde gern sofort anfangen. Eine gute Suppe muß einige Stunden auf dem Herd stehen«, fügte sie hinzu und hoffte, daß sie damit recht hatte.

Iwan protestierte nicht, als sie seinen Arm ergriff. Er rieb sich mit der anderen Hand noch immer den Hinterkopf. »Man nennt eine Küche, die sich auf einem Schiff befindet, Kombüse und nicht Küche«, erklärte er und rief, als sie vorauseilte: »Langsam, nicht so schnell, Mädchen. Ich sehe noch immer alles doppelt.«

Sie passierten einen dunklen Korridor nach dem anderen, bis Sara sich überhaupt nicht mehr auskannte. Iwan hatte natürlich keine Schwierigkeiten, den Weg zu seinem Heiligtum zu finden. Als sie angekommen waren, kramte Iwan zwei Kerzen hervor, steckte sie in dafür vorgesehene Glaszylinder und zündete sie an. Dann ließ er sich auf einem Hocker, der an der Wand stand, nieder.

Der kleine Raum wurde von einem riesigen Ofen, um den man herumgehen konnte, beherrscht. Sara hatte so ein Ungetüm in ihrem ganzen Leben noch nicht gesehen, und das sprach sie auch laut aus.

Iwan schüttelte den Kopf. »Das ist kein Ofen, sondern ein Kombüsenherd. Auf der anderen Seite befindet sich eine Feuerstelle, über der ich Fleisch am Spieß brate. Seht Ihr die vier großen Kupfertöpfe, die von der Decke über dem Feuer hängen? Ich brauche immer alle vier, wenn ich Rindfleischsuppe koche. Hier ist das Fleisch – einige Stükke sind schlecht geworden. Ich habe die Teile, die verdorben sind, schon weggeschnitten, das andere hab' ich ins Wasser gelegt, das gerade angefangen hat zu sieden, als ich zu Chester hinaufgegangen bin, um mit ihm zu reden. Es ist ein bißchen stickig hier drin. Ich brauche frische Luft«, verkündete er abrupt und stand auf.

Iwan deutete auf das verdorbene Fleisch auf dem Tisch, um ihr zu sagen, daß er es, sobald er sich besser fühlte, über Bord schmeißen wollte, aber als sein Schädel plötzlich zu pochen begann, vergaß er alles, was er sagen wollte.

»Es ist nicht mehr viel zu tun«, murmelte er benommen. »Ihr müßt nur noch das Gemüse in die Töpfe geben und das ganze ein wenig würzen. Aber das wißt Ihr natürlich. Möchtet Ihr, daß ich bleibe, bis Ihr Euch in meiner Kombüse besser auskennt?«

»Nein«, sagte Sara. »Ihr solltet zu Matthew gehen und ihm Eure Beule zeigen. Vielleicht hat er eine Medizin, die Eure Schmerzen lindert.«

»Die hat er bestimmt, Mädchen«, brummte Iwan. »Er soll mir einen halben Liter Rum geben, dann weiß ich wenigstens, warum mir der Schädel brummt.«

Sobald der Koch gegangen war, machte sich Sara an die Arbeit. Sie hatte sich vorgenommen, die beste Suppe zu kochen, die die Mannschaft je gegessen hatte. Sie nahm das Fleisch vom Tisch und legte noch ein Stück in jeden Topf, dann streute sie großzügig ein paar Gewürze, die sie in der Kammer nebenan gefunden hatte, in das siedende Wasser. In einer Flasche befanden sich zerstoßene braune Blätter, und Sara rümpfte die Nase, als sie sie öffnete. Das Kraut roch für ihren Geschmack ein wenig beißend, und deshalb gab sie nur eine Prise davon in den Topf.

Sara verbrachte den Rest des Vormittags und einen Teil des Nachmittags in der Kombüse. Sie fand es ein bißchen befremdlich, daß kein Mensch zu ihr kam und nach ihr sah, dabei dachte sie natürlich besonders an Nathan.

»Dieser Mann hat mir heute noch nicht einmal in anständiger Form einen guten Morgen gewünscht«, murmelte sie verdrossen. Sie wischte sich mit dem Handtuch, das sie sich um die Taille geschlungen hatte, die Stirn ab und strich ein paar feuchte Haarsträhnen zurück.

»Wer hat dir keinen guten Morgen gewünscht?«

Sara erkannte sofort Nathans tiefe Stimme.

Sie drehte sich zur Tür, in der er stand, und blitzte ihn verärgert an. »Du.«

»Was hast du hier unten zu suchen?«

»Ich koche. Und was tust du hier?«

»Ich habe dich gesucht.«

Es war heiß in der Kombüse, und Sara war sicher, daß der kleine Schwächeanfall, den sie erlitt, als sie Nathan ansah, nur auf die schlechte Luft zurückzuführen war.

»Hast du schon jemals zuvor eine Suppe gekocht?« wollte er wissen.

Sara stellte sich direkt vor ihren Mann und gestand: »Nein. Ich hatte keine Ahnung, wie man das macht, aber jetzt weiß ich es. Es ist gar nicht so schwierig.«

»Sara ...«

»Deine Mannschaft macht mich für Iwans Sturz verantwortlich, und ich mußte etwas tun, um sie zu beschwichtigen. Ich möchte, daß meine Bediensteten mich mögen.«

»Deine Bediensteten?«

Sie nickte. »Du hast kein Haus und keine Diener, aber du besitzt dieses Schiff. Also sind die Mitglieder deiner Mannschaft gleichzeitig meine Bediensteten, und wenn sie von meiner Suppe gekostet haben, werden sich mich ein wenig mögen.«

»Spielt es für dich überhaupt eine Rolle, ob sie dich mögen oder nicht?« fragte er und trat auf sie zu. Zur Hölle, er sehnte sich nach ihr wie ein Säufer nach einem Schnaps. Warum, verdammt noch mal, mußte sie auch so süß und hübsch aussehen?

Ihr Gesicht war von der Hitze in der Kombüse gerötet, und ihr Haar war feucht. Er hob seine Hand und strich ihr ein vorwitziges Löckchen aus dem Gesicht und war selbst mehr erstaunt über die plötzliche Berührung als sie.

»Nathan, jeder Mensch möchte, daß man ihn gernhat.«

»Ich möchte das nicht.«

Sie warf ihm einen mißbilligenden Blick zu, aber das hielt ihn nicht davon ab, noch einen Schritt auf sie zuzugehen und sich so dicht vor sie zu stellen, daß seine Schenkel ihre Hüfte berührten.

»Sara?«

»Ja?«

»Hast du noch Schmerzen von … letzter Nacht?«

Die Röte in ihrem Gesicht verstärkte sich augenblicklich, und sie konnte ihm nicht in die Augen sehen, als sie antwortete. Statt dessen heftete sie ihren Blick auf sein Schlüsselbein und hauchte: »Es hat letzte Nacht weh getan.«

Er hob ihr Gesicht mit dem Daumen an. »Danach habe ich dich nicht gefragt«, entgegnete er sanft.

»Was möchtest du denn wissen?«

Sie wirkte ein wenig erschöpft, und Nathan war sicher, daß ihr frische Luft guttun würde. Auf keinen Fall wollte er riskieren, daß sie in Ohnmacht fiel. »Ich möchte wissen, ob du jetzt Schmerzen hast.«

»Nein, mir geht es gut.«

Sie sahen sich eine lange Weile in die Augen, und Sara vermutete, daß er sie küssen wollte, aber ganz sicher war sie nicht.

»Nathan, du hast mir nicht einmal in anständiger Form einen guten Morgen gewünscht.«

Sie legte die Hand auf seine Brust, schloß die Augen und wartete.

»Was, zum Teufel, soll das heißen – in anständiger Form?« Er wußte genau, was sie von ihm erwartete, aber er wollte wissen, was sie als nächstes tun würde.

Sara öffnete die Lider und funkelte ihn an. »Ich denke, daß du mich küssen müßtest.«

»Warum?« fragte er, um sie noch ein wenig mehr zu reizen.

»Tu es einfach«, forderte sie erbost.

Bevor er noch eine so unangenehme Frage stellen konnte, nahm sie sein Gesicht zwischen ihre Hände und zog seinen Kopf zu sich. »Oh, gib dir keine Mühe«, flüsterte sie. »Ich tue es selbst.«

Er leistete keinerlei Widerstand, aber er übernahm auch nicht die Führung. Sara hauchte einen scheuen Kuß auf seine Lippen und neigte sich gleich wieder zurück. »Es wäre vermutlich schöner, wenn du meinen Kuß erwidern würdest.«

Ihre Stimme war leise und klang so weich, wie sich ihr Körper, der sich an seinen schmiegte, anfühlte. Kein Mann konnte einer solchen Versuchung widerstehen, auch Nathan nicht. Er beugte sich vor, und seine Lippen glitten sachte über ihren Mund. Sie schmolz in seinen Armen, und wieder einmal war Nathan von ihrer Hingabe überwältigt. Seine Zunge spielte mit der ihren, und er konnte ein zufriedenes Brummen nicht unterdrücken.

Als er sich zurückziehen wollte, sank sie gegen ihn, und er schlang die Arme um ihre Taille und hielt sie fest. Sie schmeckte wie Rosenwasser und Zimt.

»Wer hat dir beigebracht, so zu küssen?« fragte er mit rauher Stimme. Diese Frage war töricht, das wußte er selbst – schließlich war sie gestern noch vollkommen unberührt gewesen –, aber irgend etwas zwang ihn, sich danach zu erkundigen.

»Du hast es mir beigebracht«, hauchte sie matt.

»Hast du vor mir noch nie jemanden geküßt?«

Sie schüttelte den Kopf. »Wenn du es nicht magst, wie ich ...«, stammelte sie unglücklich.

»Ich mag es.«

Das brachte sie zum Schweigen.

Plötzlich entfernte er sich von ihr, ging zu den Kerzen und blies die Flämmchen aus. Dann nahm er Saras Hand und führte sie auf den Flur.

»Nathan, ich kann die Kombüse nicht verlassen«, protestierte sie.

»Du solltest dich ein bißchen ausruhen.«

»Wie bitte? Ich lege mich nie tagsüber hin.«

»Heute wirst du es tun.«

»Aber was wird aus meiner guten Suppe?«

»Zum Teufel mit der verdammten Suppe. Sara, ich möchte nicht, daß du noch einmal kochst.«

Sie blitzte seinen breiten Rücken wütend an. Großer Gott, dieser Mann war ein Tyrann. »Ich habe dir schon erklärt, warum ich diese Pflicht übernommen habe«, fauchte sie.

»Glaubst du wirklich, daß du die Achtung der Seeleute mit dieser Brühe gewinnen kannst?«

Wenn er nicht so schnell laufen würde, dachte sie, könnte ich ihm in den Hintern treten. »Das ist keine Brühe«, rief sie statt dessen.

Er hatte keine Lust, mit ihr zu streiten und zerrte sie wortlos den weiten Weg bis zu ihrer Kajüte hinter sich her. Sara war überrascht, als er ihr in den Raum folgte und die Tür von innen verriegelte.

»Dreh dich um, Sara.«

Sie gab ihm durch einen zornigen Blick zu verstehen, was sie von seiner herrischen Art hielt, tat aber dennoch, was er verlangte. Es gelang ihm, die Knöpfe ihres Kleides wesentlich schneller zu öffnen als das letzte Mal. »Ich habe dir schon einmal gesagt, daß ich mich tagsüber nie hinlege«, erinnerte sie ihn.

Nathan ließ sich dadurch nicht stören und setzte sein Werk fort, bis das Kleid auf ihre Füße fiel. Sie hatte immer noch nicht begriffen, daß er auf etwas ganz anderes aus war als darauf, daß sie sich ausruhte. Er zog sie bis zum Hemd aus, aber als er ihr den dünnen Stoff von den Schultern streifen wollte, stieß sie seine Hand beiseite.

Nathan betrachtete sie eine volle Minute. Ihre Figur war einfach perfekt, sie hatte feste Brüste, eine schmale Taille und wundervoll lange, wohlgeformte Beine.

Sein durchdringender Blick bereitete ihr großes Unbehagen, und Sara zog die Träger ihres Hemdes zurecht, um wenigstens ihre Brüste ein bißchen mehr zu bedecken – ihre Bemühungen waren nur wenig erfolgreich.

Ihre Verlegenheit löste sich sofort in Luft auf, als sie beobachtete, wie Nathan sein Hemd aufknöpfte. Sie verfolgte seine Bewegungen mit großem Interesse und fragte: »Willst du dich auch ausruhen?«

»Ich schlafe nie tagsüber.«

Er schleuderte sein Hemd zur Seite, lehnte sich an die Tür und zog seine Stiefel aus. Sara wich ein Stück zurück.

»Warum ziehst du dich um?«

Er lächelte schief. »Ich ziehe mich nicht um.«

»Aber du möchtest doch nicht ...«

Er sah sie nicht an, als er brummte: »Doch ich möchte.«

»Nein.«

Er ging auf sie zu und legte die Hände auf ihre Hüften. »Nein?«

Sara schüttelte den Kopf.

»Warum, zum Teufel?«

»Es ist hellichter Tag«, sprudelte sie entsetzt hervor.

»Verdammt, Sara, du hast doch nicht immer noch Angst davor, oder? Gütiger Gott, ich glaube nicht, daß ich diese Qual noch einmal durchstehen kann.«

Sie war außer sich. »Qual? Für dich ist es eine *Qual*, wenn du mich liebst?«

Er konnte nicht dulden, daß sie seine Frage unbeantwortet ließ. »Hast du Angst?« wiederholte er.

Er sah aus, als ob er ihre Antwort fürchten würde, und Sara erkannte blitzschnell, daß es eine Möglichkeit für sie gab, ungeschoren davonzukommen, aber sie verwarf die Idee ebenso schnell, wie sie ihr gekommen war. Sie wollte ihn nicht anlügen.

»Ich habe mich letzte Nacht nicht gefürchtet«, erklärte sie seelenruhig und verschränkte die Arme vor der Brust. »*Du* hast dich gefürchtet.«

Er seufzte abgrundtief – auf diese Bemerkung hatte er keine Erwiderung parat. »Du hast gesagt, daß du keine Schmerzen mehr hast«, erinnerte er sie und drängte sie in Richtung Bett.

»Ich bin nicht mehr wund ... an dieser Stelle«, flüsterte sie. »Aber wir beide wissen, daß ich es wieder sein werde, wenn du ... diese Sache machst.«

Er lächelte sie amüsiert an. »Wäre das denn so unerträglich?«

Ein dicker heißer Kloß bildete sich in ihrem Magen. Dieser Mann mußte nichts anderes tun als sie in seiner speziellen Weise ansehen, und schon verlor sie die Fassung.

»Wirst du ... möchtest du dich wieder ... bewegen?«

Er verkniff sich das Lachen. Sie sah so bekümmert aus, und er wollte nicht den Eindruck erwecken, daß er sich über ihre Gefühle lustig machte, aber andererseits wollte er auch nicht lügen. »Ja«, bekannte er langsam. »Ich möchte mich wieder bewegen.«

»Also gut, dann werden wir nichts weiter tun, als uns ausruhen und ein wenig schlafen.«

Diese Frau hatte wirklich noch eine Menge zu lernen, dachte Nathan, und er nahm sich vor, ihr später zu erklären, daß sie die Pflicht hatte, ihm zu Willen zu sein und seinen Forderungen nachzukommen. Er legte den Arm um ihre Schulter und führte sie zu der Falltür, die sie als Schornsteinklappe bezeichnet hatte. Er ließ sie nicht los, als er die Luke schloß und in der Kajüte augenblicklich Dunkelheit herrschte.

Nathan hielt inne, um sie zu küssen – dieser wilde lange Kuß überzeugte Sara davon, daß ihr Mann um keinen Deut nachgeben und zielsicher sein Vorhaben zu Ende bringen würde.

Als er sich umdrehte, um die Kerzen anzuzünden, hielt sie seine Hand fest.

»Bitte nicht«, flüsterte sie.

»Aber ich möchte dich sehen, wenn du ...«

Er brach ab, als er fühlte, wie ihre Hand unter seinen Hosenbund glitt. Ihre Hände zitterten heftig, aber es gelang ihr, seine Hose aufzuknöpfen. Ihre Fingerspitzen strichen über seinen harten Bauch, und sein rauher Atem sagte ihr, daß er die Berührung genoß. Das machte ihr Mut. Sie schmiegte ihre Wange an seine Brust und schob seine Hose langsam weiter nach unten. „Wobei möchtest du mich sehen, Nathan?« flüsterte sie.

Er hatte alle Mühe, sich auf das, was sie sagte, zu konzentrieren. Ihre Finger wanderten langsam bis zu seiner Leiste. Nathan schloß die Augen in süßem Entzücken.

»Wenn du den Höhepunkt erreichst«, murmelte er heiser. »Guter Gott, Sara, berühre mich!«

Sein Körper war angespannt und hart, und Sara lächelte. Sie hatte ja keine Ahnung gehabt, daß ihn eine bloße Berührung so erregen konnte. Sie zog seine Breeches noch ein wenig weiter herunter. »Ich berühre dich ja, Nathan«, hauchte sie.

Er konnte die süße Folter nicht länger ertragen. Er ergriff ihre Hand und legte sie dorthin, wo er ihre Zärtlichkeit am meisten brauchte.

Sie wollte ihn streicheln, aber er ließ das nicht zu und stammelte atemlos: »Nicht ... halt ihn nur fest ... drück ein bißchen ... O Gott, Sara, hör auf.«

Er hörte sich an, als ob er schreckliche Schmerzen erleiden würde, und Sara zog ihre Hand weg. »Tue ich dir weh?« wisperte sie.

Er küßte sie, und Sara schlang die Arme um seinen Nakken und preßte sich fest an ihn. Als seine Lippen zu ihrem Hals wanderten und feuchte kleine Küsse auf ihre Ohrläppchen hauchten, versuchte sie erneut seine harte Männlichkeit zu liebkosen.

Er hielt ihre Hand auf und legte sie auf seine Taille. Er stöhnte. »Es ist zu früh. Ich verliere sonst sofort die Beherrschung«, raunte er. »Es ist für mich unerträglich.«

Sie drückte einen Kuß auf seinen Hals. »Ich werde dich nie mehr dort berühren, Nathan, wenn du mir versprichst, dich nicht mehr zu bewegen, wenn du mich liebst.«

Er lachte. »Du wirst dir wünschen, daß ich mich bewege.«

Er drehte Sara herum und drückte seine Brust an ihren Rücken. »Soll ich dir etwas verraten, Sara?«

»Was?«

»Ich habe beschlossen, dich dazu zu bringen, daß du sogar darum bittest.«

Er hielt sein Wort. Als sie das Bett erreicht hatten und er zwischen ihren Schenkeln kniete, flehte Sara ihn an, die süße Qual zu beenden.

Das Feuer der Leidenschaft verzehrte sie, und als Nathan in sie drang, spürte sie nicht den Hauch eines Schmerzes.

Sie war so eng, so heiß, und es machte ihn grenzenlos

glücklich, sie langsam zu erobern. Er war sehr bemüht, behutsam vorzugehen, da er wußte, wie empfindlich sie war, und er rührte sich nicht, bis sie sich krümmte und ihm gleich darauf ihre Hüften entgegenhob.

Sie fand ihre Erfüllung vor ihm, und als er spürte, wie sie in höchster Ekstase zuckte, konnte er sich nicht mehr zurückhalten. Er hatte die ganze Zeit kein einziges Wort gesprochen – sie hatte nicht aufgehört, vor sich hinzuplappern – sinnlose zärtliche Worte.

Als er schließlich über ihr zusammensank und nach einiger Zeit wieder klarer denken konnte, registierte er, daß sie weinte.

»Lieber Gott, Sara, habe ich dir weh getan?«

»Nur ein bißchen«, gestand sie scheu.

Er sah ihr in die Augen. »Warum weinst du?«

»Ich weiß es selbst nicht«, schluchzte sie, »es war so ... überwältigend, ich habe ...«

Er unterbrach ihre Erklärung mit einem Kuß, und als er ihr das nächste Mal in die Augen sah, lächelte er, weil sie wieder diesen versonnenen Gesichtsausdruck hatte.

Diese Frau berührte sein Herz – die plötzliche Erkenntnis war bestürzend. Der Pfiff des Bootsmann, der den Wachwechsel ankündigte, klang in seinen Ohren wie eine eindringliche Warnung. Es war gefährlich, sich zu sehr von einer Frau umgarnen zu lassen, und es war ebenso idiotisch wie unverantwortlich. Ihm war bewußt, daß er um so verwundbarer wurde, je mehr er sich um seine Frau sorgte, und wenn er eines aus seinen früheren Eskapaden gelernt hatte, dann war es die Notwendigkeit, sich vor zu starken Gefühlen zu schützen.

Die Liebe zu ihr konnte ihn zerstören.

»Nathan, warum siehst du mich so böse an?«

Er gab keine Antwort, stand statt dessen auf, zog sich an

und verließ die Kajüte. Er schloß die Tür leise hinter sich.

Sara war so konsterniert über sein Benehmen, daß sie lange Zeit nicht in der Lage war, irgendwelche Maßnahmen zu ergreifen. Ihr Mann war regelrecht aus der Kajüte geflohen, und es hatte fast so ausgesehen, als wäre eine Horde von Dämonen hinter ihm her gewesen.

Hatte ihm das Liebeserlebnis so wenig bedeutet, daß er es gar nicht erwarten konnte, von ihr wegzukommen? Sara vergoß bittere Tränen. Wie sehr sehnte sie sich danach, ein gutes Wort von ihm zu hören – aber er behandelte sie, als ob sie nur dazu da wäre, seine Leidenschaft zu stillen. Bestimmt hatte er sie im nächsten Augenblick schon vergessen, und Sara vermutete, daß eine Dirne besser behandelt wurde als sie. Die bekam wenigstens ein paar Shillinge, wenn sie ihre Gunst verteilte.

Sara hatte nicht mal einen unfreundlichen Abschiedsgruß erhalten.

Als ihre Tränen versiegt waren, ließ Sara ihre Wut und Enttäuschung am Bett aus. Sie ballte die Hände zu Fäusten und trommelte auf Nathans Kopfkissen ein. Die Vorstellung, sie könnte ihren Mann ebenso traktieren, bereitete ihr eine seltsame Genugtuung. Schon im nächsten Augenblick brach sie wieder in Tränen aus und preßte das Kissen an ihren Busen. Nathans wundervoller Duft haftete noch an dem Kissen.

Es dauerte nicht lange, bis sie sich selbst Vorwürfe machte, weil sie sich so gehenließ. Sie schleuderte das Kissen von sich und machte sich daran, die Kajüte in Ordnung zu bringen.

Sie verbrachte den Rest des Nachmittags in der Kajüte, und als sie alles aufgeräumt und ihr königsblaues Kleid wieder angezogen hatte, setzte sie sich in einen Sessel und nahm ihren Zeichenblock zur Hand. Sie fertigte eine Skizze von dem Schiff an und hoffte, sich so von den quälenden Gedanken an Nathan befreien zu können.

Matthew unterbrach ihr verzweifeltes Bemühen, sich abzulenken, als er an die Tür klopfte und sie fragte, ob sie ihr Dinner mit der ersten oder mit der zweiten Wache einnehmen wollte. Sie antwortete, daß sie vorhatte, mit ihrer Tante zu essen.

Sara war neugierig, was die Männer zu ihrer Suppe sagten, die so gut gerochen hatte, nachdem sie die verschiedenen Gewürze hineingerührt hatte, und die bestimmt ziemlich kräftig geworden war, nachdem sie so lange gekocht hatte.

Es war nur noch eine Frage der Zeit, bis die Männer zu ihr kamen, um ihr ihren Dank auszusprechen. Sie bürstete ihr Haar und zog sich um, damit sie ihnen einen herzlichen Empfang bereiten konnte.

Die Mannschaft würde sie bald in ihr Herz schließen, und daß sie für sie gekocht hatte, machte ohne Zweifel Eindruck auf die Männer. Noch bevor die Nacht hereinbrach, waren sicherlich alle überzeugt, daß sie ihre Wertschätzung verdiente.

7

Als die Nacht hereinbrach, hegte die Mannschaft den Verdacht, daß Sara einen Mordanschlag auf sie verüben wollte.

Die Wache wechselte um sechs Uhr, und nur ein paar Minuten später stürmte der Teil der Crew, der seinen Dienst beendet hatte, in die Kombüse, um sich das Abendessen zu holen. Die Männer hatten tagsüber schwer gearbeitet und die Decks geschrubbt, die Kajüten geputzt, die Segel geflickt und die Kanonen gereinigt. Sie waren alle müde und hatten so entsetzlichen Hunger, daß die meisten gleich zwei Schüsseln von der würzig riechenden Suppe vertilgten.

Unglücklicherweise wurde ihnen erst schlecht, nachdem auch die zweite Wache ihren Anteil an dem Gebräu zu sich genommen hatte.

Sara hatte keine Ahnung davon, daß die Männer krank waren, und allmählich wurde sie ungeduldig, weil sich kein Mensch bei ihr blicken ließ, um ihr für die wunderbare Verköstigung zu danken.

Als ein hartes Klopfen an ihrer Tür ertönte, sprang sie freudig auf, um den Besucher einzulassen. Jimbo stand vor der Tür, und sein finsterer Blick ließ ihr das Lächeln auf den Lippen gefrieren.

»Guten Abend, Jimbo«, begann sie vorsichtig. »Ist etwas vorgefallen? Ihr seht nicht besonders glücklich aus.«

»Habt Ihr schon von der Suppe gegessen, Lady Sara?« fragte er knapp.

Offensichtlich war er beunruhigt, und Sara dachte fieberhaft nach, was wohl geschehen sein konnte, bevor sie antwortete: »Ich wollte mein Dinner zusammen mit Nora einnehmen ... Jimbo, was hat dieses entsetzliche Geräusch zu bedeuten?«

Sie spähte auf den Korridor, aber sie konnte nicht ausmachen, woher der Lärm kam.

»Das sind die Männer.«

»Die Männer?«

Plötzlich stand Nathan an Jimbos Seite. Sara stockte der Atem, als sie sein wutverzerrtes Gesicht sah, und wich ein paar Schritte zurück.

»Was ist passiert, Nathan?« fragte sie in panischer Angst. »Ist etwas mit Nora? Geht es ihr gut?«

»Nora ist wohlauf«, warf Jimbo ein.

Nathan machte Jimbo ein Zeichen, daß er verschwinden sollte und ging mit langen Schritten in die Kajüte. Sara versuchte eine so große Distanz wie möglich zu ihm zu halten, als sie bemerkte, daß er die Kiefer eisern zusammenpreßte. Das war ein schlechtes Zeichen.

»Nathan, hat dich irgend etwas aufgeregt?« flüsterte sie schwach. Er nickte.

Sie war fest entschlossen, mehr aus ihm herauszukriegen. »Bist du mit mir böse?«

Er nickte wieder und versetzte der Tür einen Tritt, um sie zu schließen.

»Warum?« bohrte sie weiter und versuchte verzweifelt, ihre Angst nicht zu zeigen.

»Die Suppe.« Nathans Stimme klang tief und beherrscht und zornig.

Seine Antwort brachte sie mehr durcheinander, als daß sie ihr Angst einjagte. »Hat sie den Männern nicht geschmeckt?«

»Du hast das nicht absichtlich getan?«

Da sie sich nicht vorstellen konnte, worauf diese seltsame Frage abzielte, schwieg sie. Nathan betrachtete ihre verwirrte Miene, schloß die Augen und zählte bis zehn, bevor er hinzufügte: »Du hast also nicht vorsätzlich versucht, meine Männer umzubringen?«

Sie schnappte nach Luft. »Natürlich habe ich nicht versucht, sie umzubringen. Wie kommst du überhaupt auf diesen abscheulichen Gedanken? Die Männer gehören doch jetzt zu meinen Bediensteten, und ich würde nie etwas tun, was ihnen Schaden zufügen könnte. Wenn ihnen meine Suppe nicht geschmeckt hat, dann tut es mir leid. Ich hatte ja keine Ahnung, daß sie so heikel mit dem Essen sind.«

»Heikel mit dem Essen?« brüllte er. »Zwanzig von meinen Männern hängen über der Reling und vergiften die Fische mit der verdammten Suppe, die du ihnen gekocht hast. Weitere zehn krümmen sich vor Schmerzen in ihren Hängematten. Noch sind sie nicht tot, aber zur Hölle, sie wünschen sich, daß ihr letztes Stündchen möglichst rasch kommt.«

Sara war fassungslos. »Ich verstehe kein Wort«, rief sie. »Willst du mir damit sagen, daß die Suppe verdorben war? Die Männer sind meintwegen krank geworden? O Gott, ich muß sofort zu ihnen und ihnen helfen.«

Er packte sie an den Schultern, als sie an ihm vorbeilaufen wollte, und hielt sie fest.

»Du willst ihnen helfen? Sara, sie brennen darauf, dich über Bord zu werfen.«

»Das würden sie nie tun. Ich bin ihre Herrin.«

Am liebsten hätte er geschrien, aber als er merkte, daß sie es schon tat, atmete er tief durch und murmelte: »Sie täten nichts lieber, als dich zu ertränken, zum Teufel.« Nathan zerrte sie zum Bett und stieß sie auf die Decke.

»Und jetzt, meine Liebe, wirst du mir haarklein erzählen, wie du die verdammte Suppe zubereitet und was du alles hineingeschüttet hast.«

Sie brach in Tränen aus, und Nathan erfuhr erst zwanzig Minuten später, was die höllische Magenverstimmung ausgelöst hatte. Sara konnte ihm keine Informationen geben, die Hand und Fuß gehabt hätten, und da er mit ihren unzusammenhängenden Erklärungen, die immer wieder von heftigem Schluchzen unterbrochen wurden, so gut wie nichts anfangen konnte, wandte er sich an Iwan. Iwan erinnerte sich an das verdorbene Fleisch, das er auf den Tisch gelegt hatte, und seltsamerweise erinnerte er sich auch daran, Sara nichts davon gesagt zu haben, daß es schlecht gewesen war.

Nathan sperrte Sara in der Kajüte ein, um zu verhindern, daß sie noch mehr Unheil anrichtete. Sie raste vor Zorn, weil er ihr nicht erlaubte, zu den Männern zu gehen und ihren Fehler wiedergutzumachen.

In dieser Nacht kam er nicht in ihr Bett, da er und die anderen gesunden Männer die nächsten Wachen übernehmen mußten. Das freilich wußte Sara nicht – sie war der festen Überzeugung, daß er so wütend war, daß er nicht neben ihr schlafen wollte. Sie bezweifelte ernsthaft, ob sie je wieder den Mut aufbringen konnte, der Mannschaft unter die Augen zu treten. Wie, um alles in der Welt, konnte sie ihnen klarmachen, daß sie nicht absichtlich versucht hatte, sie zu vergiften? Sie mußte nicht lange nachdenken, bis sich ihr Kummer in Ärger verwandelte. Wie konnten sie nur annehmen, daß ihre Herrin so verbrecherische Anschläge verübte? Hielten sie sie tatsächlich für so schändlich, daß sie glaubten, sie wollte ihnen Schmerzen zufügen? Sara nahm sich vor, eines Tages, wenn sie das Vertrauen der Männer zurückgewonnen hatte, ein ernstes Wörtchen über ihre Neigung, voreilige Urteile zu fällen, zu sprechen.

Auch Nathan schien sich Zeit zu lassen, ihr ihren Irrtum zu vergeben. Er kam erst am Morgen in die Kajüte, schmiß sich wortlos aufs Bett und schlief den ganzen Vormittag durch. Sara konnte es nicht lange ertragen, in einem Raum gefangen zu sein, und Nathans Schnarchen ging ihr entsetzlich auf die Nerven. Um halb eins schlüpfte sie durch die Tür und ging an Deck. Heute hatte sie einen blauen Sonnenschirm bei sich – sie öffnete ihn und machte sich für einen kleinen Spaziergang bereit.

Es war die erniedrigendste Erfahrung, die sie im Leben gemacht hatte. Jeder Matrose, dem sie begegnete, drehte ihr augenblicklich den Rücken zu. Trotzdem erkannte sie, daß viele eine unnatürlich graue Gesichtsfarbe hatten und ihr finstere Blicke zuwarfen. Die Tränen schossen ihr in die Augen, als sie die Treppe zum Oberdeck erreicht hatte. Sie achtete kaum darauf, wohin sie ging; sie wollte nur so schnell wie möglich die düsteren Mienen hinter sich lassen.

Das Oberdeck war voll von Masten und Tauen, und es gab kaum Platz, spazierenzugehen. Sara kauerte sich neben das kleinste Segel in eine Ecke und legte den geöffneten Sonnenschirm zwischen zwei dicken Tauen ab.

Sie war sich nicht bewußt, wie lange sie dort saß und über einen Plan nachdachte, wie sie die Mitglieder der Mannschaft wieder für sich gewinnen konnte. Ihre Arme und ihr Gesicht nahmen rasch eine leicht rötliche Färbung an. Da es sich für eine Dame nicht schickte, einen sonnengebräunten Teint zu haben, beschloß Sara, wieder nach unten zu gehen und ihrer Tante einen Besuch abzustatten.

Sie freute sich darauf, mit jemandem reden zu können, der sie gernhatte. Nora würde sie nicht für ihren Irrtum tadeln, und ein freundliches Gespräch war genau das, was Sara jetzt brauchte.

Sie stand auf und griff nach ihrem Sonnenschirm, nur um im nächsten Moment festzustellen, daß sich die dünnen Speichen in den Seilen verfangen hatten.

Sara brauchte gut fünf Minuten, um die Knoten in den Seilen und Tauen zu lösen und ihren Sonnenschirm teilweise freizubekommen. Der Wind frischte auf, und das erschwerte das Unterfangen erheblich. Das Flattern der Segel war laut genug, um Saras ärgerliches Gemurmel zu übertönen. Sie gab ihre Bemühungen auf, als der dünne Stoff des Sonnenschirms zerriß. Sie wollte Matthew oder Jimbo bitten, ihr zu helfen.

Sara ließ ihren Schirm liegen und machte sich auf den Weg. Der Ruck war so heftig, daß sie an die Reling geschleudert wurde. Chester fing sie gerade noch in letzter

Sekunde auf. Sie drehten sich um, weil sie die Quelle des Lärms erkunden wollten – gerade rechtzeitig, um zu beobachten, wie einer der Masten auf einen größeren prallte.

Chester rannte los und rief laut um Hilfe, als er die Treppe erreicht hatte. Im Nu herrschte ein totales Chaos, und Sara entschied sich, den umherlaufenden Männern lieber aus dem Weg zu gehen. Sie wartete, bis die Männer an ihr vorbeigerannt waren, und ging zu Noras Kajüte. Matthew verließ gerade den Raum, als Sara ankam.

»Guten Tag, Matthew«, grüßte sie freundlich und machte einen Knicks. »Ich bleibe nur ein paar Minuten, um zu fragen, wie es meiner Tante heute geht. Ich verspreche, daß ich sie nicht ermüde.«

Matthew grinste. »Ich glaube Euch, aber trotzdem komme ich in einer halben Stunde wieder, um nach Nora zu sehen.«

In diesem Augenblick schwankte das Schiff wieder heftig von einer Seite zur andern. Sara klammerte sich an den Türknauf, um nicht von den Beinen gerissen zu werden. »Gütiger Himmel, der Wind ist heute ziemlich stark, nicht wahr?«

Matthew war schon längst auf der Treppe und schrie: »Das war nicht der Wind.«

Sara schloß in dem Moment die Tür von Noras Kajüte hinter sich, in dem Nathan auf den Korridor stürmte.

Nora saß wieder aufrecht, gestützt von mehreren Kissen, im Bett, und Sara fand, daß sie erholt aussah.

»Deine Wangen haben wieder Farbe, Nora, und deine blauen Flecken verblassen allmählich. Es wird nicht sehr lange dauern, bis du mit mir an Deck herumwandern kannst.«

»Ja, ich fühle mich besser«, erwiderte Nora. »Und wie geht es dir?«

»Oh, ganz gut«, behauptete sie und setzte sich auf die Bettkante, bevor sie die Hand ihrer Tante ergriff.

Nora runzelte die Stirn. »Ich habe von deinen Kochkünsten gehört, Kind, und ich bin sicher, daß es dir nicht gutgeht.«

»Ich habe nichts von der Suppe gegessen«, brach es aus Sara hervor. »Aber ich fühle mich schrecklich, weil all die Männer so furchtbar krank geworden sind. Das wollte ich wirklich nicht.«

»Das weiß ich doch, Kind«, beschwichtigte Nora. »Und ich habe auch mit Matthew darüber gesprochen. Ich habe ihm klargemacht, daß du nicht einmal im Traum an so etwas Böses denken würdest und ganz sicher nicht mit Absicht etwas Ungenießbares in die Suppe getan hast.«

Sara seufzte. »Ist es nicht scheußlich, daß mir meine Bediensteten so etwas zutrauen?«

»Was ist mit Nathan?« fragte Nora. »Hat er dir Vorwürfe gemacht?«

Sara zuckte mit den Schultern. »Er war natürlich ein wenig böse, aber ich glaube nicht, daß er mir zutraut, daß ich seine Männer vergiften wollte. Er hat nichts von der Suppe gegessen – vielleicht bringt er auch nur deshalb mehr Verständnis auf. Auf jeden Fall ist mir das gleichgültig – ich habe mir vorgenommen, mich nicht mehr darum zu kümmern, was er denkt. Ich bin wirklich böse mit ihm, und zwar sehr«, fügte sie hinzu, als sie sah, daß ihre Tante lächelte. »Er behandelt mich ganz und gar nicht gut.«

Nora hatte keine Gelegenheit, etwas auf diese dramatische Eröffnung zu entgegnen, da Sara ausrief: »Oh, das hätte ich nie sagen dürfen. Nathan ist mein Mann, und ich sollte immer zu ihm halten. Ich schäme mich ...«

»Hat er dir etwas angetan?« unterbrach Nora den Redeschwall.

»Nein, natürlich nicht. Es ist nur diese Sache ...«

Eine lange Zeit verstrich, in der Nora nur vermuten konnte, was ihre Nichte ihr zu erklären versuchte.

Als Sara heftig errötete, argwöhnte Nora, daß sie Probleme mit der intimen Seite der Ehe hatte. »War er nicht zärtlich?«

Sara senkte den Blick. »Er war sehr zärtlich.«

»Aber?«

»Danach war er so abweisend ... nach dem zweiten Mal ist er sogar gleich aufgestanden und weggegangen. Er hat kein einziges liebes Wort für mich gehabt – er hat überhaupt nichts gesagt. Einer Dirne hätte er sicher mehr Aufmerksamkeit entgegengebracht.«

Nora war viel zu erleichtert über die Tatsache, daß Nathan behutsam vorgegangen war, um seiner Gedankenlosigkeit allzu viel Bedeutung beizumessen. »Hast du denn liebe Worte zu ihm gesagt?« fragte sie.

»Nein.«

»Mir scheint, daß Nathan gar nicht weiß, was du dir wünschst und wie sehr du ein Lob brauchst.«

»Ich brauche kein Lob«, erwiderte Sara verägert. »Ich hätte nur gern ein wenig mehr ... O Himmel, das ist ja gar nicht wahr! Ich wünsche mir sein Lob. Ich kann mir selbst nicht erklären, warum ... Nora? Spürst du auch, daß das Boot auf eine Seite driftet? Ich frage mich wirklich, warum Nathan das nicht in Ordnung bringt.«

Nora brauchte einen Augenblick, um Saras Gedankensprung nachzuvollziehen, dann meinte sie: »Ja, ich glaube, es neigt sich ein wenig zur Seite, aber hast du nicht gesagt, daß der Wind heute ziemlich rauh ist?«

»Das Schiff scheint gar nicht mehr weiterzufahren. Ich hoffe nur, daß wir nicht untergehen – ich habe nie schwimmen gelernt. Aber das ist gar nicht so wichtig – Nathan würde mich nie ertrinken lassen.«

Nora lächelte. »Davon bist zu überzeugt, nicht wahr?«

Sara war erstaunt über diese Behauptung. »Natürlich, ich bin doch seine Frau, und er hat versprochen, mich zu beschützen.«

»Und darauf vertraust du felsenfest?«

»Selbstverständlich.«

Das Schiff stand tatsächlich still, und die Wellen klatschten an den Bug. Sara bemerkte, daß Nora sehr erschrocken war, als sie ihre Hand ergriff. Sara streichelte sie und sagte: »Nathan ist der Captain auf diesem Schiff, Nora, und er würde nie zulassen, daß wir ins Meer fallen. Er weiß, was er unternehmen muß. Mach dir keine Sorgen, Nora.«

Plötzlich zerriß ein donnerndes Brüllen die Luft – jemand schrie nach Sara. Sara verzog das Gesicht. »Siehst du, was ich meine, Nora? Wenn Nathan meinen Namen ausspricht, dann schreit er. Ich frage mich wirklich, was ihn jetzt wieder auf die Palme gebracht hat. Dieser Mann scheint zum Jähzorn zu neigen. Ob ich wohl je mit ihm zurechtkomme?«

»Sieh nach, was er will«, schlug Nora vor. »Laß dich durch seine laute Stimme nicht einschüchtern. Ich habe dir schon einmal gesagt, daß er einen guten Kern hat.«

»Ich weiß«, seufzte Sara. Sie stand auf und glättete ihr Kleid.

»Schau hinter die grimmige Fassade, und du findest einen guten Mann.«

»Ich werd's versuchen, Nora.«

Sie drückte Nora einen Kuß auf die Wange, lief auf den Flur und prallte frontal gegen Jimbo. Der große Mann reagierte schnell und hielt sie fest, um sie vor einem Sturz zu bewahren. »Kommt mit mir«, befahl er.

Er bugsierte sie zu den Stufen, die in den Frachtraum führten, aber sie wehrte sich. »Nathan hat nach mir gerufen, Jimbo. Ich muß zu ihm gehen – ist er an Deck?«

»Ich weiß zwar, wo er ist«, brummte Jimbo. »Aber er braucht ein paar Minuten, um sich zu beruhigen, Sara. Ihr könnt Euch solange hier unten verstecken ...«

»Ich verstecke mich nicht vor meinem Mann«, fiel Sara ihm ins Wort.

»Verdammt richtig, das wirst du nicht tun!«

Sara machte einen Satz, als Nathans donnernde Stimme direkt hinter ihr ertönte. Sie drehte sich um und tat ihr Bestes, um ein Lächeln auf ihr Gesicht zu zwingen. Immerhin stand einer ihrer Bediensteten neben ihr, und das Personal sollte nie etwas von den Familienstreitigkeiten mitbekommen. Die zornige Miene ihres Mannes löschte jedoch alle Überlegungen in dieser Richtung aus. Sie achtete nicht mehr auf Jimbo, der sie beobachtete, und funkelte Nathan wütend an. »Um Himmels willen, Nathan, mußt du dich so an mich anschleichen und mich zu Tode erschrecken?«

»Sara«, flüsterte Jimbo. »Ich würde ...«

Sie ignorierte den Seemann. »Und da ich dein schlechtes Benehmen schon einmal zur Sprache gebracht habe, möchte ich dir auch noch sagen, daß mich dein Gebrüll krank macht. Wenn du mit mir reden möchtest, dann kannst du es ebensogut in einem zivilisierten Ton tun.«

Jimbo rückte näher zu ihr, und plötzlich tauchte Matthew aus dem Schatten auf und bezog Posten auf der anderen Seite. Sara war erstaunt, als ihr klar wurde, daß die beiden Männer tatsächlich versuchten, ihr beizustehen.

»Nathan würde mir nie etwas antun«, erklärte sie. »Es kann sein, daß er es gern täte, aber er würde trotzdem nie Hand an mich legen, auch wenn er noch so wütend ist.«

»Er sieht aus, als ob er Euch umbringen wollte«, stellte Jimbo leise fest. Trotzdem grinste er breit über Saras Schlauheit. Sie ist zwar eine verdrehte Person, dachte er, aber nicht auf den Kopf gefallen.

»Er sieht immer so aus, als ob er jemanden umbringen wollte«, flüsterte Sara zurück. Sie verschränkte die Arme vor der Brust und war bemüht, streng und nicht ängstlich zu wirken.

Nathan hatte bis jetzt noch kein einziges Wort von sich gegeben, aber seine Blicke brannten Löcher in ihre Haut. Er schien wirklich Lust zu haben, sie zu erwürgen.

Schau hinter die Fassade, hatte Nora geraten, aber dieses Kunststück gelang Sara nicht. Sie brachte es nicht einmal fertig, seinem Blick länger als einen Herzschlag standzuhalten. »Also gut«, hauchte sie, als sie die bedrohliche Situation nicht mehr ertragen konnte. »Hat noch jemand von der Suppe gegessen? Bist du deshalb in einer so miserablen Verfassung?«

Die Muskeln an seinen Wangen spannten sich an, und Sara wurde sofort klar, daß sie diese Frage besser nicht gestellt hätte. Es war nicht besonders günstig, ihn an die Umstände zu erinnern, die sie am Tage zuvor verursacht hatte. Während sie das dachte, fiel ihr Blick auf den Sonnenschirm in seiner Hand.

Nathans rechtes Augenlid zuckte zweimal. Gütiger Himmel, dank der Ungeschicklichkeit dieser naiven Frau war er in echte Bedrängnis geraten. Er konnte sich selbst nicht mehr trauen, wenn er ihr gegenüberstand. Er streckte die Hand aus und drängte Sara in die Kajüte, dann schleuderte er die Tür zu und warf sich dagegen.

Sara ging zielstrebig zum Schreibtisch auf der anderen Seite, lehnte sich dagegen und bemühte sich um eine unbekümmerte Haltung. »Nathan, es ist nicht zu übersehen, daß du dich über irgend etwas aufregst«, begann sie. »Hast du vor, mir zu erzählen, was dich so erbost, oder möchtest du weiterhin nur herumstehen und mich anstarren? Guter Gott, du strapazierst meine Geduld.«

»*Ich* strapaziere *deine* Geduld?«

Sie wagte nicht, das zu bestätigen.

»Kommt dir das bekannt vor?« fragte er donnernd und hielt ihr den Sonnenschirm entgegen.

Sie betrachtete den Schirm und entdeckte, daß er zerbrochen war.

»Hast du meinen schönen Sonnenschirm kaputtgemacht?« fragte sie empört.

Sein Augenlid zuckte wieder. »Ich habe gar nichts getan. Dieses verdammte Ding ist zerbrochen, *als* der erste Mast umgestürzt ist. Hast du die Taue gelöst?«

»Hör bitte auf, mich anzuschreien«, protestierte sie. »Ich kann keinen klaren Gedanken fassen, wenn du so brüllst.«

»Antworte mir.«

»Ich habe ein paar der Knoten aufgemacht, Nathan, aber ich hatte einen guten Grund dafür. Dieser Sonnenschirm war sehr teuer«, fügte sie hinzu und deutete auf die Fragmente in seiner Hand. »Er hatte sich in den Seilen verfangen, und ich habe nur versucht ... Nathan, was passiert genau, wenn die Taue nicht verknotet sind?«

»Wir haben zwei Segel verloren.«

Sie konnte es nicht fassen. »Was haben wir?«

»Zwei Segel sind zerfetzt.«

»Und deshalb regst du dich so auf? Mein lieber Mann, du hast doch sechs andere auf diesem Boot. Sicher ...«

»Schiff«, tobte er. »Es ist ein Schiff und kein Boot.«

Es war besser, ihn ein wenig zu besänftigen, deshalb meinte sie: »Ich wollte ja Schiff sagen.«

»Hast du noch mehr von diesen Dingern?«

»Diese Dinger sind Sonnenschirme«, erklärte sie geduldig.

»Ja, ich habe drei.«

»Gib sie mir.«

»Was hast du mit ihnen vor?«

Sie lief zu ihrem Schrankkoffer, als Nathan Anstalten machte, selbst nach den Schirmen zu suchen. »Ich kann mir wirklich nicht vorstellen, wozu du Sonnenschirme brauchen solltest«, flüsterte sie.

»Ich schmeiße sie ins Meer. Wenn wir Glück haben, spießen sich ein paar Haifische daran auf.«

»Du kannst meine Sonnenschirme nicht ins Meer werfen. Sie passen genau zu meinen Kleidern, Nathan. Sie wurden extra angefertigt ... Es wäre wirklich eine Verschwendung. Du kannst das nicht tun.« Sie beendete ihre Tirade mit einem leisen Wimmern.

»Zur Hölle, natürlich kann ich.«

Er brüllte nicht mehr, und darüber hätte sie eigentlich glücklich sein müssen, aber sie war es nicht. Für ihren Geschmack war er immer noch zu brutal. »Du solltest mir zuerst erklären, warum du meine Sonnenschirme wegwerfen willst, vielleicht gebe ich sie dir dann.«

Sie sah, daß die anderen Schirme auf dem Boden des Schrankkoffers lagen und nahm sie an sich. Als sie sich zu Nathan umdrehte, preßte sie sie fest an ihre Brust.

»Diese verdammten Dinger richten nur Unheil an.«

Ihre ungläubige Miene sprach Bände. »Wie könnten Sonnenschirme Unheil anrichten?«

Sie sah ihn an, als ob er endgültig den Verstand verloren hätte. Er schüttelte den Kopf. »Der erste hat meine Männer außer Gefecht gesetzt, Sara«, erinnerte er sie ruhig.

»Er hat nur Iwan für kurze Zeit außer Gefecht gesetzt«, korrigierte sie ihn.

»Und das war der Grund dafür, daß du diese verdammte Suppe gekocht hast, die die Hälfte meiner Mannschaft vergiftet hat«, ergänzte er.

Damit hatte er genau den wunden Punkt getroffen, und Sara war ehrlich empört, daß er die Sprache wieder darauf gebracht hatte.

»Der zweite Sonnenschirm hat mein Schiff fahruntüchtig gemacht«, fuhr Nathan fort. »Hast du nicht bemerkt, daß wir keine Fahrt mehr machen? Wir mußten Anker werfen, damit wir den Schaden reparieren können. Und genau aus diesem Grund werde ich all deine verdammten Sonnenschirme im Meer versenken.«

»Nathan, ich finde es entsetzlich, daß ich diese Mißgeschicke verursacht habe, aber du tust so, als ob ich es mit Absicht getan hätte.«

»Hast du es absichtlich getan?«

Wenn er ihr den Hintern versohlt hätte, hätte sie nicht wütender sein können. »Nein«, rief sie. »Du bist wirklich sehr beleidigend.«

Am liebsten hätte er ihr gründlich den Kopf zurechtgesetzt, aber genau in diesem Moment fing sie an zu schluchzen.

»Hör auf mit der Heulerei«, forderte er.

Sie weinte nicht nur weiter, sondern warf sich auch noch an seine Brust. Zum Teufel, er war doch derjenige gewesen, der sie zum Weinen gebracht hatte, dachte er, und sie müßte eigentlich böse mit ihm sein.

Nathan hätte nicht die geringste Ahnung, was er mit ihr anfangen sollte. Die Sonnenschirme waren um seine Füße verstreut, und Sara klammerte sich an ihn und weinte sein Hemd naß. Er legte die Arme um sie und hielt sie fest, während er zu begreifen versuchte, warum in Gottes Namen er sich wünschte, sie zu trösten.

Diese Frau hatte beinahe sein Schiff versenkt.

Er küßte sie.

Sie schmiegte den Kopf an seine Schulter und hörte auf

zu weinen. »Wissen die Männer, daß ich das Schiff kaputtgemacht habe?«

»Du hast es nicht kaputtgemacht«, murmelte er. Gütiger Himmel, sie klang so erbarmungswürdig.

»Aber denken die Männer, daß ich ...?«

»Sara, wir können den Schaden in ein paar Tagen reparieren«, behauptete er. Es war eine Lüge – sie brauchten mindestens eine Woche, aber er beschönigte die Wahrheit ein wenig, um ihren Kummer zu lindern.

Jetzt war ihm endgültig klar, daß er nicht mehr bei Verstand war. Seine Frau hatte, seit sie an Bord gekommen war, nur Chaos gestiftet ... Er küßte sie auf den Scheitel und strich ihr über den Rücken.

Sie lehnte sich an ihn. »Nathan?«

»Ja?«

»Wissen meine Bediensteten, daß ich an dem Mißgeschick schuld bin?«

Er warf einen verzweifelten Blick zur Decke – ihre Bediensteten ... »Ja, sie wissen es.«

»Hast du es ihnen gesagt?«

Er schloß die Augen. Offensichtlich argwöhnte sie, daß er sich ihr gegenüber nicht loyal verhalten hatte. »Nein, das habe ich nicht getan, Sara. Sie haben den Sonnenschirm gesehen.«

»Ich möchte so gern, daß sie mich respektieren.«

»Oh, sie haben sogar großen Respekt vor dir«, eröffnete er belustigt.

Sie hörte das Lachen in seiner Stimme und schöpfte ein wenig Hoffnung, die sofort zunichte gemacht wurde, als Nathan hinzusetzte: »Sie erwarten, daß du als nächstes die Pest über sie bringst.«

Sie war fest davon überzeugt, daß er sie nur necken wollte.

»Die glauben bestimmt nicht so einen Unsinn«, erwiderte sie.

»O doch, das tun sie. Sie schließen sogar schon Wetten ab. Manche denken, daß du zuerst die Pocken heraufbeschwörst und dann die Pest, andere glauben ...«

Sie stieß ihn von sich. »Das meinst du doch nicht im Ernst, oder?«

Er nickte nur. »Sie sind überzeugt, daß ein Fluch auf dir lastet.«

»Wie kannst du nur so schreckliche Dinge sagen?«

Er hob die Achseln. »Die Männer sind abergläubisch, Sara.«

»Denken sie so, weil ich eine Frau bin?« wollte sie wissen. »Ich habe gehört, daß Seeleute glauben, eine Frau an Bord würde Unglück bringen. Aber ich halte das für kompletten Unsinn.«

»Nein, nein«, widersprach er. »Meine Männer sind daran gewöhnt, eine Frau an Bord zu haben. Meine Schwester Jade war lange Zeit auf diesem Schiff.«

»Aber warum ...?«

»Du bist so anders als Jade, und das haben sie ziemlich schnell gemerkt.«

Plötzlich schoß Sara ein Gedanke durch den Kopf. »Nathan, ich werde den Männern helfen, das Schiff zu reparieren«, sprudelte sie hervor. »Ja, das ist genau das Richtige, dann werden sie merken, daß ich nicht vorsätzlich ...«

»Gott möge uns davor bewahren«, stöhnte er.

»Dann sag mir, wie ich ihr Vertrauen wiedererlangen kann.«

»Ich kann wirklich nicht begreifen, warum du so davon besessen bist, die Männer für dich zu gewinnen. Das ist doch völlig sinnlos.«

»Ich bin ihre Herrin, und sie müssen mich respektieren, wenn ich sie führen will.«

Er seufzte abgrundtief und schüttelte den Kopf. »Du solltest dich jetzt lieber ins Bett begeben und dort bleiben, bis ich zurückkomme.«

»Warum?«

»Stell keine Fragen, bleib einfach nur in dieser Kajüte.«

Sie neigte den Kopf, um ihre Zustimmung auszudrükken. »Ich werde die Kajüte nur verlassen, wenn ich Nora einen Besuch mache, gut?«

»Ich habe doch gesagt ...«

»Bitte, es wird ein langer Nachmittag, Nathan. Du bist vermutlich so beschäftigt, daß du erst in ein paar Stunden nach Hause kommst. Letzte Nacht bist du gar nicht zu Bett gegangen. Ich habe versucht, wach zu bleiben, aber ich war einfach zu müde.«

Er lächelte, weil sie die Kajüte als ihr Zuhause bezeichnet hatte und nickte. »Du wirst heute nacht auf mich warten, egal wie spät ich komme.«

»Fängst du schon wieder an zu schreien?«

»Nein..«

»Also gut«, versprach sie. »Ich werde auf dich warten.«

»Verdammt, Sara, ich habe dich nicht darum gebeten, ich habe es dir befohlen«, versetzte er.

Er packte sie und hielt ihre Schultern mit eisernem Griff fest. Das war alles andere als eine Liebkosung, und Sara stieß seine Hände weg. Aber gleich darauf schlang sie die Arme um seine Taille.

»Nathan?« hauchte sie.

Als Nathan hörte, daß ihre Stimme zitterte, ließ er die Hände sinken. Vielleicht hatte sie Angst, daß er ihr etwas antun könnte. Gerade als er zu einer Erklärung ansetzen wollte, daß er, gleichgültig wie sehr sie ihn reizte, niemals die Hand gegen sie erheben würde, stellte sich Sara auf die Zehenspitzen und küßte ihn. Er war so überrascht über diese Geste, daß ihm die Worte im Hals steckenblieben.

»Ich war sehr böse auf dich, als du die Kajüte, gleich nachdem wir so intim gewesen waren, verlassen hast«, bekannte sie schüchtern.

Ein Lächeln verzog seine Mundwinkel. »Warum?«

»Weil eine Frau danach gern hören möchte, daß sie ...«

»Ihren Mann zufriedengestellt hat?«

»Nein«, erwiderte sie. »Du darfst dich nicht über mich lustig machen, Nathan. Bitte behandle das, was zwischen uns geschehen ist, nicht so ... sachlich. Es war wunderschön.«

Ein unkontrollierbares Beben durchlief seinen Körper bei dieser glühenden Rede. Sie meinte tatsächlich, was sie sagte, und öffnete ihm dabei ihr Herz. Und er spürte, daß ihm das außerordentlich gut gefiel. »Ja, es war wunderschön«, sagte er. »Und ich wollte mich nicht über dich lustig machen. Ich verstehe nur nicht, was du von mir erwartest.«

»Ich möchte nur hören, daß ...«

Sie konnte nicht weitersprechen.

»... daß du eine wunderbare Frau bist?«

Sie nickte. »Ich habe auch einen Fehler gemacht«, räumte sie ein. »Ich hätte dir auch ein paar Komplimente machen müssen.«

»Warum?«

Sie sah in verwirrt an, und das machte wiederum ihn ganz konfus. »Weil ein Mann solche Sachen genauso gern hört wie eine Frau.«

»Ich nicht.«

»O doch, du auch.«

Er fand, daß er genügend Zeit mit dieser seltsamen Unterhaltung verschwendet hatte, bückte sich und hob die Sonnenschirme auf.

»Bitte, kann ich sie zurückhaben?« flehte Sara. »Ich werde sie selbst vernichten. Ich möchte nicht, daß meine Bediensteten sehen, wie du sie über Bord wirfst. Das wäre mir zu peinlich.«

Er erklärte sich widerstrebend damit einverstanden, aber auch nur, weil er glaubte, daß sie keinen Schaden anrichten konnte, wenn sie und diese Dinger in der Kajüte blieben. Aber um ganz sicherzugehen, nahm er ihr noch ein Versprechen ab.

»Die Sonnenschirme werden diese Kajüte nicht verlassen?«

»Nein.«

»Und du wirst sie vernichten?«

»Ja.«

Das stellte ihn für den Augenblick zufrieden, und er spürte, daß er ein wenig ruhiger wurde. Als er die Kajüte verließ, war er überzeugt, daß seine Frau keine Möglichkeit hatte, etwas zu ruinieren. Außerdem, dachte er, was konnte sie noch Schlimmeres anstellen?

8

Sie steckte sein Schiff in Brand.

Alle hatten sich in Sicherheit gewiegt, da volle acht Tage und Nächte kein einziges Mißgeschick passiert war. Die Männer waren zwar argwöhnisch, wenn Sara in der Nähe war, aber sie warfen ihr keine so finsteren Blicke mehr zu. Einige pfiffen sogar wieder Melodien während ihrer Arbeit. Nur Chester, der ungläubige Thomas, schlug immer noch jedesmal das Kreuzzeichen, wenn er Sara begegnete.

Lady Sara tat so, als würde sie keine Notiz davon nehmen. Als die Segel geflickt und der Mast aufgerichtet war, nahmen sie wieder Fahrt auf. Bis zu der Insel, auf der Nora ihren Wohnsitz hatte, würden sie nur noch etwa acht Tage brauchen. Die Sonne brannte so sehr, daß die Hitze an den Nachtmittagen nahezu unerträglich war, aber dafür waren die Nächte so kalt, daß man mehrere Decken brauchte, um sich zu wärmen.

Alles schien normal und ohne Schwierigkeiten zu verlaufen. Nathan sollte als erster merken, daß dieser friedliche Zustand nicht von Dauer war. Am späten Freitagabend unterhielt er sich mit Matthew und Jimbo darüber, wie die Kanonen für die auf den nächsten Tag angesetzte Gefechtsübung ausgerichtet werden sollten. Danach plauderten sie noch ein wenig über die Besatzung und das Schiff.

Die drei Männer standen direkt neben der Falltür, durch die man in Nathans Kajüte gelangen konnte, deshalb senkte Jimbo die Stimme, als er sagte: »Die Männer fangen langsam an, den Unsinn, daß auf dieser Frau ein Fluch liegt, zu vergessen.« Er spähte über seine Schulter, als ob er sich dadurch vergewissern könnte, daß Sara das Gespräch nicht mithören konnte, dann fuhr er fort: »Nur Chester erzählt überall herum, daß immer drei Unglücke hintereinander passieren, wenn der Fluch nicht gebannt wird. Ich denke, es ist das Beste, wenn wir Sara weiterhin im Auge behalten, bis ...«

»Jimbo, niemand würde es wagen, die Frau des Captains auch nur anzurühren«, fiel Matthew ihm ins Wort.

»Ich habe ja auch nicht behauptet, daß das jemand vorhat«, entgegnete Jimbo. »Ich will nur nicht, daß die Männer ihre Gefühle verletzen; sie scheint ziemlich zartbesaitet zu sein.«

»Wußtet du, daß sie uns alle als ihre Bediensteten ansieht?« fragte Matthew. Plötzlich breitete sich ein Grinsen auf seinem Gesicht aus. »Sie scheint dich ja ganz schön um den Finger gewickelt zu haben, wenn du solche Rücksicht auf ihre Gefühle nimmst.«

Er wollte eigentlich dieses Thema noch ein wenig mehr vertiefen, aber der stechende Geruch nach Rauch hielt ihn davon ab. »Kann es sein, daß es hier nach Feuer riecht?« fragte er. Nathan bemerkte vor den beiden anderen, daß dünne Rauchfahnen durch die Ritzen der Falltür drangen. Er hätte »Feuer« schreien müssen, um die Männer auf die Gefahr aufmerksam zu machen, aber er tat es nicht. Stattdessen brüllte er den Namen seiner Frau mit so qualvoller Stimme, daß es den anderen fast die Eingeweide zerfetzt hätte.

Er riß die Falltür auf, und augenblicklich hüllte eine dikke schwarze Rauchwolke die drei Männer ein und raubte ihnen die Sicht. Nathan schrie wieder nach Sara.

Matthew brüllte: »Feuer«, und Jimbo lief los, um Eimer zu holen. Während er noch rannte, rief er einige Männer zusammen, die die Eimer mit Meerwasser füllen sollten. Matthew hatte alle Mühe, Nathan davon abzuhalten, durch die Falltür in seine Kajüte zu springen.

»Du weißt nicht, wie groß der Schaden ist«, schrie er. »Nimm lieber die Treppe, Junge ...«

Matthews Stimme brach ab, als Nathan zu der Treppe stürmte und unter Deck verschwand.

Die Kajüte war so voller Qualm, daß Nathan nicht die Hand vor seinen Augen sehen konnte. Er tastete sich durch den Raum zum Bett, um Sara wegzubringen.

Dort war sie nicht. Seine Lunge brannte, als er die Kajüte durchsuchte. Er stolperte zur Falltür, um die Wassereimer entgegenzunehmen, die Jimbo ihm reichte, damit er die Flammen löschen konnte.

Die Gefahr war rasch gebannt. Der Gedanke, wie knapp sie dem Untergang entronnen waren, brachte alle Männer zum Zittern, und Nathan hatte große Mühe, seinen Herzschlag zu beruhigen. Die Angst, daß seiner Frau etwas passiert sein könnte, raubte ihm fast den Verstand. Aber sie war nicht in der Kajüte, sie war nicht im Qualm erstickt. Sie war nicht tot. Noch nicht.

Matthew und Jimbo standen neben Nathan in einer Ekke der Kajüte, um den Schaden zu begutachten.

Einige verkohlte Planken unter dem dickbäuchigen Behälter waren durchgebrochen und im Frachtraum gelandet. Dort klaffte jetzt ein großes Loch im Fußboden. Zwei Wände waren schwarz und über und über mit Ruß bedeckt.

Die Verwüstung schien Nathan nicht so sehr zu beeindrucken – er war offensichtlich von etwas ganz anderem mehr als nur fasziniert. Sein starrer Blick war auf die Überreste von Saras Sonnenschirmen gerichtet, die noch immer auf dem verbogenen Gitter, mit dem der Behälter abgedeckt war, glühten.

Matthew stieß Jimbo an. »Dachte sie etwa, daß das ein Kamin ist?« flüsterte er und massierte seinen Unterkiefer, während er über die Möglichkeit nachdachte.

»Ich vermute, du könntest recht haben«, seufzte Jimbo.

»Wenn sie hier geschlafen hätte, wäre sie im Rauch erstickt«, krächzte Nathan.

»Aber, Junge«, begann Jimbo im guten Glauben, daß Nathan daran dachte, was seiner Frau hätte passieren können. »Sara ist nichts geschehen, und das allein ist wichtig. Mir scheint, deine Stimmung ist so schwarz wie die verkohlten Wände, aber im Grunde hast du dir das alles selbst zuzuschreiben«, fügte er mit einem knappen Nicken hinzu.

Nathan warf ihm einen mörderischen Blick zu, der Jimbo jedoch keineswegs so beeindruckte, daß er den Mund hielt. »Ich habe gehört, daß Sara die Falltür als Schornstein bezeichnet hat und mußte darüber lachen. Ich war sicher, daß du ihren Irrtum aufgeklärt hättest.«

»Ich fürchte, er hat es nicht getan«, lautete Matthews Kommentar.

Jimbos kurze Ansprache hatte dazu beigetragen, Nathan zu beschwichtigen. Seine Stimme überschlug sich fast, als er brüllte: »Sie hat mein Schiff in Brand gesteckt!«

»Sie hat nicht gewußt, was sie anrichtet«, verteidigte Matthew sie.

Nathan hörte ihm gar nicht zu. »Sie hat mein Schiff in Brand gesteckt«, wiederholte er noch einmal mit ebenso donnernder Stimme.

»Wir haben dich schon beim erstenmal ganz gut verstanden, Junge«, meinte Jimbo gleichmütig. »Jetzt beruhige dich und denk über die Ursache des Zwischenfalls nach.«

»Vermutlich braucht er noch ein paar Minuten, bis er überhaupt einen klaren Gedanken fassen kann, Jimbo«, sagte Matthew. »Der Junge war schon immer ein Hitzkopf, und Sara hat das Feuer angezündet – das kann niemand leugnen.«

Die beiden Männer wandten sich zum Gehen um, da sie Nathan Gelegenheit zum Überlegen geben wollten, aber Nathans strenger Befehl ließ sie mitten in der Bewegung innehalten.

»Bringt sie zu mir. Jetzt gleich.«

Jimbo gab Matthew ein Zeichen, dort zu bleiben, wo er war, und machte sich auf den Weg. Er fand Sara an Noras Bett vor und teilte ihr, ohne sie vorzuwarnen, mit, daß ihr Mann sie zu sprechen wünschte.

Sara eilte in ihre Kajüte. Als sie das Wasser auf dem Boden sah, riß sie die Augen weit auf, und sie schnappte hörbar nach Luft, als ihr Blick das klaffende Loch im Boden erfaßte.

»Mein Gott, was ist geschehen?«

Nathan sah sie an. »Es hat gebrannt.«

Die Erkenntnis traf sie wie ein Blitzschlag. »Gebrannt?« wiederholte sie mit einem heiseren Flüstern. »Meinst du das Feuer im Kamin, Nathan?«

Ohne zu antworten ging er langsam auf sie zu und blieb so dicht vor ihr stehen, daß er ihr leicht den Hals hätte umdrehen können.

Sie sah ihn nicht an, und das half ihr ein wenig. Sie traktierte ihre Unterlippe mit den Zähnen, bevor sie anfing wie Espenlaub zu zittern. Nathan konnte nur vermuten, daß sie erst in diesem Moment begriff, was für ein Irrtum ihr unterlaufen war. Wie so oft war seine Vermutung falsch.

»Ich hätte den Kamin nicht unbeaufsichtigt brennen lassen sollen«, flüsterte sie tonlos. »Ist ein Funke ...?«

Er schüttelte den Kopf.

Ihre ängstliche Miene kühlte seinen Zorn um ein paar Grade ab. Verdammt, sie fürchtet sich vor mir, dachte er überflüssigerweise. Angesichts der Umstände war das nur natürlich, aber Nathan brachte es dazu, etwas weniger rigoros vorzugehen.

»Sara?« fragte er mit der mildesten Stimme, die er zustande brachte.

Sie zuckte zusammen bei dem furchteinflößenden Tonfall und zwang sich eisern, nicht die Flucht zu ergreifen. »Ja, Nathan?« erwiderte sie zaghaft und hielt den Blick gesenkt.

»Sieh mich an.«

Sie gehorchte, und die Tränen in ihren Augen schwemmten seinen restlichen Ärger weg. Er stöhnte gequält, bevor er ihr eröffnete:

«Es ist kein Kamin«, und die Kajüte verließ.

Sara sah ihm lange nach, dann drehte sie sich zu Jimbo und Matthew um.

»Hat er gerade behauptet, daß der Kamin *kein* Kamin ist?«

Die beiden Männer nickten gleichzeitig.

Sie ließ die Schultern hängen. »Es sieht aber aus wie ein Kamin.«

»Trotzdem ist es keiner«, meinte Matthew und stieß Jimbo in die Seite. »Erklär's du ihr.«

Jimbo machte ihr klar, daß die Metallteile und der Behälter zwar zu einem Brennofen gehörten, aber kein funktionsfähiger Kamin sei. Die Stücke hatte Nathan erworben, um den Ofen im Büro der Emerald Shipping Company reparieren zu können. Er hatte nur vergessen, sie von Bord zu bringen, aber, so meinte Jimbo vielsagend, er würde das nächste Mal ganz sicher daran denken, sie fortzuschaffen.

Matthew fügte noch hinzu, daß die Falltür in der Decke kein Schornstein, sondern lediglich eine Luke sei, die dazu diente, daß frische Luft und Licht in die Kajüte kommen konnte.

Saras Gesicht schien während den Ausführungen der Männer selbst Feuer gefangen zu haben. Zum Schluß dankte sie ihnen stockend für ihre Geduld und kam sich wie eine komplette Idiotin vor. »Ich hätte die gesamte Mannschaft umbringen können«, hauchte sie schließlich.

»Ja, das hättet Ihr«, bestätigte Matthew.

Endlich brach sie in Tränen aus und brachte damit die beiden Männer in die größte Verlegenheit. Jimbo sah Matthew an, den von einer Sekunde zur anderen väterliche Gefühle überkamen. Er nahm Sara in die Arme und tätschelte ihr den Rücken.

»Es ist ja alles nicht so schlimm«, versuchte Jimbo sie zu besänftigen. »Ihr konntet das ja nicht wissen.«

»Sogar ein Trottel hätte es gemerkt«, schluchzte sie.

Die beiden nickten sich insgeheim zu. Dann sagte Matthew: »Ich hätte auch gedacht, daß es ein Kamin ist, wenn ich ...«

Weiter kam er nicht, da ihm keine passende Lüge einfiel.

Jimbo kam ihm zu Hilfe. »Jedem, der sich nicht auf Schiffen auskennt, hätte dieser Irrtum unterlaufen können.«

Nathan stand in der Tür und traute seinen Ohren nicht. Jimbo und Matthew, die beiden kaltblütigsten Piraten, mit denen er es je zu tun gehabt hatte, benahmen sich wie zwei sanftmütige Kindermädchen. Er hätte gelacht, wenn sein Blick nicht wieder auf die verkohlten Wände und das Loch gefallen wäre.

»Wenn du damit fertig bist, den Rücken meiner Frau blau zu schlagen, Matthew, dann könntest du ein paar Männer damit beauftragen, die Messe sauberzumachen.« Dann wandte er sich an Jimbo: »Du solltest nachsehen, ob die Planken, die in den Frachtraum gefallen sind, noch zu gebrauchen sind, und den Fußboden reparieren, Jimbo. Wenn du die Hände nicht von meiner Frau nimmst, Matthew, werde ich ...«

Die Drohung blieb unausgesprochen, dafür ging Nathan auf Sara zu und sagte: »Wenn jemand meine Frau tröstet, dann bin ich es.«

Jimbo und Matthew grinsten, als Nathan Sara in die Arme nahm, und verließen den Raum.

Nathan hielt Sara fest, bis er vollkommen ratlos fragte: »Gütiger Himmel, bist du nicht bald fertig mit dem Weinen?«

Sie wischte ihr Gesicht an seinem Hemd ab und rückte ein Stück von ihm weg. »Ich versuche ja, nicht zu weinen, aber manchmal kann ich einfach nicht anders.«

»Das habe ich schon bemerkt.«

Er hob sie hoch und trug sie zum Bett. Jetzt endlich war er ruhig genug, um ihr einen Vortrag über die schlimmste Angst eines jeden Seemanns zu halten: Feuer. Er durchmaß, während er ruhig und sachlich sprach, den Raum mit großen Schritten und hatte dabei die Hände auf den Rükken gelegt.

Erst als er zum Ende kam, schrie er, und Sara wagte nicht, ihn darauf aufmerksam zu machen. Die Adern an seinen Schläfen waren beachtlich angeschwollen, und sie schloß daraus, daß ihr Mann seinen Zorn noch nicht überwunden hatte.

Sie beobachtete ihn genau, als er auf und ab lief, brüllte und schimpfte, und in diesen Minuten, in denen er ganz er selbst war, wurde ihr klar, wie sehr sie ihn liebte. Er war, ohne daß er es wußte, sehr nett zu ihr. Er verfluchte sich selbst, Jimbo und Matthew, weil es niemand von ihnen für nötig befunden hatte, sie über das Leben auf einem Schiff aufzuklären, und haderte sogar mit Gott, weil er das Feuer über sie gebracht hatte.

Am liebsten hätte sie sich in seine Arme geworfen und ihm gesagt, daß sie ihn, was immer auch passierte, bis in alle Ewigkeit lieben würde. Sie fühlte plötzlich eine grenzenlose Zufriedenheit – fast so, als wäre sie all die Jahre auf einer Reise gewesen und jetzt endlich nach Hause gekommen.

Nathan hatte ihr eine Frage gestellt und wartete auf eine Antwort. Er sah sie irritiert an, weil sie offensichtlich während seinen Ausführungen geträumt hatte. Sara achtete nicht darauf. Sie war sicher, daß er sich eines Tages an sie gewöhne und sie so nehmen würde, wie sie war. Sie hatte sich ja auch schon an seine Fehler und an seinen finsteren Blick gewöhnt. Und, Nora hatte recht gehabt, hinter der grimmigen Fassade steckte wirklich ein guter, freundlicher Mann.

Nathan wiederholte seine Frage, und Sara versprach ihm, daß sie nichts mehr auf diesem Schiff anrühren würde, bis sie in den Hafen eingelaufen waren.

Nathan war zufrieden. Nachdem er die Kajüte verlassen hatte, machte sich Sara sofort an die Arbeit. Sie verbrachte einige Stunden damit, die Wände und den Boden zu schrubben und wechselte die Bettwäsche. Als sie fertig war, wusch sie sich und zog sich für die Nacht um. Sie war zwar erschöpft, aber trotzdem fest entschlossen, aufzubleiben und auf ihren Mann zu warten, weil sie in seinen Armen einschlafen wollte.

Sie kramte ihren Skizzenblock hervor, setzte sich an den Tisch und begann, ihren Mann zu porträtieren. Das Papier ist viel zu klein für ihn, überlegte sie und lächelte selbst über den Gedanken. Er war nur ein Mann. Ihr Mann. Als sie fertig war, mußte sie zugeben, daß das Bild ziemliche Ähnlichkeit mit Nathan hatte.

Er hatte die Haltung eines Wikingers, und das lange Haar fiel ihm bis auf die Schultern. Sogar der finstere Blick und das Stirnrunzeln war ihr gelungen, und sie wünschte, sie hätte Farben zur Hand, um die lebhaften grünen Augen und das kastanienbraune Haar kolorieren zu können.

Es war schon nach Mitternacht, als Nathan zu ihr kam. Sara saß im Sessel und schlief tief und fest. Sie hatte sich zusammengerollt wie ein kleines Kätzchen, und ihre Locken bedeckten ihr Gesicht fast ganz.

Er stand lange da und betrachtete sie. Guter Gott, es fühlte sich so richtig an, sie in der Nähe zu haben. Er begriff selbst nicht, warum er so zufrieden war, aber er wußte sehr genau, daß diese Empfindung gefährlich war. Zur Hölle, er konnte nicht zulassen, daß ihm eine Frau mehr bedeutete als ein Gepäckstück. Sie war nur ein Mittel zum Zweck, und das war alles.

Nathan öffnete die Falltür, um den Rauchgeruch zu vertreiben, zog sich aus, wusch sich und ging zum Tisch. Er entdeckte den Skizzenblock, und plötzlich wurde er neugierig und schlug ihn auf. Sie hatte etwa zwölf Zeichnungen gemacht – nur von ihm. Er wußte nicht, was er davon halten sollte. Sie hatte ihn bemerkenswert gut getroffen, aber die letzte Skizze zeigte ihn mit einem freundlichen Lächeln.

Sara war wirklich eine hoffnungslose Romantikerin. Die alte Frau hatte ihm erzählt, daß ihre Nichte die meiste Zeit den Kopf in den Wolken hatte, und Nathan wußte nun, daß das keine Übertreibung gewesen war. Seine Frau war eine törichte Träumerin.

Eine Zeichnung betrachtete er besonders lange. Sara hatte ihn am Ruder stehend mit nacktem Oberkörper gezeichnet. Er beobachtete offenbar den Sonnenuntergang und war im Halbprofil zu sehen.

Auf seinem Rücken befanden sich keinerlei Narben. Hatte sie sie vergessen oder sich bewußt entschieden, sie nicht in die Skizze aufzunehmen? Nach einer Weile kam Nathan zu dem Schluß, daß es die Sache nicht wert war, länger darüber nachzudenken. Verdammt, er hatte diese Narbe, und Sara sollte sie besser akzeptieren. Er hatte den Gedanken kaum zu Ende gebracht, als er sich auch schon wegen seiner lächerlichen Reaktion Vorwürfe machte. Er hob Sara in seine Arme, trug sie zum Bett und legte sich neben sie.

Sofort schmiegte sie sich an ihn und murmelte: »Nathan?«

»Was ist?«

Er ließ seine Stimme so schroff wie möglich klingen, um

ihr klarzumachen, daß er keine Lust auf eine Unterhaltung hatte. Seine Botschaft kam nicht an. Sie rutschte noch näher zu ihm und legte eine Hand auf seine Brust. Ihre Finger spielten mit dem dichten Haar, bis er seine Hand auf die ihre legte.

»Hör auf damit«, wies er sie an.

Sie legte ihren Kopf auf seine Schulter. »Kannst du mir sagen, warum es mir so schwer fällt, mich an das Leben auf einem Schiff zu gewöhnen?«

Er antwortete mit einem so vehementen Achselzucken, daß sie an die Wand geschleudert worden wäre, wenn er sie nicht festgehalten hätte.

»Denkst du, es könnte daran liegen, daß ich es noch nicht gewöhnt bin, ein Schiff zu führen?«

Er verdrehte die Augen. »Kein Mensch erwartet von dir, daß du mein Schiff führst. Das tue ich selbst.«

»Aber als deine Frau sollte ich dir ...«

»Schlaf jetzt.«

Sie küßte ihn auf den Hals. »Ich kann dich viel besser unterstützen, wenn wir erst an Land sind, Nathan. Ich kann einen großen Haushalt führen und ...«

»Um Himmels willen, Sara, du mußt nicht noch einmal all deine Fähigkeiten aufzählen!«

Als sie endlich ruhig war, dachte Nathan erfreut, daß sie allmählich lernte, ihm zu gehorchen. Sie gab sich offenbar tatsächlich Mühe einzuschlafen.

»Nathan?«

Er hätte es besser wissen müssen. Nathan seufzte. Sie würde keine Ruhe geben, bis sie alles, was sie wollte, gesagt hatte.

»Was ist jetzt schon wieder?«

»Du hast vergessen, mir einen Gutenachtkuß zu geben.«

Nathan wußte, daß er nie zum Schlafen kommen würde,

wenn er nicht nachgab. Sie war wirklich eine Nervensäge und starrköpfig wie ein Maulesel, und das waren nur zwei von einer ganzen Reihe von schlechten Eigenschaften.

Er gab ihr einen schnellen, harten Kuß, nur damit sie keinen Grund mehr hatte, ihn zu quälen. Verdammt, sie schmeckte so gut, dachte er und küßte sie noch einmal, und dieser Kuß war alles andere als schnell und hart. Sie preßte sich an ihn; das war zuviel für Nathan – sie war so weich und wundervoll. Sie leistete ein wenig Widerstand, als er sie aufforderte, ihr Nachthemd auszuziehen, und die Kerzen anzündete. Sie flehte ihn an, sie wieder zu löschen, aber er erklärte ihr, daß er sie ansehen wolle. Sie wurde feuerrot und zog die Decke bis zum Kinn hinauf.

Er schleuderte die Decke beiseite und versuchte sein Bestes, sie ihre Schüchternheit vergessen zu lassen. In kürzester Zeit hatte sie ihre Schamhaftigkeit so sehr abgelegt, daß sie ihn überall mit ihren Händen und mit ihrem Mund liebkoste. Er ließ sie gewähren, bis er nahe daran war, die Beherrschung zu verlieren.

Großer Gott, sie war die hingebungsvollste Frau, die er je berührt hatte, und sie zeigte ihm so offen ihre Empfindungen. Das beunruhigte ihn. Ihre süße Verführung wurde für ihn beinahe zur Qual, und als er sich zwischen ihre seidenweichen Schenkel drängte, flehte sie ihn an, ganz nah zu ihr zu kommen.

Er wollte langsam und vorsichtig vorgehen, aber sie ließ ihn all seine Vorsätze vergessen, indem sie ganz leicht ihre Schenkel zusammenpreßte und leise wimmerte vor Entzücken.

Er ergoß sich im selben Moment in sie, in dem sie die Erfüllung fand, und er drückte sie fest an sich, um ihr Schaudern mit seinem eigenen zu dämpfen.

Nach einer Weile versuchte er, sich von ihr zu lösen, aber

sie ließ es nicht zu und schlang ihre Arme fest um seine Taille. Er hätte ihren Widerstand leicht überwinden können, aber er beschloß, noch ein paar Minuten zu verharren, bis sie sich ein wenig beruhigt hatte. Ihr Herzschlag war ebenso heftig wie der seine.

Er fühlte, daß seine Schulter naß war, und wußte, daß sie wieder weinte. Er lächelte. Sara vergoß nach der Liebe immer Tränen, und wenn sie den Höhepunkt erreichte, schrie sie – seinen Namen. Sie hatte ihm erklärt, daß sie bei solchen Gelegenheiten nur Freudentränen vergoß, weil sie niemals zuvor so viel Wonne empfunden hatte.

Genau wie er, das mußte er sich eingestehen, und zum zweitenmal in dieser Nacht war er über seine Empfindungen äußerst beunruhigt.

»Ich liebe dich, Nathan.«

Er erschrak zu Tode und zuckte zusammen, als ob ihn ein Peitschenhieb getroffen hätte. Von einer Sekunde zur anderen verwandelte sich sein entspannter Körper zu kaltem Stahl. Er rollte auf seine Seite des Bettes, und Sara starrte seinen Rücken an.

Sie wartete darauf, daß er ihr auch seine Liebe gestehen würde. Lange Minuten vergingen, bis sie erkannte, daß er nicht vorhatte, überhaupt etwas zu sagen, und als sein Schnarchen ertönte, gab sie sich endgültig geschlagen.

Sie hätte gern geweint, aber sie tat es nicht, und es war ein kleiner Sieg für sie, wenigstens in diesem Punkt stark bleiben zu können. Sie versuchte, sich auf Dinge zu konzentrieren, die ihr Freude machten.

Immerhin hatte er die Kajüte nicht verlassen, und dafür sollte sie ihm dankbar sein, dachte sie. In Wahrheit empfand sie keine übermäßige Dankbarkeit.

Ihre Zähne fingen an zu klappern. Sie holte die Decken,

und als sie sich und Nathan zugedeckt hatten, lagen sie Rücken an Rücken im Bett.

Sie fühlte sich einsam und war verletzt, und das alles durch seine Schuld. Er war die Ursache dafür, daß sie in so einer erbärmlichen Verfassung war. Sie wurde sich in diesem Augenblick klar, daß sie ihn hassen würde, wenn es nicht ihre Pflicht gewesen wäre, ihn zu lieben. Du lieber Himmel, er war so kaltherzig und halsstarrig. Er mußte doch wissen, wie sehr sie es brauchte, zärtliche Worte zu hören, trotzdem weigerte er sich, sie auszusprechen.

Er liebte sie doch, oder nicht? Sara dachte lange über ihren Kummer nach, und plötzlich drehte sich Nathan um und zog sie in seine Arme. Er murmelte im Schlaf, als er sie an seine Brust drückte. Sein Kinn berührte ihr Haar, und plötzlich machte es ihr gar nichts mehr aus, daß er vergessen hatte, ihr seine Liebe zu gestehen.

Sie schloß die Augen und versuchte zu schlafen. Nathan liebte sie. Sein Verstand hatte nur Schwierigkeiten, das zu begreifen, was sein Herz längst wußte.

Mit der Zeit würde er es selbst merken, aber warum nur war er so anders als andere Ehemänner?

»Ich liebe dich, Nathan«, flüsterte sie.

Seine Stimme klang schläfrig, aber sehr sanft, als er murmelte: »Ich weiß, Kleines, ich weiß.«

Er schnarchte schon wieder, bevor sie den Mut aufbrachte, ihn zu fragen, ob ihm dieses glühende Erkenntnis denn gar nichts bedeutete.

Sie konnte nicht schlafen und verbrachte mindestens eine Stunde damit, darüber nachzudenken, wie sie Nathan dazu bringen konnte, sein Glück zu erkennen.

Bei Nathan ging die Liebe sicher nicht durch den Magen. Nach der unseligen Geschichte mit der Suppe würde er nie mehr etwas zu sich nehmen, was sie zubereitet hatte.

Er war eine sehr mißtrauische Natur.

Zu guter Letzt setzte sich ein Plan in ihrem Kopf fest: Sie konnte Nathans Herz gewinnen, wenn sie von seiner Mannschaft verehrt und geschätzt wurde. Dann mußte Nathan merken, was für eine wunderbare Frau sie war. Es konnte nicht besonders schwierig sein, die Männer davon zu überzeugen, daß sie eine gutherzige und aufrichtige Herrin hatten. Natürlich waren sie abergläubisch, aber sie waren Männer, und freundliche Worte und gute Taten hatten noch jeden Mann überzeugt. Sie war sicher, ihre Loyalität gewinnen zu können.

Sie würde bestimmt eine Methode finden, die Wertschätzung der Männer in einer Woche zu erlangen.

9

Am Ende der Woche hatten alle eine Knoblauchzehe an ihren Halsketten befestigt, um das Unheil, das Lady Sara anhaftete, von sich abzuwenden.

Sieben Tage hatte sich Sara fast verausgabt in dem Bemühen, das Vertrauen der Männer zu gewinnen. Als sie herausfand, warum die ganze Besatzung diese stinkenden Talismane trug, war sie so empört, daß sie ihre Versuche aufgab.

Sie hastete auch nicht mehr in ihre Kajüte, wenn die Seemänner sie anstarrten, sondern beschloß, sie gar nicht mehr zur Kenntnis zu nehmen. Sie wollte ihnen auf keinen Fall zeigen, wie erbost sie über ihr Verhalten war, und versuchte die Fassung zu bewahren und ihre Tränen zurückzuhalten.

Nur Nora und Nathan kannten ihre wahren Gefühle, da

Sara beiden erzählt hatte, wie verletzt sie war. Nathan tat sein Bestes, die Schwierigkeiten zu übersehen, und Nora tat ihr Bestes, ihre Nichte zu trösten.

Das größte Problem war, daß die Mitglieder der Crew Sara für jeden kleinen Zwischenfall verantwortlich machten, ohne erst darüber nachzudenken, was ihn tatsächlich verursacht haben könnte. Sie waren überzeugt, daß auf dieser Frau ein Fluch lastete, und nichts konnte diesen Glauben erschüttern. Als Chester eine Warze an seiner Hand entdeckte, schrieb er augenblicklich Sara die Schuld für die Entstellung zu, und erinnerte sich daran, daß seine Hand Sara aus Versehen berührt hatte, als er an ihr vorbeigegangen war.

Wie konnte sie ihnen nur diese idiotischen Vorstellungen ausreden? Mit dieser Frage quälte Sara ihren Mann mindestens zweimal am Tag, und seine Antworten halfen ihr um keinen Deut weiter. Entweder murrte er nur – und das war für Sara ein Zeichen, daß er selbst sehr verstört war –, oder er zuckte mit den Achseln, was Sara ein Beweis zu sein schien, daß er ihrer mißlichen Lage vollkommen gleichgültig gegenüberstand. Er war so mitfühlend wie ein Ziegenbock, und immer, wenn er ihr seine verschrobenen Ansichten über ihr Problem dargelegt hatte, gab Sara ihm einen Kuß, um ihm zu zeigen, daß sie ganz anders als er war.

Am Montag konnte Sara sich beim besten Willen nicht vorstellen, daß ihr Leben noch freudloser und jämmerlicher sein konnte. Die Piraten, die das Schiff am Dienstag angriffen, belehrten sie eines besseren.

Der Tag begann friedlich und sonnig, und Matthew begleitete Nora bei einem kleinen Spaziergang an Deck. Nora hatte sich bei Matthew eingehängt, und die beiden tuschelten und kicherten wie Kinder. Matthew und Nora waren sich in den letzten Wochen nähergekommen, und Sara fiel auf, daß Matthew ebenso verliebt war wie Nora. Er lächelte in letzter Zeit ziemlich oft, und Nora errötete häufig wie ein junges Mädchen.

Als Sara an Deck kam, gesellte sich Jimbo zu ihr. Niemals konnte sie allein irgendwohin gehen, und Sara vermutete, daß Jimbo sie vor der feindseligen Besatzung beschützen wollte. Jimbo schüttelte jedoch den Kopf, als Sara eine Bemerkung in dieser Richtung fallen ließ.

»Dieser Umstand spielt nur eine kleine Rolle«, erklärte er. »Die Wahrheit ist, daß der Captain vermeiden möchte, daß noch etwas passiert, Sara. Deshalb seid Ihr Tag und Nacht in Begleitung eines Bewachers.«

»Oh, das ist wirklich beschämend!« rief sie dramatisch aus. Jimbo war um eine ernste Miene bemüht. Er wollte nicht den Eindruck vermitteln, daß er Sara auslachte und beschwichtigte sie: »Na, na, so schlimm ist es doch gar nicht. Ihr brauchte deswegen nicht zu verzweifeln.«

Sara versuchte sich schnell zu fassen, trotzdem schoß ihr die Hitze ins Gesicht. »So ist das also? Mir sind ein paar kleine Mißgeschicke passiert, und die gesamte Mannschaft hält mich für eine Hexe, und mein eigener Mann sieht mich als Gefahr für sein Eigentum an. Jimbo, ich muß Euch doch nicht daran erinnern, daß nichts Außergewöhnliches geschehen ist bis auf das Feuer, und das war schon vor sieben Tagen. Sicher werden die Männer bald wieder zu Verstand kommen.«

»Nichts Außergewöhnliches?« wiederholte Jimbo. »Das kann nicht Euer Ernst sein, Sara. Habt Ihr Duttons Sturz vergessen?« Mußte er unbedingt dieses unglückliche Ereignis zur Sprache bringen? Sara warf ihm einen mißbilligenden Blick zu. »Er ist ja nicht ertrunken, Jimbo.«

Jimbo verdrehte die Augen. »Nein, aber er war nahe dran.«

»Ich habe mich bei ihm entschuldigt.«

»Ja, das habt Ihr getan«, räumte Jimbo ein. »Aber was ist mit Kently und Taylor?«

»Wer sind Kently und Taylor?« fragte Sara mit gespielter Unwissenheit.

»Die beiden, die vor zwei Tagen in dem Waffenöl, das Ihr auf den Planken ausgeschüttet habt, ausgerutscht sind. Sie sind besinnungslos gewesen«, erinnerte er sie.

»Dafür könnt Ihr mich nicht verantwortlich machen«, wehrte sie sich.

»Ich kann nicht?« fragte er und war neugierig, wie sie sich herausreden würde. »Habt Ihr den Eimer mit der Schmiere umgestoßen oder nicht?«

»Ja«, gab sie zu, »aber ich war gerade dabei, einen Lappen zu holen, um das Öl wegzuputzen, als sie an mir vorbeiliefen. Wenn sie es nicht so eilig gehabt hätten, vor mir zu flüchten, hätte ich sie warnen und ihnen sagen können, daß die Planken rutschig waren. Ihr seht also, daß nur ihr idiotischer Aberglaube an dem Unfall schuld ist.«

Der Warnruf, daß ein Schiff in Sicht war, beendete die Diskussion. Innerhalb eines Wimpernschlages wimmelte das Deck von Männern, die auf ihre Posten rannten.

Sara verstand nicht, was diesen Tumult verursacht haben könnte, und bevor Jimbo ihr alles erklären konnte, brüllte Nathan ihren Namen.

»Nathan, ich habe überhaupt nichts getan«, jammerte sie, als er direkt auf sie zusteuerte. »Was immer geschehen ist, ich schwöre dir, daß ich nichts damit zu tun habe.«

Diese heftige Verteidigung ließ Nathan innehalten. Er lächelte sogar, bevor er ihre Hand ergriff und sie zu ihrer Kajüte zerrte.

»Ich weiß doch, daß du dafür nicht verantwortlich bist, Sara, aber die Männer könnten meinen, daß du ein Unheil heraufbeschworen hast.«

»Was für ein Unheil ist es diesmal?« fragte sie matt.

»Wir scheinen ungebetene Gäste zu bekommen, Sara.«

»Ungebetene Gäste?« hauchte sie, als sie die Kajüte erreichten. Nathan öffnete die Tür, aber es war offensichtlich, daß er nicht vorhatte, lange zu bleiben.

»Piraten«, erklärte er knapp.

Sara wurde kreidebleich.

»Wage nicht, jetzt ohnmächtig zu werden«, befahl Nathan, streckte aber für den Fall, daß sie ihm nicht gehorchte, die Arme aus, um sie aufzufangen.

Sie stieß seine Hände weg. »Ich falle nicht in Ohnmacht«, behauptete sie. »Ich bin wütend, Nathan, nicht ängstlich. Verdammt will ich sein, wenn ich zulasse, daß meine Bediensteten glauben, ich hätte Piraten angelockt. Verjage sie, Nathan. Ich bin nicht in der Verfassung, noch mehr Aufregungen durchzustehen.«

Nathan wußte, daß es ein Gefecht geben würde, aber er war nicht bereit, dieses Wissen an seine Frau weiterzugeben. Er machte sich Vorwürfe, daß er für diese Reise nicht den Schnellsegler genommen hatte, den die Bastarde niemals hätten einholen können. Die *Seahawk* war zu schwerfällig und lag zu tief im Wasser, um den Piraten davonzusegeln.

»Versprich mir, daß du auf dich acht gibst«, bat Sara.

Er ignorierte ihre Bitte. »Matthew hat Nora heruntergebracht. Bleib hier, bis er zu dir kommt.«

Nach dieser Anweisung drehte er sich um und ging zur Tür. Sara lief ihm nach und zwang ihn stehenzubleiben, indem sie seine Taille umarmte. Nathan wandte sich ihr zu und hielt ihre Hände fest. »Grundgütiger Himmel, Sara, dies ist wirklich der falsche Zeitpunkt, um einen Abschiedskuß zu feilschen«, grollte er.

Sie wollte ihm gerade erklären, daß sie ihn nicht deswegen aufgehalten hatte, als er sie mit einem schnellen Kuß überraschte.

Als er sie von sich schob, lächelte sie. »Nathan, dies ist nicht der richtige Zeitpunkt romantisch zu werden. Du hast einen Angriff zu befürchten und solltest dich darum kümmern.«

»Warum hast du mich zurückgehalten?« wollte er wissen.

»Ich wollte dir nur das Versprechen abnehmen, daß du vorsichtig sein wirst.«

»Sara, du legst es darauf an, mich in den Wahnsinn zu treiben. Du tust das alles nur, um mich um meinen Verstand zu bringen, stimmt's?«

Diese lächerliche Frage beantwortete sie erst gar nicht. »Versprich es mir, Nathan: Ich lasse dich sonst nicht gehen. Ich liebe dich und würde krank vor Sorge werden, wenn du mir nicht dein Wort gibst.«

»Gut«, erwiderte er gedehnt. »Ich bin vorsichtig. Bist du jetzt glücklich.«

»Ja, ich danke dir«, sagte sie und lief in die Kajüte zurück, um sich auf die Schlacht vorzubereiten. Sie durchsuchte den Schreibtisch nach Waffen. Wenn die Piraten das Schiff tatsächlich entern sollten, würde Sara ihren Mann auf jede nur erdenkliche Weise unterstützen.

Sie fand zwei geladene Pistolen und einen rasiermesserscharfen Dolch in einer Schublade. Sara versteckte den Dolch im Ärmel ihres Kleides, stopfte die Pistolen in ihr blaues Retikül und wickelte, gerade als Matthew hereinkam, die Bänder des Täschchens um ihr Handgelenk.

Ein lautes Donnern ertönte in der Ferne.

»War das eine von ihren Kanonen oder unsere?« fragte Sara mit zitternder Stimme.

»Es war eine von ihren«, entgegnete Matthew. »Aber sie haben ihr Ziel verfehlt, sie sind noch zu weit weg, um uns

Schaden zufügen zu können. Deshalb feuern wir auch noch nicht zurück. Kommt mit mir, Sara. Ich habe Nora auch schon in den unteren Frachtraum gebracht. Hier könnt Ihr nicht bleiben.«

Sara erhob keine Einwände, da sie vermutete, daß Nathan befohlen hatte, sie in Sicherheit zu bringen, aber sie kam sich wie ein erbärmlicher Feigling vor.

Auf der Treppe war es stockfinster, aber als sie um eine scharfe Ecke bogen, wies ihnen das schwache Leuchten einer Kerze den Weg zu der Stelle, wo Nora geduldig wartete.

Saras Tante saß auf einer Holzkiste und hatte ihre hellrote Stola um ihre Schultern gelegt. Sie sah keineswegs so aus, als ob sie Angst hätte. »In Kürze erleben wir ein Abenteuer, Sara«, verkündete sie. »Matthew, Lieber, sei vorsichtig.«

Matthew nickte. »Es wäre vielleicht ein Abenteuer, wenn wir nicht eine so wertvolle Fracht an Bord hätten.«

»Was für eine wertvolle Fracht?« wollte Sara wissen.

»Ich denke, er meint dich und mich, Liebes«, erklärte Nora.

»Ja«, bestätigte Matthew und fügte, als er sich zum Gehen wandte, hinzu: »Wir müssen uns diesmal verteidigen, statt selbst anzugreifen. Das ist etwas ganz Neues für die Crew.« Sara verstand nicht, was er meinte, aber Nora lächelte wissend.

»Was hatte diese Bemerkung zu bedeuten, Nora?« fragte sie.

Nora war kurz davor, Sara über den Sachverhalt aufzuklären, überlegte es sich aber dann doch anders. Sara war ein so unschuldiges Kind und sah alles entweder als nur gut oder als nur böse an. Irgendwann würde auch sie einmal begreifen, daß das Leben nicht so einfach war, dann war sie vielleicht in der Lage zu akzeptieren, daß Nathan mehr war, als er im Moment zu sein schien. Nora hoffte inständig, daß sie Sara beistehen konnte, wenn sie erfuhr, daß sie mit Pagan verheiratet war.

»Ich vermute, daß die Besatzung rücksichtsloser kämpfen würde, wenn wir nicht an Bord wären«, sagte Nora.

»Aber das ergibt doch überhaupt keinen Sinn«, rief Sara.

Das wußte Nora auch, aber sie wollte nicht weiter darüber sprechen. »Wird hier die Munition aufbewahrt?« fragte sie.

»Ich glaube schon. Ob die Fässer wohl mit Pulver gefüllt sind?«

»Vermutlich«, meinte Nora. »Wir müssen auf die Kerze aufpassen. Wenn hier ein Feuer ausbricht .. wir müssen daran denken, sie auszublasen, wenn Matthew uns wieder abholt.«

Plötzlich lief ein Ruck durch das Schiff, als ob es auf einen Felsen aufgefahren wäre. »Glaubst du, daß sie uns getroffen haben?« flüsterte Sara.

»Es scheint so.«

»Nathan sollte diese Angelegenheit lieber schnell beenden. Meine Nerven halten eine solche Aufregung nicht mehr aus. Nora, du bist Matthew in den letzten Tagen ziemlich nahegekommen, stimmt's?«

Nora kicherte. »Du hast wirklich die günstigste Zeit gewählt, um mich das zu fragen.«

»Ich wollte dich nur ein wenig ablenken«, verteidigte sich Sara.

»Das scheint mir eine gute Idee zu sein. Du hast recht, Sara, Matthew und ich sind Freunde geworden. Er ist ein sehr verständnisvoller und freundlicher Mann. Ich hatte schon ganz vergessen, was für eine Erleichterung es ist, wenn man seine Gedanken und Sorgen einem fürsorglichen Menschen anvertrauen kann.«

»Ich bin auch fürsorglich, Tante Nora.«

»Ja, Liebes, das weiß ich, aber das ist nicht dasselbe. Du wirst verstehen, was ich meine, wenn du Nathan besser kennengelernt hast.«

»Ich fürchte, das wird nie geschehen«, seufzte Sara. »Vertraut dir Matthew auch seine Gedanken an?«

»O ja, oft.«

»Spricht er mit dir über Nathan?«

»Manchmal, aber ich habe versprochen, nicht darüber zu reden.«

»Aber das mußt du«, protestierte Sara. »Ich bin deine Nichte, und alles, was du erfahren hast, könnte mir ein wenig weiterhelfen. Du vertraust mir doch, Nora?«

Nora überlegte lange, bevor sie sagte: »Matthew hat mir alles über Nathans Vater erzählt. Bist du dem Earl of Wakersfield je begegnet, Sara?«

Sara schüttelte den Kopf. »Es heißt, daß er gestorben ist, als Nathan noch ein Junge war. Ich habe gehört, daß er ziemlich streitsüchtig war.«

»Ja, das war er, und er war ein Verräter. Er hat sein Land betrogen. Ja, das ist die Wahrheit«, versicherte Nora, als Sara zu einer Erwiderung ansetzen wollte. »Es ist eine schreckliche Geschichte, Kind. Er hat mit anderen Verrätern gemeinsame Sache gemacht, und sie dachten, sie könnten die Regierung stürzen. Die drei Männer nannten sich selbst Tribunal, und sie trieben ziemlich lange ihr Unwesen. Nach einiger Zeit wurde sich Nathans Vater klar, was er angerichtet hatte, und sein schlechtes Gewissen hat ihn umgebracht, bevor die Wahrheit ans Tageslicht kam.«

Sara war fassungslos. »Armer Nathan, er muß sich entsetzlich geschämt haben.«

»O nein«, meinte Nora. »Offiziell wurde erklärt, daß der Earl bei einem Unfall mit der Kutsche ums Leben gekommen ist, und seine Machenschaften wurden geheimgehalten. Ich erzähle dir das nur, weil deine Familie davon erfahren und deine Ehe deshalb für ungültig erklären lassen könnte.«

»Oh, dafür ist es zu spät.«

»Sara, wenn du das glaubst, bist du wirklich naiv. Die Umstände, unter denen deine Ehe zustande gekommen ist, sind sehr ungewöhnlich, und der König ...«

»... war verrückt«, ergänzte Sara leise.

»Und du warst gerade erst vier Jahre alt«, fügte Nora hinzu.

»Aber jetzt leben wir als Mann und Frau zusammen, und ich kann mir nicht vorstellen, daß es der Prinzregent wagen würde ...«

»Er kann tun, was immer er will«, warf Nora ein.

»Nora, du brauchst dir keine Gedanken darüber zu machen. Ich werde bestimmt niemandem erzählen, was Nathans Vater getan hat, und meine Eltern werden nie etwas davon erfahren. Ich werde nicht einmal Nathan verraten, daß ich etwas davon weiß, bevor er mir nicht ganz und gar vertraut.«

Das beschwichtigte Noras Bedenken. »Ich habe auch herausgefunden, wie die Narben auf Nathans Rücken zustandegekommen sind.«

»Ich vermute, daß ihn jemand ausgepeitscht hat«, wisperte Sara.

»Es war keine Peitsche. Die Haut an seinem Rücken ist verbrannt, Kind.«

Sara drehte sich fast der Magen um. »Hat man ihm das mit Absicht angetan?«

»Ich glaube schon, aber ganz sicher bin ich nicht. Eine

Frau namens Ariah war in den Vorfall verwickelt. Nathan hat sie in einem Hafen im Fernen Osten kennengelernt.«

»Was hatte Nathan mit ihr zu tun?«

»Ich weiß es nicht genau, aber sie war eine unmoralischer Person, und sie hat Nathan umgarnt.«

Sara zog scharf die Luft ein. »Willst du damit sagen, daß er mit dieser Person ... intim gewesen ist?«

Nora tätschelte Saras Hand. »Nathan hat sich nur wie jeder junge Mann die Hörner abgestoßen. Du hast keinen Grund, deswegen in Panik zu geraten.«

»Glaubst du, daß er sie geliebt hat?«

»Natürlich nicht. Er hat immer gewußt, daß er zu dir gehört, und er hätte sich nie gestattet, sich in eine andere Frau zu verlieben. Ich wette, daß er Ariah zum Schluß richtiggehend gehaßt hat. Matthew hat mir erzählt, daß sie Nathan nur ausgenutzt hat, um ihre anderen Liebhaber gegeneinander auszuspielen. Ariah muß eine Meisterin ihres Fachs gewesen sein, deshalb glaube ich, daß Nathan wegen ihrer Ränke viel gelitten hat. Er ist sogar ins Gefängnis gekommen – ihretwegen. Gott sei Dank gab es in ihrem Heimatland eine kleine Revolution, und er konnte entkommen. Dabei hat es eine Feuersbrunst gegeben. Kurz danach hat er Jimbo und Matthew kennengelernt, und sie haben ihn sozusagen unter ihre Fittiche genommen.«

»Nathan muß sehr jung gewesen sein«, sagte Sara mit zitternder Stimme, »sonst hätte ihn diese schreckliche Frau nicht betrügen können. Wahrscheinlich hat er sie doch geliebt, Nora.« Sara seufzte. »Natürlich würde ich mir wünschen, daß sie nicht ... intim miteinander gewesen sind, aber selbst wenn ... er war mir nicht wirklich untreu, schließlich waren wir damals noch nicht so verheiratet wie heute. Weißt du, Nora, allmählich verstehe ich alles ein wenig besser.«

»Was verstehst du besser?«

»Wir haben nie darüber gesprochen, Nora, aber Nathan bemüht sich verzweifelt, seine Gefühle nicht zu zeigen. Nach dieser scheußlichen Erfahrung könnte er doch allen Frauen mißtrauen, und ich kann ihn dafür nicht einmal verurteilen.«

»Sara, das Ereignis liegt schon viele Jahre zurück, und Nathan ist jetzt ein erwachsener Mann. Ich bin sicher, daß er das schlimme Erlebnis längst überwunden hat.«

Sara schüttelte den Kopf. »Wie kannst du dir dann sein seltsames Verhalten erklären? Nathan erschrickt jedesmal, wenn ich ihm sage, daß ich ihn liebe, und dann wendet er sich von mir ab. Er sagt nie, daß er mich mag, und ich bin überzeugt, daß er alle Frauen haßt – nur mich nicht, natürlich.«

Nora lächelte. »Dich nicht?«

»Ich glaube, daß er mich liebt, aber er weiß es noch nicht.«

»Du mußt ihm Zeit lassen, Liebes. Männer sind in solchen Dingen immer sehr schwerfällig und störrisch.«

Dem konnte Sara aus vollem Herzen zustimmen. »Wenn ich dieser Ariah je begegnen sollte, werde ich ...«

»Du könntest ihr tatsächlich einmal begegnen«, fiel Nora ihr ins Wort. »Sie hat die letzten Jahre in London verbracht, und Matthew meint, daß sie auf der Suche nach einem Liebhaber ist, der sie aushält.«

»Weiß Nathan, daß sie in England ist?«

»Das könnte ich mir gut vorstellen.«

Der Kampflärm brandete auf und machte jede weitere Unterhaltung unmöglich.

Nach zwanzig oder dreißig Minuten senkte sich plötzlich eine tödliche Stille über das Schiff.

»Wenn ich wenigstens sehen könnte, was geschehen ist,

würde ich mir nicht so viele Sorgen machen«, flüsterte Nora.

Sara griff die Idee sofort auf. »Ich schleiche mich zu den Kajüten und sehe nach, ob alles in Ordnung ist.«

Nora unternahm vehemente Versuche, ihrer Nichte dieses Vorhaben auszureden, aber ihre Tirade wurde jäh unterbrochen, als sich die Luke über der Treppe öffnete. Die beiden Frauen beteten stumm zu Gott, daß Matthew gleich auf sie zukommen möge, um sie abzuholen. Aber als niemand ihre Namen rief, mußten sie sich auf die schreckliche Möglichkeit gefaßt machen, daß der Feind das Schiff eingenommen haben könnte. Sara gab ihrer Tante ein Zeichen, sich in eine Ecke zu drücken, und blies die Kerze aus. Dann tastete sie sich zur Treppe und wartete auf die Gelegenheit, sich auf den Feind zu stürzen. Sie fürchtete sich zu Tode, aber das konnte sie nicht aufhalten, und ihre Hauptsorge galt Nathan. Wenn die Piraten das Schiff geentert hatten – war ihr Mann dann noch am Leben? Vor ihrem geistigen Auge sah sie ihn in einer riesigen Blutlache liegen, aber sie zwang sich, nicht an so schreckliche Dinge zu denken. Sie konnte ihrem Mann nicht helfen, wenn sie ihrer Phantasie freien Lauf ließ.

Durch die geöffnete Luke fiel fahles Licht, und Sara konnte zwei Männer mit hellen Kopftüchern erkennen. Der erste ging an der Luke vorbei, aber der zweite nicht. Er fluchte laut, als er durch die Öffnung fiel und die Treppe hinunterpolterte. Er landete genau zwischen zwei Balken und strampelte mit den Beinen in der Luft herum, während seine Arme und sein Oberkörper in dem Spalt eingeklemmt waren.

»Was zur Hölle ist passiert?« knurrte der erste Mann, drehte sich um und schaute durch die Luke. »Du hast dich wohl selbst in eine Falle bugsiert, wie?« kicherte er, als er seinen Freund zappeln sah. Er kam die Treppe herunter, um ihn zu befreien und den einen Balken zur Seite zu schieben, hielt aber inne, als eine leichte Brise sein Gesicht streifte.

Der Feind machte Anstalten, sich umzudrehen. Sara reagierte blitzschnell und zog ihm den Kolben der Pistole über den Schädel. Sie entschuldigte sich pflichtschuldig, als der Mann auf dem Boden zusammenbrach.

Er hatte nicht einmal geschrien, dafür schrie sie um so lauter. Aber als sie sah, daß er noch atmete, beruhigte sie sich. Sie hob ihren Rocksaum ein wenig an und hüpfte mit einem graziösen Sprung über den bewußtlosen Mann, um zu ihrem zweiten Opfer zu gelangen.

Der häßliche Kerl schielte sie erstaunt an, und das ersparte ihm einiges. Wenn er sie nicht so angestarrt hätte, wäre sie vermutlich in der Lage gewesen, ihn mit einem Hieb auszuschalten, aber so hatte sie nicht das Herz dazu. Außerdem saß der Schurke schon in einer Klemme, aus der er sich nicht allein befreien konnte. Seine mißliche Lage erregte ihr Mitleid, und deshalb riß sie nur einen Streifen von ihrem Unterrock ab, knüllte den Stoff zusammen und stopfte ihn dem Piraten in den Mund, damit er nicht um Hilfe schreien konnte. Nora eilte herbei und half ihr, seine Füße zu fesseln. Nora machte den Eindruck, als ob sie sehr zufrieden wäre, weil sie den Feind unschädlich gemacht hatten, und Sara hatte den Verdacht, daß ihre Tante den Ernst der Lage nicht richtig begriff. Wenn die beiden Kerle schon bis zum Munitionslager vorgedrungen waren, dann befanden sich bestimmt noch andere Piraten an Bord.

»Schau, Liebes, dort sind Seile. Sollte ich den anderen Gentleman nicht lieber auch fesseln?« fragte Nora.

Sara nickte. »Ja, das ist eine glänzende Idee. Er könnte jeden Moment zu sich kommen. Du kannst ihm auch einen

Knebel in den Mund stecken. Mein Unterrock ist ohnehin schon ruiniert.«

Sara riß noch einen Streifen ab und reichte ihn ihrer Tante. Dann versuchte sie, Nora eine der Pistolen in die Hand zu drücken, aber die alte Dame lehnte ab.

»Du könntest beide Pistolen brauchen, wenn du Nathan und Matthew retten willst, Liebes.«

»Du solltest mir nicht zuviel zutrauen, Nora«, flüsterte Sara. »Ich bin mir nicht sicher, ob ich überhaupt jemanden retten kann.«

»Mach dich auf den Weg«, befahl Nora. »Du hast das Überraschungsmoment auf deiner Seite, Sara. Ich warte hier, bis du die Angelegenheit geregelt hast.«

Sara hätte ihre Tante gern zum Abschied umarmt, aber sie fürchtete, daß sich bei einer ungeschickten Bewegung ein Schuß aus einer der Pistolen lösen könnte.

Sara betete zu allen Heiligen, während sie zu dem Korridor ging, an dem sich die Kajüten befanden. Sie spähte gerade durch ihre Kajütentür, als sie Schritte auf der Treppe und Männerstimmen hörte. Sie huschte in die Messe und drückte sich in die Ecke hinter der zusammengefalteten Trennwand.

Jimbo stolperte als erster die Treppe herunter. Sara konnte ihn durch ein Loch in der Trennwand genau sehen. Ein großer Schnitt zog sich über seine Stirn, und sein Gesicht war blutüberströmt. Er konnte sich das Blut nicht einmal abwischen, da seine Hände auf dem Rücken gefesselt waren. Drei Piraten waren bei ihm.

Als Sara die Wunde sah, vergaß sie ihre Angst und empfand nur noch grenzenlosen Zorn.

Jimbo schaute über die Schulter zur Treppe, und in diesem Moment trat Nathan in Saras Blickfeld. Auch ihm hatte man die Hände auf den Rücken gebunden. Sara war so erleichtert und dankbar, ihn lebend zu sehen, daß sie gleichzeitig zitterte und lächelte. Wie so oft machte ihr Mann den Eindruck, als ob er sich maßlos langweilen würde.

Sie beobachtete, daß er Jimbo kaum merklich zunickte, und Jimbo drehte den Kopf zur Trennwand.

Sara vermutete, daß Nathan sie bemerkt hatte, und sah an sich herunter. Der Saum ihres Kleides war an der Trennwand hängengeblieben und von der anderen Seite zu sehen. Sie korrigierte ihre Nachlässigkeit sofort.

»Schafft sie in die Kajüte«, befahl eine gemeine Stimme.

Einer der Schurken versetzte Nathan einen Stoß, der ihn zum Stolpern brachte. Nathan drehte sich im Sturz geschickt um und fiel direkt neben der Trennwand auf die Knie und dann auf die Seite. Seine Hand war nur ein paar Zentimeter von ihrem Fuß entfernt.

»Da kommt Banger mit dem Rum«, verkündete ein anderer Pirat. »Wir können ja einen trinken und uns überlegen, wie wir sie umbringen wollen. Perry, muß der Captain als erster oder als letzter dran glauben?«

Sara nutzte die Gelegenheit und schob Nathan eine der Pistolen in die Hand. Da er diesen neugewonnenen Vorteil, den sie ihm geboten hatte, nicht sofort nutzte, gab sie ihm einen kleinen Schubs.

Er zeigte keinerlei Reaktion auf ihre Aufforderung. Sie wartete noch eine volle Minute, und als er das Feuer immer noch nicht eröffnet hatte, erinnerte sie sich plötzlich daran, daß seine Hände gefesselt waren. In der nächsten Sekunde fiel ihr auch der Dolch in ihrem Ärmel wieder ein, und sie machte sich sofort ans Werk. Sie ritzte ihm zweimal die Haut auf, bis Nathan die Sache selbst in die Hand nahm und die schon gelockerten Seile vollends durchschnitt.

Obwohl die Befreiungsaktion nicht lange gedauert hatte, kam es Sara vor, als ob eine Ewigkeit vergangen wäre.

»Wo ist unser Captain?« brüllte eine Stimme. »Ich will endlich meinen Rum.«

Sara schloß daraus, daß die Halunken auf ihren Anführer warteten, bevor sie ihr mörderisches Saufgelage begannen.

Warum schritt Nathan nicht zur Tat? Seine Hände waren frei, aber er tat noch so, als wäre er gefesselt. Er hielt die Klinge des Dolchs zwischen den Fingern und schien nur auf eine günstige Gelegenheit zu warten, ihn auf ein Ziel zu schleudern. Die Pistole in seiner anderen Hand war auf den Boden gerichtet.

Er sah kampfbereit aus, aber er wartete immer noch. Nach einiger Zeit drückte er Sara fester an die Wand und wollte ihr damit offensichtlich zu verstehen geben, daß sie bleiben sollte, wo sie war.

Als ob ich in der Stimmung wäre, irgendwohin zu spazieren, dachte Sara erbost, aber gleich darauf meldete sich ihre Angst wieder. Guter Gott, warum unternahm ihr Mann nicht endlich etwas? Wartete er etwa darauf, daß sich die Anzahl der Piraten verdoppelte? Sara faßte den Entschluß, ihm ihrerseits eine kleine Botschaft zu übermitteln. Sie rückte näher zu ihm und zwickte ihn in sein Hinterteil.

Er rührte sich nicht, und sie zwickte ihn noch einmal, zog aber ihre Hand schnell zurück, als sie hörte, daß noch jemand die Treppe herunterkam. Offenbar war es der Anführer der Piraten, da ein Mann zu ihm sagte, es sei höchste Zeit, daß er endlich auftauchte. Alle seien darauf aus, einen kräftigen Schluck Rum zu trinken, bevor sie ihr Werk vollendeten.

Einer der Piraten öffnete die Tür zu ihrer Kajüte und

ging hinein. Nur einen Moment später stürmte er wieder auf den Korridor. Dieser gemeine Schuft hatte doch tatsächlich eines ihrer Kleider in seinen schmutzigen Händen, noch dazu das hellblaue, das sie am meisten mochte!

Sie schwor sich, dieses Kleid nie wieder zu tragen.

»Captain, wir haben eine Frau an Bord«, verkündete der ekelhafte Kerl.

Der Anführer stand mit dem Rücken zu Sara, so daß sie sein Gesicht nicht sehen konnte – dafür war sie dankbar. Seine Größe war schon angsteinflößend genug.

Als der Piratencaptain ein lautes gemeines Wiehern ausstieß, schauderte Sara so, als ob unzählige Käfer über ihre Haut krabbeln würden.

»Sucht das Weibsstück«, befahl er. »Wenn ich mit ihr fertig bin, könnt ihr sie haben.«

Sara preßte die Hand auf ihren Mund, um einen Schrei zu ersticken.

»Captain«, protestierte ein anderer Schurke, »sie ist tot, bevor wir an die Reihe kommen.«

Rauhes Gelächter folgte der Bemerkung. Sara hatte gute Lust zu weinen, und außerdem hatte sie genug. Sie kniff Nathan zum drittenmal und stupste ihn an.

Endlich kam er ihrer Aufforderung nach. Er schoß wie ein Blitz auf die beiden Männer zu, die vor der Kajütentür standen, und gleichzeitig warf er den Dolch. Die Klinge fand ihr Ziel und traf einen der Schurken, der sich an der Treppe aufhielt, genau zwischen die Augen. Ein Pistolenschuß streckte einen anderen Piraten nieder.

Nathan rammte seine Schultern in die Männer, die die Tür blockierten und durch die Wucht der Attacke in die Kajüte geschleudert wurden. Nathan folgte ihnen und beendete den Kampf, indem er die Köpfe der beiden gegeneinanderschlug.

Jimbo stürmte mit dem Kopf voran auf den Anführer der Piraten zu. Seine Hände waren noch immer gefesselt, und deshalb brachte er mit seinem Angriff den Gegner nur aus dem Gleichgewicht. Der Piratencaptain war schnell wieder auf den Beinen und umklammerte Jimbos Hals, dann schleuderte er ihn auf den Boden und versetzte ihm einen Tritt. Glücklicherweise war der Captain mehr damit beschäftigt, seine Pistole aus der Tasche zu ziehen als seinen Tritt gezielt zu plazieren.

Nathan kam genau in dem Augenblick auf den Flur, in dem der Anführer die Pistole hob und zischte: »Du stirbst einen langsamen und qualvollen Tod.«

Sara war viel zu aufgebracht, um Angst zu empfinden. Sie umrundete die Trennwand und schlich leise weiter, bis sie dicht hinter dem Schurken stand. Dann preßte sie den Lauf der Pistole an seinen Schädel und flüsterte: »Und du stirbst schnell und schmerzlos.«

Der Anführer spürte den kalten Pistolenlauf und wurde stocksteif. Sara war sehr zufrieden über diese Reaktion, und Nathan schien ähnliche Empfindungen zu haben. Er lächelte sie an. Sie lächelte zurück. Die Dinge standen also doch nicht so schlecht, wie sie gedacht hatte. Aber im Augenblick hatte sie ein anderes Problem. Sie wußte nicht, ob sie fähig war, einen Mann zu erschießen. Dies war eine Feuerprobe, und sie nahm sich vor, sie zu bestehen. Das Leben ihres Mannes hing von ihrer Beherztheit ab.

»Nathan?« rief sie. »Würdest du es vorziehen, daß ich die Kugel in seinen Hinterkopf jage, oder soll ich diesmal in den Nacken schießen?«

Der Bluff wirkte wunderbar. »Diesmal?« stammelte ihr Opfer.

Leider war das noch nicht genug. Der Schuft hatte seine Waffe immer noch auf Nathan gerichtet.

»Ja, diesmal, du Dummkopf«, fauchte Sara und versuchte ihre Stimme so gemein wie möglich klingen zu lassen. Das gelang ihr erstaunlich gut.

»Was würdest du vorziehen?« fragte Nathan zurück.

Er lehnte lässig am Türrahmen und wirkte sehr entspannt.

»Den Nacken«, erwiderte Sara. »Kannst du dich nicht mehr daran erinnern, wie mühsam es war, die Schweinerei vom letztenmal wegzuputzen? Die Flecken sind eine ganze Woche lang nicht rausgegangen. Na ja, dieser Schurke scheint wenigstens kein so großes Hirn zu haben. Oh, du entscheidest, und ich gehorche.«

Der Piratencaptain ließ seine Hand sinken, und die Pistole polterte zu Boden. Sara war siegessicher, aber noch bevor Nathan sich auf ihn stürzen konnte, wirbelte der Schurke herum. Seine Faust traf Saras linke Wange, als er mit einer ungeschickten Bewegung versuchte, ihr die Pistole aus der Hand zu schlagen.

Sara hörte Nathans Brüllen, taumelte zurück und stolperte dabei über Jimbos große Füße. Prompt löste sich ein Schuß aus der Pistole. Dem lauten Knall folgte ein Jaulen, und Saras Feind schlug die Hände vors Gesicht.

Er schien lange zu brauchen, bis er zu Boden sank. Saras letzter Gedanke, ehe die Schwärze sie einhüllte, war schauderhaft. Gütiger Gott, sie hatte dem Schurken ins Gesicht geschossen. Als Sara einige Zeit später zu sich kam, lag sie im Bett. Matthew preßte seinen kalten Lappen auf ihre linke Wange, und Jimbo fächelte ihr mit einer Seekarte von Nathans Schreibtisch Luft zu.

Ihr Mann war nicht da. Sobald Sara diese Tatsache registriert hatte, schleuderte sie die Decke zur Seite und versuchte aufzustehen.

Jimbo drückte sie in die Kissen zurück. »Bleibt liegen,

Sara. Ihr habt einen ordentlichen Hieb abgekriegt, und Eure Wange ist ziemlich angeschwollen.«

»Wo ist Nathan?« fragte sie. »Ich möchte ihn sehen.«

Bevor Jimbo antworten konnte, saß er auf dem Bett. Sara riß Matthew den feuchten Lappen aus der Hand und begann Jimbos Stirn damit abzuwischen.

»Diese kleine Frau ist fürchterlich, wenn sie in Rage gerät, stimmt's, Matthew?« brummte Jimbo so griesgrämig, wie er konnte. »Hört auf, an mir herumzuwischen.«

Sara achtete nicht auf sein Gerede. »Matthew, glaubt Ihr, daß er in Ordnung ist? Der Schnitt scheint nicht besonders tief zu sein, aber vielleicht ...«

»Ihm geht's gut«, behauptete Matthew.

Sara nickte und beschäftigte sich wieder mit ihrem eigenen Kummer. »Ein Mann sollte seine Frau trösten, wenn sie niedergeschlagen worden ist«, verkündete sie. »Jeder Mensch, der auch nur einen Funken Verstand hat, weiß das. Matthew, geht und holt Nathan. Bei Gott, er wird mich trösten, oder ich ...«

»Sara«, fiel Matthew ihr ins Wort. »Euer Mann ist der Captain dieses Schiffes, und er hat ein paar wichtige Dinge zu erledigen. Außerdem würde Euch seine Gesellschaft jetzt nicht besonders gefallen. Der Junge hat eine mörderische Wut.«

»Weil die Piraten sein Schiff geentert haben?«

»Weil dieser Bastard Euch geschlagen hat, Sara«, brummte Jimbo. »Ihr wart besinnungslos nach dem Hieb, und deshalb konntet Ihr sein Gesicht nicht sehen. Und das ist auch gut so, denn diesen Anblick würdet Ihr Euer Leben lang nicht vergessen. Ich habe ihn nie zuvor so außer sich erlebt.«

»Das ist wunderbar«, flüsterte Sara.

Die beiden Seemänner tauschten verblüffte Blicke aus.

In dieser Sekunde fiel Sara wieder ein, daß sie eine Todsünde begangen hat.

»O Gott«, schrie sie auf, »ich habe den Mann ins Gesicht geschossen. Ich bin zum Fegefeuer verdammt.«

»Ihr habt das Leben Eures Mannes gerettet«, gab Jimbo zu bedenken. »Ihr werdet nicht in der Hölle schmoren, Sara.«

»Er wird für den Rest seines Lebens ... häßlich sein«, hauchte sie.

»Sara, er war schon immer häßlich«, meinte Matthew.

»Ich wünschte, Ihr hättet den Bastard umgebracht«, sagte Jimbo. »Aber Ihr habt ihm leider nur die Nase ...«

»Mein Gott, ich habe seine Nase getroffen?«

»Jimbo, du machst alles nur noch schlimmer«, raunte Matthew.

»Habe ich dem armen Mann die ganze Nase weggeschossen?«

»Armer Mann?« schnaubte Jimbo. »Dieser Kerl ist ein Teufel. Wißt Ihr, was er mit Euch getan hätte, wenn ...?«

»Der Bastard hat seine Nase noch«, sagte Matthew schnell und funkelte seinen Freund finster an. »Hör auf, sie noch mehr aufzuregen«, zischte er und wandte sich Sara wieder zu. »Ihr habt ihm ein kleines Loch beigebracht.«

»Ihr habt uns alle gerettet«, erklärte Jimbo.

Diese Bemerkung hellte ihre Stimmung beträchtlich auf. »Ich habe alle gerettet?«

Die beiden Männer nickten.

»Womit genau beschäftigt sich Nathan gerade?«

»Mit Rache«, erwiderte Jimbo. »Auge um Auge, Sara. Sie wollten uns alle umbringen ...«

Lady Sara schnappte entsetzt nach Luft und rannte aus der Kajüte. Jimbo und Matthew setzten ihr nach.

Nathan stand am Ruder. Die Piraten, die versucht hatten, auf ihr eigenes Schiff zu kommen, waren an der Reling angekettet. Die Besatzung der *Seahawk* stand um Nathan herum.

Sara eilte an die Seite ihres Mannes und berührte seinen Arm, um seine Aufmerksamkeit auf sich zu ziehen. Sie hatte keinen Erfolg. Er hielt seinen Blick starr auf den Anführer der Piraten gerichtet, der nur wenige Meter von ihm entfernt an der Reling stand.

Als Sara den Mann sah, trat sie instinktiv einen Schritt näher an ihn heran. Der Mann drückte einen Lumpen an seine Nase. Sie wollte ihm gern sagen, wie leid es ihr tat, daß sie ihn verletzt hatte. Aber ebenso gern wollte sie ihm erklären, daß das alles seine eigene Schuld gewesen war. Der Schuß wäre nie losgegangen, wenn er sie nicht niedergeschlagen hätte.

Offenbar ahnte Nathan, was sie sich vorgenommen hatte. Er ergriff ihren Arm und hielt sie zurück.

»Geh nach unten«, befahl er ruhig, aber mit einem drohenden Unterton.

»Nicht, bevor du mir sagst, was du mit ihnen vorhast«, entgegnete sie.

Nathan hätte vielleicht die Bedenken seiner Frau, er könnte zu streng vorgehen, zerstreuen können, wenn er sie in diesem Moment nicht angesehen hätte. Ihre geschwollenen Wange schürte seinen Zorn bis zur Weißglut.

»Wir werden sie töten.«

Er wandte sich seiner Mannschaft zu, bevor er Sara erneut anwies: »Geh hinunter, wir sind in einigen Minuten fertig.«

Sie ging nirgendwohin, sondern verschränkte die Arme vor der Brust und baute sich vor ihm auf. »Du wirst sie nicht töten.«

Mit diesem knappen Kommando gewann sie endlich die

Aufmerksamkeit ihres Mannes – und sie zog seinen Zorn auf sich. Er sah sie an, als ob sie sein erstes Opfer wäre.

»Zur Hölle, natürlich werde ich«, knurrte er.

Einige Männer murmelten Zustimmung, und Sara war schon drauf und dran, ihre Forderung zu wiederholen, aber Nathan nahm ihr allen Wind aus den Segeln, als er ihre Wange sanft berührte. Er beugte sich leicht zu ihr und flüsterte: «Er hat dich verletzt, Sara. Ich muß ihn töten.«

Für Nathan war alles klar und eindeutig, und er war sicher, daß es vernünftig gewesen war, ihr die Gründe für seinen Entschluß darzulegen.

Sie begriff gar nichts und sah ihn ungläubig an.

»Willst du damit sagen, daß du jeden töten willst, der mich je geschlagen hat?«

Er beachtete den Tadel in ihrer Stimme nicht und brummte: »Verdammt richtig.«

»Dann mußt du die Hälfte meiner Familie umbringen«, brach es aus ihr hervor.

Gütiger Himmel, das hätte sie nie sagen dürfen. Sein Blick wurde noch wütender, aber seine Stimme klang überraschend weich, als er sagte: »Du nennst mir die Namen, Sara, und ich verspreche dir, daß ich mich darum kümmere. Kein Mensch rührt etwas an, was mir gehört.«

»Ja, Mylady«, rief Chester. »Wir beabsichtigen, jeden einzelnen von diesen verfluchten Kerlen umzubringen. Das ist unser gutes Recht.«

Sara blitzte den Seemann an. »Nathan ist euer Captain. Er ist der einzige, der so wichtige Entscheidungen fällt.« Sie wandte sich an ihren Mann. »Ich bin deine Frau, Nathan, und ich denke, daß ich das Recht habe, deine Beschlüsse zu beeinflussen.«

»Nein.«

Oh, was für ein Dickschädel er ist, dachte sie. »Nein?«

schrie sie. »Wenn du sie tötest, bist du um keinen Deut besser als sie. Du wirst zum Gesetzlosen, Nathan, und da ich deine Frau bin, werde ich dann genauso wie du.«

»Aber Mylady, wir *sind* Gesetzlose«, warf Iwan der Schreckliche ein.

»Natürlich sind wir das nicht«, konterte sie. »Wir sind alle gesetzestreue und ergebene Untertanen der Krone.«

Saras Pein linderte Nathans Wut ein wenig. Er legte den Arm um ihre Schulter und sagte: »Sara, ich lasse abstimmen, was wir mit den Piraten machen sollen. Meine Männer sollen die Entscheidung fällen.«

Er war auf ihren Widerspruch vorbereitet und war deshalb völlig verblüfft, als sie nickte.

Er drehte sich zu seinen Männern um und rief: »Wer ist für Gnade?«

Sara unterbrach ihn: »Wenn du erlaubst, Nathan ...«

»Was ist?« brummte Nathan.

»Ich habe meinen Bediensteten noch etwas zu sagen, bevor sie ihre Stimme abgeben.«

»Zum Teufel.«

»Nathan, habe ich alle gerettet oder nicht?«

Diese Frage machte ihn vorsichtig, und Sara nutzte ihren Vorteil. »Jimbo hat gesagt, daß ich alle gerettet habe und jetzt möchte ich von dir dasselbe hören.«

»Ich hatte einen Plan«, begann Nathan unsicher. »Aber ... zur Hölle, ja, du hast es getan.« Er seufzte. »Bist du jetzt zufrieden?«

Sie nickte.

»Dann geh nach unten.«

»Noch nicht«, erwiderte sie und drehte sich mit einem Lächeln zu ihren Bediensteten um. Sie bemerkte bekümmert, daß die Männer allmählich ungeduldig wurden, aber sie ließ sich dennoch nicht von ihrem Vorhaben abbringen.

»Ihr wißt alle, daß ich Nathans Fesseln gelöst habe«, rief sie und merkte selbst, daß diese Aussage nicht nur wie Prahlerei klang, sondern auch ihren Mann als unfähigen Captain aussehen ließ. »Natürlich hätte er sich auch allein ... befreien können, wenn ich ihm nicht geholfen hätte, und er hatte ja einen Plan ...«

»Sara«, warf Nathan warnend ein.

Sie straffte die Schultern und beschloß, zum Kern der Sache zu kommen. »Ich habe auf den Anführer geschossen, und ich möchte euch bitten, ihm keinen weiteren Schaden zuzufügen. Er muß für den Rest seines Lebens mit einer Narbe auf der Nase herumlaufen, und das ist Strafe genug.«

»Das ist viel zu wenig«, schrie ein Mann. »Die Kugel ist glatt durch ein Nasenloch gegangen.«

»Sie hätte ihm den Schädel von den Schultern blasen sollen«, brüllte ein anderer.

»Genau, und vorher hätte sie ihm die Augen ausschießen müssen«, setzte ein dritter hinzu.

Mein Gott, sie sind ein blutrünstiger Haufen, dachte Sara und holte tief Luft. Sie deutete auf den Piratencaptain: »Der Mann hat genug zu leiden.«

»Ja, Sara«, stimmte Matthew zu. »Er wird jedesmal an Euch denken, wenn er sich die Nase putzen will.«

Rauhes Gelächter brandete auf, dann trat Chester einen Schritt vor. »Er wird bald an gar nichts mehr denken. Keiner von ihnen. Sie sind schon jetzt nicht mehr als Fischfutter, wenn die Abstimmung so ausgeht, wie ich denke.«

Sein heftiger Tonfall beunruhigte Sara, und sie lehnte sich leicht gegen die Brust ihres Mannes. Nathan konnte ihr Gesicht nicht sehen, aber er wußte, daß sie sich fürchtete. Ohne nachzudenken, schlang er einen Arm um ihren Hals, und sie legte das Kinn auf sein Handgelenk. Seine

Berührung vertrieb ihre Angst, und sie fragte Chester: »Ist Euch diese Boshaftigkeit angeboren, Sir?«

Chester fiel keine passende Antwort ein, und er zuckte mit den Schultern.

»Also gut«, rief Sara. »Stimmt ab.« Sie stieß Nathans Arm beiseite und trat einen Schritt vor. »Ihr solltet nur eines bedenken«, fuhr sie hastig fort, als schon einige die Hände hoben. »Ich wäre enttäuscht, wenn ihr für den Tod der Männer stimmt. Wirklich sehr enttäuscht«, wiederholte sie dramatisch. »Wenn ihr euch entschließen könntet, die Männer über Bord zu werfen und zu ihrem Schiff schwimmen zu lassen, würdet ihr mir eine große Freude bereiten. Ich hoffe, daß alle verstanden haben, was ich meine.«

Sie behielt ihr Publikum so lange im Auge, bis alle Männer nickten.

»Ist das alles?« fragte Nathan ungläubig. »Mehr wolltest du ihnen nicht sagen?«

»Nein, Nathan, ihr könnt jetzt abstimmen, aber ich denke, du solltest dich der Stimme enthalten.«

»Warum?«

»Weil du nicht in der Lage bist, richtig über alles nachzudenken.«

Er sah sie verständnislos an, und sie erklärte: »Nathan, du bist immer noch wütend, weil ... deine liebe Frau niedergeschlagen worden ist.«

»Meine liebe Frau?«

Sie warf ihm einen mißbilligenden Blick zu. »Ich.«

Gütiger Gott, diese Person brachte ihn wirklich noch an den Rand des Wahnsinns. »Zur Hölle, ich weiß genau, wer meine Frau ist«, knurrte er.

Sara raffte ihre Röcke und ging zur Treppe.

»Bleib in der Kajüte, bis wir hier fertig sind«, befahl Nathan.

Sie spürte, daß die Blicke aller auf sie gerichtet waren, und die Männer warteten offensichtlich, daß sie verschwand, damit sie ihr schändliches Werk vollbringen konnten.

Sara fühlte sich kein bißchen schuldig für das, was sie vorhatte, weil ihre Motive rein wie frischgefallener Schnee waren. Sie konnte nicht zulassen, daß ihre Bediensteten zu Mördern wurden, auch wenn die Piraten noch so gräßlich und brutal gewesen waren. Und eines Tages würden sie ihr bestimmt dankbar sein, daß sie die grausame Tat verhindert hatte.

»Nathan«, sagte sie freundlich. »Ich werde nicht in der Kajüte warten, aber laß mich bitte sofort wissen, was die Abstimmung ergeben hat. Ich würde gern erfahren, ob ihr mich enttäuscht habt oder nicht.«

Nathan schüttelte den Kopf über diese verrückte Aufforderung. Er ahnte, daß sie etwas ausheckte, konnte sich aber nicht vorstellen, was für Möglichkeiten sie noch haben könnte, die Meinung seiner Männer zu beeinflussen.

»Wo werden wir Euch finden, Mylady?« wollte Jimbo wissen.

Sara beobachtete die Gesichter der Männer, während sie verkündete: »Ich warte in der Kombüse.«

Die Männer erschraken zu Tode, nur Nathan grinste.

»Ich wünschte, ich müßte keine solchen Methoden anwenden, Männer«, sagte Sara, »aber ihr laßt mir keine andere Wahl. Das Abstimmungsergebnis sollte mich besser nicht enttäuschen.«

Nur wenige verstanden noch immer nicht, was sie andeutete. Chester gehörte zu den wenigen. »Was macht Ihr in der Kombüse, Mylady?« fragte er.

Ihre Antwort kam prompt. »Suppe.«

10

Das Ergebnis der Abstimmung war einstimmig. Keiner wollte, daß Sara enttäuscht war. Die Piraten wurden über Bord geworfen, damit sie zu ihrem Schiff zurückschwimmen konnten.

Trotzdem hatte Nathan das letzte Wort. Er gab den Befehl, zwei Kanonen feuerbereit zu machen und beobachtete mit großer Genugtuung, wie die Kugeln in den Rumpf des Piratenschiffs schlugen. Als Sara wissen wollte, was der Lärm zu bedeuten hatte, behauptete er, seine Männer hätten nur das restliche Pulver aus den Kanonen holen müssen.

Die *Seahawk* war schwer beschädigt. Zum Glück befanden sich die meisten Lecks über der Wasserlinie, und genau die Segel, die durch Saras Ungeschicklichkeit mit ihrem Sonnenschirm schon einmal in Mitleidenschaft gezogen worden waren, waren wieder zerfetzt.

Die Besatzung machte sich daran, die Schäden so gut wie möglich zu reparieren. Sie waren so vergnügt bei ihrer Arbeit wie schon lange nicht mehr, und alle hatten ihre Knoblauchzehen weggeworfen. Sie wiegten sich in Sicherheit, da sie glaubten, daß der Fluch endlich gebannt war.

Ihre Herrin hatte ihre Haut gerettet, und sogar Chester lobte Sara mißmutig für diese Tat.

Sara begleitete Matthew nach der Abstimmung zum Frachtraum, um Nora zu holen, und als sie die geöffnete Falltür sah, erinnerte sie sich an ihre beiden Gefangenen. Die Piraten wurden an Deck geschleppt, und da Sara außer Reichweite war, rammte Nathan seine Fäuste in die Magengruben der Schurken, bevor er sie über die Reling ins Meer beförderte.

Sara erzählte ihrer Tante freudig, was sich ereignet hatte, und Nora hörte begeistert zu. Sie bewunderte ihre Nichte für ihren Mut und ihre Geschicklichkeit.

»Ich kann dich nicht in dem Glauben lassen, daß ich übermäßig mutig gewesen bin«, erwiderte Sara. Sie stand mit ihrer Tante im Flur, weil sie ihr gerade gezeigt hatte, wo sie sich während der Befreiungsaktion versteckt gehalten hatte. »Ich hatte die ganze Zeit schreckliche Angst«, gestand sie.

»Das ist doch überhaupt nicht wichtig«, meinte Nora. »Du hast deinem Mann sehr geholfen, und das ist das einzige, was zählt.«

»Kannst du dir vorstellen, daß Nathan nicht ein einziges Wort des Lobes für mich übrighatte?« fragte Sara nachdenklich. »Das fällt mir erst jetzt richtig auf. »Glaubst du …?«

»Ich vermute, daß er noch keine Zeit gefunden hat, dir zu danken, Sara … aber ich bezweifle, daß er es tut, wenn er Zeit dazu hat. Er ist ein wenig …«

»Störrisch?«

Nora lächelte. »Nein, Liebes, nicht störrisch, sondern stolz.«

Sara dachte, daß er wohl beide Eigenschaften in sich vereinte. Obwohl die ganze Aufregung überstanden war, zitterten ihre Hände. Eine leichte Übelkeit überkam sie, und ihre Wange pochte schmerzhaft. Sie wollte Nora nicht beunruhigen und ließ sich deshalb nichts anmerken.

»Hast du das Gerede über Nathans Schwester gehört?« erkundigte sich Nora.

Sara hatte nichts dergleichen gehört, aber sie täuschte ihre Tante, um etwas darüber zu erfahren. »Jade war lange

Herrin auf diesem Schiff, und die Männer sind ihr sehr ergeben«, sagte sie.

»Sie vergleichen euch beide miteinander, und ich fürchte, daß dich ihre Kommentare verletzen, Kind«, sagte Nora.

»Welche Kommentare meinst du?« fragte Sara. »Ich habe so viele gehört.«

Nora faßte sich ein Herz. »Oh, daß du so viel weinst. Jade hat nie geweint. Sie hat ihre Gefühle niemandem offenbart, zumindest behauptet Matthew das. Sie war sehr kühn und tapfer. Ich habe viele Geschichten über das, was sie und ihre Männer zustande gebracht haben, gehört.« Nora wedelte mit der Hand. »Ich bringe die Sprache nicht auf Jade, um dir zu verstehen zu geben, daß dich die Männer geringer schätzen, Sara – im Gegenteil. Heute hast du ihre Herzen erobert und dir ihre Loyalität gesichert. Sie werden in Zukunft keine Vergleiche mehr anstellen, darauf gehe ich jede Wette ein. Sie haben begriffen, daß du genau so tollkühn und beherzt wie Jade bist.«

Sara machte sich auf den Weg zu ihrer Kajüte. »Nora, ich glaube, ich muß mich ein wenig ausruhen«, flüsterte sie matt. »Die Aufregungen haben mich ziemlich mitgenommen.«

»Du siehst blaß aus, Kind. Es war ein schrecklicher Vormittag, nicht? Ich lege mich auch ein wenig hin.«

Sobald Sara die Kajüte betreten hatte, fiel ihr Blick auf das hellblaue Kleid, das noch immer auf dem Boden lag, und sie erinnerte sich daran, daß es der widerwärtige Schurke in seinen Händen gehalten hatte. All die groben Worte, die gesagt worden waren, fielen ihr wieder ein.

Erst jetzt begriff sie, was genau geschehen war, und bei der Vorstellung, wie alles hätte ausgehen können, drehte sich ihr der Magen um. »Du darfst nicht daran denken«, beschwor sie sich halblaut.

Nathan hätte getötet werden können.

Sara zog sich aus und versuchte sich voll auf das zu konzentrieren, was sie tat, aber dann fiel ihr Blick erneut auf das hellblaue Kleid, und sie konnte die Erinnerung nicht verdrängen. Sie beschloß, irgend etwas zu tun, was sie ablenken würde, und begann die Kajüte aufzuräumen. Nachdem sie damit fertig war, wusch sie sich. Als sie in den Spiegel sah, erschrak sie über den Bluterguß auf ihrer Wange, und sie durchlebte noch einmal all die Schrecken des Vormittags. Wie könnte sie jemals ohne Nathan leben? Was wäre geschehen, wenn sie die Pistolen und den Dolch nicht an sich genommen hätte oder bei Nora im Frachtraum geblieben wäre?

»Lieber Gott«, flüsterte sie. »Das alles ist nur ein Hohn. Ich bin so ein Feigling.« Sie starrte in den Spiegel. »Ein häßlicher Feigling.«

»Was hast du da gesagt?«

Nathan hatte den Raum lautlos betreten, und Sara zuckte zusammen, als seine Stimme ertönte. Sie drehte sich um und versuchte, die linke Seite ihres Gesichts mit ihrem Haar zu verdecken.

Tränen füllten ihre Augen. Sie beugte den Kopf, damit Nathan sie nicht sehen konnte, und ging zum Bett. »Ich muß ein wenig schlafen«, hauchte sie mit erstickter Stimme. »Ich bin sehr erschöpft.«

Nathan verstellte ihr den Weg. »Laß mich deine Wange sehen«, befahl er.

Sara hielt den Kopf gesenkt, und alles, was er zu Gesicht bekam, war ihr Scheitel. Er spürte, daß sie zitterte. »Hast du Schmerzen, Sara?« fragte er behutsam.

Sara schüttelte den Kopf, ohne ihn anzusehen.

»Warum weinst du dann?«

Mit bebender Stimme erwiderte sie: »Ich weine ja gar nicht.«

Nathan war sehr beunruhigt. Er schlang die Arme um sie und zog sie an sich. Was, zum Teufel, ging jetzt wieder in ihrem Kopf vor? Sara war immer so offen und durchschaubar gewesen, und sie hatte ihn stets wissen lassen, was sie dachte. Sobald sie ein Problem beschäftigt hatte, hatte sie drauflos geplappert und ihm keine Ruhe gelassen, bis er ganz genau gewußt hatte, was ihr durch den Kopf ging. Verdammt noch mal, er würde auch jetzt herausbekommen, was mit ihr los war.

»Ich möchte mich ausruhen, Nathan«, murmelte sie.

»Du wirst mir erst erzählen, was dich quält«, forderte er.

Sie brach in Tränen aus und warf sich an seine Brust.

»Du weinst also nicht?« fragte er erbittert.

Sie nickte. »Jade hat nie geweint«, schluchzte sie.

»Was hast du gesagt?«

Sie wiederholte es nicht, sondern versuchte statt dessen, von ihm wegzukommen. Nathan ließ das nicht zu. Er hielt sie mit einem Arm fest und hob ihr Kinn an. Dann strich er ihr sanft das Haar aus dem Gesicht.

Seine Miene verzog sich in mörderischer Wut, als er die dunkle verfärbte Schwellung auf ihrer Wange sah. »Ich hätte den Bastard umbringen sollen«, brummte er.

»Ich bin ein Feigling«, brach es aus Sara hervor, und als sie seinen ungläubigen Blick wahrnahm, nickte sie heftig. »Es ist wahr, Nathan. Ich habe es bis heute nicht gemerkt, aber jetzt weiß ich über mich Bescheid. Ich bin überhaupt nicht wie Jade; die Männer haben recht, ich kann ihr nicht das Wasser reichen.«

Er war so fassungslos über dieses seltsame Bekenntnis, daß er gar nicht merkte, wie sie sich aus seinem Griff befreite. Sie lief zum Bett, setzte sich auf die Kante und starrte auf ihren Schoß.

Diese Frau würde er in seinem ganzen Leben nicht verstehen, dachte Nathan kopfschüttelnd.

Sara zog wieder ein paar Haarsträhnen über ihre linke Wange – sie schämte sich so sehr wegen des blauen Flecks, aber das war nicht ihr einziger Kummer. »Ich bin nicht nur ein Feigling, Nathan. Ich bin auch noch häßlich. Jade hat grüne Augen, und die Männer sagen, daß ihr Haar rot wie Feuer ist. Jimbo meint, daß sie wunderschön ist.«

»Warum zum Teufel sprichst du dauernd von meiner Schwester?« fragte Nathan und bereute augenblicklich seinen barschen Ton. Eigentlich wollte er Sara beruhigen und sie nicht noch mehr in Verwirrung stürzen, deshalb fügte er sanfter hinzu: »Du bist kein Feigling.«

Sie bedachte ihn mit einem düsteren Blick. »Warum zittern dann meine Hände und weshalb fühle ich mich so elend? Ich habe sogar jetzt noch Angst, und ich kann an gar nichts anderes mehr denken als daran, was dir alles hätte zustoßen können.«

»Was hätte mir denn zustoßen können?« erkundigte er sich erstaunt. »Sara, du warst doch in größerer Gefahr.«

»Du hättest ums Leben kommen können«, antwortete sie, als ob sie seine letzten Worte nicht verstanden hätte.

»Aber ich bin doch nicht tot.«

Sie fing wieder an zu schluchzen, und er seufzte erschöpft. Diese Angelegenheit würde mehr Zeit in Anspruch nehmen, dachte er. Sara brauchte offensichtlich mehr als nur eine kurze Antwort. Sie brauchte seine Nähe.

Und er brauchte ihre Nähe ebenso. Nathan zog sich aus, aber als er seine Hose aufknöpfte, hielt er plötzlich inne. Wenn er Sara jetzt zeigte, was er sich am meisten wünschte, würde ihr Problem ungelöst bleiben.

Sara stand auf, als Nathan sich setzte. Sie beobachtete, wie Nathan es sich gemütlich machte. Er lehnte den Oberkörper an die Wand am Kopfende des Bettes und streckte ein Bein aus, während er das andere abwinkelte. Er nahm ihre Hand und zog sie auf seinen Schoß. Sie hatte ihm den Rücken zugewandt und legte den Kopf an seine Schulter, dann rutschte sie ein wenig hin und her, bis sie richtig bequem saß. Bei dieser Bewegung knirschte er mit den Zähnen – seine Frau hatte keine Ahnung, wie aufreizend sie sein konnte, und sie merkte nicht einmal, wie schnell sie seine Sehnsucht wecken konnte.

»Du solltest dein Gesicht nicht vor mir verstecken«, raunte er und strich ihre Locken nach hinten. Dann neigte er den Kopf und küßte sie auf den Nacken. Sara schloß die Augen und hob den Kopf ein bißchen, damit er besseren Zugang hatte.

»Nathan? Hast du gesehen, wie schnell sich der Mann zu mir umgedreht hat? Wenn sich der Schuß nicht gelöst hätte, wäre ich nicht in der Lage gewesen, mich zu verteidigen. Ich bin überhaupt nicht stark.«

»Du brauchst nicht stark zu sein, um dich zu verteidigen«, erwiderte er.

Das konnte er doch nicht ernst meinen. »Ich habe Duggan einen Fausthieb versetzt, ja, aber danach hat meine Hand ziemlich lange weh getan. Es war ein armseliger Schlag. Doch man muß stark sein, wenn ...«

»Wer ist Duggan?«

»Der Mann, der mit Onkel Henry in der Spelunke war und an meine Droschke gekommen ist.«

Nathan erinnerte sich und lächelte, als er daran dachte, wie die kleine weißbehandschuhte Faust durch das Fenster geschnellt war. »Du hattest das Überraschungsmoment auf deiner Seite, aber du hattest deine Faust nicht richtig geschlossen.«

Er nahm ihre Hand und zeigte ihr, was er meinte. »Du

darfst den Daumen nicht unter die anderen Finger klemmen, sonst brichst du ihn dir. Leg ihn an die Seite und drück ihn an den Zeigefinger. Die Schlagkraft sitzt da«, erklärte er weiter und rieb über ihre Fingerknöchel. »Setz deinen ganzen Körper ein, wenn du zuschlägst.«

Sara nickte verständig.

»Du solltest wissen, wie du dich selbst verteidigen kannst«, murmelte er. »Paß auf, ich werde es dir beibringen.«

Bis zu diesem Moment hatte sie sich eigentlich ganz sicher in Nathans Gegenwart gefühlt, jetzt wurde sie stutzig. »Willst du mich denn nicht verteidigen, wenn mich jemand angreift?« fragte sie.

Er stöhnte. »Ich bin nicht immer in deiner Nähe, Sara.« Er versuchte so geduldig wie möglich zu bleiben. »Am wichtigsten ist, wohin du schlägst, erst dann ist die Wucht entscheidend. Der empfindlichste Körperteil eines Mannes liegt unter der Gürtellinie ...«

»Nathan, ich kann nicht glauben, daß du ...«

Ihre Verlegenheit war nicht zu überhören, und Nathan seufzte entrüstet. »Sara, es ist wirklich lächerlich, daß du dich schämst. Ich bin dein Mann, und wir sollten über alles miteinander reden können.«

»Ich glaube nicht, daß ich einen Mann ... dorthin schlagen kann.«

»Zum Teufel, natürlich kannst du«, versetzte er. »Verdammt, Sara, du wirst lernen, dich selbst zu verteidigen, weil ich nicht will, daß dir ein Leid geschieht.«

Gütiger Himmel, dieser Mann war wirklich kompliziert, und er zwang sie zu Dingen, die sie sicherlich nicht fertigbrachte. »Und wenn ich einen Mann nicht in diese ... Stelle boxen kann? Feiglinge verteidigen sich nicht selbst«, schluchzte Sara. »Und ich habe dir doch gerade bewiesen, daß ich ein Feigling bin.«

Nathan verbiß sich das Lachen und erkundigte sich: »Warum hältst du dich eigentlich für feige?«

»Das hab' ich dir doch schon erklärt«, rief sie. »Meine Hände zittern, und ich kann nicht daran denken, was beinahe passiert wäre, sonst gerate ich in Panik. Ich kann nicht einmal dieses Kleid ansehen, ohne daß mir übel wird.«

»Welches Kleid?« wollte er wissen.

Sie deutete auf den Boden. »Dieses Kleid. Einer von den Schuften hat es in den Händen gehabt. Am liebsten würde ich es über Bord werfen. Ich ziehe es bestimmt nie wieder an.«

»Ich werde mich darum kümmern«, beschwichtigte Nathan. »Mach jetzt die Augen zu, dann mußt du das alles nicht mehr sehen.«

»Nathan, du denkst, daß ich mich wie eine dumme Gans benehme, stimmt's?«

Er liebkoste ihren Hals und flüsterte: »Ich glaube, daß du nur die Nachwirkungen der Ereignisse spürst. Deine Reaktionen sind nur natürlich, und es heißt noch lange nicht, daß du ein Feigling bist, weil deine Hände zittern.«

Sie bemühte sich, sich auf das zu konzentrieren, was er sagte, aber Nathan machte das nahezu unmöglich. Seine Zunge spielte mit ihren Ohrläppchen, und sein warmer Atem, der über ihre Haut strich, verursachte, daß ihr Zittern allmählich nachließ. Sie fühlte sich schläfrig.

»Hattest du jemals … Nachwirkungen?« fragte sie kaum hörbar.

Seine Hand glitt über die Seide ihres Hemdes und blieb auf ihrer Brust liegen. »Ja«, antwortete er knapp.

»Und was hast du dagegen getan?«

»Ich habe einen Weg gefunden, sie zu überwinden«, sagte er und streifte die Hemdträger über Saras Schultern.

Sara fühlte sich wohl, seufzte zufrieden und schloß die Augen. Nathan setzte seine sanfte Attacke fort und streichelte ihre Hüfte, ehe er sich der zarten Haut an ihren Schenkeln annahm und das Feuer in Sara langsam schürte. Er wußte genau, wieviel Druck er anwenden und wo er sie berühren mußte, um sie in Ekstase zu bringen. Sie stöhnte matt, als seine Finger in sie drangen.

»Laß mich, Liebes«, flüsterte er, als sie versuchte, ihn zurückzuhalten. »Wehr dich nicht dagegen.«

Er drückte sie an sich und fuhr mit seiner süßen Tortur unerbittlich fort. Sara konnte bald an nichts anderes als an ihre Erfüllung denken.

Der Höhepunkt war erschütternd und ließ Sara kraftlos zurück. Sie sank an die Brust ihres Mannes und schloß die Augen.

Als sich ihr Herzschlag beruhigt hatte und sie über das Geschehene nachdenken konnte, schämte sie sich schrecklich. Nathan hatte ihr Hemd bis zur Taille heruntergezogen und streichelte sacht ihre Brüste.

»Ich habe nicht gewußt, daß ... daß es so ... ohne dich möglich ist«, stammelte sie und brach ab.

»Ich war doch bei dir«, flüsterte er. »Meine Finger ...«

Sie richtete sich auf und kniete sich vor ihn. Guter Gott, sie war so bezaubernd. Sie streifte das Hemd vollends ab und ließ Nathan dabei nicht aus den Augen. Plötzlich wurde ihr klar, daß sie ihn noch einmal wollte.

Sie beugte sich vor, bis ihr Busen seine Brust berührte, aber er hielt sie sacht zurück, damit er seine Hose ausziehen konnte. Danach kniete Sara zwischen Nathans kraftvollen Beinen und betrachtete lange sein Gesicht, bevor sie ihn sacht berührte. Sein Ächzen zeigte ihr, daß er ihre Kühnheit willkommen hieß.

Er vergrub seine Hand in ihr Haar und zog sie an sich. »Das ist dein Weg, die Nachwirkungen zu überwinden«, murmelte er, ehe sein Mund den ihren bedeckte und eine mögliche Antwort erstickte. Sara hatte nichts dagegen.

Sie verbrachten zwei wundervolle Stunden miteinander, bis Nathan aufstand, um die Reparaturarbeiten am Schiff zu überwachen. Sara seufzte immer wieder, während sie sich anzog und ihre Zeichenkohle und den Skizzenblock an sich nahm. Sie wollte an Deck gehen und in der Nachmittagssonne ein wenig zeichnen. In kürzester Zeit war sie von Männern umringt, die sich von ihr zeichnen lassen wollten. Sara war glücklich, ihnen einen Gefallen tun zu können, und noch glücklicher, als sie ihre Zeichenkunststücke lobten. Die Seemänner waren sogar enttäuscht, als Sara aufhören mußte, weil sie kein Papier mehr hatte. Nathan hatte sich auf dem Oberdeck um die zerrissenen Segel gekümmert, und als er zum Ruder zurückging, entdeckte er seine Frau. Sie saß auf einer Holzbank, und etwa fünfzehn Männer hatten sich zu ihren Füßen auf den Planken niedergelassen und lauschten offenbar interessiert ihren Worten.

Nathan ging ein bißchen näher heran, um hören zu können, worüber sie sprachen.

Chester sagte: »Soll das heißen, daß Ihr erst vier Jahre alt wart, als Ihr den Captain geheiratet habt?«

»Das hat sie uns doch schon erklärt, Chester«, beschwerte sich Kently. »Der verrückte König hat die Trauung angeordnet.«

»Habt Ihr Euch jemals gefragt, warum der König die Fehde zwischen den beiden Familien schlichten wollte?« erkundigte sich Iwan.

»Er wollte Frieden stiften«, erwiderte Sara.

»Was hat eigentlich diesen Zwist verursacht?« wollte ein anderer wissen.

»Wahrscheinlich kann sich niemand mehr daran erinnern«, mutmaßte Chester.

»Oh, ich weiß, was die Streitigkeiten ausgelöst hat«, sagte Sara. »Alles fing mit einem goldenen Kreuz an.«

Nathan lehnte sich an einen Pfosten und schüttelte lächelnd den Kopf. Diesen Unsinn konnte sie doch nicht für bare Münze nehmen! Oh, doch, dachte er gleich darauf, die Geschichte war so phantastisch, daß sie sie sicher glaubte.

»Erzählt uns von dem goldenen Kreuz«, forderte Chester.

»Im frühen Mittelalter waren die Winchesters und die St. James befreundet, und ihre Ländereien grenzten aneinander. Man sagt sogar, daß ein St. James und ein Winchester gemeinsam am Hof des Königs aufwuchsen. Die beiden Barone entschlossen sich, an einem Kreuzzug teilzunehmen, um die Welt vom Unglauben zu befreien, und segelten zu einem fernen Hafen. Einer von den beiden rettete bei dieser Fahrt dem Herrscher eines exotischen Landes das Leben und erhielt zum Dank dafür ein riesiges Kreuz aus purem Gold. Ja«, betonte sie, als die Männer sie beeindruckt ansahen, »es war mit großen Edelsteinen verziert, und die Rubine und Diamanten funkelten prächtig.«

»Wie groß war das Kreuz?« fragte Matthew.

»So groß wie ein erwachsener Mann«, entgegnete Sara.

»Aber was ist dann geschehen?« wollte Chester wissen. Er war begierig darauf, das Ende der Geschichte zu hören und ärgerte sich über die Unterbrechungen.

»Die beiden Barone kehrten nach England zurück. Eines Tages war das Kreuz plötzlich verschwunden. Der Winchester erzählte allen, daß er das Kreuz geschenkt bekommen hatte und beschuldigte den St. James, es gestohlen zu haben. Der St. James berichtete genau dieselbe Geschichte, nur behauptete er, daß ihm das Kreuz überreicht worden war.«

»Ist es jemals wieder gefunden worden?« fragte Kently.

Sara schüttelte den Kopf. »Die beiden mächtigen Barone bekriegten sich, und viele Menschen vermuteten, daß das Kreuz niemals existiert hatte und die Geschichte nur erfunden worden war, um diesen Krieg zu rechtfertigen. Man unterstellte den einstigen Freunden, daß sie nur auf die Ländereien des jeweils anderen aus waren. Ich glaube aber, daß es das Kreuz wirklich gegeben hat.«

»Warum?« bohrte Chester weiter.

»Als der St. James auf dem Totenbett lag, flüsterte er die Worte: ›Such deinen Schatz im Himmel‹.«

Sara nickte und fügte hinzu: »Kein Mann lügt, wenn er seinem Schöpfer gegenübersteht. Gleich nachdem er diesen Satz ausgesprochen hatte, schloß er die Augen und hauchte sein Leben aus.«

Sie legte ihre Hand auf den Busen und senkte den Kopf.

Einer der Männer fragte: »Ihr glaubt diese Geschichte doch nicht, oder?«

»Oh doch, und eines Tages wird Nathan das Kreuz für mich finden«, behauptete Sara.

Nathan lächelte. Seine Frau war eine hoffnungslose Träumerin, und mit einemmal wurde ihm bewußt, daß ihm das gefiel.

»Es scheint fast so, als ob der Captain erst in den Himmel kommen müßte, um es zu finden«, meinte Chester.

»O nein«, rief Sara. »Der Baron war sehr listig, und ich bin sicher, daß sein letzter Satz der Schlüssel zu seinem Geheimnis war.«

Plötzlich frischte der Wind auf, und die heftigen Böen schreckten die Seemänner auf. Sara machte sich auf den Weg in ihre Kajüte, um ihre Zeichenkohle aufzuräumen. Den Rest des Tages verbrachte sie mit ihrer Tante, bis sie müde wurde und zu Bett ging.

Eine Stunde später begannen die Krämpfe. Sara wußte, daß ihre monatlichen Beschwerden bevorstanden, aber heftige Schmerzen hatte sie noch nie gehabt. Noch dazu sorgte sie sich, daß Nathan die Ursache ihrer Beschwerden herausfinden könnte – das wäre ihr schrecklich peinlich. Obwohl es in der Kajüte warm war, fror sie entsetzlich, und ihre Zähne klapperten.

Sie zog ihr dickes weißes Nachthemd an, kroch ins Bett und hüllte sich in drei Decken. Sie fand keine Erleichterung, wie sie sich auch hinlegte. Ihr Rücken fühlte sich an, als ob er in zwei Hälften zerbrochen wäre, und als die Qual unerträglich wurde, wimmerte sie leise.

Nathan kam erst nach dem Wachwechsel in die Kajüte. Normalerweise ließ Sara immer eine Kerze brennen, wenn er noch nicht da war, aber heute war es stockfinster in dem Raum.

Er hörte, wie sie ächzte, und lief zum Bett, nachdem er mit fliegenden Händen zwei Kerzen angezündet hatte. Sie war nicht zu sehen, weil sie die Decken über den Kopf gezogen hatte. »Sara?« rief er erschrocken, und als sie nicht antwortete, riß er die Decke von ihr.

Der kalte Angstschweiß trat ihm auf die Stirn, als er ihr aschfahles Gesicht sah. Sara verkroch sich wieder unter den Decken. »Sara, um Gottes willen, was ist passiert?«

»Geh weg, Nathan«, jammerte sie. »Ich fühle mich nicht gut.«

Sie klang, als ob sie dem Tode nahe wäre, und Nathan machte sich ernsthafte Sorgen. »Was ist los mit dir?« fragte er heiser. »Tut deine Wange weh? Verdammt, ich hätte den Bastard doch umbringen sollen.«

»Es ist nicht mein Gesicht«, schluchzte sie.

»Hast du Fieber?« hakte er nach und zog wieder die Decke weg.

Gütiger Himmel, sie konnte ihm doch nicht erklären, in was für einem Zustand sie sich befand. Sie schämte sich. Sie stöhnte und wandte sich von ihm ab. Sie hatte die Knie angezogen, und sie wiegte sich hin und her, um den Schmerz im Rücken zu lindern. »Ich möchte nicht darüber sprechen«, hauchte sie. »Bitte geh.«

Er dachte nicht daran, ihrer Aufforderung Folge zu leisten, statt dessen legte er die Hand auf ihre Stirn. Sie war kalt und feucht. »Du hast kein Fieber«, stellte er fest. »Sara, habe ich dir heute nachmittag weh getan? Ich weiß, ich war ein bißchen ... stürmisch, aber ...«

»Nein, das ist es nicht«, brachte sie hervor.

»Bist du sicher?« fragte er zaghaft.

Sara war gerührt über seine Besorgnis. »Ich bin sicher«, sagte sie. »Du hast das Unwohlsein nicht verursacht. Ich möchte nur ein wenig allein sein, morgen geht's mir bestimmt besser.« Ein neuer Krampf beanspruchte ihre volle Aufmerksamkeit, und sie stöhnte: »Laß mich in Frieden sterben.«

»Den Teufel werd' ich tun«, knurrte er, kurz bevor ihm ein düsterer Gedanke durch den Kopf schoß. »Du hast doch in der Kombüse nichts gegessen, was du gekocht hast?«

»Nein, ich habe keine Magenbeschwerden.«

»Was zur Hölle fehlt dir dann?«

»Ich bin ... nicht rein.«

Was in Gottes Namen sollte das nun wieder heißen? »Du bist krank, weil du nicht rein bist? Sara, ich habe noch nie von einer so verrückten Krankheit gehört. Würdest du dich besser fühlen, wenn ich dir ein Bad zubereiten lasse?«

Sie hätte ihn am liebsten angeschrien, aber die Anstrengung hätte ihre Schmerzen nur noch verschlimmert. »Nathan, es ist eine Frauensache«, flüsterte sie statt dessen.

»Eine was?«

Gütiger Himmel, er zwang sie wirklich, das Unsägliche auszusprechen. »Ich habe meine Periode«, schrie sie. »Oh, es tut so weh«, klagte sie gleich darauf. »In manchen Monaten ist es schlimmer als in anderen.«

»Du hast deine Periode ...«

»Ich bin nicht schwanger«, sprudelte sie im gleichen Moment hervor. »Bitte geh jetzt. Wenn Gott mir gnädig ist, sterbe ich in ein paar Minuten ... wenn nicht vor Schmerzen, dann vor Scham.«

Er war so erleichtert, daß sie nicht an einer lebensbedrohenden Krankheit litt, daß er befreit aufatmete und ihre Schulter tätschelte. Verdammt, er war so ungeschickt und kam sich so nutzlos vor in diesem Augenblick.

»Kann ich irgend etwas tun, um die Schmerzen erträglicher zu machen?« fragte er. »Brauchst du etwas?«

»Ich brauche meine Mutter«, jammerte sie. »Oh, geh weg, Nathan, du kannst mir nicht helfen.«

Sie zog die Decke wieder über ihren Kopf und stöhnte erbärmlich. Nathan mußte sich entschlossen haben, sie tatsächlich allein zu lassen, dachte sie, als sie hörte, wie die Tür geschlossen wurde. Wie konnte er sie nur in dieser Qual so sehr im Stich lassen? Sie hatte ihn angelogen, sie brauchte nicht ihre Mutter, sondern seine Umarmung, aber dieser uneinsichtige Mann war nicht einmal in der Lage zu ahnen, was ihr am meisten helfen könnte.

Nathan ging schnurstracks zu Noras Kajüte und hielt sich nicht einmal damit auf, erst anzuklopfen.

In dem Moment, in dem er die Tür aufriß, brüllte Matthew: »Wer ist da?«

Nathan grinste. Der alte Seebär lag in Noras Bett.

»Ich muß mit Nora sprechen«, verkündete er.

Saras Tante schreckte aus tiefem Schlaf und schnappte nach Luft, ehe sie die Zudecke bis zu ihrem Kinn zerrte.

Ihr Gesicht war so rot wie ein gekochter Hummer.

Nathan ging mit auf dem Rücken gefaltenen Händen zum Bett und starrte eisern auf den Boden.

»Sara ist krank«, erklärte er, bevor Nora auch nur ein Wort herausbrachte.

Noras Verlegenheit löste sich bei dieser Ankündigung augenblicklich in Luft auf.

»Ich muß zu ihr«, krächzte sie und richtete sich auf.

»Wißt Ihr, was ihr fehlt?«

»Soll ich nach ihr sehen?« schaltete sich Matthew ein und war schon dabei, aufzustehen.

Nathan schüttelte den Kopf und räusperte sich. »Es ist … eine Frauensache.«

»Was heißt ›eine Frauensache‹?« fragte Matthew perplex. Nora verstand sofort und tätschelte, ohne Nathan aus den Augen zu verlieren, seine Hand. »Hat sie arge Schmerzen?« Nathan nickte. »Entsetzliche, Madam. Sagt mir, wie ich ihr helfen kann«, forderte er sie im Kommandoton auf.

»Ein großer Brandy hilft manchmal«, meinte Nora. »Ein liebes Wort könnte auch nicht schaden, Nathan. Ich kann mich erinnern, daß ich in dieser Zeit immer sehr gefühlsbetont war.«

»Ist das alles?« fragte Nathan. »Mein Gott, Nora, sie hat furchtbare Schmerzen! Ich glaube, so eine Qual könnte ich nicht einmal überstehen!«

Nur mit äußerster Anstrengung konnte Nora ein Lächeln unterdrücken. Nathan sah aus, als ob er jemandem den Kragen umdrehen wollte. »Habt Ihr sie gefragt, was ihr helfen könnte?«

»Sie möchte ihre Mutter bei sich haben.«

»Was könnte das schon helfen«, meinte Matthew brummig.

Nora erklärte energisch: »Sie braucht nur ihren Mann, Nathan, sie möchte, daß sie jemand tröstet und ihr den Rücken massiert.« Die letzten Worte mußte Nora schreien, denn Nathan stürmte schon aus der Kajüte.

Sobald er die Tür hinter sich geschlossen hatte, fragte Nora: »Glaubst du, daß er Sara von uns erzählt?«

»Nein, Liebes, er wird kein Wort darüber verlieren«, beruhigte Matthew sie.

»Es gefällt mir gar nicht, Sara zu täuschen, aber sie würde es bestimmt nicht verstehen ...«

»Pst, Liebes«, beschwichtigte Matthew und nahm Nora in die Arme. »Mit der Zeit wird sie auch mehr Verständnis aufbringen.«

Dem mußte Nora zustimmen. »Nathan ist sehr fürsorglich. Es wird nicht mehr lange dauern, bis ihm klar wird, daß er Sara liebt.«

»Selbst wenn er sie mag, Nora, würde er ernste Gefühle nie zulassen«, entgegnete Matthew. »Der Junge hat schon vor langer Zeit gelernt, sich gegen alle Empfindungen zu wappnen.«

»Unsinn«, schnaubte Nora. »Bei einer gewöhnlichen Frau mag ihm das vielleicht gelingen, aber du hast sicher schon selbst gemerkt, daß meine Nichte anders als andere Frauen ist. Sie ist genau das, was Nathan braucht. Sie ist fest davon überzeugt, daß ihr Mann sie liebt und daß es nicht mehr lange dauert, bis er es selbst merkt. Wir werden sehen.«

Sara hatte keine Ahnung, daß sie Gegenstand einer so vertraulichen Unterhaltung war. Sie war so damit beschäftigt, sich selbst zu bemitleiden, daß sie nicht einmal hörte, wie Nathan ins Zimmer kam.

»Sara, trink das, es wird dir helfen«, sagte er und umfaßte ihre Schulter.

Sie blinzelte, sah das Glas in seiner Hand und schüttelte den Kopf.

»Es ist Brandy«, erklärte er.

»Ich möchte nicht«, hauchte sie.

»Trink das.«

»Ich müßte mich übergeben.«

Er stellte hastig das Glas auf den Schreibtisch und schlüpfte unter die Decke an ihre Seite.

Sara preßte sich an die Wand und flehte ihren Schöpfer inbrünstig an, sie von dieser Peinlichkeit durch einen raschen Tod zu befreien. Gleichzeitig hegte sie die Hoffnung, daß der liebe Gott anderweitig beschäftigt war und ihre Bitte nicht erhörte. Sie war vollkommen durcheinander, weil sie selbst nicht wußte, was sie wollte.

Sie glaubte, die Schmerzen nicht mehr ertragen zu können, als Nathan vorsichtig ihre Taille umfaßte und langsam und sanft über ihr Kreuz strich. Die zarte Berührung war himmlisch, und der Schmerz ließ sofort nach. Sara schloß die Augen und kuschelte sich an ihren Mann, um seine Körperwärme zu spüren.

Sie registrierte kaum, daß das Schiff heftig hin und her schwankte. Nathan hingegen merkte es sehr wohl. Sein Magen war in Aufruhr, und er verwünschte sich, weil er das Abendessen trotz des rauhen Seegangs nicht hatte ausfallen lassen. Es konnte nicht mehr lange dauern, bis sich sein Gesicht grün verfärbte.

Er massierte lange schweigend Saras Rücken und bemühte sich, nicht auf die rollenden Bewegungen des Schiffes zu achten. Aber sein Magen spielte nicht mit.

»Du kannst jetzt aufhören«, flüsterte Sara. »Ich fühle mich schon viel besser, danke.«

Nathan gehorchte und machte Anstalten aufzustehen, aber ihre nächste Aufforderung hielt ihn zurück.

»Bitte halt mich, Nathan, mir ist so kalt. Es ist sehr kühl heute nacht, nicht wahr?«

Ihm war so heiß, als ob er in der Hölle schmoren würde, und sein Gesicht war mit Schweißperlen bedeckt. Trotzdem tat er, was sie von ihm verlangte, und in wenigen Minuten fühlte sie sich nicht mehr so kalt an.

Als er meinte, daß sie eingeschlafen war, erhob er sich vorsichtig, aber er hatte wieder keine Chance, das Bett zu verlassen.

»Nathan, was ist, wenn ich unfruchtbar bin?« wisperte Sara.

»Dann bist du unfruchtbar.«

»Ist das alles, was du dazu zu sagen hast? Wir könnten dann keine Kinder haben.«

Er verdrehte die Augen. Gütiger Gott, sie klang so, als ob sie gleich wieder losheulen würde. »Du kannst unmöglich jetzt schon wissen, ob du unfruchtbar bist oder nicht.«

»Aber wenn ich es bin?« beharrte sie.

»Sara, was soll ich dazu sagen?« fragte er mit unverhohlener Ungeduld. Sein Magen rebellierte wieder, und nicht einmal tiefe Atemzüge beruhigten ihn. Er schob die Dekken beiseite und versuchte zum drittenmal aufzustehen.

»Wirst du dann immer noch mit mir verheiratet sein wollen?« fragte sie. »Wir bekommen weder die Ländereien noch das Geld, wenn wir nicht rechtzeitig ein Kind ...«

»Ich weiß sehr genau, was in unserem Ehevertrag steht«, zischte er. »Wenn wir die Ländereien nicht bekommen, werden wir uns mit dem, was mir mein Vater hinterlassen hat, begnügen. Jetzt hör auf, mich mit deinen Fragen zu quälen, und schlaf. Ich bin bald zurück.«

»Du hast mir noch keine Antwort gegeben«, beschwerte sie sich. »Würdest du mit einer unfruchtbaren Frau verheiratet sein wollen?«

»Großer Gott …«

»Würdest du es wollen oder nicht?«

Er grunzte nur, aber Sara war überzeugt, daß dieser Laut als Zustimmung zu deuten war. Sie drehte sich zu ihm und drückte einen Kuß auf seinen Nacken. Die Kerzen brannten noch immer, und als sie einen Blick auf seine Wange warf, sah sie, daß sein Gesicht grau wie Asche war.

Sie begriff schnell. Das Schiff tanzte wie ein Ball im Wasser und schwankte so heftig, daß der Brandy über den Glasrand schwappte. Nathan schloß die Augen und verzog das Gesicht.

Er war seekrank, und Sara hatte Mitleid mit ihm, aber diese Empfindung erstarrte sofort zu Eis, als er murmelte: »Ich wäre mit gar niemandem verheiratet, wenn es diesen verdammten Vertrag nicht gäbe. Versuch jetzt zu schlafen.«

Er schwang die Beine aus dem Bett, nachdem er seinen Standpunkt klargemacht hatte.

Sara raste vor Zorn. Wie konnte er es wagen, ihr gegenüber einen solchen Ton anzuschlagen? Sie fühlte sich mindestens genauso elend wie er – wenn nicht noch elender. Sie dachte nicht mehr an seine sanfte Fürsorge und beschloß, ihm eine Lektion zu erteilen, die er nicht mehr so schnell vergessen würde.

»Es tut mir wirklich leid, daß ich dich so lange von deinen Pflichten abgehalten habe«, begann sie zuckersüß. »Mir geht es schon sehr viel besser, Nathan. Ich danke dir. Auch meine Übelkeit ist weg. Ich vermute, ich hätte den Fisch heute abend besser stehen lassen sollen, aber er hat wundervoll geschmeckt, besonders nachdem ich ein bißchen Schokoladensauce darüber geträufelt hatte. Hast du je auf diese Weise gesüßten Fisch gegessen?«

Er schien es sehr eilig zu haben, in seine Hose zu kommen, und Sara lächelte. »Normalerweise verwende ich ja Zucker«, fuhr sie fort, »aber heute wollte ich etwas Neues ausprobieren. Oh, Iwan hat versprochen, uns Austern zuzubereiten, wenn wir anlegen. Ich liebe Austern, du nicht? Es ist ein herrliches Gefühl, wenn sie einem die Kehle hinuntergleiten ... Nathan, gibst du mir keinen Abschiedskuß?«

Die Tür schlug zu, und Sara kicherte zufrieden. Ihre schändliche Attacke hatte gewirkt. Es war wirklich höchste Zeit, daß sie ihrem Mann zeigte, was er an ihr hatte.

»Das geschieht diesem störrischen Kerl ganz recht«, murmelte sie, zupfte die Decken zurecht und war schon im nächsten Moment eingeschlafen.

Nathan verbrachte fast die ganze Nacht damit, über der Reling zu hängen. Er hatte sich dorthin zurückgezogen, wo ihn keiner seiner Männer sehen konnte.

Die Sonne ging schon auf, als er in die Kajüte zurückkam. Er fühlte sich wie ein ausgewrungener Lappen und brach regelrecht im Bett zusammen. Sara wurde von der Erschütterung geweckt und rutschte näher an ihren Mann heran.

Er schnarchte sofort, so daß sie kein Gespräch mit ihm beginnen konnte. Sie küßte seine Wange, die in dem fahlen Licht weiß schimmerte. »Ich liebe dich«, flüsterte sie, »mit all deinen Fehlern, Nathan. Es tut mir leid, daß ich deine Übelkeit noch angestachelt habe und daß du von der Seekrankheit geplagt bist?« Dieses Bekenntnis erleichterte sie, zumal sie wußte, daß ihr Mann fest schlief und nichts davon gehört hatte. Sie seufzte. »Du solltest dir wirklich eine andere Beschäftigung suchen, mein Lieber, die Seefahrt scheint dir nicht zu liegen.« Nach diesen Worten rollte sie sich auf die Seite.

Nathan öffnete langsam die Augen und starrte sie an. Sie schien wieder zu schlafen und sah so friedlich wie ein Engel aus. Am liebsten hätte er sie auf der Stelle erwürgt. Seine Frau hatte seinen schwachen Punkt herausgefunden und ihr Wissen schamlos ausgenutzt, um ihn zu bestrafen.

Plötzlich mußte er lächeln. Die kleine Sara war gar nicht so unschuldig, wie er immer gedacht hatte. Sie hatte nur ihre eigenen Waffen benutzt, um sich für seine Bemerkung, daß er mit niemandem verheiratet sein wollte, zu rächen.

Sie waren noch zwei Tagesreisen von Noras Zuhause entfernt und Nathan dachte wieder einmal, daß der Rest der Fahrt ohne besondere Vorkommnisse vonstatten gehen könnte.

Er hätte es besser wissen müssen.

Am späten Abend des einundzwanzigsten dieses Monats funkelten unzählige Sterne am Himmel, und der Wind stand günstig, so daß sie gut vorankamen. Man hätte ein Glas mit Rum auf die Reling stellen können, und es wäre nicht heruntergefallen, so ruhig war die See.

Nathan stand neben Jimbo am Ruder und unterhielt sich mit ihm über die Zukunft der Emerald Shipping Company.

Jimbo brach das Gespräch jäh ab, als Sara auf sie zustürmte. Sie trug nur ein Nachthemd und ihren Morgenmantel. Nathan stand mit dem Rücken zu ihr, und da sie barfuß war, hörte er nicht, wie sie näher kam.

»Nathan, ich muß mit dir sprechen«, schrie sie. »Wir haben ein schreckliches Problem, und du mußt die Sache in Ordnung bringen.«

Nathan drehte sich nach ihr um und wurde starr vor

Schreck, als er die Pistole in ihrer Hand sah. Sie zielte direkt unter seine Gürtellinie.

Sara schien sehr aufgebracht zu sein. Ihr Haar hing ihr in wilden Locken auf die Schultern, und ihre Wange glänzten.

Als Nathan ihren Aufzug bemerkte, fragte er:» Warum stolzierst du im Nachthemd auf dem Deck herum?«

Diese Zurechtweisung gab ihr den Rest. »Ich stolziere nicht«, begann sie, schüttelte aber gleich darauf den Kopf. »Jetzt ist nicht der richtige Zeitpunkt, um über meine Kleidung zu diskutieren. Wir haben ein sehr ernstes Problem, Nathan.«

Sie wandte sich Jimbo zu. Ihr Knicks wirkte ein wenig unbeholfen, da sie bemüht war, die Pistole nicht fallen zu lassen. »Vergebt mir meinen unschicklichen Aufzug, Jimbo, aber ich bin so aufgeregt, daß ich ganz vergessen habe, mich umzuziehen.«

Jimbo nickte vorsichtig, da sie die Pistole abwechselnd auf ihn und auf Nathan richtete. Er vermutete, daß sie nicht einmal wußte, wie bedrohlich diese Waffe wirkte.

»Was hat Euch denn so aus der Fassung gebracht?« forschte Jimbo nach.

»Was, zur Hölle, hast du mit der Pistole vor?« fragte Nathan zur gleichen Zeit.

»Ich möchte sie gebrauchen«, erklärte Sara vage.

»Lady Sara«, begann Jimbo, als er merkte, daß es Nathan die Sprache verschlagen hatte. »Beruhigt Euch und erzählt uns, warum Ihr so außer Euch seid. Junge«, fügte er leise hinzu, »nimm ihr die verdammte Pistole weg, bevor sie sich noch selbst erschießt.«

Nathan streckte die Hand aus, aber Sara wich zurück und versteckte die Pistole hinter ihrem Rücken.

»Ich wollte zu Nora gehen«, stieß sie hervor, »um ihr gute Nacht zu sagen.«

»Und?« hakte Nathan nach, als sie schwieg.

Sie starrte Jimbo lange an, bevor sie zu dem Entschluß kam, daß sie ihn einweihen konnte. Vorsichtshalber spähte sie noch einmal über die Schulter, um sicherzugehen, daß sie niemand belauschte.

»Sie war nicht allein«, sagte sie schließlich.

Ihr Mann zuckte gleichmütig mit den Achseln, und sie hätte ihn am liebsten erschossen.

»Matthew war bei ihr.« Sara nickte so heftig, als ob jemand an ihrer Aussage zweifeln würde.

»Und?« drängte Nathan.

»Sie waren im Bett.«

Sara fuchtelte mit der Pistole in der Luft herum und forderte: »Nathan, du mußt etwas unternehmen.«

»Was sollte ich deiner Meinung nach tun?« fragte er betont hilfsbereit und grinste.

Dieser Mann schien über ihre Eröffnung überhaupt nicht schockiert zu sein, dachte Sara erbost. Ihn schien gar nichts aus der Ruhe zu bringen ... außer ihr natürlich. Sie brachte es offensichtlich ständig fertig, ihn wütend zu machen.

»Sie möchte, daß du Matthew dort wegholst«, warf Jimbo ein. »Hab' ich recht, Sara?«

Sie schüttelte den Kopf. »Es ist zu spät, die Stalltür zuzumachen. Die Kuh ist schon durchgebrannt.«

»Das verstehe ich nicht«, meinte Jimbo nachdenklich. »Was hat Eure Tante mit einer Kuh zu tun?«

»Er hat sie entehrt«, stellte sie, ohne auf Jimbo zu achten, fest.

»Sara, wenn du nicht willst, daß ich Matthew aus Noras Zimmer hole, was verlangst du dann von mir?« erkundigte sich Nathan.

»Du mußt die Sache in Ordnung bringen«, erklärte Sara. »Du wirst sie trauen. Komm mit, Nathan. Wir werden die Angelegenheit gleich regeln. Jimbo, Ihr könntet uns als Trauzeuge behilflich sein.«

»Das kann nicht dein Ernst sein.«

»Hör auf zu grinsen, Nathan. Mir ist es todernst. Du bist Captain auf diesem Schiff, und du kannst ein Paar rechtmäßig verheiraten.«

»Nein.«

»Lady Sara, Ihr habt wirklich die erstaunlichsten Ideen«, brummte Jimbo.

Es war nur allzu offensichtlich, daß keiner der beiden Sara ernst nahm, und das brachte sie noch mehr auf. »Ich bin für meine Tante verantwortlich«, zischte sie. »Matthew hat ihre Ehre besudelt, und er muß sie heiraten. Nathan, du weißt doch, daß das die einzige Lösung ist. Außerdem würde uns das eine weitere Sorge ersparen. Mein Onkel Henry müßte seine verbrecherischen Versuche, ihr Erbe an sich zu bringen, aufgeben, wenn sie wieder heiratet.«

»Nein«, sagte Nathan entschieden.

»Möchte Matthew Eure Tante überhaupt heiraten?« fragte Jimbo.

Sara funkelte den Seemann zornig an. »Es ist ganz egal, was er möchte oder nicht.«

»O nein«, widersprach Jimbo.

Sara wedelte zornig mit der Pistole herum und fauchte: »Ich sehe schon, daß ich von euch beiden keine Hilfe zu erwarten habe.«

Ehe die beiden Männer dieser Aussage zustimmen konnten, drehte sich Sara auf den bloßen Fersen um und strebte zielsicher der Treppe entgegen. »Ich mag Matthew«, murmelte sie dabei vor sich hin. »Es ist eine Schande.«

»Was habt Ihr vor, Lady Sara?« rief Jimbo ihr nach.

Sara wandte sich noch einmal um und behauptete fest: »Er wird Nora heiraten.«

Jimbo lachte über die Entschlossenheit, die sie zur Schau stellte. »Und wenn er sich weigert?«

»Dann werde ich auf ihn schießen. Ich möchte es wirklich nicht tun, aber wenn er sich nicht dazu bereit erklärt, erschieße ich ihn.«

Nathan war im selben Moment hinter ihr, umklammerte mit einem Arm ihre Taille und riß ihr die Pistole aus der Hand. »Du wirst auf keine Menschenseele schießen«, knurrte er.

Er reichte die Waffe an Jimbo weiter und zerrte Sara zur Kajüte.

»Rühr mich nicht an, Nathaniel«, kreischte sie und schubste ihn von sich, als er sie zum Bett bugsieren wollte.

»Nenn mich nie wieder ›Nathaniel‹. Ich kann das nicht leiden, und ich gerate in mörderische Wut, wenn ich diesen Namen höre.«

Das schien Sara nicht besonders zu erschrecken. »Wann, mein Lieber, bist du nicht in mörderischer Wut?« fragte sie.

»Reiz mich nicht noch mehr!«

»Schrei mich nicht an!«

Er atmete tief durch, um sich ein wenig zu beruhigen.

»Also gut«, sagte Sara lächelnd. »Ich werde dich nicht mehr Nathaniel nennen ... es sei denn, ich möchte, daß du in Rage gerätst. Sei lieber auf der Hut.«

Das war keine Erwiderung wert, befand Nathan und drängte Sara statt dessen zum Bett. »Wann ist diese verdammte Frauensache zu Ende?« wollte er wissen.

Wortlos streifte sie ihren Morgenmantel ab und faltete ihn bedächtig und sorgsam zusammen. »Du hast also nicht vor, etwas wegen Nora und Matthew zu unternehmen?«

»Nein«, entgegnete er. »Und du wirst dich auch zurückhalten. Das ganze ist allein ihre Sache, hast du mich verstanden?« Ehe er sich's versah, zog sie das Nachthemd über den Kopf und warf es aufs Bett. »Die verdammte Frauensache ist vorbei«, flüsterte sie scheu.

Sie versuchte so sehr gelassen und verführerisch zu wirken, aber die heftige Röte, die ihr in die Wangen schoß, machte alles zunichte, und Nathans Blick vermittelte ihr noch dazu das Gefühl, sich ausgesprochen ungeschickt angestellt zu haben. Sie seufzte abgrundtief und warf sich in seine Arme.

Er wartete auf ihren Kuß, und sie spannte ihn nicht lange auf die Folter. Sie legte die Arme um seinen Hals und zupfte an seinem langen Haar, bis er den Kopf neigte und ihr seine Lippen darbot.

Und, gütiger Himmel, sie küßte ihn heiß und wild, so daß er seine reservierte Haltung im Nu aufgab und die Führung übernahm. Er vergrub die Hand in ihren Locken und drückte sie so fest an sich, daß er ihre weiche Brust auf der seinen spürte. Er ächzte, als seine Zunge eintauchte, und dieser Laut erregte Sara ebensosehr wie sein Kuß.

Er löste sich nach langer Zeit von ihr, um die Kleidung, die noch als Barriere zwischen ihnen war, von sich zu schleudern. Sie knabberte an seinem Hals, und ihn überliefen heiße Schauer. Er berührte sie an den Schultern und raunte heiser: »Du bist so schön, und ich ...«

Er konnte den Gedanken nicht zu Ende führen, weil sie ihn alles vergessen ließ. Sie küßte jeden Zentimeter seiner Brust, und ihre Zunge spielte mit seinen Brustwarzen. Als er sie aufforderte, die Marter zu beenden, verdoppelte sie nur noch ihre Liebkosungen.

Er zwang sie, innezuhalten, indem er ihren Kopf fest an seine Brust drückte, und rang nach Atem. Ihre Finger umkreisten sanft seinen Nabel, und sie hauchte leise: »Du gibst mir das Gefühl, lebendig und stark zu sein, Nathan. Ich möchte dir so gern zeigen, wie sehr ich dich liebe.«

Er verstand, was sie meinte, als sie sich aus seinem Griff befreite und auf die Knie sank. Danach konnte sich Nathan an nicht mehr viel erinnern. Seine zierliche Frau hatte sich in eine lodernde Flamme der Leidenschaft verwandelt. Sie war heißer als die Sonne und verbrannte ihn mit ihren weichen Lippen, ihrer federleichten Zunge und ihrer unglaublich erregenden Berührung. Er konnte die bezaubernde Verführung nicht lange ertragen und hob sie in seine Arme. Sie schlang die Beine um seine Taille, und sie versanken in einen tiefen, versengenden Kuß.

»Guter Gott, Sara, ich hoffe, daß du bereit für mich bist«, raunte er mit tiefer Stimme. »Ich kann nicht länger warten. Ich muß dich ganz nah bei mir haben. Jetzt. Ich verspreche, langsam und vorsichtig zu sein.«

»Nathan, sag mir, daß du mich liebst«, bat sie leise. Er antwortete mit einem Kuß, der Sara alles andere vergessen ließ. Seine Hände umfaßten ihre Hüften, und er drang langsam in die feuchte Höhle vor.

Saras Kopf fiel nach hinten, und sie wimmerte: »Bitte, Nathan, schnell.«

»Erst möchte ich dich noch mehr reizen, so wie du es getan hast«, murmelte er.

Sie drückte ihn sanft, und er stöhnte und ließ sie vorsichtig aufs Bett sinken. Seine Hände bedeckten ihre Wangen, als er kleine Küsse auf ihre Stirn und ihre Nasenspitze hauchte. »Du schmeckst so gut«, flüsterte er und liebkoste ihren Hals und ihr Ohrläppchen.

Sara konnte die quälende Pein nicht mehr ertragen, zog die Knie an und wölbte sich ihm entgegen. Sein Widerstand brach augenblicklich, und er versank in den himmlischsten Wonnen. Er wünschte sich, daß er sie für immer und ewig so halten könnte, aber die Hitze der Leidenschaft tobte so sehr zwischen ihnen, daß sie unaufhaltsam auf stürmischen Wogen dem Höhepunkt zustrebten. Sara schrie seinen Namen, und ihre Erfüllung riß die letzte Barriere ein. Nathan ergoß sich heiß und befreit in sie. Sein tiefes Brummen übertönte ihren hämmernden Herzschlag. Er sank erschöpft über ihr zusammen und schmiegte sein Gesicht an ihren Hals.

Sara konnte nicht aufhören zu weinen.

Als Nathan langsam wieder zu sich kam, argwöhnte er, daß es nicht mehr lange dauern würde, bis Sara ihm mit ihren Bitten nach zärtlichen Worten auf die Nerven fiel.

Er wollte ihr nicht weh tun, aber er hatte auch keine Lust zu lügen, und im finstersten Winkel seines Bewußtseins keimte Angst auf. Er fragte sich beunruhigt, ob er jemals fähig war, ihr das zu geben, was sie sich so sehr wünschte. Nathan war bis jetzt immer Sieger geblieben, wenn es darum ging, daß Menschen verletzt wurden – darin hatte er genügend Erfahrung –, aber er hatte nie gelernt, jemanden zu lieben. Allein der Gedanke daran bereitete ihm die Hölle auf Erden, und er war, verdammt noch mal, nicht bereit, verletzlich und angreifbar zu werden. Sara spürte, daß er sich innerlich zurückzog, und wußte, was auf sie zukam: Er würde in kürzester Zeit versuchen, sie allein zu lassen. Diesmal hätte sie es nicht ertragen können, und wenn er es wagte, die Kajüte zu verlassen, würde sie ihm nachlaufen, das schwor sie sich.

Wie konnte er in einem Augenblick so zärtlich und wundervoll sein, und im nächsten zu einer eisigen Statue werden? Was in Gottes Namen ging in seinem Kopf bloß vor?

»Nathan, ich liebe dich«, hauchte sie.

»Ich weiß«, murmelte er.

»Und?« insistierte sie.

Er stieß einen tiefen Seufzer aus. »Sara, du mußt mich nicht lieben – das war nie eine Voraussetzung für diese Ehe.« Er war sicher, daß ihr einleuchtete, was er damit sagen wollte und daß er ihr den wahren Sachverhalt und seine Denkweise freundlich klargemacht hatte.

Sara versuchte ihn aus dem Bett zu stoßen. »Du bist der unmöglichste Mann, den ich je getroffen habe. Hör mir gut zu, Nathan, ich habe dir etwas zu sagen ...«

»Wie könnte ich dir nicht zuhören, Sara?« versetzte er. »Du kreischst ja wie eine Sirene.«

Das war ein Punkt für ihn, dachte sie widerstrebend. Sie hatte geschrien. Jetzt drehte sie sich auf den Rücken, zog die Decke über sich und starrte an die Decke. »Gott ist mein Zeuge, du enttäuschst mich immer wieder.«

»Zur Hölle, das tue ich nicht«, konterte er und blies die Kerze aus. Gleich darauf zog er Sara unsanft in seine Arme. »Ich hatte den Eindruck, daß ich dich jedesmal sehr zufriedengestellt habe.«

Das hatte sie nicht gemeint, aber sein Tonfall brachte sie dazu, sich nicht mit ihm darüber zu streiten.

11

An dem Tag, an dem sie vor der karibischen Insel vor Anker gingen, erfuhr Sara, daß ihr Mann mehr als nur zwei Titel hatte. Er war nicht nur der Marquis of St. James und der Earl of Wakersfield.

Er war auch Pagan.

Sie war so niedergeschlagen, daß sie aufs Bett sank.

Sie hatte das Gespräch wirklich nicht belauschen wollen, aber die beiden Seemänner hatten direkt neben der geöffneten Falltür über ihrer Kajüte gestanden und ziemlich laut geredet. Erst als ihre Stimmen leiser geworden waren, hatte Sara die Ohren gespitzt.

Erst hatte sie ihre Zweifel gehabt, aber als Matthew zu den beiden stieß und sagte, daß die Beute von ihrem letzten Ausflug aufgeteilt würde, wurde sie unsicher.

Im Grunde erschrak sie eher, als daß Entsetzen sie packte. Ihre einzige Angst galt Nathan, und jedesmal, wenn sie daran dachte, was er bei seinen Piratenabenteuern riskierte, wurde ihr übel. Ein düsterer Gedanke jagte den anderen. Sie sah ihn vor sich, wie er auf eine Strafgaleere geführt wurde, aber sie zwang sich immer wieder, diese Schreckensvorstellung zu verdrängen.

Trotz allem, was sie gehört hatte, war sie nicht gänzlich überzeugt von der schrecklichen Wahrheit, bis Chester die Bemerkung fallenließ, daß er verdammt froh sei, die Tage als Pirat hinter sich lassen zu können. Die meisten von ihnen, so fügte er hinzu, seien ohnehin reif für ein ruhiges Familienleben, und dafür hätten sie ja jetzt alle genügend Gewinn bei den Beutefahrten gemacht.

Sara war so erleichtert, daß sie in Tränen ausbrach. Sie mußte sich keine Sorgen mehr um Nathans Sicherheit machen; er war von allein zur Vernunft gekommen. Sie konnte den Gedanken an ein Leben ohne ihn nicht ertragen – sie liebte ihn schon so lange, und ohne seine Temperamentsausbrüche und die erfüllenden Liebesnächte wäre ihr Dasein öde und leer.

Trotzdem fürchtete sie noch, daß ihm etwas zustoßen könnte. Auf seinen Kopf war eine immens hohe Belohnung ausgesetzt, und es konnte gut möglich sein, daß einer seiner Männer ihn verriet, weil er begierig auf das Geld war. Diesen Gedanken verwarf sie aber gleich wieder, als ihr einfiel, wie ergeben und treu jeder einzelne seiner Besatzung war.

Aber es war ohnehin egal, was in Zukunft geschah – sie würde standhaft an der Seite ihres Mannes bleiben und ihn so gut wie möglich gegen alle Bedrohungen verteidigen.

Ob wohl Matthew Nora anvertraut hatte, womit er sein Leben verbracht hatte? Und hatte er ihr erzählt, daß Nathan und der gefürchtete Pagan ein und dieselbe Person waren? Sara nahm sich vor, ihre Tante nie danach zu fragen, denn sie wollte mit niemandem auch nur ein Sterbenswörtchen darüber reden.

Nathans Geheimnis war bei ihr so sicher aufgehoben wie in einem Grab.

Als Nathan zu Sara kam, um sie abzuholen, saß sie auf dem Bett und starrte ins Leere. In der Kajüte war es heiß wie bei einer Feuersbrunst, aber Sara zitterte am ganzen Leib. Er befürchtete sofort, daß ihr etwas fehlte, zumal ihr Gesicht weiß wie die Wand war und sie – ganz gegen ihre sonstige Gewohnheit – kein Wort sagte.

Sein Verdacht wurde bestätigt, als sie schweigend in das Ruderboot stieg, das sie zum Pier brachte. Sie hatte die Hände im Schoß gefaltet und schien sich nicht im geringsten für ihre Umgebung zu interessieren.

Nora hatte direkt neben Sara Platz genommen und plauderte munter drauflos. Sie tupfte ihre Stirn mit einem Taschentuch ab und versuchte, sich mit einem Fächer Kühlung zu verschaffen. »Es braucht ein oder zwei Tage, bis man sich an die Hitze gewöhnt«, sagte sie und fuhr ohne Unterbrechung fort:

»Nathan, in der Nähe meines Hauses gibt es einen wunderschönen Wasserfall, der in ein Becken stürzt, das glänzend zum Schwimmen geeignet ist. Dort müßt Ihr mit Sara hingehen und ihr das Schwimmen beibringen.« Sie wandte sich an ihre Nichte und stupste sie an. »Wär' das nicht schön?«

»Verzeih«, murmelte Sara. »Ich habe nicht zugehört.«

»Sara, wovon träumst du?« wollte Nora wissen.

»Ich habe nicht geträumt«, erwiderte Sara und starrte Nathan mit gerunzelter Stirn an.

Nathan wußte immer noch nicht, was er von ihrem Benehmen halten sollte und sagte: »Sie fühlt sich nicht wohl.«

»Mir geht es ausgezeichnet«, widersprach Sara spitz.

Noras Miene drückte Erstaunen aus. »Macht dir die Hitze zu schaffen?«

»Nein«, seufzte Sara. »Ich habe nur nachgedacht über einige ... Dinge.«

»Über spezielle Dinge?« bohrte Nora weiter.

Sara ließ Nathan noch immer nicht aus den Augen, und er hob eine Augenbraue, als sie ihrer Tante keine Antwort gab.

Nora unterbrach das Blickduell mit ihrer nächsten Bemerkung. »Ich dachte, daß du die Gelegenheit, schwimmen zu lernen, nutzen solltest.«

Nathan bot sich sofort an: »Ich werde es dir gern beibringen.«

»Danke für dein Angebot, aber ich denke, es ist gar nicht nötig, daß ich schwimmen lerne.«

»Natürlich ist es nötig«, erwiderte er. »Du wirst es lernen, bevor wir nach England zurücksegeln.«

»Ich möchte aber nicht«, beharrte sie. »Und es besteht wirklich keine Notwendigkeit.«

»Verdammt, was willst du damit sagen? Natürlich ist es wichtig, daß du schwimmen kannst. Ich möchte mir keine Sorgen machen müssen, daß du ertrinkst.« Nathan geriet schon wieder in Rage, aber Sara blieb ganz ruhig und sagte: »Du würdest mich nie ertrinken lassen.«

»Zum Teufel, natürlich nicht, aber was ist, wenn ich nicht bei dir bin?«

Sie warf ihm einen mißbilligenden Blick zu. »Dann gehe ich einfach nicht ins Wasser.«

Er holte tief Luft. »Sara, es könnte einen Unfall geben, bei dem du ins Wasser fällst.«

Sara wandte sich an ihre Tante. »Jetzt hörst du einmal, wie er mich anschreit – so geht das die ganze Zeit.«

»Bitte zieh mich nicht in diese Diskussion, Kind«, wehrte Nora ab. »Ich werde keine Partei ergreifen.«

Der Rest der Fahrt verlief schweigend, und als sie an Land gingen, war Sara endlich bereit einen Blick auf ihre Umgebung zu werfen. »O Nora«, flüsterte sie ergriffen. »Es ist noch ... grüner, als ich es in Erinnerung habe.«

Das tropische Paradies leuchtete in allen Farben des Regenbogens, und die helle Sonne machte die Landschaft noch bunter und lebensfroher.

Holzhäuser, die in zarten Pastellfarben gestrichen waren, klebten an den sanften Hügeln, und überall waren Blumen und blühende Sträucher. Sara wünschte, sie hätte Stifte und einen Zeichenblock bei der Hand, um diese zauberhafte Szenerie festzuhalten.

Nathan war an ihrer Seite und betrachtete sie. Saras versonnene und unschuldige Miene raubte ihm den Atem, und als er Tränen in ihren Augen glitzern sah, fragte er besorgt: »Was ist los mit dir?«

Sie konnte den Blick nicht von den Hügeln abwenden und flüsterte nur: »Ist es nicht wunderschön?«

»Was ist wunderschön?«

»Die Schöpfung Gottes«, entgegnete sie leise. »Sieh nur, welches Licht die Sonne auf die Hügel zaubert. O Nathan, es ist wirklich atemberaubend.«

Nathan hielt den Blick fest auf seine Frau gerichtet, und eine sanfte Wärme berührte sein Herz und seine Seele. Ehe er selbst wußte, was er tat, berührte er ganz sacht ihren Hals und zeichnete die Linie ihres Kinns nach.

»Du bist atemberaubend«, hörte er sich selbst flüstern. »Du siehst nur das Schöne im Leben.«

Sara war verblüfft über dieses gefühlvolle Bekenntnis und fragte: »Tatsächlich?«

Der Zauber war verflogen, bevor sie mit den Augen zwinkern konnte, und Nathan forderte sie barsch auf, nicht herumzutrödeln.

Sie fragte sich ernsthaft, ob sie jemals in der Lage sein würde, ihn und seine Stimmungsschwankungen zu verstehen. Sie ging an Noras Seite über den hölzernen Steg, der zur Straße führte.

»Sara, Liebes, du ziehst ja die Stirn kraus, quält dich die Hitze?«

»Nein«, antwortete sie. »Ich habe nur darüber nachgedacht, wie kompliziert mein Mann ist. Nora, er möchte tatsächlich, daß ich selbständiger werde. Erst durch Nathan habe ich gemerkt, wie abhängig ich von anderen bin. Ich dachte immer, daß es seine Pflicht ist, für mich zu sorgen, aber vielleicht habe ich mich geirrt. Ich glaube, er würde mich mehr schätzen, wenn ich mich selbst verteidigen könnte.«

»Er ist bestimmt sehr stolz auf dich, weil du so große Fortschritte in dieser Richtung machst«, meinte Nora. »Möchtest du wirklich von der Gnade eines Mannes abhängig sein? Denk an deine Mutter, Sara. Sie ist mit einem Mann verheiratet, der nicht halb so fürsorglich ist wie Nathan.«

Das gab Sara einiges zu denken – sie hatte nie in ihrem Leben die Möglichkeit in Betracht gezogen, daß Nathan ein so grausamer Mann wie ihr Vater sein könnte, aber was könnte sie in ihrer jetzigen Verfassung schon tun, wenn er sich als brutal und uneinsichtig erweisen würde?

Nora tätschelte die Hand ihrer Nichte. »Überleg dir alles einmal genau, mein Liebes und runzle nicht so die

Stirn, sonst bekommt du noch Kopfschmerzen. Kind, ist heute nicht ein wundervoller Tag?«

Einige Männer, die ihnen entgegengekommen waren, starrten Sara nach, und Nathan warf ihnen finstere Blicke zu. Ihr lüsternes Interesse erweckte seinen Zorn, und als einer der Burschen einen anerkennenden Pfiff ausstieß, rammte er seine Faust in das Gesicht des unverschämten Lümmels. Die Wucht seines Schlages beförderte den Bastard geradewegs ins Hafenbecken.

Als Sara das Wasser klatschen hörte, sah sie zurück, aber sie ahnte nicht, was geschehen war, da sie gleichzeitig ihrer Tante zuhörte. Sie erkannte nur, daß Nathan sie anlächelte und lächelte zurück, bevor sie sich wieder umdrehte.

»Junge, gehst du nicht ein bißchen zu weit?« Jimbo grinste. »Sie ist doch nur eine Frau.«

»Dieses Mädchen weiß nicht einmal, wie anziehend sie ist«, knurrte Nathan. »Zur Hölle, sie würde nicht so gehen, wenn sie bemerken würde, wie diese Kerle nach ihr gieren.«

»Wie geht sie denn?« hakte Jimbo nach.

»Du weißt verdammt gut, worüber ich spreche. Ihre Hüften ...«

Er führte den Gedanken nicht zu Ende, statt dessen berichtigte er: »Sie ist nicht nur eine Frau, Jimbo, sie ist *meine* Frau.«

Jimbo wechselte tunlichst das Thema, da Nathan schon aufgebracht genug schien. »Ich kann schon jetzt, nach dem ersten Blick, sagen, daß wir uns hier nicht alle Ersatzteile, die wir zur endgültigen Reparatur des Schiffes brauchen, beschaffen können.«

Jimbo hatte recht. Nathan schickte seine Frau mit Nora und Matthew zu Noras Haus und machte sich mit Jimbo auf den Weg in das kleine Dorf. Nathan brauchte nicht lange, um herauszufinden, daß er einige Dinge nur in einem größeren Hafen bekommen konnte, der etwa zwei Tagesreisen entfernt lag.

Er wußte, daß seine Frau nicht einverstanden sein würde, wenn er abreiste, und deshalb nahm er sich vor, sie sofort mit seinem Entschluß vertraut zu machen und die Diskussion so schnell wie möglich hinter sich zu bringen.

Er erlebte eine kleine Überraschung, als er Noras Haus sah. Es war ungefähr dreimal so groß, wie er es sich vorgestellt hatte, und zweistöckig. Die Veranda, die um das ganze, blaßrosa gestrichene Haus herumführte, hatte ein weißes Holzgeländer.

Sara saß auf einem Schaukelstuhl in der Nähe der Eingangstür, als Nathan die Treppe heraufkam und ohne Begrüßung verkündete: »Ich werde morgen mit der Hälfte meiner Mannschaft absegeln.«

»Ach ja?« lautete Saras ganzer Kommentar.

Sie bemühte sich, sich nichts anmerken zu lassen, aber sie war sofort in Panik. Gütiger Gott, unternahm er etwa wieder einen Beutezug? Nora hatte ihr erzählt, daß sich auf einer der Nachbarinseln ein Piratenstandort befand. Vielleicht wollte Nathan ja seine früheren Kampfgefährten treffen und noch einmal ein letztes Abenteuer erleben?

Sie atmete tief durch, um sich zu fassen, als Nathan erklärte: »Wir müssen zu einem größeren Hafen segeln, um einige Ersatzteile für die *Seahawk* zu kaufen.«

Sara glaubte kein Wort. Nora lebte in einem Fischerdorf, und hier würde es doch in Gottes Namen sicherlich jedes Ersatzteil geben, das ein Seemann brauchte. Trotz ihres Zweifels verriet sie mit keinem Wimpernschlag, was sie vermutete. Wenn Nathan eines Tage bereit war, mit ihr über sein Leben als Pagan zu sprechen, konnte sie ihm von ihren Ängsten erzählen – vorher wollte sie nichts preisgeben. »Ach ja?« murmelte sie wieder.

Nathan konnte gar nicht fassen, daß er ohne Streitereien davonkam. Saras plötzliche Einsichtigkeit beunruhigte ihn mehr als ihr Widerspruchsgeist, und schon den ganzen Tag über hatte sie sich so merkwürdig verhalten.

Er lehnte sich an das Geländer und wartete auf eine klarere Aussage, aber Sara stand auf und ging ins Haus.

Er holte sie in der Halle ein. »Ich bin nicht lange weg«, sagte er.

Sie ließ sich von ihm nicht aufhalten und hatte gerade den ersten Stock erreicht, als er ihre Schultern umfaßte. »Sara, was ist in dich gefahren?«

»Nora hat uns das zweite Zimmer auf der linken Seite zugewiesen, Nathan. Ich habe nur wenige Sachen vom Schiff mitgebracht, aber vielleicht könntest du ein paar Männer bitten, mir meinen Schrankkoffer zu bringen.«

»Sara, du wirst nicht lange hierbleiben müssen«, erwiderte Nathan.

»Ach ja?«

Und wenn du ums Leben kommst, was dann? hätte sie am liebsten geschrien. Würde es überhaupt jemand für nötig befinden, sie in einem solchen Fall zu benachrichtigen?

Großer Gott, es war zu schrecklich, um auch nur darüber nachzudenken.

Sara schüttelte seine Hände ab und setzte ihren Weg fort. Nathan folgte ihr.

Von ihrem Schlafzimmer aus hatte man einen wunderschönen Blick über das Meer, und das gleichmäßige Rollen der Wellen, die an die Felsen brandeten, wirkte beruhigend. Ein großes Bett, über dem eine hübsche bunte Dekke lag, stand zwischen den Fenstern, und ein großer grüner Samtsessel befand sich neben dem Kleiderschrank. Die Tapeten waren in derselben Farbe gehalten wie der Sessel. Sara lief geschäftig zum Schrank und räumte ihre Kleider ein, während Nathan ihr dabei zusah.

»Sara, irgend etwas ist mit dir geschehen, und ich möchte wissen, was los ist.«

»Nichts ist los«, entgegnete sie mit bebender Stimme.

Verdammt, schwor sich Nathan im stillen, ich werde dieses Zimmer nicht verlassen, ehe sie mir nicht gesagt hat, was vorgefallen war.

»Ich wünsche dir eine gute Fahrt, Nathan. Auf Wiedersehen.«

»Ich segle nicht vor morgen ab.«

»Ach ja?«

»Würdest du endlich aufhören, ›ach ja‹ zu sagen?« brüllte er. »Verdammt Sara, ich möchte nicht, daß du so kühl zu mir bist, ich kann das zur Hölle nicht leiden.«

Sie drehte sich zu ihm um und blitzte ihn wütend an. »Nathan, ich habe dich schon unzählige Male gebeten, in meiner Gegenwart nicht so entsetzlich zu fluchen, weil *ich* das nicht leiden kann. Aber hast du damit aufgehört?«

»Das ist nicht dasselbe«, entgegnete er erfreut, daß sie endlich wieder ihr Temperament zeigte.

Sara verstand nicht, warum er eine so fröhliche Miene zur Schau trug – dieser Mann war wirklich unbegreiflich, er hatte offensichtlich zu viele Tage in der heißen Sonne verbracht.

Sie schmiedete einen Plan und sagte: »Deine Flüche scheinen dir große Genugtuung zu bereiten, deshalb habe ich mich entschlossen, auch so sündige Worte zu benutzen.

Ich möchte herausfinden, ob es dir gefällt, wenn ich eine genauso gewöhnliche Sprache spreche wie du.«

Sein Gelächter füllte den Raum, und als er sich beruhigt hatte, sagte er: »Die einzigen drastischen Wörter, die du kennst, sind ›verdammt‹ und ›zur Hölle‹, Sara, weil ich mich in deiner Gegenwart mit dem Fluchen immer sehr zurückgehalten habe.«

Sie schüttelte den Kopf. »Wenn du mit deiner Mannschaft sprichst, sagst du noch ganz andere Dinge, und ich habe auch den Männern manchmal zugehört.«

Er lachte wieder. Der Gedanke, daß dieses zierliche Persönchen fluchen könnte wie ein Seemann, erheiterte ihn wirklich, und er konnte sich nicht vorstellen, daß sie auch nur ein derbes Wort benutzte. Das lag nicht in ihrer Natur.

Matthew beendete die Diskussion, indem er vom Flur aus verkündete: »Nora erwartet euch beide im Salon!«

»Geh schon vor«, sagte Sara. »Ich bin gleich hier fertig, dann komme ich nach.«

Nathan ärgerte sich über die Störung, aber er ging zur Tür. Sara bemühte sich wie so oft, das letzte Wort zu haben und rief ihm mit zuckersüßer Stimme nach: »Nathan, dieser Nachmittag ist verdammt heiß, nicht wahr?«

»Verdammt richtig«, bestätigte Nathan und ging.

Er war fest entschlossen, Sara nicht zu zeigen, daß er es verabscheute, wenn sie wie eine gewöhnliche Dirne sprach. Aber solange sie sich nur in einem Gespräch mit ihm solche Dinge erlaubte, war es nicht so schlimm, und er wußte sehr genau, daß sie sich nicht trauen würde, in Gesellschaft zu fluchen.

Er hatte nur ein paar Minuten später die Gelegenheit, sich vom Gegenteil zu überzeugen.

Neben Nora, die auf einem Brokatsofa Platz genommen

hatte, saß ein Besucher. Matthew stand am Fenster, und Nathan nickte ihm kurz zu, bevor er auf Nora zusteuerte.

»Nathan, mein Lieber, ich möchte Euch Reverend Oscar Pickering vorstellen.« Sie drehte sich zu ihrem Gast um und setzte hinzu: »Der Mann meiner Nichte ist der Marquis von St. James.«

Fast hätte Nathan laut gelacht. Die Gelegenheit war zu gut, um sie ungenutzt verstreichen zu lassen. »Ihr seid ein Mann der Kirche?« fragte er lächelnd.

Nora hatte Nathan noch nie so leutselig erlebt. Er wirkte sogar äußerst zuvorkommend, als er dem Reverend die Hand schüttelte, obwohl sie befürchtet hatte, daß er genauso mißmutig wie Matthew reagieren würde.

Sara betrat den Salon, gerade als sich Nathan in einem der Sessel, die dem Sofa gegenüberstanden, niederließ. Er streckte seine langen Beine aus und grinste wie ein Einfaltspinsel.

»Oscar ist gerade zum Statthalter des Ortes ernannt worden«, erklärte Nora.

»Kennt Ihr Oscar schon lange?« fragte Nathan, bevor er Sara in der Tür sah.

»Nein, wir sind uns gerade zum erstenmal begegnet, aber ich habe Eure Tante gebeten, mich mit dem Vornamen anzusprechen«, antwortete Mr. Pickering an Noras Stelle.

Sara ging auf ihn zu und machte artig einen Knicks. Der neue Statthalter war ein dürrer Mann mit runden Brillengläsern. Er trug eine gestärkte weiße Krawatte zu seinem schwarzen Jackett und Breeches. Seine ganze Erscheinung wirkte ziemlich streng. Er betrachtete Sara herablassend durch seine glitzernden Brillengläser, bevor er Nathan einen raschen geringschätzigen Blick zuwarf.

Sara konnte den Mann auf Anhieb nicht leiden.

»Mein Liebes«, begann Nora. »Darf ich dir ...?«

Nathan unterbrach sie schnell: »Sein Name ist Oscar, Sara, und er ist der neue Statthalter der Ortschaft.« Er verschwieg absichtlich, daß der Mann auch Reverend war.

»Oscar, diese hübsche junge Lady ist meine Nichte und Nathans Frau – Lady Sara.«

Pickering nickte nur und deutete auf den Sessel neben den von Nathan. »Ich bin erfreut, Euch kennenzulernen, Lady Sara.«

Sara lächelte pflichtschuldig. Die Brille drückte offenbar seine Nase platt, dachte Sara, als sie seine schrille nasale Stimme hörte.

»Ich hätte eine Nachricht geschickt, um meinen Besuch anzukündigen«, sagte Pickering, »aber ich komme täglich während eines Spaziergangs hier vorbei und konnte nicht widerstehen, als ich die Betriebsamkeit im Haus bemerkte. Meine Neugier hat gesiegt. Ich habe einige finstere Gestalten auf Eurer Veranda gesehen, Lady Nora, und wollte Euren Bediensteten die Anweisung geben, sie zu verjagen. Man sollte sich nicht mit solchem Gesindel abgeben.«

Pickering warf Matthew bei seiner letzten Bemerkung einen bedeutsamen Blick zu. Sara war ehrlich empört über das schlechte Benehmen des Mannes. Er hatte es nicht einmal für nötig befunden, bei der Begrüßung aufzustehen. Dieser Kerl war ein Flegel.

Um ihre Entrüstung zu verbergen, nahm Sara einen Fächer vom Tisch, klappte ihn auf und fächelte sich Luft zu.

»Niemand wird von hier verjagt«, ließ sich Nathan vernehmen.

»Die Männer gehören zu der Schiffsbesatzung des Marquis«, versuchte Nora zu vermitteln.

Sara stand auf und gesellte sich zu Matthew, um ihm zu

zeigen, daß sie zu ihm stand. Matthew drückte seinen Dank mit einer knappen Handbewegung aus.

In diesem Augenblick begann Nathan sein Spiel. »Meine Frau hat sich sehr über die Hitze beschwert«, sagte er mit einem teuflischen Grinsen und heftete seinen Blick auf Sara. »Wie hast du dich ausgedrückt, meine Liebe?«

»Ich erinnere mich nicht mehr«, stammelte sie. Aber die zufriedene Miene ihres Mannes weckte ihren Widerspruchsgeist. »Oh natürlich, jetzt fällt es mir wieder ein. Ich sagte, daß es heute verdammt heiß ist. Findet Ihr das nicht auch, Mr. Pickering?«

Die Brille rutschte auf Mr. Pickerings Nasenspitze, und er schielte sie verblüfft an. Nathan und Matthew waren offensichtlich aufs höchste erstaunt.

Sara setzte ein unschuldiges Lächeln auf und fuhr unbeirrt fort. »Die verfluchte Hitze verursacht mir immer höllische Kopfschmerzen.«

Ihr lieber Mann funkelte sie finster an, aber das genügte Sara noch nicht. In diesem Moment ritt sie tatsächlich der Teufel. Trotzdem betete sie, daß Nora später verstehen würde, warum sie sich so schändlich benahm. Sie stöhnte ausgiebig und lehnte sich an den Fenstersims. »Heute ist ein richtig beschissener Tag.«

Nathan sprang aus dem Sessel und fragte, als ob er sie nicht verstanden hätte: »Was hast du gesagt?«

Sie war glücklich, ihm einen Gefallen tun zu können und wiederholte: »Heute ist ein richtig beschissener Tag.«

»Genug!« brüllte Nathan.

Matthew ließ sich auf einen Stuhl sinken, und Nora kaschierte ihr Lachen mit einem Hustenanfall. Mr. Pickering sprang auf die Füße und durchquerte den Raum mit langen Schritten, während er das Büchlein, das er bei sich hatte, immer wieder in seine Handfläche klatschen ließ.

»Oh, müßt Ihr uns schon verlassen, Mr. Pickering?« fragte Sara und versteckte ihr lächelndes Gesicht hinter dem Fächer.

»Ich muß leider«, stotterte der Besucher.

»Seid Ihr in Eile?« begann Sara und strebte hinter ihm der Halle zu. »Ihr rennt, als ob Euch jemand einen Tritt in den ...«

Sie hatte keine Chance, das Wort auszusprechen, da Nathan seine große Hand gerade noch rechtzeitig auf ihren Mund preßte. Sie stieß seine Hand weg. »Ich wollte nur Rücken sagen.«

»Sara, was in Gottes Namen ist in dich gefahren?« rief Nora.

»Bitte, vergib mir Tante. Ich hoffe, ich habe dich nicht zu sehr verärgert, Nora. Nathan mag anscheinend eine so derbe Sprache, und ich wollte ihm nur gefällig sein«, gestand sie. »Aber vielleicht hätte ich mehr Rücksicht auf den Statthalter nehmen müssen, und wenn du möchtest, laufe ich ihm nach und bitte ihn um Verzeihung.«

Nora schüttelte den Kopf. »Ich kann ihn nicht ausstehen.«

Die beiden Damen nahmen keinerlei Notiz von Nathan, der direkt vor ihnen stand. Sara war sich zwar bewußt, daß er sich jeden Moment auf sie stürzen könnte, aber sie verdrängte ihre Angst und räusperte sich, ehe sie sich erkundigte: »Warum hat Mr. Pickering ein Buch in der Hand gehabt? Hast du ihm etwas zu lesen geliehen, Tante Nora? Ich bezweifle, daß du es je wiederbekommen wirst; er sieht nicht gerade vertrauenswürdig aus.«

»Es war nicht einfach ein Buch«, berichtigte Nora. »Es war seine Bibel. Gütiger Himmel, ich hätte dir das wirklich früher erklären müssen.«

»Was hättest du erklären müssen?« fragte Sara. »Du

willst doch nicht behaupten, daß dieser überhebliche Kerl ständig eine Bibel mit sich herumträgt. Wenn das keine Heuchelei ist ...«

»Sara, die meisten Geistlichen haben ihre Bibel immer bei sich.«

Sara begriff nur langsam. »Ein Geistlicher? Nora, du hast doch gesagt, daß er der neue Statthalter ist!«

»Ja, Liebes, das ist er auch, aber er ist gleichzeitig Reverend in unserer Kirche. Er wollte uns zur Sonntagsmesse einladen.«

»Oh mein Gott«, stöhnte Sara und schloß die Augen.

Lange Zeit sagte niemand ein Wort – Nathan musterte seine Frau, Sara wurde immer röter im Gesicht, und Nora hatte größte Mühe, nicht laut loszulachen.

Matthew brach das Schweigen. »Macht Euch keine Sorgen, Lady Sara, er ist ein richtiger Scheißkerl.«

»Hüte deine Zunge«, schnaubte Nathan in an und schob Sara in Richtung Sofa.

»Ich kann mir gut vorstellen, welches Thema er für seine Sonntagspredigt auswählt«, kicherte Nora und wischte sich die Lachtränen von den Wangen. »O Gott, ich wäre fast gestorben, als du ...«

»Ich kann daran überhaupt nichts lustig finden« schimpfte Nathan.

»Hast du es gewußt?« hauchte Sara.

»Was gewußt?« fragte Nathan unschuldig.

»Daß Pickering Geistlicher ist?«

Er nickte langsam.

»Es ist alles deine Schuld«, schrie Sara. »Ich hätte mich nie so ungezogen benommen, wenn du mich nicht dazu gereizt hättest. Verstehst du jetzt wenigstens, warum ich möchte, daß du mit dieser Flucherei aufhörst?«

Nathan legte den Arm um ihre Schulter. »Nora, ich

möchte mich für das Schandmaul meiner Frau entschuldigen. Könntet Ihr mir jetzt bitte erklären, wie man zu dem Wasserfall gelangt? Sara wird heute ihre erste Schwimmlektion bekommen, und wenn sie auch nur ein unartiges Wort sagt, lasse ich sie ertrinken, das schwöre ich.«

Nora beschrieb den Weg.

»Es ist zu heiß zum Schwimmen«, widersprach Sara. »Und ich habe auch nichts, was ich dafür anziehen könnte.«

Nathan ließ sich nicht von seinem Entschluß abbringen, und Sara erkannte widerwillig, daß all ihre Bemühungen, ihn umzustimmen, vergeblich waren.

Schließlich machten sie sich in der glühenden Hitze auf den Weg zum Hügel, und als sie auf dem Gipfel ankamen, stieß Sara einen Entzückungsschrei aus. Sie befanden sich inmitten eines blühenden und grünenden Paradieses, und nur die Angst vor Reptilien schmälerte Saras Wohlbehagen.

»Sollte ich wegen der Schlangen nicht vorsichtig sein?« fragte sie leise, als Nathan einen großen Ast aus dem Weg räumte.

»Nein, ich passe schon auf«, erwiderte er.

»Und was ist, wenn dich eine Schlange beißt?«

»Dann beiße ich zurück.«

Sara mußte lachen. »Dazu wärst du tatsächlich imstande.«

Als sie um die nächste Ecke bogen, blieb Sara abrupt stehen und schnappte nach Luft. »O Nathan, hier ist es wunderschön.«

Nathan mußte ihr recht geben, als er den glitzernden Wasserfall betrachtete, der von einem Felsen stürzte.

»Zieh deine Kleider aus, Sara. Ich prüfe inzwischen, wie tief das Wasser in dem Teich ist.«

Er gab ihr keine Zeit zu protestiern, sondern ließ sich auf einem großen Stein nieder und zog seine Stiefel aus.

Sara tauchte eine Hand ins Wasser und war überrascht, daß es ziemlich warm war.

»Ich setze mich nur auf einen Stein und laß' meine Füße ins Wasser hängen«, sagte sie.

»Zieh dich aus, Sara.«

Bevor Sara einen neuerlichen Disput beginnen konnte, verschwand Nathan hinter dem glänzenden Wasservorhang und tauchte in den Teich.

Sara legte die Kleider ihres Mannes sorgfältig zusammen und zog sich selbst bis auf ihr dünnes Hemd aus. Dann setzte sie sich ans Ufer und ließ das erfrischende Wasser über ihre Füße laufen. Plötzlich umfaßte Nathan ihre Knöchel und zog sie ins Wasser. Das kühle Naß fühlte sich so wundervoll an, daß Sara ganz vergaß zu protestieren. Das Wasser reichte Nathan bis zur Brust, und die Tropfen funkelten auf seiner bronzefarbenen Haut. Er nahm seine Frau vorsichtig in die Arme und zog sie an sich. Sie schlang die Arme und Beine um ihn und legte ihr Gesicht an seine Schulter.

»Du bist sehr vertrauensselig«, flüsterte er. »Versuche lieber erst mal, ob du hier stehen kannst.«

Sie gehorchte. Das Wasser reichte ihr bis zum Mund, und wenn sie den Kopf ein wenig zurücklegte, konnte sie ohne Schwierigkeiten Luft holen.

»Oh, das ist wunderschön«, rief sie.

Nathan hatte Mühe, sich auf den Schwimmunterricht zu konzentrieren, als er ihren weichen Körper in dem glasklaren Wasser sah. Das hauchdünne Hemd schmiegte sich an ihre Brüste, und das einzige, woran er noch denken konnte, war, diesem Körper ganz nah zu sein.

Zum Teufel, dachte er, dieser Frau gelang es immer wieder, ihn aus der Fassung zu bringen. »Also los«, sagte er barsch. »Als erstes lernst du, dich auf dem Wasser treiben zu lassen.«

Sara war erstaunt über seine ernste Miene und vermutete, daß er damit nur ihren Widerstand im Keim ersticken wollte, deshalb fügte sie sich.

»Laß mich los, Sara«, forderte er.

Sie gehorchte und sank sofort unter die Oberfläche, als sie den Halt verlor. Sie tauchte prustend wieder auf, und Nathan umfaßte ihre Taille und befahl ihr, sich auf den Rükken zu legen.

In kürzester Zeit konnte sich Sara ohne seine Hilfe über Wasser halten, und Nathan freute sich, daß sie so schnell lernte. »Für heute ist es genug«, meinte Sara schließlich und hielt sich an seinem Arm fest, damit er sie zum Ufer führen konnte. Nathan drückte sie an sich und strich ihr das nasse Haar aus dem Gesicht. Ihre zarten Brüste rieben sich an seiner Haut, und Nathan, den der dünne Stoff störte, streifte die schmalen Träger über Saras Schultern. Sara bemerkte erst, als ihr das Hemd bis zur Taille glitt, was ihr Mann vorhatte. Sie öffnete den Mund, um Einwände zu erheben, aber Nathan brachte sie mit einem langen Kuß zum Schweigen. Saras Knie gaben nach, als seine Zunge in ihren Mund tauchte. Sie legte die Arme um seinen Hals und hielt ihn fest.

»Nathan, wir können doch nicht ...«, wisperte Sara, als sie wieder zu Atem kam.

»O doch«, murmelte Nathan leise und legte ihre Beine um seine Hüften, ehe er sie noch leidenschaftlicher küßte. Fast wären beide untergegangen, aber sie kümmerten sich kaum darum, und als sich die Leidenschaft in einer glühenden Explosion entlud, waren beide grenzenlos glücklich.

Nathan trug seine Frau ans Ufer und setzte sich neben sie. Die Sonne brannte heiß, aber Sara bemerkte es gar nicht.

Sie lehnte sich an einen Felsen und schloß zufrieden die Augen. Nathan küßte sie auf die Stirn und hinters Ohr.

»Die Liebe mit dir ist zauberhaft, Nathan«, flüsterte sie.

Nathan stützte sich auf einen Ellenbogen, und seine Finger umkreisten sanft ihre Brustspitze. Er lächelte, als er sah, daß sie eine Gänsehaut bekam.

Sara hatte sich in ihrem ganzen Leben noch nie so wohl gefühlt. Der Felsen wärmte ihren Rücken, und die zarte Berührung ihres Mannes jagte kleine Schauer durch ihren Körper. Bevor sie selbst wußte, wie ihr geschah, drängte sie sich wieder an ihn, als er ihre Brüste mit seiner Zunge und seinen Lippen liebkoste. Seine Hände glitten über ihren Bauch bis zum Nabel, und Sara hielt die Luft an. Dann streichelte er ihre geheimste Stelle, und als seine Finger in sie drangen, stieß Sara einen kleinen Schrei aus.

Sie wurde plötzlich verlegen und versuchte, seine Hand beiseite zu stoßen, aber er gab ihr keine Chance und beugte sich statt dessen vor, um sie mit dem Mund zu liebkosen. Sara krümmte und wand sich und wünschte, daß dieser Augenblick nie vorübergehen möge.

Nathan konnte sein Begehren nicht mehr bezähmen und tauchte tief in sie ein. Gemeinsam strebten sie einem befreienden Höhepunkt entgegen, und als sie die Erlösung fanden, waren beide atemlos.

Sara war zu matt, um sich zu bewegen, und auch Nathan hatte Mühe, sich auf die Ellenbogen zu stützen.

Als er ihre verträumte Miene sah, lächelte er und sagte: »Wenn wir jetzt ins Wasser fielen, würden wir beide ertrinken.«

Sie legte einen Finger auf seinen Mund. »Du würdest es nie zulassen, daß mir ein Leid geschieht. Mußt du wirklich morgen wieder in See stechen?«

»Ja.«

»Ich verstehe.«

Guter Gott, sie klang so verloren! »Was genau verstehst du?« fragte er, während er ihr Kinn küßte. Als sie nicht antwortete, fuhr er fort: »Wirst du mich vermissen, Sara?«

»Ja, Nathan.«

»Dann komm doch mit.«

Saras Augen wurden kugelrund vor Staunen. »Du würdest mich mitnehmen?« stammelte sie. »Heißt das, daß du nicht ...? Oh, ich habe voreilige Schlüsse gezogen – du hast alles hinter dir gelassen?«

»Sara, wovon sprichst du überhaupt?«

Sie zog seinen Kopf an sich und küßte ihn. »Ich bin so froh, daß du mich mitnehmen willst, aber ich muß dich nicht begleiten. Es ist nur gut zu wissen, daß du ...«

»Hör auf, in Rätseln zu sprechen. Was geht eigentlich in deinem Kopf vor? Du warst heute den ganzen Tag schon so merkwürdig.«

»Ich habe befürchtet, daß du nicht mehr zu mir zurückkommst«, gestand Sara. Das war natürlich gelogen, aber das konnte Nathan, der sich offensichtlich über ihre Besorgnis freute, nicht wissen.

»Ich würde dich nie hier zurücklassen, Sara. Aber du hast dich schon seltsam betragen, bevor du von meiner Abreise erfahren hast. Was bedrückt dich?«

»Ich dachte daran, daß ich mich bald von Nora verabschieden muß. Sie wird mir fehlen, Nathan.«

Er musterte sie aufmerksam, um herauszufinden, ob sie die Wahrheit sagte. Sie lächelte ihn an und erklärte, daß sie bereit sei, noch einmal ins Wasser zu gehen. »Ich kann mich noch immer nicht richtig auf der Oberfläche treiben lassen.«

Sie verbrachten fast den ganzen Nachmittag im Wasser, und als sie sich auf den Nachhauseweg machten, war Saras zarte Haut verbrannt. Ihr Gesicht war sogar schon so rot wie der Sonnenuntergang.

Nora empfing sie vor der Küchentür. »Matthew, Jimbo und ich wollten gerade dinieren ... gütiger Himmel, Sara, du bist ja krebsrot. O Kind, du wirst dich heute nacht schrecklich quälen. Was hast du dir nur dabei gedacht?«

»Ich habe gar nicht auf die Sonne geachtet«, gestand Sara.

»Es war ein so schöner Nachmittag.«

»Was habt ihr getan? Seid ihr die ganze Zeit geschwommen?«

»Nein«, antwortete Nathan, als seine Frau ihn ansah.

»Wir haben ...«

»Wir haben uns auf der Wasseroberfläche treiben lassen«, sprudelte Sara hervor. »Ich brauche nur eine Minute, Nora. Ich ziehe mich schnell um und komme dann zum Dinner. Ihr hättet nicht auf uns warten sollen«, rief sie und lief die Treppe hinauf.

Sie war nicht in der Lage, das Essen mit den anderen einzunehmen. Als Nathan ihr half, das Kleid auszuziehen, schrie sie vor Schmerzen, und Nora brachte ihr eine grüne Salbe, mit der sie die wunden Stellen einreiben sollte. Sara litt Höllenqualen, als Nathan die stinkende Paste auf ihrem Rücken verteilte. Glücklicherweise hatte sie sonst nur noch im Gesicht Sonnenbrand, so daß sie auf dem Bauch schlafen konnte. Als sie von Schüttelfrösten heimgesucht wurde, drängte sie sich an ihren Mann.

Am nächsten Tag ließ Nathan nicht eine einzige rüde Bemerkung fallen, als er Sara zum Abschied einen Kuß auf ihr Gesicht, das mit der grünen Salbe bedeckt war, drückte.

Reverend Pickering kam zwei Tage später erneut zu Besuch und zeigte sich ausgesprochen zugänglich, als Sara sich für ihr Benehmen entschuldigte und ihm erklärte, warum sie sich einer so vulgären Sprache bedient hatte.

Pickering deutete an, daß am folgenden Morgen ein Schiff in Richtung England in See stechen sollte, und Sara setzte sich sofort an den Schreibtisch ihrer Tante, um einen Brief an ihre Mutter zu schreiben. Pickering nahm das Schreiben, in dem Sara von ihren Abenteuern berichtet hatte, an sich, um es dem Captain auszuhändigen.

Als Nathan zurückkam, war Sara so froh, daß sie in Tränen ausbrach. Sie verbrachten wundervolle und friedliche Tage und Nächte miteinander, und Sara konnte ihr Glück kaum fassen. Mit Nathan verheiratet zu sein war das Paradies für sie, und nichts konnte ihre Liebe zerstören – gar nichts. Sie wünschte, jeder könnte so viel Freude erleben wie sie, und das sprach sie auch eines Abends aus, als sie mit Nora und Matthew auf der Veranda saß und auf Nathan wartete.

»Ich glaube, Matthew und ich, wir wissen genau, was du meinst«, sagte Nora. »Man muß nicht jung sein, um zu lieben, Sara ... Matthew, möchtest du einen Brandy?«

»Ich hole ihn«, bot Sara sich an.

»Bitte bleib, Kind.« Nora stand auf und machte sich auf den Weg ins Haus. »Dein Sonnenbrand ist noch nicht ganz verheilt, du solltest dich noch ein wenig schonen. Leiste inzwischen Matthew Gesellschaft, ich komme gleich wieder.«

Sobald sich die Tür hinter Nora geschlossen hatte, bekannte Matthew leise: »Sie ist zu gut für mich, Sara, aber ich werde mich durch nichts mehr abhalten lassen. Sobald ich meine Angelegenheiten in England geregelt habe, komme ich hierher, um an der Seite Eurer Tante meinen Lebensabend zu genießen. Wie denkt Ihr darüber?«

Sara klatschte in die Hände. »O Matthew, das sind ja

wundervolle Neuigkeiten. Wir müssen die Hochzeit planen, bevor wir nach England abreisen. Ich möchte auf jeden Fall bei der Feier dabeisein.«

Ein Schatten huschte über Matthews Gesicht. »Sara, eigentlich habe ich nicht daran gedacht zu heiraten.«

Sara sprang auf die Füße. »Ihr solltet aber besser daran denken, Matthew, sonst werdet Ihr niemals hierher zurückkommen. Eine leidenschaftliche Nacht ist eine Sache, aber ein Leben in Sünde ist etwas ganz anderes. Ihr solltet an Noras Ruf denken.«

Der Seemann erhob sich langsam und starrte über das Meer. »Ich denke ja an Noras Ruf. Sie kann mich nicht heiraten, weil sie etwas Besseres als mich verdient. Ich bin ihrer nicht wert.«

»Ihr seid der Beste für Nora, und wagt ja nicht, Euch selbst so zu erniedrigen.«

»Sara, ich habe ein ... bewegtes Leben geführt«, stammelte Matthew.

Sara tat das mit einem Schulterzucken ab. »Noras erster Mann war ein Pferdeknecht, und sie war sehr glücklich mit ihrem Johnny. Sie hat mir anvertraut, daß Ihr ein sehr gutherziger Mann seid, Matthew, und ich weiß, daß Ihr sie liebt. Wenn Ihr Nora heiratet, würde das eine Menge Probleme lösen. Onkel Henry würde ihr nicht mehr wegen der Erbschaft nachstellen, wenn er wüßte, daß sie einen Beschützer hat, und ich wäre sehr stolz, Euch Onkel nennen zu können.«

Matthew war gerührt und seufzte. Nach einer Weile des Nachdenkens meinte er: »Also gut, ich frage Nora. Aber Ihr müßt mir versprechen, daß Ihr es ohne weitere Diskussion akzeptiert, wenn Nora nein sagt.«

Sara umarmte Matthew und drückte ihn an sich. »Sie wird bestimmt nicht nein sagen.«

»Sara, was zur Hölle tust du da? Matthew, nimm sofort die Hände von meiner Frau!«

Weder Sara noch Matthew kümmerten sich um Nathans Aufforderung. Erst nachdem Sara einen Kuß auf Matthews Wange plaziert hatte, löste sie die Umarmung und ging auf ihren Mann zu.

»Nathan, wir sollten besser hinaufgehen, Matthew möchte bestimmt mit Nora allein sein.«

Sie drängte ihn ins Haus und die Treppe hinauf.

»Ich erkläre dir alles, wenn wir in unserem Zimmer sind.«

Am nächsten Morgen erfuhren sie, daß Nora eingewilligt hatte, Matthews Frau zu werden und daß die Hochzeit vor Matthews Abreise nach England stattfinden sollte. Er wollte nicht, daß Nora ihn begleitete, da er befürchtete, daß Henry Winchester wieder eine Gemeinheit planen könnte.

Die Trauung fand am folgenden Samstag statt, und Sara segnete die schlichte Zeremonie mit einer Tränenflut. Nathan war hauptsächlich damit beschäftigt, ihre Wangen zu trocknen, und staunte über seine gefühlvolle Frau.

Er hörte, wie sie Matthew von Herzen wünschte, daß seine Ehe ebenso glücklich werden möge wie ihre eigene.

Nathan lachte – seine Frau war wirklich eine hoffnungslose Träumerin ... lächerlich romantisch ... weichherzig ... unschuldig und ... perfekt.

12

Mehr als eine Schlange wartete darauf, in Saras Paradies dringen zu können.

Die Schiffsreise nach London verlief ereignislos. Iwan nahm Sara unter seine Fittiche und versuchte, ihr die

Grundlagen der Kochkunst beizubringen, aber Sara war gänzlich unbegabt. Die Männer lobten zwar ihre Erzeugnisse, aber im Grunde war so gut wie alles ungenießbar, und das meiste endete als Fischfutter – in aller Heimlichkeit natürlich, da niemand Sara kränken wollte. Chester wurde Saras glühendster Bewunderer und verteidigte sie gegen alle Unbilden.

Nathan beobachtete jede Bewegung seiner Frau, und in kürzester Zeit mußte er sich eingestehen, wie angenehm und erfreulich ihre Gesellschaft war und wie sehr er ihr Lachen mochte.

Als sie in London ankamen, brachte er Sara sofort in das Büro der Emerald Shipping Company, um sie mit Colin bekanntzumachen.

Es war ein wunderschöner sonniger Vormittag, als sie sich durch die Menschenmenge im Hafen drängten. Nathan bat Sara, seinen Freund nicht auf seine Beinverletzung anzusprechen, da er auf solche Bemerkungen ziemlich empfindlich reagierte.

»Er hinkt? Was ist dem armen Mann passiert?« fragte Sara.

»Er ist einem Hai zu nahe gekommen.«

»Gütiger Himmel!« rief Sara. »Er hat Glück, daß er noch am Leben ist.«

»Ja«, nickte Nathan. »Versprich mir, daß du kein Wort darüber verlierst.«

»Wie kommst du überhaupt darauf, daß ich seine Behinderung erwähnen könnte? Nathan, ich weiß sehr genau, was sich gehört. Schäm dich, daß du mir so etwas zutraust.«

»Du hast geschrien wie am Spieß, als du meinen Rücken gesehen hast«, erinnerte er sie.

»Um Himmels willen, das war doch ganz etwas anderes!«

»Wieso?« fragte er verständnislos.

Sie hob die Schultern. »Weil ich dich liebe«, gestand sie und wurde rot.

Verdammt, es gefiel ihm von Mal zu Mal besser, wenn sie von ihrer Liebe zu ihm sprach ... Er versuchte den bedrükkenden Gedanken abzuschütteln und sagte: »Du wirst hoffentlich Colin nicht wegen seines Leidens in Verlegenheit bringen.«

Sie nickte, aber sie konnte sich nicht verkneifen, ihm zu sagen, wie beleidigend er war.

Er küßte sie, nur um den Frieden wiederherzustellen, auf den Mund. Sie öffnete ihre Lippen, und der Kuß wurde wilder, als Nathan geplant hatte. Sie merkten nicht einmal, daß die Passanten stehenblieben und sie neugierig anstarrten.

Jimbo und Matthew, die ihnen in einiger Entfernung gefolgt waren, blieben auch stehen, und Jimbo schnaubte:

»Verdammt, Junge, jetzt ist wirklich nicht der richtige Zeitpunkt, mit deiner Frau herumzutändeln. Wir sollten uns um unsere Geschäfte kümmern.«

Nathan löste sich widerstrebend von Sara, und sie sank matt gegen ihn, aber als sie die vielen Menschen sah, die sie beobachteten, verflog der Zauber der Leidenschaft rasch.

»Du vergißt dich«, flüsterte sie Nathan zu.

»Da bin ich nicht der einzige«, gab er zurück.

Sie ignorierte diese Wahrheit. »Ich möchte deinen Kompagnon kennenlernen und wäre dir dankbar, wenn du mich nicht aufhalten würdest.«

Sie drehte ihm den Rücken zu, ehe ihm eine passende Antwort einfiel.

Nathan grinste und fragte: »Begleitet ihr uns?«

Die beiden Männer nickten, und Sara hängte sich bei

Jimbo und Matthew ein. »Ihr müßt mich unterstützen, wenn ich Nathans Freund kennenlerne. Ich fürchte mich ein wenig – er muß schon ein besonderer Mann sein, wenn er mit Nathan auskommt. Gehen wir.«

Nathan hatte gerade noch Zeit, dem Trio aus dem Wege zu gehen, als sie losgingen, und folgte ihnen mit düsterer Miene.

Er hörte, wie Sara sagte: »Was immer auch geschieht, erwähnt bitte nicht Colins Hinken. Er ist sehr empfindlich, was sein Leiden betrifft. Nathan hat mich netterweise darauf aufmerksam gemacht. Er scheint sehr besorgt zu sein, daß jemand seinen Freund verletzen könnte. Wenn er mir nur auch so viel Rücksicht entgegenbringen würde, wäre ich wirklich äußerst dankbar.«

»Hör auf, mich zu ärgern«, brummte Nathan und schob Jimbo beiseite. Er ergriff Saras Arm und zerrte sie weiter.

Sara war ehrlich entrüstet und beschloß, ihrem Mann später ihre Meinung zu sagen und ihm den Kopf zurechtzusetzen. Colin saß am Schreibtisch und war mit Schreibarbeiten beschäftigt. Sobald Sara und Nathan das Büro betraten, stand er auf.

Nathans Freund sah ausgesprochen gut aus, und Sara merkte sofort, daß er sehr charmant war. Sie musterte ihn lange, bis ihr klar wurde, daß das nicht gerade höflich war. Dann machte sie einen scheuen Knicks.

»Also darf ich doch noch die Braut kennenlernen«, sagte Colin. »Aus der Nähe betrachtet seid Ihr schon schöner, Lady Sara.« Nach diesem Kompliment ging er auf sie zu und küßte ihr formvollendet die Hand.

Sie war sehr beeindruckt von seinen Manieren.

Nathan hingegen ganz und gar nicht: »Gütiger Gott, Colin, du mußt dich nicht so anstrengen, es bewirkt doch nichts bei ihr.«

»O doch«, widersprach Sara.

»Er wirkt sogar auf mich«, gluckste Jimbo im Hintergrund.

»Ich habe den Delphin nie so galant erlebt.« Er stieß Matthew in die Rippen. »Du?«

»Kann ich nicht behaupten«, erwiderte Matthew.

Colin hielt immer noch Saras Hand fest, und sie hatte nichts dagegen. Nathan war das offensichtlich alles andere als recht.

»Nimm deine Hände weg, Colin«, warnte er.

»Nicht, bis du mich nicht offiziell vorgestellt hast.« Er zwinkerte Sara zu und lachte, als sie errötete.

Nathans Frau war nicht nur schön, sondern regelrecht bezaubernd. War sich Nathan überhaupt bewußt, was für ein Glück er hatte?

Nathan stöhnte, lehnte sich an den Fenstersims und verschränkte die Arme vor der Brust. »Sara, das ist Colin, das ist Sara. Jetzt laß sie los, Colin, bevor ich dir das Gesicht einschlage.«

Sara erschrak, aber Colin lachte. »Ich frage mich wirklich, warum du dich so aufregst«, meinte er.

»Nathan regt sich über alles auf, Sir«, schaltete sich Sara ein. »Er mag gar nichts.«

»Mag er wenigstens Euch?«

Sie nickte. »O ja, er mag mich wirklich«, behauptete sie ernst und versuchte, ihre Hand zurückzuziehen, aber Colin hielt sie noch immer fest. »Sir, ist es Eure Absicht, Nathan in Wut zu versetzen?«

Er nickte.

»Dann haben wir schon etwas gemeinsam«, sagte Sara. »Ich bringe ihn ständig in Rage.«

Colin ließ endlich ihre Hand los und lachte schallend.

Sara faltete vorsichtshalber die Hände auf dem Rücken und wunderte sich, daß Colin sich so sehr über ihre Bemerkung, die sie ganz ernst gemeint hat, amüsierte.

Nathan bemerkte ihre Geste und lächelte zum erstenmal.

Seine Fröhlichkeit verflog sofort, als Colin geheimnisvoll sagte: »Du hättest dich beeilen sollen, Nathan. Früher wäre besser gewesen.«

»Laß das, Colin«, warnte Nathan. Er wußte genau, daß das eine Anspielung darauf war, daß er gezögert hatte, seine Braut zu sich zu holen.

»Sir, sind wir uns schon einmal begegnet?« wollte Sara wissen. »Eure Bemerkung, daß ich aus der Nähe ...«

Colin schüttelte den Kopf. »Ich habe Euch einmal flüchtig gesehen, aber ich hatte nicht die Gelegenheit, Eure Bekanntschaft zu machen. Ich war dabei, nachzuprüfen, ob ein bestimmter Gegenstand durch ein Fenster paßt.«

»Ich kann das gar nicht komisch finden, Colin«, brummte Nathan. Colin grinste breit, beschloß aber, seinen Freund im Moment nicht noch mehr gegen sich aufzubringen.

»Lady Sara«, sagte er statt dessen. »Möchtet Ihr nicht Platz nehmen und mir von Eurer Reise erzählen?«

»Das ist keine besonders lustige Geschichte, Delphin«, warf Jimbo ein. »Ein Mißgeschick jagte das andere.«

Sara blitzte ihn an. »Es war eine wundervolle Reise«, behauptete sie fest. »Jimbo, es ist überhaupt nichts Schlimmes passiert. Es ist wirklich unhöflich von Euch, so etwas zu sagen.«

»Es ist nichts Schlimmes passiert?« hakte Matthew nach und grinste. »Der Feind hat uns auf Schritt und Tritt verfolgt.«

»Was für ein Feind?« fragte Sara. »Oh, Ihr müßt die Piraten meinen.«

»Das wars nur ein winziger Teil unseres Unglücks«, bemerkte Matthew.

Sara wandte sich an Colin. »Die Piraten haben uns angegriffen, aber wir haben sie zurückgeschlagen. Der Rest der Fahrt war friedlich, meinst du nicht, Nathan?«

»Nein. Du vergißt die Sonnenschirme.«

Colin konnte dem Gespräch nicht mehr folgen. »Wovon sprecht ihr eigentlich?«

»Saras Sonnenschirme waren unsere mächtigsten Feinde«, erklärte Matthew, aber bevor er fortfahren konnte, fiel Sara ihm ins Wort, um sich selbst eine Peinlichkeit zu ersparen. Nathan half ihr, als er ihre Unsicherheit bemerkte, und Colin ließ das Thema fallen. Er würde später, wenn er mit Nathan allein war, ohnehin alles erfahren.

Er nahm einige Papiere vom Schreibtisch und deponierte sie auf dem Aktenschrank, dann kehrte er zu seinem Sessel zurück.

Sara beobachtete ihn aufmerksam, aber sie konnte beim besten Willen nicht feststellen, daß er hinkte.

»Nathan, Colin hat gar kein ...«

»Sara!«

»Bitte schrei mich nicht in Gegenwart deines Partners an!« forderte sie.

»Was ist los?« erkundigte sich Colin.

Sara ordnete die Falten in ihrem Kleid und lächelte Colin an. »Ich kann mir gar nicht vorstellen, daß Ihr Nathans Freund seid. Ihr scheint ganz anders zu sein als er.«

»Ich bin der zivilisiertere von uns beiden«, entgegnete Colin lachend. »Findet Ihr nicht?«

»Ich wage nicht, Euch zuzustimmen, da das meinem

Mann gegenüber äußerst unfair wäre.« Sie warf Nathan einen freundlichen Blick zu. »Aber Ihr solltet registrieren, daß ich es auch nicht abstreite, Sir.«

Colin registrierte noch eine Menge mehr. Nathan ließ seine Frau nicht aus den Augen, die so seltsam glitzerten, wie Colin es noch nie zuvor gesehen hatte.

»Sara, bitte nennt mich Colin oder Delphin wie die Männer.«

Ein listiger Ausdruck trat auf sein Gesicht, als er Nathan ansah. »Darf ich Sara zu Euch sagen, oder hat Nathan Euch einen speziellen Namen gegeben, den ich auch benutzen darf?«

Nathan fand die Frage lächerlich, und er war ganz und gar nicht damit einverstanden, wie Colin seiner Frau schmeichelte. Natürlich vertraute er Colin, aber trotzdem würde er ihm nie und nimmer erlauben, Sara zu nahe zu kommen. Plötzlich ging ihm auf, daß er eifersüchtig war – es war wirklich zum Verrücktwerden dachte er.

»Colin, ich nenne sie ›meine Frau‹«, stellte er klar. »Das kannst *du* nicht.«

Colin beugte sich vor. »Nein, das kann ich leider nicht«, stimmte er zu, und Nathan merkte, daß sein Freund nur ein Spiel spielte. Colin wollte herausfinden, wie eng die Beziehung zwischen ihm und Sara war.

Nathan sah Colin bedeutsam an und schüttelte kaum merklich den Kopf. Er hoffte, daß sein Freund die Bitte, das Thema fallenzulassen, verstanden hatte.

»Oh, Nathan hat einen speziellen Namen für mich«, meinte Sara. »Und Ihr dürft ihn sicher auch benutzen, Colin.«

Colin sah sie fragend an. »Was ist das für ein Name?«

»Verdammt, Sara«, sagte Sara schlicht. »Nathan fängt jeden zweiten Satz, den er an mich richtet, mit ›verdammt, Sara‹ an. Stimmt es nicht, Lieber? Colin könnte doch auch ...«

Wie aufs Stichwort brummte Nathan: »Verdammt, Sara, reiz mich nicht ...«

Er mußte selbst lachen, und Sara und Colin fielen ein.

Matthew beendete das fröhliche Geplauder, indem er aufs Geschäft zu sprechen kam, und Sara lauschte Colin aufmerksam, als er berichtete, was sich während Nathans Abwesenheit ereignet hatte. Sie lächelte, als Colin verkündete, daß er fünf Verträge abgeschlossen hat.

»Nathan, heißt das, wir sind ...«

»Nein, wir sind nicht reich, Sara.«

Sara wirkte niedergeschlagen.

»Wir werden erst alle reich sein, wenn du ...«

»Ich kenne meine Pflichten«, rief Sara schnell. »Du mußt mich nicht vor meinen Bediensteten darauf hinweisen.« Nathan lächelte, aber Colin schüttelte den Kopf. »Ich kann dem nicht mehr folgen«, gestand er. »Welche Pflicht könnte Sara erfüllen, um uns alle reich zu machen?«

Sara wurde feuerrot, und Colin schloß daraus, daß es sich um eine persönliche Sache handelte. Er erinnerte sich an den Ehevertrag und ahnte den Grund für Saras Verlegenheit:

»Um Himmels willen«, knurrte Matthew. »Hört auf mit dem Unsinn. Ich muß gehen, um einige Angelegenheiten zu erledigen, um Ende der Woche verschwinden zu können.«

»Was hast du vor?« wollte Colin wissen.

»Matthew, habt Ihr Colin noch gar nichts von Nora erzählt?« rief Sara erstaunt.

»Wer ist Nora?«

Sara war glücklich, Colin alles haarklein erzählen zu

können und merkte gar nicht, daß sie auch einige persönliche Dinge preisgegeben hatte, als sie zum Ende kam. »Ich kann Euch nicht mehr sagen, Colin, aber alles hatte ein Happy-End, und durch die Hochzeit wurde der gute Ruf meiner Tante gewahrt.«

Nathan stand während Saras Bericht am Fenster und beobachtete eine schwarze Kutsche, die von fünf Reitern begleitet wurde. Sie blieb an der gegenüberliegenden Straßenseite stehen. Er machte seinen Freund darauf aufmerksam, und Colin erkannte das Wappen der Winchesters an der Seitentür. Er nickte Nathan zu und schenkte Sara wieder seine ganze Aufmerksamkeit.

Nathan, Jimbo und Matthew verließen so leise den Raum, daß Sara es im Eifer des Gefechts gar nicht einmal bemerkte. Zum Schluß nahm sie Colin das Versprechen ab, nichts, was sie ihm von ihrer Tante erzählt hatte, an andere weiterzugeben, dann sah sie sich im Raum um.

»Wie gefällt Euch unser Büro?« fragte Colin schnell.

»Ich möchte Euch nicht kränken, Colin, aber alles wirkt ein wenig karg. Es könnte sehr hübsch sein, wenn wir die Wände frisch streichen und schöne Vorhänge aussuchen. Ich würde diese Aufgabe sehr gern übernehmen. Ein zartes Rosa könnte gut passen, meint Ihr nicht?«

»Nein«, sagte er so heiter, wie es ihm möglich war.

Sara wurde unbehaglich zumute, als Colin seine Schreibtischschublade öffnete und eine Pistole herausnahm. »Rosa ist eine Farbe für Frauen«, sagte Colin beiläufig. »Wir sind Männer und bevorzugen dunkle, häßliche Farben.«

Seine fröhliche Miene zeigte Sara, daß er scherzte, aber wenn sie ihn nicht gekannt hätte, hätte sie vermuten müssen, daß er sich vorgenommen hatte, sie zu erschießen.

Wo war Nathan? Sara stand auf und ging zum Fenster neben der Tür. Sie sah Nathan, Jimbo und Matthew vor einer schwarzen Kutsche stehen. Jimbo verdeckte mit seiner massigen Gestalt das Wappen an seiner Seite.

»Mit wem sprechen sie wohl, Colin?«

»Setzt Euch, Sara, und wartet hier, bis Nathan zurückkommt.«

Sie wollte seiner Bitte gerade Folge leisten, als Jimbo einen Schritt zur Seite trat und sie das Wappen entdeckte. »Das ist die Kutsche meines Vaters«, rief sie erstaunt. »Woher, um Gottes willen, konnte er wissen, daß wir wieder in London sind?«

Colin konnte ihr keine Antwort mehr geben, da sie schon aus dem Büro stürmte. Er schob die Pistole in seine Tasche und lief ihr nach.

Sara zwang sich, langsam zu gehen, aber ihr Magen flatterte plötzlich. Sie hoffte inbrünstig, daß ihr Vater und Nathan sich einig waren – aber was hatten all die anderen Männer hier zu suchen?

»Mach dir keine unnötigen Sorgen«, flüsterte sie sich selbst zu und raffte die Röcke, um die Straße zu überqueren, als ihr Vater aus der Kutsche stieg.

Der Earl of Winchester wurde von vielen Menschen als vornehmer Mann angesehen. Er hatte volles silberfarbenes Haar, und er war eher kräftig als dick und sehr groß. Seine Augen hatten die gleiche haselnußbraune Farbe wie die von Sara, aber das war auch die einzige Ähnlichkeit. Seine Adlernase fiel jedem sofort auf, und seine Lippen, die er die meiste Zeit fest zusammenpreßte, waren so schmal, daß sie fast nicht zu sehen waren.

Sara hatte keine Angst vor ihrem Vater, aber er beunruhigte sie, weil sie nie voraussehen konnte, wie er reagierte. Sara verbarg ihre Besorgnis und eilte pflichtschuldig auf ihren Vater zu, um ihn zu umarmen. Nathan beobachtete, daß der Earl bei der Berührung stocksteif wurde.

»Ich bin überrascht, dich zu sehen, Vater«, begann Sara und trat zurück, um Nathans Arme zu ergreifen. »Wie hast du von unserer Ankunft erfahren?«

»Ich habe Männer im Hafen postiert, die mir Bescheid geben sollten, sobald die *Seahawk* einläuft, Sara. Jetzt komm nach Hause, wo du hingehörst.«

Der ärgerliche Unterton in seiner Stimme erschreckte Sara, und sie rückte ein wenig näher zu Nathan.

»Nach Hause? Aber Vater, ich bin Nathans Frau und ich bin dort zu Hause, wo er zu Hause ist. Sicher hast du bemerkt ...«

Sie brach ab, als sich die Kutschentür öffnete und ihre ältere Schwester Belinda ausstieg.

Gütiger Himmel, Sara war selbst schockiert, daß sie gar nicht erfreut war, sie zu sehen. Belinda lächelte, und das war immer ein schlechtes Zeichen. Sie war nur dann glücklich, wenn sie jemandem Schaden zufügen konnte.

Sara stellte fest, daß Belinda während ihrer Abwesenheit beträchtlich zugenommen hatte und daß das goldfarbene Kleid ziemlich spannte. Belinda war früher ein ausgesprochen hübsches Kind gewesen, und alle Männer der Familie hatten sie vergöttert. Mit ihrem goldblonden Haar, den himmelblauen Augen und den Grübchen in den Wangen hatte sie jeden bezaubert, aber als sie älter geworden war, waren ihre Wangen so rund geworden, daß die Grübchen nicht mehr zu sehen waren, und ihr Haar nahm eine mausgraue Farbe an. Der Liebling der Winchesters war zu einer unansehnlichen, zur Rundlichkeit neigenden Person geworden, und Belinda stopfte aus Enttäuschung darüber immer mehr in sich hinein.

Sara hingegen hatte als Kind eher linkisch und ungeschickt gewirkt, und niemand außer ihrer Mutter und der Kinderschwester hatte ihr Beachtung geschenkt.

Es war eine Sünde, seine eigene Schwester nicht zu mögen, und allein aus diesem Grund versuchte Sara, Belinda freundliche Gefühle entgegenzubringen und ihren grausamen Wesenszug zu entschuldigen. Sara nahm hauptsächlich Belindas gute Seiten zur Kenntnis, und deshalb fiel es ihr nicht allzu schwer, sie einigermaßen herzlich zu begrüßen. »Belinda, wie schön, dich wiederzusehen.«

Belinda starrte Nathan unverschämt an, während sie erwiderte: »Ich bin froh, daß du endlich wieder zu Hause bist, Sara.«

»Ist Mutter auch hier?« fragte Sara.

»Deine Mutter ist dort, wo sie hingehört – zu Hause«, entgegnete der Earl of Winchester barsch. »Steig in die Kutsche, Tochter. Ich möchte keinen Ärger, aber ich bin auf alles vorbereitet. Du kommst mit uns, und niemand wird erfahren, daß du mit diesem Marquis zusammen warst, wenn wir ...«

»O Papa«, unterbrach in Belinda, »du weißt, daß das nicht wahr ist. Alle Welt weiß schon davon. Wir haben doch so viel Mitleid ertragen müssen, nachdem Sara verschwunden war.«

»Schweig!« brüllte der Earl. »Du wagst es, mir zu widersprechen?«

Sara bewegte sich so schnell, daß Nathan sie nicht zurückhalten konnte. Sie drängte sich zwischen ihren Vater und Belinda und verteidigte ihre Schwester: »Belinda wollte dir bestimmt nicht widersprechen.«

«Ich dulde keine Frechheiten«, brummte der Earl. »Genausowenig wie dein undankbares Verhalten, Tochter«, fügte er hinzu und bedachte Sara mit einem zornigen Blick. »Niemand wird ein Wort über dein schändliches Betragen verlieren, aber wenn es doch zu einem Skandal kommt, werde ich auch damit fertig.«

Sara war ehrlich entsetzt. »Was für ein Skandal, Vater?« fragte sie. »Nathan und ich, wir haben nichts getan, worüber man klatschen könnte. Wir sind verheiratet, und das ist durch einen Vertrag besiegelt.«

»Erwähne nie wieder in meiner Gegenwart diesen vermaledeiten Vertrag, Tochter. Jetzt steig in die Kutsche, oder muß ich meinen Männern erst befehlen, ihre Waffen zu ziehen?«

Saras Magenflattern wurde immer stärker. Zum erstenmal in ihrem Leben war sie gezwungen, ihrem Vater die Stirn zu bieten. Natürlich hatte sie ihm oft die Meinung gesagt, aber immer nur, um ihre Mutter oder ihre Schwester zu verteidigen.

Sie wich langsam zurück, bis sie wieder neben Nathan stand. »Es tut mir leid, dich zu enttäuschen, Vater, aber ich kann dich nicht begleiten. Mein Platz ist an der Seite meines Mannes.«

Der Earl war außer sich. Seine Tochter hatte ihn mit diesem offenen Widerspruch vor mehreren Zeugen zu Tode beleidigt. Er holte aus, um sie zu schlagen, aber Nathan war schneller. Er umklammerte das Handgelenk des Earl und drückte zu, als ob er ihm die Knochen brechen wollte.

Sara hielt ihn mit einer Berührung zurück, und Nathan ließ sofort los und legte den Arm um die Schultern seiner Frau. Er fühlte, wie sie zitterte, und das machte ihn noch wütender.

»Sara geht nirgendwohin, alter Mann«, stellte Nathan mit tiefer Stimme fest.

Diese abschlägige Antwort war offensichtlich das Signal für die Männer des Earls. Sie zogen ihre Pistolen und richteten sie auf Nathan.

Sara keuchte – sie konnte nicht glauben, daß so etwas wirklich geschah. Sie versuchte, sich schützend vor ihren

Mann zu stellen, aber das ließ er nicht zu. Er hielt den Blick starr auf Saras Vater gerichtet, während er sie an seine Seite drückte. Er lächelte, und Sara war über diese Reaktion vollkommen verblüfft. Er mußte doch begreifen, daß die Situation äußerst bedrohlich war. »Nathaniel«, flüsterte sie und benutzte absichtlich den Namen, der ihn – wie er selbst gesagt hatte – in mörderische Wut versetzte. »Du hast keine Pistole.«

Nathan sah sie an. Er wußte mehr als seine Frau.

Die Vorteile lagen auf seiner Seite. Vor ein paar Minuten waren acht seiner Männer neben der Kutsche aufgetaucht und hatten sich hinter Sara aufgereiht. Sie waren bewaffnet und bereit zu kämpfen.

Saras Vater hatte bemerkt, was im Gange war, und der Ausdruck in seinen Augen verriet Nathan, daß er nicht den Mut hatte, sich einem direkten Kampf zu stellen.

»Vater, befiehl deinen Männern, ihre Waffen wegzustekken«, forderte Sara mit bebender Stimme. »Du erreichst nichts, wenn Nathan oder ich verletzt werden.«

Der Earl of Winchester reagierte nicht.

»Ich lasse es nicht zu, daß du meinem Mann etwas antust«, schrie Sara. »Ich liebe ihn.«

»Er wird ihm nichts tun«, rief Colin. »Ich jage ihm eine Kugel in den Kopf, wenn er es versucht.«

Sara drehte sich um. Die Verwandlung, die in Colin vorgegangen war, raubte ihr fast den Atem. Er stand ganz ruhig da und lächelte, aber seine Augen waren kalt wie Eiskristalle. Es bestand kein Zweifel daran, daß er seine Drohung, ohne mit der Wimper zu zucken, ausführen würde.

Der Earl entdeckte das auch und gab seinen Männern ein Zeichen, ihre Waffen wegzustecken, aber er hatte es noch nicht aufgegeben und versuchte, sein Ziel auf andere Weise zu erreichen. »Belinda, erzähl deiner Schwester von ihrer Mutter. Wenn Sara schon nicht mit uns kommen will, soll sie wenigstens die Wahrheit erfahren.«

»Sara, du mußt nach Hause kommen«, begann Belinda. »Mutter ist todkrank, deshalb ist sie nicht mit uns hergekommen.«

»Sie sehnt sich danach, dich noch einmal zu sehen«, bekräftigte der Earl. »Nach allem, was du ihr angetan hast, ist es mir ein Rätsel, warum sie es sich so sehr wünscht.«

Sara schüttelte den Kopf. »Mutter ist nicht krank. Das ist nur ein gemeiner Trick, mich von Nathan wegzulocken.«

»Ich würde deine Mutter nie für solche Zwecke benutzen«, erwiderte ihr Vater entrüstet.

Nathan beobachtete, wie der Earl Belinda in die Seite stieß und wußte, daß die Szene vorher abgesprochen worden war. Er hoffte nur, daß seine Frau schlau genug war, alles zu durchschauen.

Belinda trat einen Schritt vor. »Mama wurde krank, kurz nachdem du uns verlassen hast, Sara. Sie hat sich solche Sorgen gemacht, daß du ertrinkst oder von ... Piraten umgebracht wirst.«

»Aber Belinda, Mutter hat ...«, sie hielt inne.

Vielleicht wußte ihr Vater nichts von dem Brief, den sie hinterlassen hatte, bevor sie Nora befreit hatte. »Ich habe Mutter einen langen Brief geschrieben, als Nathan und ich unser Ziel erreicht hatten. Mama hat ihn sicher schon erhalten.«

»Wir haben deine beiden Briefe bekommen«, meinte der Earl.

Sara wollte ihm klarmachen, daß sie nur einen Brief abgeschickt hatte, aber ihr Vater fuhr rasch fort: »Ich war sehr erfreut über die Informationen, die du mir dadurch gegeben hast, Tochter, die Angelegenheit ist noch nicht geklärt, und deshalb müssen wir diskret vorgehen.«

Sara hatte keine Ahnung, wovon er sprach. »Was meinst du?«

Ihr Vater schüttelte den Kopf. »Mach mich nicht zum Narren, Tochter. Deine Mutter wartet auf dich.«

Sara wandte sich an Nathan. »Erlaubst du, daß ich meine Mutter besuche? Ich mache mir große Sorgen um sie.«

»Später.«

Sara drehte sich wieder ihrem Vater zu: »Bitte richte Mutter aus, daß wir sie besuchen, sobald Nathan seine Geschäfte erledigt hat.«

Eigentlich hatte der Earl of Winchester geplant, Sara wegzubringen, bevor er sein Vorhaben ausführte. Er haßte offene Auseinandersetzungen. Es war immer günstiger, das Überraschungsmoment auf seiner Seite zu haben und kein allzu großes Risiko eingehen zu müssen. Aber bei der Weigerung des Marquis, Sara gehen zu lassen, verlor er die Geduld.

»Der Prinzregent hat neue Informationen«, brüllte der Earl. »Es kann nicht mehr lange dauern, bis diese Ehe annulliert wird, da er annimmt, daß der Marquis den Vertrag verletzt hat.«

»Was zur Hölle erzählt Ihr da?« wollte Nathan wissen. »Ich habe den Vertrag nicht verletzt, und die Ehe ist bereits vollzogen. Es ist zu spät.«

Das Gesicht des Earls lief dunkelrot an. Sara hatte ihn noch nie so wütend erlebt.

»Sara, weißt du, wovon dein Vater spricht?« fragte Nathan.

Sie schüttelte den Kopf.

»Dies ist eine vertrauliche Unterhaltung«, verkündete der Earl und bedeutete seinen Männern, sich zu entfernen. »Wartet an der Straßenkreuzung.« Dann wandte er sich an Nathan. »Schickt Eure Männer weg, wenn Ihr nicht wollt, daß sie mithören, was ich Euch zu sagen habe.«

»Sie bleiben.«

»Vater, bitte laß mich alles erklären«, flehte Belinda und lächelte in freudiger Erwartung. »Sara hat uns geschrieben, sonst hätten wir nie davon erfahren.«

»Was hättet ihr nie erfahren?« fragte Sara.

Belinda seufzte. »O Sara, tu doch nicht so unschuldig. Du hast uns doch alles über die Verfehlungen von Nathans Vater berichtet.«

»Nein!« schrie Sara. »Belinda, warum ...?«

»Sara, du hast uns endlich reinen Wein eingeschenkt«, fuhr Belinda unbeirrt fort. »Papa hat ein paar Männer engagiert, die Genaueres herausgefunden haben. Wenn wir die Einzelheiten vorlegen, wird alle Welt erfahren, daß der Vater deines Mannes ein Verräter war.«

Der Earl schnaubte angewidert. »Habt Ihr gedacht, Ihr könntet diesen Schmutz unter den Teppich kehren? Mein Gott, Euer Vater hat beinahe die Regierung gestürzt, und seine Sünden lasten jetzt auf Euren Schultern. Wenn ich mit Euch fertig bin, seid Ihr vollkommen am Boden, St. James.«

»Vater, hör auf mit diesen Drohungen. Du kannst das doch nicht ernst meinen«, rief Sara.

Der Earl ignorierte die Bitte. »Glaubt Ihr ernsthaft, der Prinzregent würde meine Tochter zwingen, ihr Leben mit einem Verbrecher zu verbringen?«

In Nathan loderte grenzenloser Zorn. Wie hatte dieser Bastard von der Vergangenheit seines Vaters erfahren? Und, guter Gott, wie würde Jade reagieren, wenn die Affäre publik würde?

Als ob der Earl Nathans Gedanken gelesen hätte, sagte er: »Denkt an Eure Schwester. Lady Jade ist mit dem Earl of Cainewood verheiratet, und sie ist ein Liebling der Gesellschaft, aber das wird sich rasch ändern. Die Schande wird Eure Schwester zur Außenseiterin oder noch schlimmerem machen.«

Sara verlor fast die Fassung, als ihr klar wurde, was Belinda und ihr Vater vorhatten. Sie wollten Nathan glauben machen, daß sie ihn durch ihren Brief verraten hatte. Aber das machte doch keinen Sinn. Wie konnten sie sicher sein, daß sie etwas von dieser Affäre erfahren hatte?

»Ich möchte wirklich wissen, woher ihr derlei Informationen habt«, sagte sie. »Ich habe ...«

»Du hast uns davon berichtet«, sagte Belinda schnell. »Du brauchst nicht mehr zu lügen, Sara. Papa hat deine Ausführungen genau ausgeführt. Um Himmels willen, Sara, du solltest dich glücklich schätzen, bald bist du frei und kannst einen Gentleman heiraten, der deiner wert ist. Das sagst du doch auch, nicht wahr, Papa?«

Der Earl nickte. »Der Duke of Coughtonshire hat schon um deine Hand angehalten.«

Tränen strömten über Saras Wangen. Sie hätte im Leben nie daran geglaubt, daß ihre Familie sie so grausam und gemein hintergehen würde. »Belinda, bitte tu mir das nicht an«, schluchzte sie.

Nathan sagte kein Wort, und als er den Arm von Saras Schultern nahm, glaubte der Earl, das Spiel gewonnen zu haben. Er hatte schon oft gehört, daß der Marquis ein zynischer und nüchterner Mann war und jetzt wußte er, daß die Gerüchte nicht übertrieben waren.

Sara wünschte sich so sehr, daß ihr Mann ihr glauben würde, aber aus seiner Miene konnte sie nichts erkennen.

»Nathan, glaubst du etwa, daß ich etwas über den Verrat deines Vaters in meinem Brief erwähnt habe?«

»Wußtest du davon?« fragte Nathan zurück.

»Ja«, gestand sie. »Nora hat mir davon erzählt.«

Er rückte von ihr ab, und Sara hätte nicht mehr leiden

können, wenn er sie geschlagen hätte. »Nathan, du kannst doch nicht annehmen, daß ich dich verraten habe!«

»Warum sollte er das nicht annehmen?« meldete sich Colin zu Wort. »Die Dinge sprechen gegen Euch. Das Geheimnis wurde lange gewahrt, bis Ihr ...«

»Ihr haltet mich für schuldig, Colin?« rief Sara.

Er zuckte mit den Achseln. »Ich weiß nicht, ob man Euch trauen kann.«

Sara schüttelte mit dem Kopf. »Nathan, du mußt doch wissen, daß ich dich nie verraten würde.«

»Steig in die Kutsche«, befahl der Earl erneut.

Sara wirbelte zu ihm herum. »Ich habe mich wie eine Närrin benommen, Vater, als ich immer wieder Entschuldigungen für dein schändliches Verhalten gesucht habe. Du bist um keinen Deut besser als deine Brüder. Du schickst Henry nur immer vor, damit du dir die Hände nicht selbst schmutzig machen mußt. O Gott, ich möchte dich nie wieder sehen.« Sie holte tief Luft und fügte hinzu: »Ich bin nicht mehr deine Tochter.«

Nach dieser kleinen Ansprache drehte sich Sara um und überquerte die Straße. Colin versuchte, sie zurückzuhalten, aber sie stieß ihn beiseite und stürmte in das Büro.

Der Earl of Winchester gab noch nicht auf und versuchte, ihr zu folgen, aber Nathan verstellte ihm den Weg. Diese Bedrohung genügte, um den Earl in die Flucht zu schlagen.

Als seine Kutsche abgefahren war, ergriffen Matthew und Jimbo sofort Saras Partei. Sie waren beide sicher, daß Sara Nathan nicht hintergangen hatte.

Nathan hörte seinen Freunden gar nicht zu und ging ohne ein Wort davon.

»Wohin gehst du?« rief Matthew ihm nach, ohne eine Antwort zu erhalten.

Sara war der Verzweiflung nahe. Was für eine Närrin sie doch gewesen war. Nathan hatte sie nie geliebt, sonst hätte er ihr glauben müssen. Der Schmerz war so groß, daß sie beinahe verging. Sie dachte über die Gemeinheiten ihrer Familie nach und weinte bitterlich. Pötzlich fiel ihr Jade ein, und sie faßte einen Entschluß. Sie trocknete ihre Tränen und verließ unbemerkt das Büro. An der nächsten Straßenecke fand sie eine Droschke.

»Zum Stadthaus des Earl of Cainewood«, wies sie den Kutscher an.

Nathan rechnete fest damit, daß Sara im Büro auf ihn wartete, aber bevor er mit ihr sprach, mußte er seinen Zorn überwinden. Guter Gott, es war unvorstellbar, was Sara in ihrer Familie alles hatte erleiden müssen in ihren jungen Jahren.

Jimbo, der ihm nachgelaufen war, bekniete ihn, mit Sara zu sprechen und die Sache klarzustellen.

Nathan nickte und machte sich auf den Rückweg.

Er brauchte nicht lange, um herauszufinden, daß seine Frau nicht hier war. Panische Angst machte sich in ihm breit, wenn er daran dachte, was einer wehrlosen Frau in diesem Teil der Stadt zustoßen konnte. Er mußte sie finden.

Sie brauchte ihn.

13

Sara weinte, bis die Droschke vor einem Backsteinhaus anhielt. Dann wischte sie sich die Tränen von den Wangen und bat den Kutscher mit erstickter Stimme, auf sie zu warten. »Ich brauche nur ein paar Minuten«, versprach sie, »und ich werde Euch den doppelten Fahrpreis zahlen, wenn Ihr wartet und mich zu meinem nächsten Ziel bringt.«

Der Kutscher tippte an seinen Hut und versicherte: »Ich bleibe hier, bis Ihr wiederkommt, Madam.«

Sara eilte die Vordertreppe hinauf und betätigte den Türklopfer. Sie mußte rasch in das Haus gelangen, da sie fürchtete, von ihren Verwandten entdeckt zu werden oder den Mut zu verlieren, bevor sie ihr Vorhaben ausgeführt hatte.

Die Tür öffnete sich, und ein großer, hochnäsig wirkender Mann mit tiefen Krähenfüßen in den Augenwinkeln tauchte vor Sara auf. Obwohl seine Erscheinung ziemlich unheimlich war, verrieten seine blitzenden dunklen Augen, daß er nichts Böses im Sinn hatte.

»Was kann ich für Euch tun, Madam?« fragte der Butler hochmütig.

»Ich muß Lady Jade sofort sprechen, Sir«, erwiderte Sara, während sie über ihre Schulter spähte, um sich zu vergewissern, daß sie niemand beobachtete. »Bitte, laßt mich ein.«

Der Butler trat einen Schritt beiseite, und Sara beeilte sich, in die Halle zu gelangen. Sie bat ihn die Tür zu schließen und zu verriegeln.

»Ich hoffe inständig, daß Eure Herrin zu Hause ist«, sagte sie dann, »sonst wüßte ich nicht mehr, was ich tun soll.« Schon bei der Vorstellung, daß sich Jade außer Haus aufhalten könnte, brannten wieder die Tränen in ihren Augen.

»Lady Jade ist hier«, erklärte der Butler.

»Gott sei Dank.«

Ein Lächeln huschte über das Gesicht des älteren Mannes.

»Ja, Madam, ich habe Gott auch schon oft gedankt, daß er sie uns geschickt hat.« Dann fuhr er lebhafter fort: »Wen darf ich melden?«

»Lady Sara«, platzte sie heraus und ergriff die Hand des Butlers. »Und bitte beeilt Euch, Sir, sonst verliere ich den Mut, ihr gegenüberzutreten.«

Der Butler wurde allmählich neugierig. Die arme unglückliche Frau drückte seine Hand so fest, daß sie ihm fast die Knochen brach. »Ich würde mich gern beeilen, Lady Sara, wenn Ihr nur meine Hand loslassen würdet.«

Sara, der erst jetzt auffiel, daß sie ihn festhielt, gehorchte sofort und stammelte: »Ich bin ziemlich durcheinander, bitte verzeiht mir mein schlechtes Benehmen.«

»Natürlich, Mylady. Könnt Ihr mir Euren Nachnamen verraten?«

Diese Frage brachte sie endgültig um ihre Fassung und sie brach augenblicklich in Tränen aus. »Ich bin als Lady Sara Winchester geboren«, schluchzte sie. »Aber dann wurde ich Lady St. James – ich fürchte, mein Name wird sich bald wieder ändern. Ich vermute, man wird mich Dirne nennen. Alle Welt glaubt wahrscheinlich, daß ich in Sünde gelebt habe, Sir, aber das stimmt nicht.« Sie hielt inne, um sich die Tränen mit dem Taschentuch, das der Butler ihr gereicht hatte, abzuwischen, dann fügte sie bitter hinzu: »Vermutlich wäre es das beste, wenn Ihr mich Dirne nennen würdet, damit ich mich daran gewöhne.«

Als der Butler langsam zurückwich, wurde Sara bewußt, daß sie sich wie eine Närrin benahm. Er mußte ja annehmen, daß sie den Verstand verloren hatte!

Der Earl of Cainewood war gerade rechtzeitig aus der Bibliothek gekommen, um zu hören, wie Sterns, der Butler, Sara nach ihrem vollen Namen gefragt hatte. Die verworrene Antwort weckte seine Aufmerksamkeit.

Sara gab dem Butler das naßgeweinte Taschentuch zurück und murmelte: »Ich hätte nicht herkommen sollen. Ich werde Eurer Herrin eine Nachricht zukommen lassen.

Lady Jade ist bestimmt zu beschäftigt, um mich zu empfangen.«

»Halt sie auf, Sterns«, rief der Earl.

»Wie Ihr wünscht«, erwiderte der Butler und legte die Hand auf Saras Schulter. »Und jetzt, Mylord?« erkundigte er sich.

»Dreh sie um.«

Sterns brauchte keine Gewalt anzuwenden – Sara wandte sich um und sagte: »Seid Ihr Lady Jades Gatte?«

»Darf ich Euch den Earl of Cainewood vorstellen, Mylady?« schaltete sich der Butler ein, und Sara vollführte gewohnheitsmäßig einen Knicks. »Mylord, das ist Lady Sara Dirne.«

Sara hätte beinahe der Schlag getroffen, und Sterns konnte sie gerade noch im letzten Augenblick festhalten, bevor sie zu Boden sank. »Das war doch nur ein Scherz, Mylady. Es ist mir einfach so herausgerutscht.«

Jades Mann kam lächelnd auf sie zu. Das half ihr ein wenig. »Ich bin Caine«, sagte er.

»Und ich bin Nathans Frau«, stammelte sie noch immer verlegen.

»Das habe ich mir schon gedacht, als ich bemerkte, wie verstört Ihr seid. Willkommen in unserer Familie, Sara.«

Er drückte ihre Hand. »Meine Frau ist schon begierig darauf, Euch kennenzulernen. Sterns, würdest du bitte Jade holen? Sara kommt in den Salon. Wir können uns ein wenig unterhalten, während wir auf meine Frau warten.«

»Aber Sir, ich bin nicht gekommen, um einen Anstandsbesuch zu machen«, sagte Sara. »Wenn Ihr erfahrt, weshalb ich hier bin, werdet Ihr mich aus Eurem Haus werfen lassen.«

»Schämt Euch, daß Ihr unsere Gastfreundschaft so gering schätzt«, erwiderte er. »Wir sind jetzt eine Familie, Sara. Bitte nennt mich Caine.«

»Wir werden nicht mehr lange zu einer Familie gehören«, flüsterte Sara.

»Bitte fangt nicht wieder an zu weinen. So schlimm kann die Sache doch gar nicht sein. Seid Ihr gekommen, um über Nathan zu sprechen? Was hat er getan?«

»Er hat überhaupt nichts getan«, schluchzte Sara. »Außerdem würde ich mich nie über meinen Mann beschweren – das wäre doch fast so etwas wie Verrat.«

»Ist denn Treue etwas so Wichtiges für Euch?« fragte Caine.

Sie nickte, und ihre Stirn umwölkte sich. »Man sollte auch Vertrauen zu seinem Ehegatten haben«, murmelte sie. »Manche bringen das aber nicht fertig – andere schon.«

Caine war sich nicht im klaren, worüber sie sprach, trotzdem fragte er: »Habt Ihr Vertrauen zu ihm?«

»Nicht mehr, er hat mich eines Besseren belehrt.«

Caine hatte immer noch keine Ahnung, was sie damit ausdrücken wollte, als sie erklärte: »Ich bin nicht hier, um über Nathan zu sprechen. Unsere Ehe wird ohnehin bald gelöst, das werdet Ihr verstehen, wenn ich Euch alles erklärt habe.«

Caine mußte sich anstrengen, um ein Lächeln zu verbergen, diese Frau sprach wirklich in Rätseln. Um ihr weiterzuhelfen, sagte er: »Nathan kann sehr schwierig sein.«

»Das kann er, Caine«, rief eine Frauenstimme.

Caine und Sara drehten sich zu Jade um, die in diesem Moment den Raum betrat.

Sara hatte noch nie eine schönere Frau als Jade gesehen und kam sich in ihrer Gegenwart richtig unscheinbar vor. Jade hatte wundervolles tizianrotes Haar und dieselben lebhaften grünen Augen wie Nathan.

Sara zwang sich dazu, Jade nicht anzustarren und sandte

gleichzeitig ein Stoßgebet zum Himmel, daß sie nicht das gleiche aufbrausende Temperament wie ihr Bruder Nathan besaß. »Ich habe entsetzliche Neuigkeiten für Euch«, sprudelte Sara schließlich hervor.

»Wir haben schon erfahren, daß Ihr mit Nathan verheiratet seid«, erwiderte Caine gedehnt. »Es kann nichts Entsetzlicheres für Euch geben als das, und Ihr habt unser ganzes Mitgefühl.«

»Caine, du bist abscheulich«, rief Jade und strahlte ihren Mann an. »Caine mag meinen Bruder sehr«, erklärte sie Sara, »aber er würde es nie zugeben.«

Jade kam näher und küßte Sara auf die Wange. »Ihr seid ganz anders, als ich es erwartet hätte, und das freut mich. Aber wo bleiben nur meine Manieren? Ich bin glücklich, Euch kennenzuleren, Sara. Wo ist Nathan? Will er Euch hier abholen?«

Sara schüttelte den Kopf und ließ sich in den nächststehenden Sessel sinken. »Ich möchte ihn nie wieder sehen«, hauchte sie. »Oh, ich weiß gar nicht, wo ich anfangen soll.«

Jade und Caine wechselten einen Blick, und Caines Lippen formten das Wort »Ehekrach«. Jade nickte, bevor sie sich auf das Sofa setzte und mit der Hand auf das Polster neben sich klopfte. Caine kam ihrer Aufforderung sofort nach.

»Was auch immer Nathan getan hat, Sara, ich bin sicher, daß Ihr die Angelegenheit klären könnt«, sagte Caine.

»Mein Mann und ich haben während der ersten Zeit unserer Ehe auch ständig gestritten«, fügte Jade hinzu.

Sara sah sie verständnislos an. »Ich möchte mich ja gar nicht über meine Ehe beklagen und auch nicht über Nathan. Ich bin hergekommen, um Euch zu warnen, damit Ihr Euch auf den bevorstehenden Skandal vorbereiten könnt.«

Caine beugte sich vor. »Auf was für einen Skandal?«

»Ich sollte wohl am besten alles von Anfang an erzählen, damit Ihr mich versteht.« Sara faltete die Hände im Schoß. »Kennt Ihr die Bedingungen, die in dem Ehevertrag, der Nathan und mich aneinander bindet, festgelegt sind?«

Als Jade und Caine verneinten, seufzte Sara und begann zu erzählen: »König George, Gott schütze seinen umnachteten Geist, hatte sich entschlossen, die Fehde zwischen den St. James und den Winchesters zu beenden. Deshalb befahl er, daß Nathan und ich heiraten sollten, und als Anreiz hat er uns ein Vermögen und Ländereien versprochen, die genau zwischen den Besitztümern der St. James und der Winchesters liegen. Das Land ist sehr fruchtbar und wird von Quellen bewässert, die auch den verfeindeten Familien zur Verfügung stehen. Das heißt, daß jeder, der das Land besitzt, die anderen in den Ruin treiben könnte, wenn er die Wasserzufuhr blockiert. Laut Vertrag wurden Nathan die Ländereien zugesprochen, wenn er mich als seine Frau akzeptiert, und wenn wir im ersten Jahr einen Erben in die Welt setzen.«

Caine traute seinen Ohren kaum und fragte: »Wie alt wart Ihr, als der Vertrag zustande kam?«

»Vier Jahre alt. Mein Vater hat ihn an meiner Stelle unterschrieben. Nathan war vierzehn.«

»Aber das ist doch absurd«, sagte Caine. »So etwas kann doch nicht rechtmäßig sein.«

»Die Dekrete des Königs sind immer rechtmäßig und bindend. Der Bischof hat der Zeremonie beigewohnt und die Ehe gesegnet.«

Sara starrte in ihren Schoß. Der leichte Teil ihrer Erklärungen lag hinter ihr, und jetzt mußte sie ihren ganzen Mut zusammenraffen, um fortzufahren: »Wenn ich von dem Vertrag zurücktrete, bekommt Nathan alles, und wenn er die Bedingungen nicht erfüllt, wird es mir zugesprochen –

oder meiner Familie. Der König hat wirklich ein listiges Spiel mit uns getrieben.«

»Ihr und Nathan wart seine Schachfiguren«, stimmte Caine zu.

»Ich denke, daß der König gute Gründe hatte; er schien regelrecht davon besessen gewesen zu sein, die Zwistigkeiten aus der Welt zu schaffen, und vermutlich hatte er nur unser Bestes im Sinn.«

Caine war anderer Meinung, aber er behielt sie für sich. »Verzeiht, ich habe Euch unterbrochen, bitte fahrt fort, damit Ihr Euch ein wenig beruhigen könnt.«

»Nathan hat mich vor drei Monaten zu sich geholt, und wir sind sofort in See gestochen. Erst heute sind wir wieder in London eingetroffen, und mein Vater hat uns schon erwartet. – Er wollte, daß ich nach Hause komme – er hat eine Möglichkeit gefunden, den Vertrag für ungültig erklären zu lassen und gleichzeitig die versprochenen Vergünstigungen an sich zu bringen.

»Aber wie könnte das gehen?« fragte Jade.

»Er hat etwas Schreckliches über Euren Vater in Erfahrung gebracht«, flüsterte Sara. Ein kurzer Blick auf Jade genügte ihr, um zu erkennen, daß sie erschrak. »Wußtet Ihr über die Machenschaften Eures Vaters Bescheid?«

Jade schwieg, und Caines Miene war von einer Sekunde zur anderen ernst geworden.

»Was genau hat Euer Vater herausgefunden?«

»Daß der Earl of Wakersfield sein Land verraten hat.«

Caine legte den Arm um die Schultern seiner Frau, um sie zu beruhigen.

»Es tut mir so leid«, fuhr Sara stockend fort, »daß ich darüber sprechen muß. Aber Ihr dürft Euren Vater nicht verdammen, kein Mensch kennt die Umstände, die ihn zu dieser Handlungsweise gezwungen haben.«

Jades Gesicht war aschfahl geworden, und Sara fühlte sich noch elender als zuvor.

»Es mußte früher oder später ans Licht kommen«, sagte Caine gefaßt.

»Ihr wußtet also davon?« fragte Sarah noch einmal.

Jade nickte. »Nathan und ich, wir haben schon vor langer Zeit alles erfahren. Aber wir waren sicher, daß das Geheimnis für immer gewahrt bleiben würde. Wie hat Euer Vater herausgefunden, was geschehen ist?«

»Nathan glaubt, daß mir jemand das Geheimnis verraten hat und daß ich es an meinen Vater weitergegeben habe«, gestand Sara.

»Wußtet Ihr davon?« wollte Jade wissen.

»Dieselbe Frage hat mir Euer Bruder auch gestellt«, bekannte Sara mit schmerzlicher Stimme. »Ich hätte ihn fast angelogen, weil er mich so eingeschüchtert hat.«

»Wußtet Ihr davon?« wiederholte Jade. »Und wenn, wie habt Ihr es erfahren?«

Sara straffte ihre Schultern. »Ja, ich kannte das Geheimnis um Euren Vater, Jade, aber ich kann nicht preisgeben, wer es mir erzählt hat. Ich möchte keinen Vertrauensbruch begehen.«

»Vertrauensbruch?« rief Jade, und sie wäre aufgesprungen, wenn ihr Mann sie nicht zurückgehalten hätte. »Daß Ihr Euer Wissen an Eure Familie weitergegeben habt, das nenne ich einen Vertrauensbruch. Wie konntet Ihr nur?«

Sara versuchte nicht einmal, sich zu verteidigen. Wenn ihr Mann sie verdächtigte, warum sollte es seine Schwester dann nicht tun?

Sie stand auf und zwang sich, Jade anzusehen. »Ich habe es als meine Pflicht angesehen, Euch zu warnen«, sagte sie tonlos. »Ich würde mich gern für meine Familie entschuldigen, aber ich habe mich von ihr losgesagt, und es würde Euch sowieso nicht weiterhelfen. Habt Dank, daß Ihr mich angehört habt.«

Sie ging in die Halle, und Caine rief ihr nach: »Wohin geht Ihr?« Er versuchte aufzustehen, aber seine Frau hielt ihn zurück.

»Ich möchte mich zuerst vergewissern, ob meine Mutter wohlauf ist, dann gehe ich nach Hause.« Nach diesen Worten verließ Sara das Haus.

»Soviel dazu, daß sie sich von ihrer Familie losgesagt hat«, murmelte Jade. »Ich möchte sie nie wieder sehen. O Gott, wir müssen Nathan finden – er ist bestimmt mehr als wütend.«

Caines Miene verfinsterte sich zusehends. »Ich kann wirklich nicht glauben, was du mir da klarmachen willst«, sagte er. »Du wirst doch nicht im Ernst annehmen, daß sich Nathan darüber aufregt, daß er in einen Skandal verwikkelt wird. Die St. James werden schon lange von der Gesellschaft gemieden, das weißt du doch. Um Himmels willen, denk doch mal nach. Du hast auch nie etwas darauf gegeben, was andere denken. Warum hast du deine Haltung so plötzlich geändert?«

»Es ist mir immer noch gleichgültig, was andere – außer dir – von mir halten. Ich spreche über Saras Vertrauensbruch. Sie hat meinen Bruder verraten, und deshalb glaube ich, daß Nathan in Rage ist.«

»Du hältst die kleine Sara also für eine Verräterin?«

Diese Frage gab Jade zu denken. Sie wollte schon nikken, überlegte es sich aber dann anders. »Nathan meint offenbar, daß sie sich schuldig gemacht hat. Sie hat doch selbst gesagt, daß er es glaubt.«

»Nein«, widersprach Caine. »Sie hat nur gesagt, daß er dieselbe Frage gestellt hat wie du. Jade, du kannst nicht wissen, was dein Bruder denkt, wenn du nicht mit ihm darüber sprichst. Verdammt, Jade, ich hätte vermutet, daß du besonnener bist.«

Jades Augen wurden riesengroß. »O Caine, ich habe tatsächlich die arme Sara auf Anhieb verurteilt«, rief sie reumütig. »Sie hat sich aber auch mit keinem Wort verteidigt.«

»Warum sollte sie?«

»Sie hat behauptet, daß sie nach Hause geht. Eine Frau, die sich von ihrer Familie lossagen will ... Du denkst, daß sie unschuldig ist, nicht wahr?«

»Ich habe nur meine eigenen Schlüsse gezogen. Sara liebt Nathan, das sieht man auf den ersten Blick. Hätte sie es je für nötig befunden, mit uns über die Angelegenheit zu sprechen, wenn sie sich keine Sorgen um deinen Bruder machen würde? Jade, ich werde ihr nachgehen.«

»Ihr seid zu spät, Mylord«, rief Sterns von der Halle aus. »Die Droschke ist schon abgefahren.«

»Warum hast du sie nicht zurückgehalten?« fragte Caine, während er zur Tür eilte.

»Ich war zu beschäftigt, um zu lauschen«, gestand der Butler. »Ich wußte nicht, daß Ihr sie nicht gehen lassen wolltet, Sir. Ich hoffe, es macht Euch nichts aus, daß ich Eurer Schwägerin ein paar Shilling gegeben habe. Sie hatte keinen Penny bei sich, um die Kutsche zu bezahlen.«

Ein heftiges Pochen unterbrach Sterns, und bevor er die Tür öffnen konnte, flog sie auf und Nathan stürmte in die Halle. Es gab nur wenige Männer, die Sterns einschüchtern konnten – Nathan gehörte zu den wenigen, und deshalb ging der Butler ihm sofort aus dem Weg.

Nathan begrüßte die beiden Männer mit einem knappen Nicken. »Wo ist meine Schwester?«

»Schön, dich zu sehen, Nathan«, meinte Caine. »Was führt dich zu uns? Möchtest du dein Patenkind sehen? Olivia schläft, aber deine laute Stimme weckt sie sicher.«

»Ich habe keine Zeit für Plaudereien«, entgegnete Nathan.

In diesem Augenblick fing die kleine Olivia an zu brüllen, und Sterns lief die Treppe hinauf, um sie wieder in den Schlaf zu wiegen.

Caine wollte Nathan schon den Kopf zurechtsetzen, weil er den Säugling geweckt hatte, aber als er die Miene seines Schwagers sah, hielt er sich zurück. Einen solchen Ausdruck hatte er noch nie bei Nathan gesehen – es schien fast, als hätte er Angst.

»Jade ist im Salon«, sagte Caine.

Seine Schwester sprang auf, als Nathan den Salon betrat.

»O Nathan, dem Himmel sei Dank, daß du hier bist.«

Nathan ging auf Jade zu und befahl knapp: »Setz dich!«

Sie tat es sofort, und Nathan verschränkte die Hände auf dem Rücken. »Die Winchesters haben alles über Vaters Vergangenheit herausgefunden, und es kann nicht mehr lange dauern, bis du das zu spüren bekommst. Hast du verstanden?«

Sobald sie nickte, drehte sich Nathan auf dem Absatz um, um das Haus zu verlassen.

»Warte!« rief Jade. »Nathan, ich muß mit dir sprechen.«

»Ich habe keine Zeit, ich muß meine Frau finden.«

Er war schon an der Tür, ehe Caine sagen konnte: »Deine hübsche Frau war gerade hier.«

»Sara war hier?«

»Um Gottes willen, Nathan, muß du immer so brüllen? Komm wieder in den Salon.«

»Was hat meine Frau hier gemacht, und warum habt Ihr sie weggehen lassen? Verdammt, wohin ist sie gegangen?«

»Setz dich erst mal, Nathan«, schlug Caine vor. »Deiner

Frau wird schon kein Leid geschehen. Erzähl uns lieber, wie die Winchesters hinter das Geheimnis deines Vaters gekommen sein könnten.«

Nathan zuckte mißmutig mit den Achseln.

»Glaubst du, daß Sara ihrer Familie davon berichtet hat?«

»Vielleicht hat sie es getan«, sagte Nathan.

Caine geriet fast außer sich über Nathans Haltung.

»Mein lieber Schwager, kennst du Sara so wenig? Man sieht doch sofort ...«

»Ich verurteile sie ja gar nicht deswegen. Caine, ich bin nur ärgerlich, weil sie mir nicht einmal gesagt hat, daß sie einen Brief an ihre Familie geschrieben hat.«

Jetzt wurde Jade auch wütend. »Glaubst du wirklich, daß sie dazu fähig ist, Nathan? Meinst du, weil sie eine Winchester ist, brauchst du kein Vertrauen zu ihr zu haben?«

Caine schnaubte. »Jetzt wird mir manches klar. Wenn Nathan seiner Frau wegen ihrer Herkunft nicht über den Weg traut, ist es kein Wunder, daß sie ihm ebensowenig vertraut.«

Nathan wurde immer unbehaglicher zumute. Seine Familie zwang ihn dazu, sich seine innersten Gefühle, die er so lange unter Verschluß gehalten hatte, einzugestehen.

»Natürlich hat Sara Vertrauen zu mir«, murmelte er. »Und wie ich vorhin schon gesagt habe – ich verdamme sie nicht.«

»Was ist, wenn sie sich gar nichts hat zuschulden kommen lassen? Nathan, hast du schon einmal über diese Möglichkeit und darüber, was das bedeuten könnte, nachgedacht?«

»Was meinst du damit?« fragte Nathan verständnislos.

»Wenn du dich irrst in bezug auf Saras Rolle bei dem Spiel der Winchesters, dann existieren noch Akten über die

Machenschaften deines Vaters. Jemand muß die Papiere im Ministerium durchwühlt haben. Nathan, deine, meine und Colins Akten befinden sich auch im Ministerium. Wir sind alle in Gefahr, wenn derjenige, der die Sache über deinen Vater herausgefunden hat, auch über unsere Geheimdiensttätigkeit Bescheid weiß.«

»Caine, du mußt so schnell wie möglich die Wahrheit herausfinden«, flüsterte Jade entsetzt.

»Verdammt richtig«, versetzte Caine. »Sara hat gesagt, daß sie nach Hause geht«, berichtete er Nathan. »Es klang irgendwie merkwürdig – sie wollte nach ihrer Mutter sehen und dann nach Hause gehen.«

»Außerdem hat sie noch behauptet, sie wolle sich von ihrer Familie lossagen«, warf Jade ein. »Ich habe fast das Gefühl, daß sie auch dich damit gemeint hat.«

Ihr Bruder war schon auf dem Weg in die Halle. »Ich werde sie finden, und wenn ich im Winchester-Haus das Oberste zuunterst kehren muß.«

»Ich komme mit dir«, verkündete Caine. »Wahrscheinlich erwartet dich mehr als ein Winchester.«

»Ich brauche keine Hilfe«, versetzte Nathan.

»Mich kümmert nicht, ob du Hilfe brauchst oder nicht. Du bekommst sie einfach.«

»Verdammt«, fluchte Nathan. »Ich schlage meine Schlachten allein.«

Caine ließ sich nicht von seinem Entschluß abbringen.

»Die größere Schlacht mußt du allein ausfechten, Nathan, aber gegen die Winchesters stehe ich dir bei.«

»Wovon zur Hölle sprichst du, Caine? Was nennt du ›die größere Schlacht‹?«

Caine grinste. »Es wird ein ziemlicher Kampf, wenn du deine Frau zurückgewinnen willst.«

Nathan befiel eine seltsame Unruhe.

Er kehrte im Winchester-Haus nicht das Oberste zuunterst, aber er brach mehrere Türen auf. Caine hielt in der Halle Wache, während Nathan methodisch das ganze Haus durchsuchte. Das Glück war auf seiner Seite – weder der Earl noch Belinda waren zu Hause. Sie suchten vermutlich London nach Sara ab. Dafür begegnete er Saras Mutter. Die zerbrechlich wirkende, grauhaarige Frau stand neben dem Kamin im Salon und beobachtete, ohne ein Wort zu sagen, wie Nathan jeden Winkel durchsuchte.

Lady Victoria Winchester hätte Nathan viel Mühe ersparen können, wenn sie ihm erzählt hätte, daß Sara ihr einen kurzen Besuch gemacht und das Haus bereits wieder verlassen hatte, aber der Marquis of St. James schien sie so einzuschüchtern, daß sie sowohl den Mut als auch die Stimme verloren hatte.

Caine und Nathan zogen sich schon zurück, als Saras Mutter schließlich herausbrachte: »Sara war hier, aber sie ist vor etwa zwanzig Minuten wieder gegangen.«

Nathan ging zu ihr zurück. »Hat sie Euch gesagt, wohin sie geht?« fragte er so sanft wie möglich. Als sie zurückwich, fügte er hinzu: »Ich habe nicht vor, Euch etwas anzutun, Madam. Ich mache mir Sorgen um Sara, und ich muß sie so schnell wie möglich finden.«

Seine freundliche Stimme half der älteren Lady, ihre Fassung wiederzugewinnen. »Warum wollt Ihr sie finden? Sie hat mir anvertraut, daß Ihr nicht sehr fürsorglich seid, Sir.«

»Mir hat sie in den letzten Wochen genau das Gegenteil versichert, Madam«, gab Nathan zurück.

Saras Mutter schüttelte langsam den Kopf. Sie sah ihrer Schwester Nora sehr ähnlich, aber wo bei Nora Lebensfreude vorherrschte, erkannte man bei Victoria Angst und Kummer.

»Ihr wollt Sara nur wiederfinden, um die Vergünstigungen des Königs nicht zu verlieren«, flüsterte sie matt. »Meine Sara ist entschlossen, Euch die Möglichkeit zu geben, diese Geschenke entgegenzunehmen, aber sie möchte nichts mehr mit Euch zu tun haben.« Tränen rannen über ihre Wangen. »Ihr habt mein unschuldiges Kind sehr verletzt, Sir. Sie hat Euch, seit sie ein Kind war, grenzenloses Vertrauen entgegengebracht. Ihr habt sie ebenso getäuscht wie ich sie getäuscht habe.«

»Sara spricht nur Gutes über Euch, Madam«, tröstete Nathan sie. »Sie würde nie annehmen, daß Ihr sie getäuscht habt.«

»Ich habe Sara oft ›meine kleine Friedensstifterin‹ genannt, wenn sie mich vor meinem Mann Winston oder vor Henry in Schutz genommen hat. Sie verdient es, selbst Friede und Freude zu finden. Sie wird nicht zurückkommen, Sir, wir alle haben sie grenzenlos enttäuscht.«

»Madam, wo kann ich sie finden?«

»Ihr macht Euch wirklich Sorgen um sie?«

Nathan nickte. »Natürlich, und sie braucht mich.«

Lady Victoria lächelte. »Vielleicht braucht Ihr sie ebenso nötig. Sie hat gesagt, daß sie nach Hause gehen möchte, da sie noch ein paar Kleinigkeiten zu erledigen hätte, bevor sie London verläßt.«

»Zur Hölle, Nathan«, warf Caine ein. »Was könnte sie ›Zuhause‹ nennen – du hast doch kein Haus mehr.«

Nathan drehte sich zu Saras Mutter um und sagte: »Habt Dank für Eure Hilfe. Ich werde Euch eine Nachricht zukommen lassen, wenn wir Sara gefunden haben.«

Die beiden Männer waren schon an der Tür, als Saras Mutter ihnen mit schwacher Stimme nachrief: »Sein Name ist Grant. Luther Grant.«

Beide drehten sich um, und Nathan fragte: »Wen meint Ihr?«

»Den Mann, der die Akten über Euren Vater gefunden hat, mein Mann hat ihn dafür bezahlt. Mehr habe ich leider nicht in Erfahrung gebracht. Hilft Euch das weiter?«

Nathan war sprachlos, aber Caine nickte. »Danke, Madam. Das erspart uns viel Zeit.«

»Bitte verachtet mich nicht«, flehte sie und schloß die Tür, bevor die beiden Männer noch etwas sagen konnten.

»Sie hat schreckliche Angst vor ihrem Mann«, stellte Caine fest, und Nathan nickte. Er war mit seinen Gedanken ganz woanders.

»Wo sollen wir sie suchen, Caine? Mein Gott, wenn ihr irgend ein Leid geschieht, dann weiß ich nicht, was ich tue. Ich bin es so gewöhnt, sie um mich zu haben ...«

Caine erkannte, daß Nathan der Wahrheit schon ziemlich nahe kam und fragte sich, wann sein störrischer Schwager vor sich selbst zugeben würde, daß er Sara liebte.

»Wir werden sie finden«, sagte er. »Vielleicht sollten wir erst zum Hafen gehen – Colin könnte etwas erfahren haben, oder einer der Männer hat sie gesehen.«

Nathan schöpfte neue Hoffnung.

Als sie den Hafen erreichten, ging gerade die Sonne unter, und die Straßen waren in orangefarbenes Licht getaucht. Im Büro der Emerald Shipping Company brannten Kerzen. Als Nathan und Caine eintraten, sprang Colin so schnell auf die Füße, daß ein stechender Schmerz in seinem verletzten Bein tobte.

»Hat jemand Sara gesehen?« fragte Caine seinen Bruder.

Colin nickte. Schweißperlen standen auf seiner Stirn, und er atmete tief durch, um den Schmerz zu überwinden. »Sara war hier.«

»Und, zur Hölle, wo ist sie jetzt?« wollte Caine wissen.

»Sie hat gebeten, nach Hause gebracht zu werden. Jimbo und Matthew haben sie an Bord der *Seahawk* gebracht.«

Caine stöhnte. »Sie bezeichnet die *Seahawk* als ihr Zuhause?«

Nathan fiel ein Stein vom Herzen. Er war so erleichtert, Sara in Sicherheit zu wissen, daß ihm der kalte Schweiß ausbrach. »Es ist das einzige Heim, das wir beide hatten«, murmelte er.

14

Nathan mußte sich selbst vergewissern, ob es Sara gut ging, das war die einzige Möglichkeit, seinen hämmernden Herzschlag zu beruhigen. Ohne ein Abschiedswort machte er sich auf den Weg und ruderte zur *Seahawk*. Er war sehr überrascht, als er sah, daß ein großer Teil seiner Besatzung an Bord war – normalerweise verbrachten sie die erste Nacht an Land in einer Spelunke.

Ein paar Männer standen Wache auf den Decks, andere saßen in der Messe oder lagen in den Hängematten. Alle hatten ihre Messer in Griffweite, und Nathan argwöhnte, daß sie sich vorgenommen hatten, ihre Herrin gegen jeden Angreifer zu verteidigen.

Die Tür zur Kajüte war nicht verschlossen. Als Nathan eintrat, fiel sein Blick sofort auf Sara. Sie schlief tief und fest und preßte ein Kissen an ihre Brust. Zwei brennende Kerzen in Glaszylindern standen auf dem Schreibtisch, und der Schein der flackernden Flammen malte tanzende Schatten auf Saras zartes Gesicht.

Nathan schloß leise die Tür und lehnte sich dagegen. Er hatte solche Sehnsucht nach ihr gehabt, daß er sie lange betrachtete, während sich der Knoten in seiner Brust löste.

Ab und zu schluchzte sie, und Nathan ahnte, daß sie sich in den Schlaf geweint hatte. Dieses Wissen verursachte ihm furchtbare Schuldgefühle.

Er konnte sich ein Leben ohne sie nicht mehr vorstellen – guter Gott, er liebte sie, und die Erkenntnis tat nicht halb so weh, wie er immer befürchtet hatte.

Caine hatte recht gehabt; Sara hätte niemals etwas getan, was ihm geschadet hätte. Was für ein Narr war er doch gewesen! Wie hatte er nur so blind sein können? Sara war nicht sein Feind, sondern sie hielt eisern zu ihm. Ihre Liebe verlieh ihm grenzenlose Kraft, und gemeinsam konnten sie jeder Herausforderung begegnen – gleichgültig, ob Gefahr von den Winchesters oder den St. James drohte. Solange Sara an seiner Seite war, war er unbesiegbar. Der Gedanke, daß er sie nie mehr anschreien oder zurechtweisen dürfe, war zu überwältigend.

Nathan wandte den Blick von seiner Frau und sah sich um.

Sara hatte die Kajüte zu ihrem Heim gemacht. Überall lagen ihre Sachen verstreut, und sie hatte sogar ein paar Wäschestücke gewaschen und auf einer Leine, die sie von Wand zu Wand gespannt hatte, aufgehängt.

Er mußte den feuchten Kleidungsstücken ausweichen, als er sich auszog und fieberhaft überlegte, wie er die richtigen Worte finden konnte, um ihr zu sagen, wie leid ihm alles tat. Er hatte in seinem ganzen Leben noch nie jemanden um Vergebung gebeten, aber er war entschlossen, es jetzt zu tun.

Er stieß an die Wäscheleine, und eines von Saras seidenen Hemden fiel auf den Boden. Als Nathan es wieder aufhängen wollte, sah er, was seine Frau als Wäscheleine benutzt hatte. »Du mißbrauchst meine Peitsche als Wäscheleine?«

Er hatte wirklich nicht schreien wollen – es war einfach über ihn gekommen, aber nicht einmal seine donnernde Stimme konnte Sara aufwecken. Sie murmelte im Schlaf und drehte sich auf den Bauch.

In kürzester Zeit hatte sich Nathan wieder beruhigt, und er war sogar in der Lage, über die Situation leise zu lachen. Morgen, so nahm er sich vor, nachdem er mit ihr über die Gefahr einer Feuersbrunst, wenn sie nachts die Kerzen brennen ließ, geredet hatte, würde er die Sprache auf die seltsame Wäscheleine bringen und sie bitten, seine Sachen nicht zu mißbrauchen. Er legte sich vorsichtig neben Sara und nahm sie sachte in seine Arme.

Er fand erst bei Sonnenaufgang Schlaf, und als er ein paar Stunden später erwachte, drehte er sich um, um seine Frau an sich zu ziehen.

Sie war nicht da. Ihre Kleider waren auch weg. Nathan zog sich an und ging an Deck, um sie zu suchen.

Als erster begegnete ihm Matthew. »Wo ist Sara?« fragte Nathan.

Der Seemann deutete zum Pier. »Colin war hier, um einige Papiere zu bringen. Er hat sie zurückgerudert.«

»Warum, zum Teufel, habt ihr mich nicht geweckt?«

»Sara hat uns nicht erlaubt, dich zu stören. Sie sagte, daß du wie ein Toter schläfst.«

»Das war sehr ... rücksichtsvoll von ihr«, murmelte Nathan.

Matthew schüttelte den Kopf. »Wenn du mich fragst, dann wollte sie dir eher aus dem Weg gehen. Außerdem haben wir ihr gestern ganz schön zugesetzt. Wir haben sie gehen lassen, weil wir alle ein schlechtes Gewissen haben.«

»Was meinst du damit?«

»Jimbo hat ihr eine richtige Standpauke gehalten und ihr klargemacht, wie gefährlich London für eine Frau sein kann, die sich allein in die Stadt wagt. Als Jimbo fertig war, ist Colin in die Bresche gesprungen und hat ihr noch einmal dasselbe erzählt. Dann Chester ... Iwan und zum Schluß alle anderen. Ich hab' so etwas noch nie erlebt.«

Nathan versuchte, sich die Szene vorzustellen und lächelte. »Die Männer sind ganz schön besorgt um sie, stimmt's?« Er wollte sich schon auf den Weg machen, um seiner Frau zu folgen, hielt aber noch einmal inne. »Matthew, wie hat sich Sara heute morgen gefühlt?«

Der Seemann musterte Nathan eingehend. »Sie hat nicht geweint, wenn du das meinst. Aber sie hat einen erbarmungswürdigen Eindruck gemacht, würde ich sagen – verdammt erbarmungswürdig.«

»Was, zur Hölle, soll das heißen?«

»Sie ist am Boden zerstört«, brummte Matthew. »Du hast ihr das Herz gebrochen, Junge.«

Plötzlich sah Nathan Saras Mutter vor sich. Sie war eine zerstörte und erbarmungswürdige Frau – dazu hatte ihr Mann Winston sie gemacht. Guter Gott, war er auch so schlecht wie dieser Bastard?

Dieser Gedanke erschreckte ihn. Matthew, der seinen Captain aufmerksam beobachtete, staunte – er hatte noch nie einen so verletzlichen Ausdruck an ihm gesehen.

»Was, zum Teufel, soll ich tun?« fragte Nathan.

»Du hast ihr Herz gebrochen, du mußt es auch wieder kitten«, entgegnete Matthew.

Nathan schüttelte den Kopf. »Ich bezweifle, daß sie mir noch ein einziges Wort glaubt, und ich könnte es ihr nicht einmal übelnehmen.«

»Traust du ihr so wenig zu?«

Nathan schwieg, und Matthew fuhr fort:

»Sie liebt dich seit vielen Jahren, Nathan, und sie kann nicht von einem Tag zum anderen damit aufhören, auch wenn du dich noch so schlecht verhältst. Du mußt sie nur spüren lassen, daß du ihr vertraust. Wenn du auf eine Blume trittst, tötest du sie. Saras Herz ist wie eine Blume, Junge. Du hast sie verletzt und mußt ihr jetzt zeigen, wie sehr du dich um sie sorgst, sonst verlierst du sie sicher. Sie hat mich gefragt, ob sie mich zurück zu Nora begleiten kann.«

»Sie wird mich nicht verlassen.«

»Du brauchst nicht zu brüllen, Junge, ich verstehe dich auch so ganz gut.« Matthew lächelte. »Sie glaubt im Grunde ja auch, daß du sie nicht gehen läßt.«

»Dann hat sie also gemerkt, daß ich sie ...« Nathan fühlte sich plötzlich wie ein unerfahrener Schuljunge, »... mag?«

»Das hat sie nicht gemerkt«, schnaubte Matthew. »Sie ist überzeugt, daß du nur auf die Ländereien und das Vermögen aus bist. Sie nennt sich selbst ein zusätzliches Gepäckstück, das du mit dir schleppen mußt, um an die Vergünstigung des Königs heranzukommen.«

Nathan wußte, daß er zu Beginn so gedacht hatte, aber Sara bedeutete ihm inzwischen wesentlich mehr. Und er lief Gefahr, sie zu verlieren. Er hatte ihr das Herz gebrochen, und, bei Gott, er wußte nicht, wie er es wieder kitten konnte.

Er brauchte Hilfe von jemandem, der sich mit Frauen auskannte.

Nathan wies Matthew an, das Kommando auf der *Seahawk* zu übernehmen und machte sich auf den Weg zu seiner Schwester. Er wußte, daß Sara bei Jimbo und Colin in Sicherheit war, und wollte ihr erst unter die Augen treten, wenn er wüßte, was er zu ihr sagen sollte.

Jade öffnete selbst die Tür. »Wie hast du so schnell davon erfahren?« fragte Jade verblüfft, als ihr Bruder an ihr vorbei in die Halle lief.

»Ich muß mit Caine sprechen«, verkündete Nathan, ohne auf ihre Bemerkung zu achten. »Verdammt, er ist doch nicht ausgegangen, oder?«

»Er ist im Arbeitszimmer«, erwiderte Jade. »Nathan, ich habe dich noch nie in solcher Verfassung gesehen. Machst du dir Sorgen um Sara – es geht ihr gut. Ich habe sie gerade im Gästezimmer untergebracht.«

Nathan blieb abrupt stehen. »Sie ist hier? Wie ...«

»Colin hat sie hergebracht. Nathan, bitte schrei nicht so, die kleine Olivia ...«

»Verzeih«, flüsterte er und strebte Caines Arbeitszimmer zu.

Caine saß an seinem Schreibtisch und las Zeitung. Nathan hielt sich nicht im Anklopfen auf, stürmte in den Raum und schloß die Tür mit dem Stiefelabsatz.

»Ich muß mit dir reden.«

Caine ließ sich Zeit, um seinem Schwager die Gelegenheit zu geben, sich zu beruhigen. Er machte ihm ein Zeichen, Platz zu nehmen. »Möchtest du einen Brandy? Du siehst aus, als ob du einen brauchen könntest.«

Nathan schlug sein Angebot aus und setzte sich auch nicht.

Caine lehnte sich zurück und betrachtete seinen Schwager, der immer noch schwieg. Allmählich verlor er die Geduld. »Du wolltest mit mir sprechen?« drängte er.

»Es ist ... schwierig.«

»Das habe ich schon vermutet«, erwiderte Caine. »Verdammt, willst du dich nicht setzen? Es macht mich ganz nervös, wenn du auf und ab läufst.«

Nathan blieb sofort stehen und baute sich vor Caines Schreibtisch auf.

»Ich brauche deine Hilfe.«

»Gut, Nathan. Ich helfe dir, so gut ich kann, aber erzähl mir erst, was du von mir erwartest.«

Nathan ging wieder zum Fenster und starrte hinaus, während er die Hände auf dem Rücken verschränkte. »Ich glaube, daß Sara das Vertrauen zu mir verloren hat.«

Caine fand das stark untertrieben, aber er rief trotzdem: »Dann hilf ihr, es zurückzugewinnen.«

»Aber wie?«

»Liebst du sie, Nathan?«

»Ich mag sie«, antwortete er. »Ich habe bemerkt, daß sie nicht mein Feind, sondern mein Partner ist und mir nicht schaden will.«

Caine verdrehte die Augen. »Colin ist dein Partner, Nathan. Sara ist deine Frau.« Als Nathan schwieg, fuhr er fort: »Möchtest du den Rest deines Lebens mit Sara verbringen? Oder ist sie nur das einzige Mittel für dich, an die Vergünstigungen des Königs heranzukommen?«

»Ich kann mir ein Leben ohne sie nicht mehr vorstellen«, gestand Nathan.

»Dann ist sie sicher ein bißchen mehr als ein Partner, meinst du nicht?«

Die beiden Männer schwiegen einen Augenblick.

»Ich habe keine Ahnung ...«, begann Nathan schließlich. »Gefühle sind so verwirrend. Ich habe alles kaputtgemacht, Caine.«

»Liebt sie dich?«

»Natürlich«, erwiderte Nathan prompt. »Sie hat es mir zumindest gesagt.« Er seufzte. »Matthew hatte recht. Die ganze Zeit über hat mir Sara rückhaltlos ihre Liebe geschenkt, und ich habe sie wie eine Blume zertrampelt.«

Caine verbiß sich ein Lächeln. »Wie eine Blume, Nathan? Guter Gott, du wirst ja noch zum Poeten!«

Nathan achtete gar nicht auf ihn. »Sie glaubt, daß sie nur ein Gepäckstück ist ... Sie ist so zart, sie hat einen Besseren als mich verdient, aber ich will verdammt sein, wenn ich zulasse, daß ein anderer sie anrührt. Ich muß es kitten ... ich bin darauf herumgetrampelt ...«

Caine schnitt ihm das Wort ab. »Ich weiß, wie auf einer Blume.«

»Auf ihrem Herzen, verdammt«, brummte Nathan. »Versteh doch, um Gottes willen.«

»Was hast du also vor?« wollte Caine wissen.

Nathan straffte die Schultern. »Ich werde ihr Vertrauen zurückgewinnen.«

»Das ist eine blendende Idee«, Caine grinste. »Erzähl mir, wie du das anstellen willst.«

»Ich werde ihr zeigen ... Zur Hölle, warum habe ich nicht schon früher daran gedacht? Es ist alles ganz einfach, aber ich brauche deine Hilfe.«

»Ich habe dir ja versprochen, dir beizustehen.«

»Erst mußt du mir einen Rat geben, Caine. Du kennst dich doch mit Frauen aus ...« Plötzlich hielt Nathan inne und schüttelte den Kopf. »Du mußt mir helfen, mit Luther Grant fertig zu werden«, verkündete er unvermittelt.

»Gütiger Himmel, Nathan, hör mit diesen verrückten Gedankensprüngen auf. Du hast mich um Rat gefragt in bezug auf Frauen, und jetzt ...«

»Grant muß uns alles erzählen«, beharrte Nathan.

Caine beugte sich vor. »Ich hab' schon nach der Ratte Ausschau gehalten, Nathan. Er wird bekommen, was ihm zusteht.«

»Er könnte auf der Flucht sein«, gab Nathan zu bedenken. »Mach dir keine Sorgen, wir finden ihn früh genug.«

»Er muß uns erzählen, was für eine Rolle er in dem Spiel

übernommen hat, bevor der Ball bei den Farnmounts stattfindet. Bis dahin sind es nur noch zwei Tage.«

»Wir haben ihn bestimmt schnell aufgespürt«, versprach Caine. »Aber warum ist der Ball bei den Farnmounts so wichtig für dich?«

»Alle Welt wird sich dort treffen – deshalb.«

»Du bist die ganzen Jahre nicht dort gewesen.«

»Aber dieses Jahr werde ich hingehen.«

Caine nickte. Er verstand zwar noch nicht, was Nathan genau vorhatte, aber ihm war klar, daß er seinen Schwager nicht bedrängen durfte. Er würde ihm sowieso alles erklären, wenn es soweit war.

Nathan dachte über seinen Plan nach und fragte plötzlich: »Der Prinzregent besucht den Ball gewöhnlich auch, nicht wahr?«

Caines Augen bekamen einen seltsamen Glanz, als er zustimmte. »Ja, und außerdem alle Winchesters.«

»Ich bin nicht an allen Winchesters interessiert – nur an Winston.«

»Glaubst du, daß er die Gelegenheit nutzen wird, um zu verbreiten, was dein Vater getan hat? Zur Hölle, ja«, rief Caine, »das wäre für ihn genau der richtige Zeitpunkt.«

»Könntest du ein Treffen mit Sir Richards vereinbaren? Ich möchte ihn so früh wie möglich in alles einweihen.«

»Der Direktor des Kriegsministeriums weiß schon Bescheid über Grant. Ich habe heute morgen mit ihm gesprochen. Er müßte eigentlich mit dem Bastard jede Minute zusammentreffen.«

»Wenn er sich nicht aus dem Staub gemacht hat.«

»Er hat keinen Grund anzunehmen, daß wir ihm auf den Fersen sind, Nathan. Mach dir keine Sorgen um Grant, erzähl mir lieber von deinem Plan.«

Nathan nickte und machte Caine mit seinem Vorhaben vertraut. Als er endete, lächelte Caine. »Wenn das Glück auf deiner Seite ist, Nathan, können wir das Treffen für morgen nachmittag arrangieren.«

»Ja«, stimmte sein Schwager zu. »Aber jetzt zu Sara. Jemand sollte ein Auge auf sie haben, bis wir die Angelegenheit geklärt haben. Ich möchte nicht, daß die Winchesters sie aufspüren und belästigen. Wenn ihr irgendein Leid geschieht, Caine, dann weiß ich nicht ...«

»Jimbo ist in der Küche, er wird auf sie aufpassen, und Jade und ich sind ja auch noch da.«

»Ich möchte dich um einen weiteren Gefallen bitten, Caine.«

»Ja?«

»Ich habe gehört, daß du Jade mit diesen lächerlichen Kosenamen ansprichst.«

»Jade mag das«, murmelte Caine beschämt.

»Genau das meine ich ja. Sara würde das auch mögen.«

Caine bedachte seinen Schwager mit einem ungläubigen Blick. »Du möchtest, daß ich Sara mit denselben Kosenamen anspreche wie meine Frau?«

»Natürlich nicht«, fauchte Nathan. »Ich möchte, daß du sie für mich auf einen Zettel schreibst und die Liste auf dem Schreibtisch hinterläßt.«

Caine wagte nicht zu lachen. Die Vorstellung, daß Nathan die Liste zu Rate zog, während er um Saras Gunst warb, war mehr als komisch.

»Ich schreib' die Namen auf«, versprach Caine grinsend.

15

Sara verbrachte den Nachmittag im Gästezimmer. Sie saß in einem Sessel am Fenster und versuchte in einem Buch zu lesen, das Jade ihr gegeben hatte, aber sie konnte sich nicht auf den Roman konzentrieren. Sie betrachtete statt dessen den Blumengarten, der sich hinter dem Haus befand und dachte unaufhörlich an Nathan.

Ob er sie wohl liebte? Diese Frage stellte sie sich immer wieder, aber sie fand keine Antwort darauf.

Sie hatte entsetzliche Angst vor der Zukunft, aber trotzdem hatte sie sich vorgenommen, den Ehevertrag zu brechen, um Nathan die Vergünstigungen des Königs zu sichern, ohne daß ihre Familie Zugriff dazu hatte. Nur der Skandal, den ihr Vater heraufbeschwören wollte, machte ihr große Sorgen. Würde der Prinzregent nicht alle Versprechen des Königs brechen, wenn er von den Machenschaften des alten Earl of Wakersfield erfuhr?

Das durfte Sara nicht zulassen. Ihr Vater hatte üble Methoden angewandt, um Nathan zu übervorteilen, und sie war entschlossen, einen Weg zu finden, die Angelegenheit zu regeln.

Auf keinen Fall wollte sie mit einem Mann zusammenleben, der sie nicht liebte, deshalb mußte sie ein Abkommen mit Nathan schließen. Wenn sie mit ihrer Unterschrift besiegelte, daß sie auf alle Vergünstigungen des Königs verzichtete, mußte Nathan ihr zugestehen, daß sie mit Matthew zu Nora zurückkehrte. Aber sie mußte den Prinzregenten davon überzeugen, daß die Ländereien und das Vermögen ihrem Mann tatsächlich zustanden. Deshalb schrieb sie eine kurze Nachricht an den Prinzregenten, in der sie um eine Audienz für den folgenden Nachmittag bat. Sie versiegelte den Umschlag und wollte gerade Sterns bitten, ihn überstellen zu lassen, als Caine zu ihr kam. Er wollte sie zum Dinner abholen. Sara lehnte höflich ab, da sie keinen Hunger hatte, aber Caine ließ sich damit nicht abspeisen und schob sie durch den Korridor in Richtung Eßzimmer.

Jimbo wartete in der Halle. Sara händigte ihm den Brief aus und bat ihn, den Umschlag abzugeben, aber Caine nahm ihn schnell an sich und sagte: »Ich schicke einen meiner Diener. Jimbo, begleite Lady Sara ins Eßzimmer. Ich komme gleich nach.« Sobald Jimbo und Sara verschwunden waren, öffnete Caine den Umschlag und las den Brief. Dann steckte er ihn in seine Tasche und folgte den anderen ins Speisezimmer.

Jimbo saß neben Sara, und Jade hatte gegenüber von ihnen Platz genommen. Caine ließ sich am Kopfende nieder und klingelte den Dienern, zum Zeichen, daß sie die Speisen bringen konnten.

»Vermutlich war es ziemlich unhöflich von mir, daß ich die Adresse auf Eurem Brief gelesen habe, Sara. Ich wußte gar nicht, daß Ihr den Prinzregenten kennt«, begann Caine.

»Oh, ich kenne ihn nicht persönlich«, versicherte Sara schnell. »Ich mag ihn nicht einmal ...« Sie hielt inne und wurde rot. »Ich bitte um Vergebung, ich sollte besser nicht immer sagen, was ich denke. Ich habe ihn um eine Unterredung gebeten und hoffe, daß er mich morgen nachmittag empfängt.«

»Warum?« fragte Jade verblüfft. »Sara, der Prinzregent ist sicher auf der Seite Eures Vaters.«

»Ich hoffe, daß Ihr Euch irrt, Jade.«

Caine schüttelte den Kopf. »Ich fürchte, daß meine Frau recht hat, Sara. Als der Prinzregent bekanntgemacht hat, daß er sich von seiner Frau Caroline scheiden lassen will, war Euer Vater einer der wenigen, der ihn unterstützt hat.«

»Aber er würde doch bestimmt persönliche Angelegenheiten in den Hintergrund stellen, um zu einer gerechten und sachlichen Entscheidung zu kommen, oder nicht?«

Ihre Unbedarftheit war zugleich erfrischend und erschreckend, dachte Caine, und er wollte nicht, daß sie enttäuscht wurde. »Nein«, sagte er. »Seine eigenen Belange sind ihm stets am wichtigsten. Er wechselt seine Minister aus, wenn sich seine Ansichten ändern, und er gibt Versprechen, die er niemals halten kann. Es tut mir leid, wenn das verräterisch klingt, aber Ihr solltet wirklich nicht auf ihn zählen. Nathan wird die Angelegenheit regeln, und alles, was Ihr tun könnt, ist, ihm beizustehen, wenn er Eurem Vater gegenübertritt.«

Sie schüttelte den Kopf. »Nathan hat mir beigebracht, mich selbst zu verteidigen, und jetzt werde ich nicht dulden, daß er meine Kämpfe aussteht. Das wäre falsch, Caine. Ich sollte selbst genügend Kraft haben, mit allem fertig zu werden, verdammt noch mal.« Sara schlug sich die Hand vor den Mund. »Verzeiht meine gewöhnliche Ausdrucksweise«, flüsterte sie.

Ein ungemütliches Schweigen folgte Saras kleiner Ansprache, und Jimbo war bemüht, die Peinlichkeit mit lustigen Anekdoten zu überbrücken.

Als sie das Dessert verzehrt hatten, fragte Jade: »Habt Ihr unsere kleine Tochter schon kennengelernt, Sara?« Sie wollte Sara noch nicht in ihr Zimmer gehen lassen und Zeit gewinnen, da sie die Sprache auf Nathan bringen wollte.

Sara lächelte. »Ich habe Eure Tochter bis jetzt nur gehört, aber Sterns hat mir versprochen, daß ich sie heute abend einmal auf den Arm nehmen darf.«

»Olivia ist so ein hübsches Kind«, sagte Jade. »Sie ist sehr freundlich und klug. Caine und ich staunen immer wieder über sie.«

Jade lobte ihre drei Monate alte Tochter in den höchsten Tönen, und Caine nickte zu ihren Aussagen.

»Olivia kann sich glücklich schätzen, solche Eltern zu haben«, meinte Sara.

»Nathan wird auch einmal ein wunderbarer Vater«, behauptete Jade.

Sara schwieg.

»Meinst du nicht auch, Caine?«

»Er müßte nur lernen, nicht immer so laut zu brüllen«, erwiderte Caine. Jade versetzte ihm einen kleinen Tritt unter dem Tisch und lächelte Sara an.

»Nathan hat viele wundervolle Eigenschaften«, stellte sie fest.

Sara wollte nicht über Nathan sprechen, aber sie fürchtete, ihre Gastgeber zu brüskieren, wenn sie kein Interesse zeigte, deshalb fragte sie: »Oh? Und was sind das für Eigenschaften?«

Jade öffnete schon den Mund, um zu antworten, besann sich aber anders und wandte sich an Caine. »Erzähl du Sara etwas von Nathan.«

»Der Junge hat Mut«, platzte Jimbo heraus und grinste verlegen.

Sara schwieg, und Caine spürte, daß sie mit dieser Methode niemals ihre Zunge lösen würden. Er legte seine Hand auf die seiner Frau und zwinkerte ihr verschwörerisch zu. »Nathan ist der störrischste Mann, den ich je kennengelernt habe«, verkündete er.

»Er ist vielleicht ein wenig halsstarrig«, stimmte Sara sofort zu, »aber das ist sicher keine Sünde.« Sie heftete ihren Blick auf Jade. »Euer Bruder erinnert mich an eine wunderschöne Bronzestatue. Er sieht sehr gut aus, aber sein Herz ist kalt wie Marmor.«

Jade lächelte. »Ich würde ihn nicht als wunderschön bezeichnen.«

»Sara kann ihn wohl auch kaum schön finden«, sagte Caine und drückte die Hand seiner Frau, ehe er fortfuhr: »Er ist ein häßlicher Bastard, das kann jeder sehen, und sein Rücken ist über und über mit Narben bedeckt.«

Sara schnappte nach Luft, aber Caine grinste unbeirrt. Möglicherweise brachten sie Sara doch noch dazu, ihre Gefühle preiszugeben.

»Das hat ihm eine Frau angetan«, rief Sara. »Und die gleiche Frau hat sein Herz verwundet.«

Sie warf ihre Serviette auf den Tisch und sprang auf. »Nathan ist nicht häßlich, Sir. Ich finde es ungeheuerlich, daß ihn sein eigener Schwager so beleidigt. Entschuldigt mich bitte, ich möchte in mein Zimmer gehen.«

Jimbo funkelte Caine wütend an und folgte Sara, um sicherzugehen, daß sie das Haus nicht verließ.

»Caine, du hast sie schwer getroffen und solltest dich bei ihr entschuldigen«, meinte Jade.

In diesem Augenblick stürmte Jimbo wieder in den Raum.

»Sara beschäftigt sich gerade mit dem Kind«, sagte er. »Caine, sag mir bitte, warum du mir diesen Brief aus der Hand gerissen hast. Du willst ihn nicht abschicken, stimmt's?«

»Der Brief ist in meiner Tasche«, erklärte Caine. »Ich hab' ihn dir weggenommen, weil ich ihn lesen wollte.«

»Caine, das ist indiskret ... was steht drin?« rief Jade.

»Genau, was Sara gesagt hat. Sie hat um eine Unterredung gebeten, weil sie über den Ehevertrag sprechen möchte.«

»Ich vermute, daß der Junge schon einen Plan geschmiedet hat«, brummte Jimbo.

»Ja.« Caine stand auf. »Ich habe noch ein paar Dinge zu tun und muß mit Sir Richards sprechen. Jade, ich komme heute spät nach Hause.«

Zum erstenmal seit langem dachte Sara nicht an Nathan, als sie die kleine Olivia in den Armen hielt. Sie war so ein hübsches Kind – in einer Sekunde lächelte sie bezaubernd, und in der anderen schrie sie wie am Spieß.

Sterns stand an Saras Seite und paßte auf, daß seinem kleinen Liebling nichts passierte.

»Ich fürchte, die Kleine hat ihre laute Stimme von ihrem Onkel Nathan geerbt«, sagte Sterns mit einem Lächeln und nahm Olivia wieder an sich. »Sollen wir nach deiner Mama suchen, mein kleiner Engel?« flüsterte er.

Sara zögerte, in ihr Zimmer zu gehen. Sie fühlte sich entsetzlich einsam, und sie wußte, daß ihr Kummer sie wieder überwältigen würde.

Sie ging früh zu Bett und schlief erschöpft vom vielen Weinen und Grübeln ein. Am Morgen erinnerte sie sich vage daran, daß sie sich an ihren Mann geschmiegt hatte, und sie fühlte, als sie die Augen öffnete, daß das Bett auf der einen Seite von seiner Körperwärme noch ganz warm war. Er war offenbar zu wütend auf sie gewesen, um sie zu wekken. Er glaubte immer noch, daß sie ihn verraten hatte.

Dieser Gedanke ärgerte sie, und als sie ihr Bad beendet hatte, war sie richtig in Rage.

Sie saß den ganzen Vormittag in ihrem Zimmer und wartete auf die Einladung des Prinzregenten; sie nahm kein Mittagessen und verbrachte die meiste Zeit des Nachmittags damit, in ihrem Zimmer auf und ab zu gehen und über nächste Schritte nachzudenken. Sie war sehr böse, daß der Prinzregent ihre dringende Anfrage ingnoriert hatte, und sie mußte Caine recht geben. Er war wirklich nur an seinen eigenen Angelegenheiten interessiert.

Caines Klopfen riß sie aus ihren düsteren Gedanken. »Sara, wir müssen ausgehen«, sagte er, nachdem sie die Tür geöffnet hatte.

»Wohin gehen wir?« Sie nahm ihre weißen Handschuhe und machte sich schon bereit, aber dann blieb sie plötzlich stehen. »Ich sollte nicht weggehen«, sagte sie. »Vielleicht schickt mir der Prinzregent doch noch eine Nachricht.«

»Ihr müßt mit mir kommen«, forderte Caine. »Ich habe keine Zeit, Euch alles zu erklären. Nathan möchte Euch im Kriegsministerium in einer halben Stunde treffen.«

»Warum?«

»Das wird Euch Nathan erklären.«

»Wer kommt sonst noch hin, und warum ausgerechnet im Kriegsministerium?«

Caine beantwortete ruhig ihre Fragen und führte sie zur Kutsche. Sara nahm ihm gegenüber Platz, und er versuchte eine lockere Unterhaltung zu führen, gab aber auf, als Sara immer einsilbiger wurde.

Das Kriegsministerium war in einem großen häßlichen Steingebäude untergebracht, und im Treppenhaus herrschte ein muffiger Geruch. Caine führte Sara in den ersten Stock und erklärte: »Das Treffen findet im Büro von Sir Richards statt. Ihr werdet ihn mögen, Sara, er ist ein ehrlicher Mann.«

»Ich bin sicher, daß ich ihn mag«, erwiderte sie, nur um höflich zu sein. »Aber wer ist Sir Richards, Caine, und warum möchte er mit uns sprechen?«

»Richards ist der Leiter des Ministeriums.« Er öffnete eine Tür zu einem großen Büro und gab Sara ein Zeichen, ihm zu folgen.

Ein kleiner, dicker Mann mit grauem Haar und Hakennase stand hinter dem Schreibtisch, und als er von den Papieren aufsah, konnte Sara seine unnatürlich rote Gesichtsfarbe sehen. Er ging auf seine Besucher zu und sagte lächelnd: »Wir sind bereit. Lady Sara, es ist mir eine große Freude, Euch kennenzulernen.«

Er war wirklich ein reizender Gentleman, dachte sie.

Er verbeugte sich formvollendet vor Sara und nahm ihre Hand in die seine. »Ihr müßt wirklich eine Lady sein, da es Euch gelungen ist, unseren Nathan einzufangen.«

»Sie hat ihn nicht eingefangen«, berichtigte Caine, während ein Lächeln seine Mundwinkel umspielte. »*Er* hat *sie* eingefangen.«

»Ich fürchte, Ihr irrt Euch beide«, flüsterte Sara. »König George hat sowohl Nathan als auch mich eingefangen. Nathan hatte gar keine andere Wahl, aber ich würde gern eine Möglichkeit finden ...«

Caine ließ sie nicht aussprechen. »Ja, ja. Ihr möchtet sicher Nathan sehen. Wo ist er?« fragte er Sir Richards.

»Er wartet auf die Papiere«, erklärte Sir Richards. »Aber er wird bald hier sein. Macht Euch keine Sorgen, mein Lieber, alles ist ganz gesetzlich.«

Sara hatte keine Ahnung, worum es eigentlich ging, aber sie wollte nicht den Eindruck erwecken, daß sie kein Interesse hatte. »Ich weiß überhaupt nicht, warum ...«

Sie hielt inne, als sich eine Seitentür öffnete und Nathan den Raum betrat. Sie konnte sich gar nicht mehr daran erinnern, was sie sagen wollte, und ihre Brust wurde so eng, daß sie schmerzte. Erst nach einer Weile bemerkte sie, daß sie den Atem angehalten hatte.

Nathan begrüßte sie nicht einmal und steuerte schnurstracks den Schreibtisch an, um zwei Papiere auf einen Stapel zu legen. Dann ging er zum Fenster und sah seine Frau an.

Sie konnte den Blick nicht von ihm wenden. Er war ein ungehobelter, starrköpfiger Mann, der ungefähr so gute Manieren hatte wie ein Stachelschwein, dachte sie.

Ein Klopfen ertönte, und ein junger Mann in einer schwarzen Uniform steckte den Kopf durch die Tür. »Sir Richards, die Kutsche des Prinzregenten ist vorgefahren«, kündigte er an.

Sara fixierte noch immer ihren Mann – er schien weder erstaunt noch besonders beunruhigt darüber zu sein, daß der Prinzregent in diesem Moment die Treppe heraufkam. Er lehnte lässig an der Wand und hielt Saras Blick stand. Sir Richards und Caine unterhielten sich leise.

Wenn er nicht mit ihr sprach, bei Gott, dann würde sie ... Er machte ihr mit dem gekrümmten Zeigefinger ein Zeichen. Sie konnte es nicht fassen, daß er es wagte, so überheblich zu sein. Erst mußte es in der Hölle schneien, bevor sie seiner Aufforderung Folge leistete, schwor sie sich in dem Augenblick, in dem sie den ersten Schritt in seine Richtung machte. Sie blieb direkt vor ihm stehen.

Sie betete zu Gott, daß sie die Tränen zurückhalten konnte, aber Nathan machte es ihr wirklich schwer. Er sah so verdammt zufrieden aus. Natürlich, sagte sie sich im stillen, er brauchte ja auch nur mit dem Finger zu schnippen, und schon tat sie, was er von ihr verlangte.

Sie drehte sich weg von ihm, aber er hielt sie zurück und legte den Arm um ihre Schultern.

»Du wirst Vertrauen zu mir haben, Sara. Hast du mich verstanden?« flüsterte er in ihr Ohr.

Sie war so überrascht über diesen Befehl, daß sie tief Luft holen mußte. Dann musterte sie ihn eingehend, um herauszufinden, ob er sich über sie lustig machte – mit einemmal empfand sie grenzenlosen Zorn. Was bildete sich dieser Mann überhaupt ein? Ihre Augen füllten sich mit Tränen, und sie wünschte sich nur noch, den Raum verlassen zu können, ehe sie sich noch mehr erniedrigte.

Nathan umfaßte ihr Kinn und zwang sie, ihn anzusehen. »Du liebst mich doch, verdammt.«

Das konnte sie nicht abstreiten, und deshalb sagte sie lieber gar nichts.

»Und weißt du, warum du mich liebst?«

»Nein. Ich schwöre bei Gott, Nathan, daß ich nicht die leiseste Ahnung habe, warum ich dich liebe«, antwortete sie so schroff sie konnte.

Ihm machte diese Erwiderung offenbar nichts aus. »Du liebst mich, weil ich alles habe, was du dir von einem Ehemann wünschst.«

Eine Träne rann über ihre Wange, und Nathan fing sie mit dem Daumen auf.

»Wagst du es, dich über mich lustig zu machen, indem du mir meine eigenen Worte im Mund umdrehst? Liebe kann auch zerstört werden, sie ist zerbrechlich und ...«

Er schüttelte den Kopf. »Deine Liebe kann nicht zerstört werden, Sara. Und genau das schätze ich so sehr an dir. Ich mache mich nicht über dich lustig.«

»Das spielt ohnehin keine Rolle mehr«, flüsterte sie. »Ich weiß, daß du mich nicht liebst, und ich habe mich damit abgefunden. Ich verurteile dich nicht deswegen – du hast mich nie im Zweifel gelassen.«

Er konnte fast nicht mitansehen, wie sehr sie sich quälte. Gütiger Himmel, er wünschte, sie wären allein, und er könnte sie in die Arme nehmen und ihr zeigen, wie sehr er sie liebte. »Wir werden später noch darüber sprechen«, sagte er. »Für den Augenblick fordere ich dich nur auf, keine Anstalten zu machen, mich zu verlassen.«

Sie verstand gar nichts mehr.

Nathan schenkte dem Prinzregenten, der in diesem Moment eintrat, seine volle Aufmerksamkeit, und Sara rückte von ihm ab und verbeugte sich, wie es sich für einen loyalen Untertanen gehörte. Die Männer taten es ihr gleich.

Der Prinzregent, der älteste Sohn König Georges, war mittelgroß und dunkel. Sein Auftreten wirkte sehr arrogant, als er die Herren begrüßte und zu Sara, die in einen tiefen Knicks sank, sagte: »Lady Sara, es ist mir eine Freude, Euch zu sehen.«

»Danke Mylord«, erwiderte sie. »Es ist mir eine Ehre, daß Ihr mir die Audienz gewährt.«

Der Prinzregent war verwirrt über diesen Kommentar, nickte aber trotzdem und nahm hinter Sir Richards Schreibtisch Platz. Seine beiden Begleiter postierten sich hinter ihm. Caine befürchtete, daß Sara noch eine Bemerkung über ihren Brief fallen ließ, und trat an ihre Seite. »Sara, ich habe Eure Nachricht nicht an den Prinzregenten abgeschickt, sie ist noch in meiner Tasche«, flüsterte er.

»Warum habt Ihr das getan? Habt Ihr vergessen, den Umschlag Eurem Diener zu geben?« wisperte sie zurück.

»Nein. Der Brief hätte Nathans Pläne durchkreuzt.«

Zum Glück hatte Sir Richards ein Gespräch mit dem Prinzregenten angefangen, so daß niemand auf sie und Caine achtete.

»Dann hat also Nathan dieses Treffen arrangiert?« fragte Sara.

Caine nickte. »Ihr solltet Euch besser setzen, Sara. Vermutlich wird's ein bißchen turbulent. Haltet die Daumen.«

Nathan nahm auf der gepolsterten Bank vor dem Fenster Platz und zog Sara blitzschnell neben sich. Sie rutschte so weit von ihm weg, daß sie ihn nicht berührte, weil sie eine solche Unschicklichkeit in Gegenwart des Prinzregenten nicht wagte. Nathan war anderer Meinung; er umfaßte ihre Schulter und drückte seine Frau an sich.

»Ich bin bereit zu beginnen«, verkündete der Prinzregent.

Sir Richards gab dem schwarzuniformierten Mann, der inzwischen am Eingang Aufstellung genommen hatte, ein Zeichen, die Tür zu öffnen, und Saras Vater kam herein.

Sobald sie ihren Vater sah, rückte Sara näher zu Nathan, und er schlang den Arm um ihre Taille.

Der Earl of Winchester verbeugte sich vor dem Prinzregenten und runzelte die Stirn, als er die anderen Anwesenden musterte.

»Setzt Euch, Winston«, befahl der Prinzregent. »Ich möchte diese Angelegenheit rasch hinter mich bringen.«

Der Earl ließ sich auf einem Stuhl, der vor dem Schreibtisch stand, nieder und beugte sich vor. »Habt Ihr die Unterlagen, die ich Euch geschickt habe, durchgesehen, Mylord?«

»Ja«, antwortete der Prinzregent. »Winston, kennt Ihr den Leiter des Kriegsministeriums?«

Winston drehte sich zu Sir Richards um und nickte knapp. »Wir sind uns schon ein- oder zweimal begegnet. Darf ich fragen, warum er hier ist? Die Angelegenheit hat nichts mit dem Ministerium zu tun. Wir sprechen nur über einen Vertrag, der nicht eingehalten wurde.«

»Ihr irrt Euch«, entgegnete Sir Richards mit eisiger Stimme. »Sowohl der Prinzregent als auch ich haben sehr großes Interesse daran, wie Ihr zu den Informationen über den Earl of Wakersfield gelangt seid. Würde es Euch etwas ausmachen, uns einzuweihen?«

»Ich bin verpflichtet, meine Informanten zu schützen«, sagte Winston und warf Sara einen Blick zu, ehe er sich wieder dem Prinzregenten zuwandte. »Es ist auch nicht wichtig, Mylord. Sicher seid Ihr nach der Durchsicht der Unterlagen zu der Überzeugung gelangt, daß es meiner Tochter nicht zuzumuten ist, mit dem Sohn eines Verräters zusammenzuleben. Sie würde von der Gesellschaft geächtet werden. Ich bitte daher, Sara von dem Abkommen zu entbinden und ihr für die erlittene Schmach die Vergünstigungen des Königs als Entschädigung zuzugestehen.«

»Ich fürchte, ich muß darauf bestehen, daß Ihr uns verratet, wer Euch die Informationen über den Earl of Wakersfield zugespielt hat«, beharrte Sir Richards.

Winston sah den Prinzregenten bittend an. »Ich möchte diese Frage nicht beantworten.«

»Ich glaube, Ihr müßt«, erwiderte der Prinzregent.

Winstons Schultern sanken herab. »Meine Tochter«, platzte er heraus. »Sara hat uns alles in einem Brief geschrieben.«

Sara sagte kein Wort, während ihr Vater eine Entschuldigung nach der anderen für seine Tochter anführte. Ihr Blick fiel auf einen der Begleiter des Prinzregenten, der die Seitentür öffnete und einen kleinen dünnen Mann, der einen schwarzen Umhang in den Händen hielt, einließ.

»Wer ist dieser Mann?« rief Winston erschrocken. »Was hat er bei der Unterredung zu suchen?« Sein Versuch, sich reinzuwaschen, war armselig.

»Das ist Luther Grant«, erklärte Sir Richards gedehnt. »Ihr habt ihn sicher schon kennengelernt, Winchester. Er ist in unserem Ministerium beschäftigt und so vertrauenswürdig, daß ihm die Pflicht zufiel, die Staatsgeheimnisse von England unter Verschluß zu halten.« Sir Richards Stimme wurde immer schneidender. »Luther wird ab jetzt die Aufgabe zukommen, seine eigene Zelle im Gefängnis von Newgate zu bewachen.«

»Das Spiel ist aus, Winchester«, schaltete sich Caine ein. »Grant hat gestanden, daß Ihr ihm Geld gegeben habt, weil er Euch Akten zugespielt hat.«

Winston hatte seinen Hochmut noch nicht verloren. »Wen schert es, wie ich an die Informationen gekommen bin? Das einzige, was zählt ...«

»Oh«, unterbrach ihn Sir Richards, »uns schert das sehr wohl. Ihr habt jemandem zum Hochverrat verleitet.«

»Steht darauf nicht die Todesstrafe?« fragte der Prinzregent.

»Ja«, sagte Sir Richards.

Winston zitterte vor Wut. »Ich habe der Krone immer die Treue gehalten«, zischte er und starrte den Prinzregenten an. »Ich stand immer auf Eurer Seite und habe Euch gegen andere verteidigt. Wollt Ihr mir meine Treue so vergelten?«

»Ihr wagt es, so despektierlich mit Eurem Prinzregenten zu sprechen?« erwiderte der Prinzregent entrüstet.

Winston merkte, daß ihm die Felle davonschwammen. »Vergebt mir, Mylord, aber ich versuche verzweifelt, meine Tochter vor einem Leben mit dem Marquis of St. James zu bewahren. Er ist ihrer nicht wert.«

Der Prinzregelnt holte tief Luft, um sich zu beruhigen.

»Ich kann Euch nicht zustimmen. Obwohl mich die Angelegenheiten des Kriegsministeriums aufs äußerste langweilen, habe ich mir die Mühe gemacht, mich mit den Akten über den Marquis und über seinen Vater auseinanderzusetzen. Der Marquis ist nicht für die Verfehlungen seines Vaters verantwortlich zu machen. Kein Sohn darf für die Schuld, die sein Vater auf sich geladen hat, büßen.«

Seine Stimme wurde ein Oktave höher, als er hinzufügte: »Wenn das der Fall wäre, müßte ich selbst wegen des Gesundheitszustandes meines Vaters zur Rechenschaft gezogen werden.«

»Niemand macht Euch verantwortlich für die Krankheit König Georges«, versicherte Winston.

Der Prinzregent nickte. »Ebensowenig wie jemand den Marquis of St. James für die Fehler seines Vaters verantwortlich macht«, erwiderte er matt. »Er hat seine Loyalität der Krone gegenüber in gleichem Maße wie der Earl of Cainewood unter Beweis gestellt. Er hat England mutig und ehrenhaft verteidigt, das geht eindeutig aus seiner Akte hervor. Diese Männer sind Helden, Winston.«

Es herrschte lange Schweigen, bis der Prinzregent erneut das Wort ergriff. »Sir Richards möchte vermeiden, daß Einzelheiten aus den Akten publik werden, und ich beuge mich seiner Weisheit. Aber ich werde es nicht versäumen, diesen tapferen Männern meine Dankbarkeit zu beweisen.« Er wandte sich an Sir Richards. »Wenn Winston uns versichert, daß er kein Wort über den Vater des Marquis verliert, können wir davon absehen, ihn hinter Schloß und Riegel zu bringen.«

Sir Richards gab vor, über den Vorschlag nachzudenken, und sagte nach einer Weile: »Ich würde es vorziehen, ihn hängen zu sehen, aber ich beuge mich Eurer Entscheidung, Mylord.«

Der Prinzregent nickte und musterte Winston prüfend. »Mir ist bewußt, daß Ihr einige Mitwisser habt, Winston. Es ist Eure Pflicht, dafür zu sorgen, daß jedermann Schweigen bewahrt. Falls mir auch nur das kleinste Gerücht über eine Indiskretion zu Ohren kommt, werdet Ihr wegen Hochverrats vor Gericht gestellt. Habe ich mich klar ausgedrückt?«

Winston nickte. Er war zu wütend, um auch nur ein Wort herauszubringen.

Saras Kehle war wie zugeschnürt, und sie spürte, daß ihr

übel wurde. »Kann ich bitte ein Glas Wasser haben?« flüsterte sie Nathan zu. Er nickte, machte Caine ein Zeichen und verließ den Raum, um das Gewünschte zu holen.

Der Earl stand auf und fragte den Prinzregenten mit bebender Stimme: »Durch wen habt Ihr von Luther Grant erfahren?«

»Eure Frau hat es uns verraten, da sie ihrer Tochter helfen wollte. Winston, Ihr hattet vor, Eure eigene Tochter ins Verderben zu stürzen. Geht mir aus den Augen. Ich kann Euren Anblick nicht ertragen.«

Der Earl of Winchester machte eine Verbeugung und warf seiner Tochter einen kurzen Blick zu, bevor er den Raum verließ.

Sara hatte sein Gesicht noch nie in ihrem Leben so wutverzerrt gesehen, und sie hatte entsetzliche Angst um ihre Mutter, die diesen Zorn zu spüren bekommen würde.

Gütiger Himmel, ich muß sofort zu ihr, dachte sie.

»Würdet Ihr mich bitte entschuldigen«, rief sie und hastete aus dem Raum.

Sir Richards und der Prinzregent sahen ihr verwundert nach, standen dann ebenfalls auf und erreichten die Tür, als Nathan mit Caine hereinkam.

»Wo ist Sara?« fragte Nathan sofort, nachdem sich der Prinzregent verabschiedet hatte.

»Sie ist offenbar zum Waschraum gegangen, vielleicht fühlt sie sich nicht gut«, entgegnete Sir Richards und sank in seinen Schreibtischsessel. »Die Sache ist besser ausgegangen, als ich gehofft hatte«, sagte er.

Die drei Männer unterhielten sich noch über die Angelegenheit, bis Nathan unruhig wurde, weil Sara schon über eine Viertelstunde weg war.

»Wo zur Hölle ist dieser Waschraum? Vielleicht braucht Sara Hilfe.«

Sir Richards beschrieb ihm den Weg. »Lady Sara sah aus. als ob sie schreckliche Angst hätte«, sagte er, nachdem Nathan die Tür hinter sich geschlossen hatte. »Ihre entsetzte Miene, als der Prinzregent andeutete, daß ihre Mutter den Namen von Luther Grant weitergegeben hatte ...«

»Der Prinzregent hat ihre Mutter erwähnt?« hakte Caine alarmiert nach.

»Ja, kurz nachdem Ihr mit Nathan den Raum verlassen habt, hat er Winston gesagt, daß Lady Victoria den Namen seines Informanten preisgegeben hat, um ihrer Tochter zu helfen.«

»Sara ist nicht im Waschraum«, brüllte Nathan auf dem Flur. Caine stürmte ohne ein Wort aus dem Raum und zerrte Nathan mit sich auf die Treppe hinunter, während er ihm kurz erzählte, was vorgefallen war.

Als sie auf die Straße kamen, raste gerade eine Kutsche vorbei, und Nathan nutzte die Gelegenheit. Er rannte in die Straßenmitte und ergriff die Zügel der beiden Pferde, während er gleichzeitig seine Schultern in die Flanken der Tiere drückte. Caine half ihm, und das Gefährt kam quietschend zum Stillstand.

Der Kutscher stürzte vom Bock und schrie um Hilfe. Sein Fahrgast steckte den Kopf aus dem Fenster, um nachzusehen, was geschehen war, als Nathan die Tür aufriß. Bevor der Mann einen klaren Gedanken fassen konnte, hatte Nathan ihn schon aus der Kutsche gezerrt, und Caine, Nathan und Sir Richards sprangen in das Gefährt.

Die Fahrt zum Haus ihrer Eltern war für Sara nicht halb so aufregend wie für ihren Mann. Sie war sicher, daß ihr Vater zuerst zu Onkel Henry fahren würde und daß sie genügend Zeit hatte, mit ihrer Mutter zu sprechen.

Als die Droschke vor dem Haus ihrer Eltern hielt, bat Sara den Kutscher, auf sie zu warten und lief die Stufen zum Eingang hinauf.

Ein neuer Butler öffnete ihr die Tür und sagte, daß sowohl Lady Victoria als auch Lady Belinda das Haus vor einiger Zeit verlassen hätten.

Sara glaubte ihm kein Wort und drängte sich an ihm vorbei, um selbst im Haus nachzusehen. In den Schlafzimmern war niemand, und Sara war zunächst erleichtert. Aber nur Sekunden später wurde ihr klar, daß sie ihre Mutter finden mußte, ehe ihr Vater oder Henry zu ihr gelangen konnten. Vielleicht wußte einer der Diener, wo sie sich aufhielt.

Als sie die Halle erreichte, flog die Haustür auf, und Henry stolzierte ins Haus. Er sah Sara sofort, und sein höhnisches Grinsen verursachte ihr Übelkeit.

Sie raffte all ihren Mut zusammen und sagte: »Vater ist mit seinem Kummer sofort zu dir gelaufen. Ich wußte, daß er das tun würde. Er glaubt, daß er besonders schlau ist, wenn er seinen betrunkenen Bruder bittet, die schmutzige Arbeit für ihn zu erledigen.«

Henrys Augen verengten sich zu Schlitzen. »Deine Mutter sollte sich lieber die Zunge abbeißen, ehe sie ihren Mann noch einmal verrät. Sara, geh mir aus dem Weg, ich habe ein Wörtchen mit deiner Mutter zu reden.«

Sara schüttelte den Kopf. »Du wirst nicht mit ihr sprechen«, schrie sie. »Mutter wird England verlassen und nie wieder zurückkommen.«

Henry hielt sich zurück, er erinnerte sich noch zu gut an die Behandlung, die Saras Mann ihm in der Taverne hatte angedeihen lassen.

»Geh lieber zu dem Halunken, den du deinen Mann nennst«, zischte er und brüllte gleich darauf: »Victoria! Kommt sofort her!«

»Mutter ist nicht hier. Und jetzt verschwinde.«

Henry ging auf die Treppe zu, aber er hielt abrupt inne, als er den Regenschirm in der Ecke stehen sah. Er war zu wütend, um die Konsequenzen zu bedenken. Diesem Mädchen mußte jemand eine Lektion erteilen, dachte er und griff nach dem Schirm mit der Eisenspitze.

Nur ein gut plazierter Schlag …

16

Sie war verdammt nahe daran, ihn umzubringen.

Gequälte Schreie hallten über die Straße. Die Kutsche hatte noch nicht richtig gehalten, als Nathan schon auf das Pflaster sprang und auf die Außentreppe zuhielt. Die gotterbärmlichen Schreie machten ihn verrückt vor Angst – so verrückt, daß er nicht einmal merkte, daß eine Männerstimme diesen Höllenlärm verursachte. Nathan hielt sich gar nicht erst damit auf, die Tür zu öffnen, sondern brach einfach durch. Der Rahmen fiel auf seine Schulter und landete mit einem dumpfen Schlag auf Henry Winchesters Kopf. Das Holzbrett dämpfte das schrille Kreischen.

Nathan war vollkommen unvorbereitet auf den Anblick, der sich ihm bot. Er war so verblüfft, daß er wie angewurzelt stehenblieb und Caine und Sir Richards mit voller Wucht auf ihn prallten. Caine stöhnte laut und hatte ebenso wie Sir Richards Mühe, sein Gleichgewicht wiederzuerlangen. Sie taumelten zur Seite, um einen Blick auf das werfen zu können, was Nathan so gefangennahm.

Es war nicht leicht, die Situation mit einem Blick zu überschauen: Henry Winchester lag gekrümmt auf dem

Boden inmitten der großen Halle. Seine Hände waren auf sein Geschlecht gepreßt, und er rang nach Atem. Als er sich in Schmerzen wand, bemerkten Sir Richards und Caine, daß Blut aus seiner Nase strömte.

Nathan starrte auf Sara. Sie stand am Fuß der Treppe und wirkte gefaßt, war wunderschön und ... vollkommen unversehrt.

Der Bastard hatte ihr nichts anhaben können. Sie war unverletzt – Nathan fiel es schwer, diese Tatsache zu begreifen, und er wußte, daß sich sein Herzschlag und sein Atem erst beruhigen würden, wenn er aus ihrem Mund gehört hatte, daß ihr nichts geschehen war.

»Sara?« krächzte er mit so belegter Stimme, daß er fürchtete, Henry Winchesters Heulen würde sie übertönen. Er versuchte es noch einmal. »Sara, bist du in Ordnung? Hat er dich verletzt?«

Die Seelenqual, die aus Nathans Stimme sprach, gab Sara den Rest. Tränen schossen in ihre Augen ... Er sah so verletzlich aus ... so voller Liebe!

Du liebst mich, wollte sie schreien, aber sie tat es nicht, da sie wie durch einen Nebel vernahm, daß noch andere Personen anwesend waren. Instinktiv machte sie einen Knicks, als sie Sir Richards und Caine erkannte.

Caine grinste. Sir Richards hingegen versuchte mühsam, die Fassung wiederzuerlangen, und als es ihm gelang, fragte er nervös: »Was geht hier vor?«

»Verdammt, Sara, antworte mir«, brachte Nathan zur selben Zeit hervor. »Hat er dir etwas angetan?«

»Nein, Nathan, mir fehlt nichts. Danke, daß du dich danach erkundigst.« Sie betrachtete ihren Onkel. »Henry ist ein wenig unpäßlich.«

Sir Richards kniete sich neben Henry und hievte die Reste der Tür von seiner Brust. »So könnte man es auch ausdrücken, Lady Sara«, sagte er und bedachte Henry mit einem finsteren Blick. »Um Himmels willen, Mann, hört auf zu heulen. Hat Euch der Türrahmen so zugerichtet?«

Caine hatte die Situation bereits erfaßt. Sara rieb ihren Handrücken, und Henry umklammerte seine Geschlechtsteile.

»Onkel Henry war schon unpäßlich, bevor ihn das Brett traf«, erklärte Sara schlicht und lächelte Nathan an.

Nathan hatte sich noch immer nicht so weit beruhigt, daß er diese Anspielung verstand. Warum nur sah seine Frau so selbstzufrieden aus? Hatte sie gar nicht wahrgenommen, in welcher Gefahr sie gewesen war? Zum Teufel, seine Nerven lagen bloß, und diese Person lächelte!

Als sie langsam auf ihn zukam, wollte er sie nur noch in die Arme nehmen und sie nie wieder loslassen.

Sir Richards sah immer noch verständnislos von einem zum andern. »Lady Sara, würdet Ihr bitte meine Neugier befriedigen?« forderte er. »Was ist geschehen?«

Sie konnte ihm unmöglich erklären, was sie getan hatte – er wäre entsetzt über ihr undamenhaftes Benehmen gewesen.

Nathan hingegen wäre bestimmt nicht entsetzt – im Gegenteil, er wäre stolz auf sie.

»Onkel Henry ist über einen Regenschirm gestolpert«, erklärte sie noch immer lächelnd.

Endlich löste sich Nathan aus seiner Erstarrung und sah sich um.

Sara schlang den Arm um seine Taille. »Mir ist nichts passiert, Nathan«, flüsterte sie. »Er wollte mich angreifen, aber ich war schneller. Ich habe mich exakt an deine Anweisungen gehalten, und alles war genauso, wie du es mir gesagt hast. Onkel Henry war sehr überrascht, daß eine Frau ihn auf diese Weise abwehrt.«

Nathan war nahe dran, Henry den Kragen umzudrehen, aber als alle gleichzeitig auf ihn einredeten, um ihn von seinem Vorhaben abzubringen, besann er sich.

Henry hatte nur noch eines im Sinn: Er wollte so schnell wie möglich weg. Er kam taumelnd auf die Füße und schlich, während sich die anderen noch über sein Schicksal unterhielten, zur Tür. Nathan nutzte die Gelegenheit. Er rammte seine Faust in Henrys Magengrube, und der arme alte Mann wand sich erneut auf dem Boden und keuchte.

Als sie das Haus verließen, fragte Sir Richards: »Nathan, sind die Papiere zur Unterschrift fertig?«

»Sie liegen auf Eurem Schreibtisch. Würdet Ihr sie bitte heute abend zum Ball der Farnmounts mitbringen? Sara und ich, wir werden dort sein.«

»Darf ich fragen, wovon ihr sprecht?« warf Sara ein.

»Nein.«

Die barsche Antwort reizte ihren Widerspruchsgeist.

»Ich möchte heute abend nicht ausgehen, ich habe wichtige Dinge mit dir zu besprechen, Nathan.«

Er schüttelte den Kopf. »Du wirst mir vertrauen, Sara«, brummte er.

Sie schnappte entgeistert nach Luft. »Nach allem, was du mir angetan und zu mir gesagt hast …«

Sie hielt inne, als er sie in die Kutsche hob und ihr gegenüber Platz nahm.

Die Kutsche rollte an, und Sara betrachtete ihren Mann, der schweigend aus dem Fenster starrte.

»Nathan, hast du dir Sorgen um mich gemacht?«

»Zur Hölle, ja, ich habe mir Sorgen um dich gemacht.«

Sie lächelte. »Es würde mir sehr gefallen, wenn du mir einen Kuß geben würdest.«

»Ich würde alles kaputtmachen, wenn ich dich jetzt küsse.«

»Das verstehe ich nicht, Nathan.«

»Erzähl mir lieber genau, was mit Henry passiert ist«, forderte er unvermittelt.

Sie seufzte. »Ich habe ihn geschlagen ... auf diese Stelle.«

Ein Lächeln huschte über sein Gesicht. »Hast du dich daran erinnert, wie man eine richtige Faust macht?«

Sie nickte und flüsterte: »Ich wußte, daß du stolz auf mich bist. Die meisten Gentlemen wären entsetzt.«

Er zog sie grob auf seinen Schoß. »Ich bin nicht wie die meisten«, raunte er und erstickte jede Erwiderung mit einem leidenschaftlichen Kuß. Er konnte nicht genug von ihr bekommen und hielt sie fest an sich gepreßt.

Als er wieder zu Atem kam, sagte er mit rauher Stimme: »Ich wußte, daß ich nicht mehr aufhören kann, wenn ich dich küsse.«

Mit Mühe gewann er wieder die Kontrolle über sich, bevor die Kutsche vor dem Haus seiner Schwester hielt.

Jade lächelte, als das Paar in die Halle kam und Nathan seine Frau in ihr Zimmer brachte.

Sara machte sich mit versonnener Miene daran, ihr Kleid aufzuknöpfen, aber als die Tür hinter ihr ins Schloß fiel, hielt sie erschrocken inne und wirbelte herum.

Nathan war weg. Sie war so schockiert, daß sie lange Zeit nichts unternahm. Dann stieß sie einen Schrei aus, riß die Tür auf und stürmte wie ein Wirbelwind in die Halle.

Jade fing sie auf. »Nathan ist gerade gegangen. Er bittet Euch, um acht Uhr für den Ball bereit zu sein. Ich werde Euch eins von meinen Kleidern leihen. Euer Schrankkoffer befindet sich ja noch auf der *Seahawk*.

Sara schüttelte den Kopf. »Euer Bruder ist ein ungehobelter, starrköpfiger, überheblicher ...«

»Und Ihr liebt ihn.«

Saras Schultern sackten herab. »Ja, ich liebe ihn. Ich glaube sogar, daß er mich auch liebt. Oh, ich weiß nicht mehr, was ich denken soll«, flüsterte sie unter Tränen. »Ich wünsche es mir so sehr, daß er mich liebt.«

Jade nahm Saras Hand und führte sie zu dem großen Kleiderschrank in ihrem Schlafzimmer.

Zwei Stunden später saßen Caine und Jade in der Halle und warteten geduldig auf Sara, während Jimbo nervös auf und ab lief.

Jade trug ein dunkelgrünes Seidenkleid mit einem Spitzenbesatz an den Ärmeln. Der Ausschnitt war nicht allzu tief, aber trotzdem hatte Caine einen düsteren Blick darauf geworfen, ehe er seiner Frau ein Kompliment über ihr Aussehen gemacht hatte.

Jimbo erklärte ihnen wohl zum zehntenmal, daß sie Sara während des Balls auf keinen Fall aus den Augen lassen dürften, als Sara die Treppe herunterschwebte. Er hielt mitten im Wort inne und stieß einen Pfiff aus. »Nathan sieht rot, wenn er Euch zu Gesicht bekommt, Sara.«

Jade und Caine konnten dem nur zustimmen. Sara sah bezaubernd aus. Ihr Haar fiel in sanften Wellen auf ihre Schultern, und das elfenbeinfarbene Kleid war so weit ausgeschnitten, daß man das Tal zwischen ihren Brüsten sehen konnte.

Caine hatte noch nie ein so aufreizendes Kleid gesehen, und das sagte er auch. »Nathan wird fuchsteufelswild«, brummte er.

»Gut«, erwiderte seine Frau zufrieden.

»Jade, Liebes, ich bin mir nicht sicher, ob das eine so gute Idee ist. Jeder Mann, der den Ball besucht, wird Sara mit den Blicken verschlingen, wenn nicht Schlimmeres. Nathan hat bestimmt viel zu tun, um sie abzuwimmeln.«

Jimbo wandte sich Sara zu. »Wahrscheinlich wird Euer

Mann seine Hände um Euren hübschen Hals legen und Euch auf der Stelle erwürgen.«

»Ich hole ihr einen Umhang«, erbot sich Caine und stand auf.

»Unsinn!« Jade hielt ihn zurück.

Die Diskussion über das skandalöse Kleid beschäftigte sie auf dem ganzen Weg zu den Farnmounts, die außerhalb von London wohnten.

Als sie vor dem riesigen Gebäude anhielten, bedachte Jade ihre Schwägerin mit einem besorgten Blick. »Euer Gesicht ist ein wenig gerötet. Fühlt Ihr Euch nicht gut?«

»Es geht ihr bestens«, brummte Caine.

Sara ging es alles andere als bestens. Sie machte sich grauenvolle Sorgen. »Alle Winchesters werden da sein«, sprudelte sie hervor. »Ich habe Angst um Nathan. Jimbo, ich wünschte, Ihr würdet mit ins Haus kommen. Caine und Nathan könnten Eure Hilfe brauchen.«

»Dem Jungen wird schon nichts passieren«, beruhigte Jimbo sie und versprach, neben der Kutsche zu warten.

Ein Butler, der vor dem Ballsaal Aufstellung genommen hatte, nahm die Einladungskarten der Neuankömmlinge entgegen. Gerade als die Musikkapelle die ersten Takte eines Walzers intonierte, betätigte er die Glocke, die neben ihm auf dem Tisch stand und verkündete: »Der Earl of Cainewood und seine Gemahlin Lady Jade. Lady Sara St. James.«

Er hätte genausogut »Feuer« schreien können – die Wirkung wäre dieselbe gewesen. Ein lautes Murmeln erhob sich in der Menge, und alle liefen durcheinander, um einen Blick auf Sara werfen zu können.

Sara überblickte mit hocherhobenem Kopf die Menge, als Caine ihre Hand ergriff und Jade sie auf der anderen Seite flankierte.

»Sara, meine Liebe, habt Ihr gemerkt, daß sich die Winchesters auf der rechten und die St. James auf der linken Seite des Ballsaals versammelt haben? Man könnte fast meinen daß die beiden Familien nicht miteinander auskämen«, sagte Jade im Plauderton.

Sara lächelte über den Scherz ihrer Schwägerin und erwiderte in demselben Tonfall: »Die Gerüchte besagen, daß sie sich nicht gut leiden können!«

»Ich denke, wir sollten in der Mitte Posten beziehen, um zu zeigen, daß wir unparteiisch sind«, meinte Caine lachend.

Die nächste Stunde war eine harte Prüfung für Sara. Ihr Vater hatte ihr durch einen abweisenden Blick zu verstehen gegeben, daß er nichts mehr mit ihr zu tun haben wollte, und als Sara ihre Verwandten mit einem Kopfnicken begrüßen wollte, drehten ihr alle den Rücken zu.

Dunnford St. James, das gefürchtete Familienoberhaupt, hatte die Szene beobachtet und ging direkt auf Sara zu. »Ist das Nathans Frau?« fragte er mit lauter Stimme.

»Ihr wißt sehr genau, wer sie ist«, antwortete Caine.

»Lady Sara, habt Ihr Dunnford St. James schon kennengelernt?«

Sara knickste höflich und sagte: »Ich freue mich, Eure Bekanntschaft zu machen.«

Dunnford sah sie verwundert an. »Macht Ihr Witze?«

»Ich bitte um Verzeihung, Sir«, murmelte Sara verwirrt.

»Sie hat Manieren, Dunnford«, erklärte Caine. »Das ist ungewöhnlich für eine St. James, nicht wahr?«

Die Augen des älteren Mannes blitzten. »Sie *wird* erst eine St. James und sie muß ihren Mut unter Beweis stellen, ehe ich sie in unserer Familie willkommen heiße.«

Sara trat einen Schritt auf ihn zu, und das überraschte ihn mehr als ihr Knicks. Er war es gewöhnt, daß sich Frauen im Hintergrund hielten.

»Und wie soll ich Eurer Meinung nach meinen Mut beweisen? Soll ich einen Eurer Brüder erschießen, um eine Anerkennung zu gewinnen?«

Dunnford grinste. »Ihr habt davon gehört, daß mein Bruder und ich eine Meinungsverschiedenheit hatten?« Und unvermittelt stellte er die Frage, die Sara am meisten beschäftigte: »Wo ist Nathan? Ich muß mit ihm sprechen.«

»Er wird in ein paar Minuten hier sein«, entgegnete Caine.

Dunnford nickte und machte sich auf den Weg zum Speisesaal, wo ihn seine Frau erwartete.

»Der Marquis of St. James«, verkündete der Butler an der Tür, nachdem er die Glocke betätigt hatte.

Plötzlich wurde es mucksmäuschenstill im Saal, und alle – auch Sara – drehten sich zum Eingang um. Ihr Herz machte bei Nathans Anblick einen Satz. Er hatte noch nie so gut ausgesehen. Sein langes Haar war im Nacken zusammengebunden, und sein schwarzes Jackett und die dazu passende Hose saßen wie angegossen.

Sara ging instinktiv auf ihn zu.

Nathan entdeckte seine Frau sofort. Sie sah hinreißend aus – so zart, so schön ... so verdammt nackt. Er kam seiner Frau langsam entgegen. Sobald er den Fuß der Treppe erreicht hatte, rückten die Winchesters vor, und die St. James reagierten in gleicher Weise.

Nathan hatte nur Augen für Sara, aber er brachte kein Wort heraus, als sie vor ihm stehenblieb.

Alles wird gut, dachte er und korrigierte sich im selben Moment: Nein, es muß perfekt werden für Sara. Er würde sie in die Bibliothek führen und mit ihr die Papiere unterschreiben und dann ...

»Ich liebe dich, Sara.«

Ihre Augen füllten sich mit Tränen, als sie stammelte:

»Ich hätte nie erwartet ... warum ausgerechnet jetzt? ... Oh, ich liebe dich auch.«

Nathans Gesicht wurde aschfahl, und sie hatte Mitleid mit ihm. Es mußte ihn die größte Überwindung seines Lebens gekostet haben, diese Worte auszusprechen.

»Ich weiß schon lange, daß du mich liebst, Nathan ...«

»Warum hast du mir das nicht gesagt?« flüsterte er. »Verdammt, Sara, ich bin durch die Hölle gegangen.«

Ihre Augen wurden kugelrund, als ihr die Röte ins Gesicht schoß. »*Du* bist durch die Hölle gegangen? Du bist doch derjenige, der *mir* mißtraut und sein Herz verschlossen hat.«

Er schüttelte den Kopf und grinste. »Willst du mich heiraten, Sara?« fragte er, beugte den Kopf und küßte sie auf die Stirn. »Ich würde mich sogar auf die Knie vor dir werfen, Sara, wenn du es wünschst. Bitte heirate mich.«

Sara war überwältigt. Nathan mußte bei diesen Worten Höllenqualen durchmachen, und dafür liebte sie ihn um so mehr. »Nathan, wir sind schon verheiratet«, hauchte sie.

Ihr Publikum war vollkommen gefangen von dem romantischen Schauspiel, das die beiden Liebenden boten, und die Frauen tupften sich mit den Taschentüchern ihrer Männer die Tränen aus den Augen.

Nathan hatte vollkommen vergessen, daß er mitten in einer Menschenmenge stand; er wollte nur noch seine Pläne in die Tat umsetzen und Sara nach Hause bringen.

»Ich möchte, daß du mit mir in die Bibliothek gehst«, sagte er, »und ein Papier unterschreibst, daß du die Bedingungen des Ehevertrags nicht erfüllst.«

»Natürlich, Nathan«, erwiderte sie.

Ihre Zustimmung überraschte ihn nicht – sie hatte ihm die ganze Zeit über grenzenloses Vertrauen entgegengebracht.

»Mein Gott, Sara, ich liebe dich so sehr ... es tut richtig weh.«

Sie nickte. »Ich sehe es dir an.«

»Wenn du deine Unterschrift geleistet hast«, erklärte er, »werde ich dasselbe tun.«

»Warum?« wollte sie wissen.

»Ich werde den Vertrag genauso brechen wie du, ich möchte die Ländereien und das Vermögen nicht haben. Ich habe das schönste Geschenk, das es auf Erden gibt, schon erhalten.«

Sie begann zu weinen, und er zog sie in seine Arme und küßte sie.

Trotz allem erfüllte sich Nathans Hoffnung, diesen Abend für Sara zu einem romantischen und liebevollen Erlebnis zu machen, nicht ganz.

Die St. James hingegen genossen die weiteren Ereignisse in vollen Zügen. Für alle anderen wurde der Ball zu einem Alptraum.

Als Nathan seine Frau in Richtung Bibliothek führte, blieb sie plötzlich stehen. »Nathan, du brauchst nicht auf die Vergünstigungen des Königs zu verzichten, ich weiß auch so, daß du mich liebst.« Als sie die entschlossene Miene ihres Mannes und sein Kopfschütteln sah, drehte sie sich zu den St. James um und schrie: »Onkel Dunnford, Nathan möchte auf die Ländereien und das Vermögen, das der König ihm ausgesetzt hat, verzichten.«

»Zur Hölle, Sara, warum tust du das?« zischte Nathan.

Sie drehte sich zu ihm um und lachte: »Ich bin dabei, eine echte St. James zu werden.«

Die St. James bildeten eine Schlachtreihe und rückten wie ein Mann vor. Nathan zog sein Jackett aus und hängte es Sara über die Schultern. »Wenn du noch einmal ein so skandalöses Kleid trägst, reiße ich es dir vom Leib«, flüsterte er, als er sich kampfbereit machte.

»Nathan, denk daran, wie man eine richtige Faust macht, damit du dir nicht den Daumen brichst«, rief sie ihm nach.

Diese Nacht vergaß bestimmt niemand so schnell, und die Schlägerei würde noch monatelang für Gesprächsstoff in den Londoner Salons sorgen, dessen war sich Sara sicher.

Sobald der Kampf überstanden war, hob Nathan sie in seine Arme und trug sie zur Kutsche. Sie fuhren in Jades Stadthaus, und Nathan konnte es ebensowenig wie Sara erwarten, ihr seine Liebe zu zeigen.

Als sie entspannt und erschöpft in dem großen Bett lagen, zog Nathan die Nachttischschublade auf, nahm ein Blatt Papier heraus und hielt es Sara unter die Nase.

»Such dir aus, was du am liebsten magst«, sagte er.

Sie entschied sich für »Liebling«, »Engel« und »mein Liebes« und reichte Nathan die Liste mit den Kosenamen zurück. Nathan versprach, sich alles genau zu merken und küßte sie.

Sara löste sich aus seiner Umarmung. »Nathan, erzählst du mir etwas von deiner Vergangenheit?«

Er sah sie argwöhnisch an. »Vielleicht später, in fünf oder zehn Jahren wirst du alles von mir wissen.«

Sara kuschelte sich in seine Arme und lächelte.

»Ich liebe dich, Sara«, flüsterte er ihr ins Ohr.

»Ich liebe dich auch, Pagan.«